读客悬疑文库

认准读客读悬疑,本本都是大师级。

溺爱之罪

李大发　著

北京日报出版社

图书在版编目（CIP）数据

溺爱之罪 / 李大发著. -- 北京：北京日报出版社，2025.3（2025.4重印）. -- ISBN 978-7-5477-4993-7

Ⅰ. I247.5

中国国家版本馆CIP数据核字第20246HX192号

溺爱之罪

作　　者：	李大发
责任编辑：	王　莹
特约编辑：	李嘉钰　　徐陈健
封面设计：	梁剑清
出版发行：	北京日报出版社
地　　址：	北京市东华区东单三条8-16号东方广场东配楼四层
邮　　编：	100005
电　　话：	发行部：（010）65255876
	总编室：（010）65252135
印　　刷：	三河市龙大印装有限公司
经　　销：	各地新华书店
版　　次：	2025年3月第1版
	2025年4月第2次印刷
开　　本：	880毫米×1230毫米　1/32
印　　张：	13.25
字　　数：	345千字
定　　价：	49.90元

版权所有，侵权必究，未经许可，不得转载
凡印刷、装订错误，可调换，联系电话：010-87681002

本书中出现的所有人物、事件、机构皆为虚构。

0

大三暑假，村里两个因卖血感染致死的亲戚出殡。宋一星才听说，三年前为了给自己筹钱上学，父母也差点跟他们一起去卖血。不过父母的状况也没好到哪儿去，他们白天要种自家地，为了多挣点，夜里还要替邻居家种地，原本健壮如山的身体被磨损得连腰都直不起来了。

宋一星也尝试过勤工俭学，但那些工作看起来更像是家境殷实的同学们体验生活的乐子，少得可怜的报酬更是解决不了任何问题。

最后一个学年，学院承诺多年的万元特等奖学金终于启动了。即使只有一个名额，他也必须拿下。这是他现阶段唯一的赚钱方式，也是唯一能让父母心安理得收下钱的方式。

明天是最后一门专业课考试。班主任私下透露，他现在排名第二。但只要他明天正常发挥，就能成为第一。虽然这门课非常难，但他非常自信，因为整个学期他都在拼命学习，就为了能在这门课的成绩上把分数和其他人拉开。

可他现在遇到了麻烦。

二十分钟前，给系主任当助教的师兄交给他一份复习资料，让他复印后分给同学们。他打开一看，说是复习资料，其实就是考试题库。

这个阶段，大多数人都在忙着出国、分配、考研，没人安心上课了。为了保证及格率，系里有时也会采用这种不得已的手段。尖子生之间的差距往往就在一两分之间，失去了这门课的优势，他很可能就拿不到特等奖学金了。

这不是作弊吗？

想着几个月的苦学成了笑话，再想到父母再也直不起来的腰，宋一星头皮发麻，浑身着火似的难受。他多想闭上眼睛趴下睡一会儿，起来发现这一切都是梦。

他甚至想干脆把这份资料扔了，但他又不敢。一方面，就算他扔了，只要师兄和别人说起这事就会穿帮；另一方面，他也不想耽误那些真正指望这份资料通过考试的同学。

可就这样把资料交出去，他实在不甘心。他想了很久，最终对奖学金的渴求压倒了一切，他决定交出去，但留下最后一页纸的大题，万一被人发现，就说最后一页丢了。

就算他们猜到了也无所谓，只要父母不用再夜里给人家种地，旁人那点冷嘲热讽又算得了什么呢？

况且，他要的只是一个公平，仅此而已。

他在打印店门外徘徊，直到身后有人喊他的名字，吓得他一激灵，才把魂儿收回来。

他回过头，看到了胡龙龙。

胡龙龙是他的同学和室友，有钱但成绩差，和他完全是两个世界的人，却是他唯一的朋友。

"怎么了？"胡龙龙见宋一星脸色很差，看了一眼旁边的电话亭,"家里有事?"

就像做坏事被抓了现行,宋一星挤出一个难看的笑脸:"没事。师兄给我一份复习资料,让我印出来发给大家。"

"复习资料?现在?"胡龙龙撇着嘴说道,"他可真沉得住气。他让你印多少份啊?"

"没说。"宋一星挠了挠头,"至少一个宿舍一份吧。"

"真能欺负人!"胡龙龙眼睛转了转,"这好事让我去吧。"

"不用了,得印二十几份呢。"

"二十份?我印二百份。"胡龙龙笑起来,"明天还有三个系考咱们系这门课,可没人给他们题。我一份五十卖给他们,他们还得谢谢我呢。"

宋一星愣了一下,他不知道胡龙龙是在开玩笑还是说真的,但二百乘以五十是一万,和特等奖学金的数目一样。

胡龙龙看到宋一星呆若木鸡的样子,忍不住大笑起来,然后伸出手:"怎么着,宋兄也想入一股?"

宋一星赶紧摇了摇头,从书包里掏出少了最后一页的复习资料,塞到胡龙龙手中。交给胡龙龙的一刹那,他觉得胸口的一块大石头卸下来了。他知道胡龙龙是在照顾他,复印二十份资料要花二十块钱,这对别人而言也就是两包烟钱,但对他来说却是两天的生活费。

可是胡龙龙越关照他,他就越不舒服,因为他没有东西能还对方的心意。而且他还把少了最后一页的"黑锅"甩给胡龙龙,尽管那个家伙应该也不在乎。

他几乎是扭头就走,好像这样就能甩开卑鄙的自己。

"等一下!"胡龙龙在身后叫道。

宋一星转过身,看见胡龙龙正在翻那沓纸,心里又咯噔一下。

胡龙龙抬起头,看看宋一星,过了一会儿才问道:"你不去看流星雨吗？"

"什么？"

"百年一遇的流星雨，今晚十点。你不知道吗？"胡龙龙问道。

宋一星茫然地摇了摇头。

"多浪漫啊，你不打算约岑雪去看看吗？"

"别瞎说。"宋一星躲开胡龙龙的目光，他嘟囔一句"我去食堂通宵了"，便转身离去。

转过拐角，他靠在墙边的阴影里，掏出手机。这部3618是胡龙龙用了半年就淘汰的手机，一百块钱卖给他的。

他关掉手机，这样到考试前都没人能质问他了。

中湖公园里一片漆黑，连盏路灯都没有。岑雪站在木桥上，心急如焚地拨打着手机，一直是对方已关机的提示音。

马上就到十点了，宋一星到底在干什么？难道他没看到自己留的便笺？不应该啊。她亲自去了他的宿舍，把便笺放在他的书桌上，一眼就能扫到。

还是他看到了不想来？想到这里，她忍不住又拨了一遍电话，听筒里依然是已关机的提示音。

她看向漆黑一片的四周，侧耳听，除了阴恻恻的风声，什么声音都没有。她也不知道自己哪来的勇气，竟敢大晚上一个人跑到这个年久失修的公园。

一阵冷风过来，她忽然害怕了。

对约会的期待完全退散了，她想马上离开。这个念头刚一冒出来，她猛然感觉到彻骨的冰冷，心脏也开始怦怦乱跳。就在这时，一个人影从远处走来。她往前迎了两步，又站住了。

来的人竟然是胡龙龙。

"你怎么来了？"她先开口问道。

胡龙龙双手背在身后，闲庭信步地走过来。

"岑雪，你胆子挺大啊。"胡龙龙一脸严肃，"一个人跑到这么黑的地方，不怕遇着流氓啊？"

又一股阴风吹来，岑雪打了个寒战。她双臂抱在胸前，轻声问道："你到底来干吗？"

"当然是护送你回去！"胡龙龙看了看四周，然后将手从背后伸出来。

原来他手里拎着根木棍。

岑雪心底升起一股暖意，她往前走了两步，问道："你看见一星了吗？"

"看见了啊，去食堂走廊通宵了。"

岑雪叹了口气，果然是这样。她绕过胡龙龙，往桥下走去。

"岑雪！"胡龙龙叫道，"我看见宋一星的时候，你猜他干吗呢？"

岑雪停下脚步，转身望着他，然后摇了摇头。

"他在打印店门口转悠了十分钟。"

"打印店？"

"师兄让他把复习资料印一下发给同学。"

"他为什么不进去？"

"因为复印这些资料要二十多块钱。"胡龙龙往前走了两步，紧盯着岑雪的脸说道，"他舍不得。"

岑雪的眼神瞬间暗淡了，默默低下头。

"我说句话你别不爱听。"胡龙龙一口气说道，"宋一星和你不一样，你已经申请到了美国的学校，可他呢？他还指着拿奖学金给家里还债呢。你觉得你们就算好上了，会有未来吗？"

"你是他最好的朋友。"岑雪不可思议地看着胡龙龙。

"我当然可以和他当朋友，因为他会把最好的一面给我。"胡龙龙顿了顿，说道，"但我不会和他过日子，人总会把最坏的一面留给最亲的人。你想想，和这样一个又穷又内向、自尊心又强的人过日子会有什么下场？"

岑雪怔住了。因为宋一星的关系，她也把胡龙龙当成朋友。她没想到胡龙龙竟然在背后这样说一个把他当成最好的朋友的人。

"谈恋爱这种事吧，无非两个选择。"胡龙龙看到岑雪的表情，以为这番话打动了她，于是走到她面前，"要么找个你爱的，比如他。那你就得忍，往后这种事还多着呢，你忍得了吗？要么就找个爱你的，享受被爱包围的感觉。"

胡龙龙闻到岑雪身上甜甜的香味，忍不住凑过去，低声说道："其实我一直都喜欢你，真的。四年了，以后可能天各一方，我想趁着现在告诉你。"

岑雪感觉好像有一条黏腻的蛇爬进裤腿里，浑身起鸡皮疙瘩。但看在胡龙龙拎着棍子来接自己的份儿上，她没有直接拒绝，而是说道："你很优秀，我没想过你会喜欢我。"

一看岑雪没有拒绝自己，胡龙龙来了精神。他又往前蹭了两步，已经能感觉到岑雪身上的温度了。

"你也觉着我特别好，是不是？"胡龙龙笑嘻嘻地说道，"正好赶上这百年难遇的良辰美景，咱俩这就确定关系吧。"

"你说得太突然了。"岑雪连忙摇头，"我想回去了，太冷了。"

"不突然，不突然。咱俩早就该在一起了。再说流星雨马上来了，咱们看完再走吧。"胡龙龙甩了下头，"这个浪漫的时刻注定是属于咱俩的。"

听到这话，岑雪感觉被一层厚厚的油糊住了喉咙。

"我要回去了。"

说完她转身就走，可刚迈出腿，就被胡龙龙从背后一把抱住了。

岑雪尖叫了一声，一边挣扎一边叫道："你干什么？松开我！"

"你就别害羞了！"胡龙龙紧紧搂着岑雪，贪婪地吮吸着她身上的香气。

"你放开我！流氓！"

岑雪使劲踩了胡龙龙一脚，胡龙龙疼得手一松，她趁机逃脱。

"你个流氓！"岑雪冷冷地看着胡龙龙，"你再这样我报警了！"

胡龙龙没想到岑雪会拒绝自己，他竟然输给了宋一星！他醋意大发，指着岑雪骂道："我流氓？那你是什么玩意儿？"

不等岑雪开口，他又骂道："你把自己洗得白白净净，你想干什么，你以为我不知道吗？那个穷小子哪里比得上我，你居然脸都不要了，自己送上门！"

"你住口！"岑雪吼道。

"被我说中了吧！贱货！"

他本来只想羞辱岑雪一番，结果被自己几句话点燃了熊熊妒火，他一想到岑雪和宋一星亲热的情景就不能自已，于是再次冲上去，一把搂住岑雪。

岑雪真的生气了，她一边喊叫一边挣扎。她身材高挑，又是学院游泳队的运动员，力气竟然不输比她高大的胡龙龙。

两人扭成一团，忽然咔嚓一声，他们撞断了腐朽的围栏，掉进了冰冷的湖中。

湖水像一只冰冷的巨手，死死攥住岑雪的身体。

趁着还没冻僵，岑雪拼命往岸边游。好在水面不宽，她很快就摸到了岸边的蒿草。她终于恢复了一点神志，听到身后传来杂乱的拍水声。她回头一看，胡龙龙正在水里挣扎，眼看就要沉下去了。

她爬到岸边，冰冷彻骨的湖水正快速消耗着她的能量，浑身上下像被电击一样痛苦。她想去救胡龙龙，但求生的本能把她按在原地。

直到胡龙龙的头沉到水下，只剩一只手在扑腾，她才猛然醒悟：胡龙龙就算有再大的错，那也是她的同学，怎么能真的见死不救？

她吸了口气，一头扎进冰冷的水中，朝着湖中游去。

她摸到了胡龙龙，正要把他拽起来，忽然一股巨大的力量把她往水里拽。

这一瞬间，她想起了当年游泳教练反复叮嘱的一句话：不要轻易下水救人，因为可能会被挣扎的溺水者拽入水底。

可为时已晚。

胡龙龙感觉自己要死了，这时一股神奇的力量把他拽出水面。他四处乱抓，抓到了一棵救命稻草。他不知道那是什么，但在本能的驱使下，他奋力抱住了那个东西。他的神志恢复了一瞬间之后又陷入了混沌，等他再次睁开眼睛时，发现自己躺在岸边的蒿草丛里。

他缓缓坐起来，茫然地看着四周，这里安静得就像什么都没发生一样，除了一条粉色的围巾漂在暗淡的波光中。

这时夜空划过一道亮光，击穿了这颗年仅二十二岁的心灵。

1

10月26日,星期二。

深秋一夜急雨,凌晨又刮起西北风,气温骤然下降了十几摄氏度。

祁亮站在中湖公园的南岸,单薄的夹克早已被冷风打透,裤腿和靴子也糊满了黄色的泥水。但他毫不在意,只是目不转睛地盯着地上的年轻女孩,准确地说,是一具死亡时间在十二小时内的女尸。

她没有在湖底沉尸多日才浮上来,完全是因为昨夜的大雨——这座刚刚翻建竣工的公园是蓄洪区,今早试验行洪,河道管理处专门过来巡视,这才发现了卡在行洪暗渠栅栏上的女孩。

她看起来最多二十岁,短发,穿着牛仔上衣、牛仔裤、板鞋,左手手腕上戴着一条很旧的结绳,这是她唯一的饰物。

身穿绿色连体防水裤的胖子走过来,站到祁亮旁边。

"手机送去修了,希望能恢复数据。"胖子说话的声音很轻,和宽大的体形截然相反,"我把她的照片发给中心,对比一下失踪人口……"

"不用了。"祁亮打断了他的话,"我认识她。"

"啊?"胖子往后退了一步。

祁亮蹲下,指着女孩的手腕说道:"这是她妈妈留给她的遗物。"

胖子跟着蹲下,问道:"你怎么认识她?"

"九年前我办的第一个案子,她妈妈是受害者。"祁亮盯着女孩惨白纤细的手腕说道,"她妈妈是个老师,教画画的,被一个复读生强奸了。可是罪犯的母亲却不承认自己儿子强奸,反而说老师勾引她儿子,还跑到培训班大闹。"

"我听说过这案子。"胖子看着女孩的尸体,"后来老师跳楼自杀了。"

祁亮点点头。

"你记性真好。"胖子看向祁亮,"可是九年了,你还能认出她?"

祁亮沉默了好一会儿,才缓缓说道:"上周那个强奸犯刑满释放了。我去了她父亲家……"

"你去她家干什么?"

祁亮彻底沉默了。

因为当年强奸犯在法庭上叫嚣,出来后要弄死受害者一家,所以他去了受害者家,留下联系方式,让受害者的丈夫,也就是这个女孩的父亲遇到紧急情况能直接和自己联系。而他拜访的另一个目的,当然是劝这个可怜的男人,就算是为了女儿也不要再去想着复仇这种事,为那种人赔上自己和女儿的人生。

他阻止了女孩的父亲向强奸犯报仇,然后女孩被强奸犯杀了。他干了一件天底下最傻、最令人痛心的事。

女孩真的被强奸犯杀了吗?理智告诉他这只是一种可能性,但它盘踞在他的大脑里，让他无法思考，只能感受到它在不断膨胀，发出刺耳的噪声。

"你为什么要这么做？"

"因为女孩的父亲是个好人，我不想让他犯罪。"

"好人不应该犯罪，所以就应该伸着脖子等人杀，就活该家破人亡？"

"不是。"

"不是什么？"胖子看着祁亮。

祁亮回过神来，摇了摇头："没什么。"

这时手机铃声响起。祁亮站起身，从风衣口袋里掏出手机。不知是因为腿脚供血不足还是脑袋太沉，他踉跄了一下，差点跌倒。

屏幕上显示来电联系人为林松，林松是女孩的父亲。

他盯着手机屏幕，好像一眨眼的工夫对方就挂断了，可是屏幕左下角电话图标上那个刺眼的数字已经变成了"3"。看来，对方已经给他拨了三次电话了。

他按下通话图标，回拨过去。电话立刻接通了，听筒里传出一个拘束的中年男人的声音："接了接了！喂！请问是祁警官吗？我……我姓林，我叫林松，前几天你来过我家……"

"松哥，是我。"

"是我是我！"林松听到祁亮认出了自己，竟像是有点受宠若惊，结结巴巴地说道，"你现在说话方便吗？我有点事，不知道……"

"您说。"

"我那个，我联系不上林珑了，我有点担心她。"林松一口气说道，说到最后已经带着一丝哭腔。

"您别着急。"

祁亮背过身，他不能再看那个可怜的女孩了。

"我知道你们忙，但我实在是挺着急的。"林松急切地说道，"你看你能不能帮帮我。这孩子从来不会不接我电话，已经一宿了，不知道……"

"您在哪儿？"

"我在家。"

"您等我。"

祁亮等着对方挂断了电话，忽然像从梦魇中苏醒一样，深深吸了口气。

"怎么了？"胖子问道。

祁亮摇了摇头："这里交给你了，我去……"

他咽下了后边的话，回头看了看躺在地上的女孩。她叫林珑，很美的名字。

"你后天就走了，还要再管这件案子吗？"胖子问道，"再说接你班的戴姐马上就过来了。"

言外之意：这已经是别人的案子了，你就不要插手了。

"总得过去看一眼。"祁亮望着灰蒙蒙的一湖风浪，喃喃道。

从对岸伸出来的半岛上建了一座被称为蚌中珍珠的建筑，但从他的角度看更像个银元宝。他知道那是新建的芭蕾舞剧院，这个造型寓意着芭蕾舞是艺术中的明珠，据说这座湖以后也要改名叫天鹅湖。

"你脸色不好，是不是吹感冒了？"胖子关切地说道，"我有板蓝根。"

祁亮摇了摇头，拍了下胖子的肩膀，深一脚浅一脚地往坡上走去。

祁亮终于鼓起勇气按下门铃，开门的是一个三十岁左右的女人。

房间里传来林松的声音，他正在打电话，劝对方不要着急。

"您放心吧，林珑不会有事的。我这儿来人了，先挂了。"

林松小跑着迎了出来，他中等身材，身体强壮得像一块巨石。九年前，祁亮真的担心他会打死强奸犯的母亲。当林松想到自己还要照顾女儿后，把自己关在卧室里，抱着妻子的枕头坐了十个小时，然后决定先把女儿抚养成人，再考虑为妻子报仇的事情。

"祁警官！"林松极力掩饰着慌张，"实在是抱歉，您这么忙，还让您专门跑一趟。"

"这位就是祁警官。"林松对女人挤出一个笑脸，"当年多亏他阻止，我才没做傻事。前几天他还专门来看我，提醒我要调整好心态。"

每个字都像针扎在祁亮心上，他甚至都没勇气说出"林珑死了"这四个字。

"这位是？"祁亮问道，他听着自己的声音像生锈的铁片在摩擦。

"我叫红杨，是林珑的朋友。"她急切地说道，"林叔发现林珑失联了，就叫我来商量。"

"她……"生前两个字就要脱口而出，好在祁亮反应过来，立刻闭上嘴，稍缓了缓才说道，"她之前有没有什么反常的表现？"

"有，咱们进屋说吧。"林松侧过身说道。

祁亮忽然发现自己迈不动步了。那是因为害怕，害怕接下来当他说出林珑遇害的真相后，他不知道要如何面对这个可怜的父亲。

在祁亮看来，刑警就是报丧人。这个活儿他干了十年，直到现在他才发现，自己从未真正适应。

"怎么了，祁警官？"林松见祁亮待在原地不动，于是问道。

祁亮还在彷徨，就在这时，身后传来了一声哐当的声响。

三个人往门外看去，电梯门打开，两个人走出电梯。

一个是已经脱掉连体防水裤的胖子，另一个是个女人。她中等身材，穿着一件黑色夹克，里面是白色T恤，搭配黑色裤子和黑色马丁靴，整个人看起来精干而强势。她走到三人面前，先看了一眼祁亮，然后对林松说道："请问您就是林珑的父亲林松吧？"

"我就是。"林松点点头。他好像忽然意识到了什么，双手背在身后，扶住了门框。

"我叫戴瑶，是他的同事。您能和我们走一趟吗？"

她的声音平静而有力量，林松又缓缓点了点头，无助地看向祁亮。祁亮像定住了一样，什么也说不出来，唯一能做的就是避开林松的目光。

戴瑶看了一眼身边的胖子，胖子心领神会，上前搀扶住林松往外走。走过祁亮身边的时候，林松又转过头看了他一眼，好像在求他拉住自己，说这一切都弄错了。

胖子带林松走进电梯，但祁亮和戴瑶都没有跟着进去。等电梯门关上，戴瑶看向门口的红杨。

"我是林珑的朋友。"红杨捂住嘴，哭声从指缝中钻出来，"她到底怎么了？"

"你能一起去趟警队吗？"戴瑶望着她，"陪陪林先生。"

红杨快速点了几下头，眼泪飞了出来。

"你去收拾下东西，给他拿件外套。"戴瑶轻声说道。

红杨跌跌撞撞地跑进屋子，这时戴瑶对祁亮伸出手："你好，我是戴瑶。"

祁亮和她握手，小声说道："谢谢。"

"我听敦敦说了。"戴瑶也小声说道，"不过我还是得说，你应该等等我。这种时候,两个人怎么也比一个人好应付。"

敦敦是胖子的外号,他的大名叫牛敦。祁亮知道牛敦没有这么敏感,肯定是牛敦向戴瑶介绍情况后,戴瑶察觉到不妥才赶来追自己。

想到这里,祁亮有些感动。

"林松刚才说,林珑生前有反常的表现。"他赶紧岔开话头。

"林松,请问你认不认识这个人?"戴瑶轻声问道。

"认识。"林松看着解剖台上的女儿缓缓说道。

从坐上警车到现在,他不哭不闹,一言不发,就像个听话的孩子。甚至在见到女儿的尸体时,他也没有任何激烈的反应,只是从头到脚认真看了一遍,好像真的只是在确认是不是他女儿。

可越是这样,房间里的气氛就越是压抑。

"请说出你们的关系。"

"这是我女儿。"他依旧面无表情,似乎在陈述一个无关紧要的事情。

"为了查明死亡原因,我们要对她进行必要的解剖检查。"戴瑶说道。

林松点了点头。

"那咱们去外面等吧。"戴瑶看了一眼旁边的祁亮。

祁亮扶住林松的胳膊,扶着他往外走去。祁亮恍惚了起来,和九年前同样的房间,他用同样的姿势扶着林松。只不过,九年前外面的长廊上坐着一个刚刚失去母亲的小女孩,今天这个女孩躺在了里面。

走到门口的时候,林松忽然身子一歪,重重摔到地上,当场昏厥过去。

与此同时,红杨跪在地上,号啕大哭起来,凄惨无比的哭声终于击碎了凝固的空气。

"死者名叫林珑，女，二十二岁，死因是机械性窒息，后脑有一处钝器伤，没有性侵痕迹。"戴瑶快速介绍道，"尸检结果一出来我们就立案了。"

"没有性侵痕迹，这点很重要。"坐在办公桌后面的副支队长胡永平点了点头，"中湖公园。我印象中这地方正在盖一座剧院，已经开放了？"

"还没有。"祁亮说道。

"那她怎么进去的？"

"从南北向穿过公园到地铁站，比从外面绕圈可以少走两公里。"祁亮在桌面上比画着，"行人把施工围挡拆了抄近道，后来施工方就不管了。"

"她是住在附近吗？"

"她租的房子就在公园北边。"祁亮点头道。

"噢。"胡永平点了点头，他沉吟了片刻，然后对戴瑶说道，"小戴，咱们往后都是自己人了。我不是给你压力，咱们必须得还他们一个公道。这家人确实太惨了，你觉着呢？"

"必须的。"戴瑶点点头。

"好。有什么需求直接来找我。你以前在朝明那边怎么干，来咱们这边也照样怎么干，完全不用有顾虑。牛敦，你配合好工作。"说罢，胡永平站起身，拍了拍椅背，"坐这儿来吧，尽快进入角色。"

"领导。"祁亮忽然说道。

胡永平已经走到门口，听到祁亮叫自己，于是转过身。

"我也想参与。"祁亮说道。

胡永平看了看手表，问道："你不是后天就走了吗？"

"这不还有两天吗？"

胡永平看了看祁亮，转头问戴瑶："你什么意见？"

戴瑶点点头。

"你这个法制处可是费了牛劲才考上的。"胡永平对祁亮说道，"毕竟是你事业上的头等大事，可别给拖黄了。"

"知道。"祁亮点点头。

"那你们商量着办吧。"胡永平说完拉门出去了。

祁亮转过头，看到戴瑶坐在本属于自己的办公椅上。

"你跟我们一起查我欢迎。"戴瑶笑了一下，"但前提是我说了算。"

"谢谢。"

"你们这儿都这么客气吗？一上午都说两次谢谢了。"戴瑶笑道，"我刚才听敦敦说，你早上一个人把南岸那片泥滩全踩了一遍。有什么发现吗？"

"没有。"祁亮说道，"但总要自己看过才放心。"

"可以的。"戴瑶点了点头，"那你用不用回去换条裤子？"

"不用了。"祁亮站起身，"我想去趟林松家。"

红杨挡在门口，丝毫没有让他们进去的意思。才过了一个多小时，她的态度却完全变了样。

"你们不去抓凶手，又来干什么？"她瞪着眼睛，任由眼泪哗哗落下，"继续让他别去报仇是吗？"

祁亮正要说话，戴瑶往前迈了一步，轻声说道："妹妹，你知道这种案子通常很难侦破是什么原因吗？"

红杨没想到戴瑶会这么说话，她愣了一下，还没想好怎么回击,戴瑶又继续说道:"原因很简单。因为这个季节,人至少要在水底沉个七八天,等浮上水面黄花菜都凉了,很多证据都没了。所以昨天夜里那场大雨,就是老天爷都不忍心看了,想办法让她被我们找到,帮她争取破案的黄金七十二小时。"

听到这番话,红杨忍不住哭出了声。

"我们就几个问题,问完就走,好吗?"戴瑶柔声问道。

红杨一边哭一边点了点头。戴瑶顺势上前搭住她的肩膀,推着她走进屋,祁亮也跟着走进来,轻轻带上户门。

林松直挺挺地躺在客厅沙发上,脸上盖着一块毛巾。他们没有过去打扰,直接来到餐厅,围着餐桌坐下。

"之前林叔说过林珑有什么不寻常的表现?"戴瑶小声问道。

红杨点了点头,拿出手机递给她。

昨天,也就是10月25日22:07,林珑给林松发了一条微信:无论发生什么事,你们也要把报道发出去。

"这是什么意思?"戴瑶一边问一边把手机递给祁亮。

"我们也不知道。"红杨小声说道,"没头没尾的。"

"那你知道这个报道是怎么回事吗?"

"嗯……"红杨回头朝客厅看了一眼,声音再度哽咽,"她是个记者,她活着的时候正在写一个报道,写的都是我们的事。"

祁亮和戴瑶对视一眼。戴瑶拿过纸巾盒,抽出一张递给红杨。

"你们的事?"戴瑶轻声问道。

"我们……都是受害者,还有受害者的家属。你明白吗?"她一边说一边看向戴瑶。

戴瑶立刻点点头。

"可是凶手的家人,他们不仅不道歉,反而继续伤害我们,你明白吗?"

这次祁亮先点了点头:"就像林珑妈妈的事一样。"

"对!"红杨看向祁亮,目光变得愤怒,"那个女人判了多久?"

祁亮知道她在明知故问,但还是回答道:"三年。"

"她害死一个人,就判了三年。"红杨说道,"我知道你要说什么。对,从法律上说这么判没错。但她杀死了林珑妈妈,对吧?"

"对。"祁亮点头。

"所以林珑要写这个报道,她要把所有事情都曝光出来。"说到这里,红杨深吸了口气,颤抖着问道,"你们是真的不知道凶手是谁吗?"

"你知道是谁吗?"戴瑶问道。

"当然就是那个王八蛋啊!"红杨低吼道,眼泪又夺眶而出,"他刚放出来就去骚扰林珑了!都闹到派出所了你们不知道吗,还是说你们压根儿就不想破案?因为你们不想让人知道,强奸、杀人,干了天大的坏事,进去几年就没事了,出来以后接着杀人!你们就会欺负我们,让我们不要报仇,让我们当缩头乌龟……"

客厅传来一声沉闷的哀号,红杨捂着嘴跑过去,蹲在林松身边。

这时戴瑶和祁亮两人的手机同时响了一下。祁亮拿起手机,原来是牛敦在群里发了林珑公司的地址和总编的手机号。

祁亮如蒙大赦般逃出林松家,拨出了总编宋一星的电话。

2

宋一星四十来岁，一头花白头发，衣着笔挺，书卷气十足。从听到林珑被害的消息，他已经发怔了半分钟。

"你刚才问什么？"他终于缓过神来，"抱歉，我真的蒙了。"

"没关系。"祁亮说道，"她有没有和你提过中湖公园这个地方？比如她要去那边见什么人？"

"我没有印象。"宋一星回答道，"好像她是住在那边吧。她和我们另一个同事合租，你们等一下，我把她叫来。"

"不着急。有需要的话我们会去问她。"戴瑶说道，"你刚才在想什么，能告诉我们吗？"

宋一星懊恼地摇了摇头，说道："我一直想，是我害了她。"

"什么？"

"如果我心再硬一点。"宋一星嘴唇颤抖着，过了片刻说道，"当时她提出要做那个报道时，我如果直接拒绝她，也许就不会出事了。"

祁亮和戴瑶对视了一眼，他们并没有和宋一星提起报道，也没提过林珑发给林松的最后一条信息。

"什么报道？"祁亮问道。

宋一星从文件盒里抽出一份报道样本，放到两人面前。报道是《没有一个母亲会认为自己的儿子是强奸犯：法槌落下，伤害却从没停止》。

"就是这个。"宋一星说道，"大概两个月前，她忽然找到我，说想做这样一个系列报道。嗯……我了解她的情况，但是，看这个标题，你们也能看出她的态度是有一些偏激的。"

"你觉得这个报道和她遇害有什么关系？"祁亮问道。

宋一星叹了口气，继续说道："其实她的做法更偏激。她直接去采访了那些强奸犯的母亲，甚至那个害死她妈妈的女人。"

"采访？"戴瑶挑了一下眉毛。

"对。"宋一星拍了拍报道，"具体怎么做的她都写在里面了，你们回去可以好好看一下。我想说的是，这个报道给她带来了危险。比如那个男人。"

"男人？"祁亮把手机递到宋一星面前，"是他吗？"

手机屏幕上是一个身穿囚服的男人，一脸挑衅的表情。

"对！就是他。"宋一星指着屏幕，"上周五他来我们公司闹事。当时我们在大厦食堂吃午饭，他冲进来，又是掀桌子又是摔椅子，还威胁林珑。"

"具体是怎么威胁的？"戴瑶追问道。

"他说林珑再敢写他母亲的事情，就让她死得比她妈妈还难看。"宋一星顿了顿，说道，"这是原话。因为他提到了林珑的妈妈，所以我记得很清楚！"

"这话还有谁听到了？"戴瑶又问道。

"所有人。大家都到派出所做笔录了。"

"好。"戴瑶点头道,"你继续说。"

"林珑并没有屈服,他就恼羞成怒了。好像当着这么多人的面,连一个小姑娘都唬不住,下不来台吧。后来他还想动手,被我们制止了。"

"林珑有没有和你们说这个男人是谁?"祁亮问道。

"她只说是报道里的一个人,但我觉得以她当时的状态,这个人应该就是她母亲案子的……罪犯。"宋一星顿了顿,说道,"我肯定,他就是个变态。"

送走两个警察,宋一星陷入了沉思。中湖公园这个地方就像一阵飓风,搅起了他永远不想面对的回忆。

他永远记得那天,当他看到岑雪没来考场时就已经预感不好了。后来老师让他们原地等待,大家开始窃窃私语。不知过了多久,也不知从哪里传出了一句耸人听闻的话:岑雪死了。

这句话传进宋一星耳朵的时候,他完全傻掉了,他甚至觉得这只是四个轻飘飘的字,四个完全没有意义的随机组合的字,一个讨厌的愚人节笑话。

这时班长赖雄基走过来,质问他昨晚为什么手机关机。赖雄基是他争夺特等奖学金最强的对手,也是唯一发现复习资料少了一页的人。

马上有一个女生接话,说岑雪提起过昨晚要约宋一星去看流星雨。此言一出立刻引起轰动,他一下子成了众矢之的。他呆坐在原地,大脑一片空白,他甚至连发生了什么都不知道,只感受到所有人灼热的目光扎在自己身上,那一瞬间,他怀疑自己是不是真的做错了什么。

就在这时,胡龙龙站出来大声斥责那个女生,接着宣布昨天晚上他和宋一星在一起复习。

胡龙龙在班级里是霸王一般的存在,那个女生立刻就退缩了。赖雄基还不依不饶地质问宋一星昨晚去哪儿了,胡龙龙冲上去一把将他推了个跟头:"我说了,我们在一起!再说你算哪根葱?轮得着你问吗?还有你们,能不能有点独立思考的能力,别跟傻子似的,人说一句什么都信!书都读到狗肚子里去了!"

二十年了,这番话宋一星还能一字不差地背出来。

后来警察搜查他的寝室时,在他的课本里找到了岑雪写给他的信,循着信里的内容找到了中湖公园的木桥,最终在那里找到了岑雪的尸体。

岑雪死亡当晚,他手机关机,一夜没回寝室,而且岑雪只将自己的去向告诉了他一个人。所以尽管他真的不记得自己看见过这封信,但他没法解释,因为这封信确实夹在他的课本里。

幸亏有胡龙龙帮他做证,他才洗脱了嫌疑。但是,尽管有胡龙龙帮他做证,同学们依然认为他就是凶手。

本来已经拿到国外全额奖学金的他,却被人在校园BBS爆料:害死女大学生的嫌疑人拿到全额奖学金,即将远赴美国开启新生。国外大学也收到了电子邮件,他们得到中国校方证实发生了死亡事件,虽然宋一星排除了嫌疑,但他们还是以品德瑕疵为由取消了他的奖学金。

这场飞来横祸对宋一星的打击是毁灭性的。他不愿再花家里的钱读研,只好去找工作。但找工作也是四处碰壁,最后入职了一家行将破产的小国企。即便如此他也没有得到发展的空间,直到公司破产还是最底层的员工。

一步错步步错,他蹉跎半生,四处飘零,十几年后依然过着拮据的生活,甚至连父母最基本的期盼——娶妻生子都做不到。

直到三年前胡龙龙联系上了他，请他到自己创办的新媒体公司工作，给了他做梦都不敢想的薪水，他的人生才终于有了起色。

二十年如一梦。正当他开始放下灰暗的前半生，慢慢把它当成一场遗梦的时候，林珑的死叫醒了他，这不是梦，这一切都是真实的。

可是，林珑为什么要去中湖公园？这是巧合吗？

他拿起手机，打开通讯录，找到了"龙总"的名片，拨了过去。他和胡龙龙是最好的朋友，同时，胡龙龙对他来说既是恩人也是贵人，所以他每时每刻都保持着对胡龙龙的尊重，发自内心的敬重和感恩。

"龙总，"他坐直了身体，"公司出了个紧急状况，我向你汇报一下。"

"怎么了？"胡龙龙的声音断断续续。

"咱们公司的林珑，去世了。"

"去世了？"

"应该是遇害了。"宋一星低声说道，"警察刚刚来过。"

听筒里沉默了。

宋一星等了很久，终于试探着问道："龙总？"

"噢。"胡龙龙的声音蹦了出来，"我知道了。太突然了，一个小姑娘。我那个……今天还有个重要的客人要陪。该怎么配合调查，该怎么善后，你就全权处理吧。我给财务总监打个招呼，让她全力配合你。"

"好的，龙总。"宋一星顿了顿，问道，"龙总，你和她熟吗？"

这家新媒体公司虽然规模不大，但也有三十几个人，而且流动性很大，所以胡龙龙说出"一个小姑娘"的时候，让宋一星有些惊讶。他不记得胡龙龙和林珑有什么交集。

"没有没有。"胡龙龙立刻否认道,"公司这么多人,我能认识几个?我知道她也是因为听说她是你的得力干将。先不说了,我这边来人了。"

"龙总,还有个事情。"宋一星赶忙说道,"最近赖雄基有没有找过你?"

"没有。他找我干什么?"胡龙龙不以为意地说道。

"可能要说二十周年聚会的事情吧。"宋一星揉了揉额头。

"甭搭理他!"胡龙龙喊了起来,"就算办我也自己办,我也不叫他!"

挂断电话,宋一星松了口气。四年前的十五周年同学聚会时,他为了拉业务硬着头皮去参加。没想到赖雄基竟然叫来了岑雪的母亲。她当着所有同学的面对他破口大骂,他落荒而逃,这件事也成了全班的笑柄。

那之后他生了一场大病。恍惚中,同学聚会和十五年前的场景重叠在一起,还是一样的眼神,还是一样的表情,只是更加冷酷和残忍。所有人都串通好了,他们就是想看他出丑。好像羞辱了他,他们生活中的不如意就通通不算什么了。

就在他觉得就要撑不下去的时候,脑海中响起一个声音。

"我说了,我们在一起!再说你算哪根葱?轮得着你问吗?还有你们,能不能有点独立思考的能力,别跟傻子似的,人说一句什么都信!书都读到狗肚子里去了!"

凭着这句话,他驱走了心魔,从崩溃的边缘挺了过来。

他擦了擦眼角,最近是怎么了,难道年纪大了,变得多愁善感了?他决定不再去想这些,集中精力处理好眼前的事情。

作为媒体人,此刻他最该做的是把林珑遇害的事情写成报道,让更多的人了解她和她做的事。作为同事和朋友，他最该做的是尽快发布林珑的报道。尽管到现在他也认为那篇报道的立场是偏颇的，可这又如何呢？

只要是人，就有自己的立场。

他摊开笔记本，思考了良久，终于写下了一行话："谁杀了林珑？"

与中湖公园一路之隔的东湖公园虽然是个免费公园，但拥有附近最大的户外游乐场。所以即便是在工作日下午，仍然有很多家长带着孩子来游玩，其中大多数是妈妈。

这也算是半个社交场合，所以年轻的妈妈们都很注意自己的仪态。她们精心装扮着自己和宝宝，散发着女性的魅力和母性的光辉。

她们都把注意力放在孩子身上，丝毫没有意识到远处正有双眼睛在如饥似渴地盯着她们。

这帮贱人。他想着，你们算什么东西？你们也配过上这样的生活？你们不过就是一群只会叽叽喳喳的土鸡，放在十年前，你们就算跪在我面前，我也不会多看你们一眼。

现在你们倒是背着名牌包，竟然每个人都拿着苹果手机，这都是你们的丈夫卖肾给你们买的吗？

你们还在那里笑，一定在说怎么勾引男人吧。看你们欲求不满的样子，肯定是找了个糟老头儿。否则就凭你们的蠢样，哪个男人不长眼给你们买苹果手机？

那个靠着栅栏的女人，她穿得最不像样。那件藏青色的棉外套是在菜市场里买的吧，隔这么远都能闻到她身上的一股霉味。她老公一定是个穷鬼，否则她为什么总是一脸低三下四的谄笑？

这样的女人肯定没有老公接，她肯定也不舍得打车回家，所以会带着女儿从中湖公园穿过去坐地铁。

这样一来，我就可以跟着她到家了。她老公一定不在家，因为她和其他女人不一样，她从来不看手机，这就说明她老公没空搭理她。

她老公就是个三班倒的苦工，所以她肯定有很多时间独自在家。

等她打开门看到我，她一定得吓疯了。哈哈哈。

"哎！你干吗呢？"

远处传来了一声叫喊，他回过头，看到一个穿着红色工作服和反光背心的中年男人正朝他走来。

"这都多半天了！你怎么才刷这么点？"

他低下头，看到手里的油漆桶和刷了一半的栅栏。

"这刚干几天，你就给我磨洋工！"男人走到他面前，居高临下地看着他。

他最讨厌别人这样看自己，他想把这桶油漆泼到男人头上，然后再朝他的裤裆狠狠踢一脚。

"对不起。刚才有点熏迷糊了。"他谄媚地笑着，从兜里掏出一包皱巴巴的香烟，递了上去。

男人嫌弃地推开他的手，命令道："今天不把这些刷完，你明天就别来了。"

"您老放心。"他点头哈腰地说道。

男人扫了一眼他胸前的工作证，转身离去。

他一点也不怕。因为他是拿着三分之一的工资顶替正式工出工的，这张工作证当然也是正式工的。所以，就算他今天晚上就把那个女人按倒，她也只会记得工作证上面的男人。

这么一想就更刺激了。

他美滋滋地刷着栅栏，好像挥舞着画笔，这是唯一能让他安静的事情。就在这时，他忽然被远处的一幕吸引了——公园的围墙边，一个年轻妈妈正把着一个小男孩在墙角小便。孩子尿完后，年轻妈妈弯着腰，拿着一大瓶矿泉水浇了上去。

　　他盯着她的背影，腹中腾起一团火焰。

3

韦丽莎跪在马桶边,认真地擦着马桶圈,直到在灯光下看不出一点脏,才小心翼翼地贴上新的马桶垫。

"你快点!"吕国杰在外面吼道。

他每次看到妈妈刷马桶都非常窝火,恨不得冲上去一脚把她踹开。

"小杰啊,和你说了多少次了,不要尿在马桶圈上。"韦丽莎扶着膝盖缓缓站起来,换了块抹布开始擦洗脸盆。

"快点!我憋不住了!"吕国杰又吼道。

"一会儿唐老师就来了……"

"她来我就不能撒尿了吗?你要憋死我啊!"

见妈妈不出去,他干脆脱下裤子,刚擦好的马桶又被他弄脏了。

"你这孩子……"韦丽莎赶紧又弯下腰擦了起来。

吕国杰上完厕所却没有出去,他靠在墙边,看着妈妈的后背,问道:"上次姓唐的和你说什么了?"

韦丽莎后背明显一颤，嘴里却说着："没说什么啊，就说你现在画得越来越好了，今年一定能考上。"

放屁！吕国杰心里暗骂，你们的谈话我都听到了。那个贱女人说我已经复读三年，画得还是不行，让你给我另谋出路。然后她还说"培训班工作多"的屁话，没精力再对我做一对一辅导了，还要把剩下的学费退回来。

"我不想让她教了！"吕国杰咬牙切齿地说道。

"那怎么行？唐老师对你可看重了！"韦丽莎急了。

上次她好说歹说，甚至跪在地上哀求，唐老师终于答应教完这个月。今天是最后一次辅导，韦丽莎打算再用这个方法留下她，反正能多教一次是一次。如果唐老师真不教了，她就再也找不到这么便宜的家教了。

她也不是没想过送吕国杰去大班上课，但是他每次去一个班总得和同学们发生矛盾，搞得现在所有培训班都把她家列入黑名单了。

她原本还想说说孩子，可是吕国杰他爸却说什么毕加索、凡·高这些大画家都是这个脾气，没这个脾气反而还画不好了。所以她也不敢再多说什么，只能咬着牙多花钱找家教上门授课。

"还有呢？"吕国杰冷冷地问道。

"没了。"

"她说很看重我？"

"当然了，唐老师说你可有天赋了。"韦丽莎说道，马桶已经擦干净了，但她还背对着儿子。

"我要是还考不上呢？"他冷不丁问道。

"你怎么能这么想……"

"那帮美院的老帮菜，他们懂个屁！"吕国杰吼了起来，"他们能看懂我的画吗？你别蹲在这儿了，你给我出去！"

他一边吼一边拽起韦丽莎，把她拎出了卫生间。

"你为什么给她擦马桶？你就这么贱吗？"他朝着妈妈吼道，"你是我妈！我不允许你这样！"

"可唐老师是个女同志，我总不能让她……"

"她不愿意上就憋着！我给没给她钱？"吕国杰的眼睛暴突出来，"她以为她是什么东西，一个画匠！庸人！那帮老帮菜的狗腿子！帮他们扼杀天才的刽子手！以后我成世界大师了，我第一个踩死她！"

"我们小杰以后一定能成世界大师！"韦丽莎一边看着墙上的时钟，一边抚摩着吕国杰的后背。从小到大吕国杰每次发脾气，这都是唯一管用的方法。

"妈妈相信小杰。"韦丽莎安抚道，"小杰不要生气，小杰吓到妈妈了。"

"我……我不想看你给她擦马桶……"吕国杰委屈了起来。

"妈妈知道，小杰心疼妈妈。"韦丽莎轻声说道，"妈妈也不想给她擦，妈妈还不是为了小杰吗？是不是？"

吕国杰点了点头，又咬起了牙。

"好啦好啦，妈妈去超市买肉，晚上给小杰炖肉吃。"韦丽莎安抚道，"你好好等唐老师来，好好学习。等小杰考上了，妈妈就功德圆满了……"

说到这里，韦丽莎捂住了嘴，转身躲进厨房。

吕国杰躺在床上，听到韦丽莎关门的声音，他翻身下床,从抽屉里拿出一个小纸盒,又从里面取出一个透明的小塑料瓶。

他把塑料瓶举高,盯着它,艰难地咽了口唾沫,转头望向门口。

叮咚——

叮咚——

砰砰——

一个花白头发的女人踮着脚往门口走去,快走到门口时停了下来。

"开门,派出所的,知道你在家。"门外响起一个男人的声音。

她犹豫了一下,还是走过去打开门。

门外围着一群人,两个穿警服的民警,还有一男一女,四个人身后站着一圈黑压压的协警。

这个男人好像有点眼熟,她忽然想起来,立刻伸手去关门,但男人沾满泥的靴子已经顶在门边。

"干什么?"女人忽然尖叫起来,"来人啊,警察打人啦!"

"你喊吧,我们这儿有摄像机。"男人说道,"把邻居都喊来。"

女人放弃了关门,退到一边号道:"你们干什么啊?我又犯什么罪了?"

"我是东华支队的,我叫祁亮,这是我的证件。"男人举着警察证说道,"你是不是韦丽莎?"

"我是。"

"你儿子是吕国杰?"

"我儿子不就是你抓走的吗?你还问什么啊!"韦丽莎瞪起眼

说道。

祁亮没和她纠缠，继续说道："你儿子在哪儿？"

"我不知道！"韦丽莎眼睛飞快地转了转，"这儿就我一个人！"

"他是不是和你住在一起？"祁亮继续问道。

"不是啊。我没见过他。"

祁亮点点头，对民警说道："录下来了吧，吕国杰的母亲亲口说吕国杰没和自己住在一起。"

"等会儿！你们什么意思啊？"韦丽莎冲上来，"你别录了！挺大小伙子干什么不好当二狗子！别录了，听不懂人话啊？"

"他是不是和你住在一起？"祁亮又问了一遍。

"是啊，住在一起！那又怎么样？我不知道他在哪儿！"韦丽莎喊道，"我儿子已经刑满释放了，就是合法公民，我们有自由的权利！你们管得着吗？噢！我知道了，是那个贱女人家里的让你们来找碴儿的吧？我呸！那个臭不要脸的贱货！活该她跳楼！她要没做亏心事她跳什么楼？她就是做贼心虚！她就是个荡妇！她自己臭不要脸，还把我们家小杰一辈子都害了！我家小杰是中国的毕加索！被这个贱人毁了！"

喊到这里，她剧烈地咳嗽起来，甚至俯下身干呕了几下。

民警朝着周围的协警使了个眼色，大家都默契地往后退了半步，免得这个女人突然起身碰瓷，讹上自己。

所有人都看出韦丽莎是个对抗经验丰富、蛮不讲理的人。警察最不愿意面对的就是这种人，因为你永远没法和她对话，而且她还会时刻观察你，只要让她找到你言行中的一点点纰漏，那你就完蛋了。

所以无论她说出多难听的话，大家都会保持沉默，虽然她会占据上风,但她迟早会累。这是一场持久战,大家都在等她要累了再说。

就在这时,祁亮开口了。

"这个案子法院判得很清楚了。是你儿子吕国杰用迷药迷倒了给他补课的老师,然后实施了犯罪。因为情节严重,社会影响恶劣,被判有期徒刑九年。你身为他的母亲,养而不教在前,诽谤侮辱在后。你已经触犯了刑法,并且被判了三年有期徒刑。这些都是铁的事实,不是你胡说八道几句就能颠倒黑白的。"

果然,韦丽莎把矛头对准了他,骂道:"你算什么东西?我还没说你,你就自己往上凑!你是她家狗吗?我骂你主人了?踩你尾巴了,你急成这样?你们执法不公,给坏人当保护伞,欺负我们老百姓!你还有脸在这儿放你的狗臭屁!我现在就投诉你!我要去打投诉电话!我……我被你们这帮畜生气死啦!"

说完她"哎哟"一声跌倒在地,耍起了无赖。

这时戴瑶从里屋走出来,站在韦丽莎身后,朝祁亮做了个撤退的手势。

"你儿子的手机号你总有吧,还有微信?"戴瑶问道。

"我要去打投诉电话!我投诉你们这帮活土匪!"韦丽莎根本不接她的话。

"行,那我们走了,你慢慢投诉。"戴瑶说道,"你儿子回来了,你跟他说一声警察找他呢,让他马上到派出所报到。如果不去麻烦就大了,明白吗?如果他没干亏心事,就老老实实配合我们调查。我们不会冤枉一个好人,也绝不会放过一个坏人。"

"你听听!"韦丽莎朝祁亮喊道,"人家都知道我儿子是好人!"

他没有时间了,他必须做出选择,到底是那个穷鬼老婆,还是这个带着儿子的女人。

这时他的裤兜里剧烈振动起来,接着传出二十年前才能听到的手机铃声。

他从兜里掏出一部直板手机,这是他妈妈给他的。他妈说先用这个,过两天再给他买个智能手机。他拒绝了,这个就挺好,反正那些花里胡哨的功能他也用不上。什么微信,不就是能当对讲机用吗?他都不知道那个小玩意儿为什么现在会这么火了。

是他妈妈的手机号,这些年,这是他唯一能背下来的号码。

"喂!你在哪儿呢?"

那个女人又焦躁了,真讨厌。

"我跟朋友在一起。"他转过头,看着远处的工头和工友。

"朋友?什么朋友?"妈妈一下抬高了语调。

"你别管了!真烦!"他吼道。

这招很管用,妈妈的态度立刻软了下来,低声下气地说道:"这不是有警察来家找你吗?你不会有啥麻烦吧?"

"没有!"他瞪着眼睛说道,好像这样就能吓退电话另一头的女人。

"那妈就放心了,你要有地方待,这两天就先别回家了。"妈妈说道,"等过了风头再回来。钱不够妈妈给你送去一点,你在哪儿……"

他没等妈妈说完就挂断了电话,因为工头又过来了。

"你又在干什么呢?"工头怒道,"年纪轻轻的,干点活儿这么能偷奸耍滑啊?"

这个浑蛋的样子怎么那么像那个男人?连说话的语气都一模一样,真让人讨厌!他的胃里一阵痉挛,脑袋里冒出乱七八糟的声音。

——你这个懒娘儿们，干点活儿就要了你的命了？

——你看你岁数也不大，脸比谁都黄！真他妈碍眼。

——你又做这个！我跟你说我不爱吃！你听不懂人话吗？

他好像又看到了那个男人，坐在沙发上，一边翻着他最珍视的人体艺术素描画本，一边不时地从喉咙里发出刺耳的声音，还一脸猥琐地盯着女性人体油画。

"你是不是当我说话放屁呢？"工头上前推了他一把，差点把他推倒。

自从被警察抓走，就再也没见到你了。这些年你到底去哪儿了？你为什么不去监狱看我？你是死了吗？你说话啊！

"看什么看？"工头被他激怒了，一个耳光抽过来，啪一声响，他像个陀螺一样旋转后摔倒在地。

工友们围上来拽住工头。他天旋地转地爬起来，看到附近的人都在看他。他忽然心头火起，因为穷鬼老婆也在看他，竟然还同情地看着他。

看我不弄死你这个贱人！他心里吼着。

"赶紧干活儿！今天干不完明天就别来了！"工头毕竟是个粗人，来来回回就是这几句威胁的话，最后终于又憋出一句，"工资也别想要了！"

你以为我是要你这点工资才来的吗？你这个蠢货！他心里嘲笑着，拍了拍身上的土，拎着油漆桶走向远处的栅栏围墙。

从栅栏的缝隙能看到公园外边的街道，一大早就停了一排警车，到现在还没走。这些浑蛋不是来找我的吧，他有些紧张，但也更兴奋了。

工头还想再追上去骂两句，这时他的手机响了起来。

"你好啊，齐主任！"工头一手叉腰，一手举着电话，"我听说啦。您放心，不会影响我们的施工。您放心吧，队伍里都是自己人，知根知底的。我们可不像有些人自己不养队伍，接着活儿了就满大街拉人去。那能干好吗？可真逗！"

工头一边打电话一边带着其他人走远了。这时吕国杰转过身，在人群中搜索他的猎物，她竟然还在看自己。两人视线相交的一刹那，她竟然躲开了。这个浪货，我知道你是怎么想的，正好我今晚没地方去。

他拿起油刷胡乱刷起来，眼睛四处乱瞟。这时墙外又开来一辆车，车里下来一男一女。

他愣了一下，因为他认识那个男的。

祁亮下车后的第一个动作是抬头寻找监控摄像头。这些年，随着监控系统越来越完备，抬头找监控已经成为很多刑警的职业习惯。

但他这次这么做是另有原因。他们刚被告知，因为中湖公园还处于施工阶段，由项目方进行管理，而项目方反馈只有在个别涉及生产安全和资材保护的点位才设置了监控摄像。

项目方当然是违反了规定，但这已经不是祁亮和戴瑶能管得了的。他们要做的是尽可能找到附近的监控，看看能不能对破案有所帮助。

两人沿着中湖公园外墙的绿色围挡，往南边的永中街道派出所走去。中湖公园本来属于永中派出所的辖区，但它却归中湖公园派出所管辖，而因为中湖公园派出所还在筹备中，所以他们两人还要去永中派出所开协调会。

这看起来像是绕口令似的关系，在刑警看来却是司空见惯了。麻绳总在细处断，刑事案件大多发生在"三不管"地区。

戴瑶忽然说道:"刚才换了别人可能就过去了。"

"什么?"

"你对罪犯他妈说的那段。"

"别人也许能过去,可我就是过不去。"祁亮顿了顿,说道,"对不起。给你添麻烦了。"

"我觉得你说得挺好的,尤其那个在前在后的。"戴瑶眯起眼睛,"就是有点太斯文了。下次换我来,我对付这种人最拿手,能把她狠狠拿捏。"

"不过我这么一岔,没问出来她儿子去哪儿了。"

"就算你不说,她也不会交代好吗?别什么事都从自己身上找原因,你这属于受虐倾向啊,朋友。"戴瑶直冲冲地说道。

祁亮好像被这句话撞了一下,他看向戴瑶,见她表情如常,好像说了一句特别普通的话。

"我这属于受虐倾向?怎么没人告诉我?"祁亮问道。

"废话,告诉你了还怎么虐你?"戴瑶翻了个白眼,"对了,那女的后来逼死了唐颖,也是你把她抓回来的?"

"她?"祁亮推开派出所大门,"她是看出人命了,怕人家报复她,自己跑派出所躲着去了。"

派出所二层的大会议室里坐着三个男人。一个身穿制服的民警和两个穿着黑色夹克的中年男人,他们坐在长条会议桌的一角,正在低声交谈。

见祁亮和戴瑶进来,民警和那两个中年男人分开,独自坐到桌子的另一边,然后低下头专心玩手机,并没有理会祁亮和戴瑶。

祁亮和戴瑶对视一眼,接着戴瑶走到民警身边,用力拉开椅子,坐在他身边。民警抬头看着戴瑶,戴瑶也看着他。

民警刚想起身,这时门外走进来三个身穿警服的男人,为首的中年男人穿着白色衬衫制服。白衬衫是警监才有资格穿的,他佩戴三级警监的警衔,说明他至少是个分局副局长。

白衬衫扫了一眼穿夹克的两个男人,然后看向祁亮和戴瑶,微笑着朝他们招了招手。

白衬衫身后的两个男人穿着蓝色衬衫制服,都佩戴一级警督的警衔。一个是膀大腰圆的中年人,另一个是干瘪的小老头儿。

戴瑶看到小老头儿的时候,一下就愣住了。

4

十五年前,戴瑶从警校毕业后分到了朝明刑侦支队。她的师父谢征是朝明支队的功勋老将,业务能力出众,但因为性格有点软,所以四十岁了还只是个组长。

戴瑶性格火辣,又年轻气盛,和慢吞吞的谢征总是不合拍。她很憋屈,甚至申请过换组。当然她的申请没有被批准,但也闹得沸沸扬扬。好在谢征不计较,一切照旧。可他不温不火的反应就更让戴瑶上火了。

就这样一晃过了六年。戴瑶逐渐理解谢征的软弱和无奈,对他的态度也有所改观。

她偶然从同事口中听到了谢征一直以来都在默默保护她,有几次她因为行事冲动惹恼了支队领导,最后也都是谢征摆平的。

她本想找机会向谢征表达感谢,没想到拖来拖去,谢征毫无征兆地调走了。

她没想到九年后又见到了谢征,而且是在这样的情景中。她更没想到昔日的壮年男人竟然变成了小老头儿。

她还没来得及反应,谢征先开口了。

"这两位就是东华支队的同志吧,这位是咱们丰泽分局的何副局长。"

戴瑶恍惚了一下,是自己认错人了吗,还是他不认得自己了?难道是他装不认识?这时谢征给了她一个似有若无的眼神,她立刻收拾情绪向副局长问好。

"老谢,你以前也是刑警吧。"何副局长说道,"你们都是同行,以前打过交道吗?"

果然是他。戴瑶心里一阵躁动,他真的在装不认识自己。

"我这岁数,能跟他们打什么交道?"谢征笑着说,"我当刑警的时候,他们连酱油都不会打呢。"

"你看你,这就不对了啊,不能倚老卖老!"何副局长笑呵呵地介绍道,"这位是谢所,中湖公园派出所所长;这位是韩所,永中街道派出所所长。大家都先坐吧。"

落座的时候,戴瑶看了一眼身边的祁亮,发现他也在看着谢征。

"先介绍一下情况吧。"何副局长朝韩所长昂了下头,"毕竟现在中湖派出所还在筹备,这方圆十里你最大,你说吧。"

"何局,谢所,两位支队的同志。"韩所指了指两个穿黑色夹克的男人,"他们是中湖公园项目部的,今天来汇报。"又指了指戴瑶边上的警察,"这是小倪,我们所的外联民警。那就小倪先介绍一下情况吧。"

挨着戴瑶坐的警察坐直了身体,拿出本子念道:"各位领导,我所接到警情后迅速启动预案,成立了由韩所牵头的专项工作组,配合东华支队,主动做好后勤和外联工作。通过我们的辖区联络机制,第一时间联系到中湖公园改扩建工程项目部的负责人,得知中湖公园内没有监控设备,并立即向东华支队通报。此外,我们还……"

"等一下。"何副局长叫停,"你刚才说没有监控设备,还是没有全面覆盖的监控设备?"

小倪看了一眼对面的两个男人,又看了眼韩所,没有回答。

"这个问题很难吗?"何副局长看向韩所。

"你们自己说吧。"韩所对两个男人说道。

"我们是没有监控设备。"其中一个男人说道。

"等一下,你们是哪个单位的?"何副局长问道。

"我们是中湖公园改扩建……"

"我是问哪个单位!公司!还有你的职务和身份!"何副局长瞪起了眼睛。

男人挺直了身板回答道:"我们是秦基集团,我是项目经理。"

祁亮拿出手机搜索,搜到了一条新闻。两年前秦基集团创始人秦荣设计的蚌中珍珠造型中标芭蕾舞剧院设计方案,秦基集团也顺利拿下该项目。

何副局长点了点头,说道:"那你们是大公司啊。这么大的公司,工地里都没有监控吗?"

"这个项目的情况比较特殊。"项目经理回答道,"刚才公司总部也给我们发来了指示,我们接受一切批评,服从一切处罚,立刻进行整改……"

何副局长又挥手打断了他的话,问道:"你先说说情况怎么特殊?"

项目经理看了一眼韩所,说道:"情况是这样的,中湖公园原本是封闭管理的施工场地。但是因为南北向穿过公园可以减少公园北侧的居民到南侧的地铁站的距离,所以居民们拆掉了围挡私自穿行。我们向派出所也报备过很多次,但一直没能解决。"

"这和监控有什么关系？"

"原本我们这边都是有监控的。"项目经理说道，"但是后来监控都被人给拆除破坏了。因为咱们公园的翻修工程要比场馆早完成，大概一年前公园就已经具备交付条件了。因为场馆没建好才一直没移交。这时候就有很多游人私自进园游玩。我们发现后，一方面和派出所联系，一方面派保安劝离。他们发现我们是通过监控找到他们的，就把监控给破坏了。"

"所有监控都破坏了？"

"除了场馆工地里的监控还在，其他的都被破坏了。"项目经理说道，"我们已经把场馆监控给到永中派出所了。"

"我们也是代收，随时移交给老谢。"韩所说道，"我再补充两句。这个情况我们和分局、区里也都多次报告了，协调会都开了至少三次。但问题一直没有得到解决。我们不是不管，问题是公园里面不属于我们的辖区。之前我们主动提过，公园派出所成立之前我们可以代管。后来一直也没得到回复。"

"这个事待会儿再说。"何副局长转头对项目经理说道，"你说的这个情况我也大致了解了。后续怎么处理，我们再研究，辛苦你们二位了。"

两人知道这是逐客令，于是起身离开。会议室里的气氛骤然冷下来，何副局长皱着眉，双眼盯着桌上的茶杯，似乎在压抑怒火。

"咱们有没有做得不到位的地方？"他终于开口了，把重音落在了咱们上面。

众人都默不作声，会议室里一片寂静。祁亮和戴瑶对视一眼，他们是来开协调会的，可现在变成了问责会。

过了很久，谢征忽然开口了。

"我是中湖公园派出所的筹备负责人，责任在我。"

戴瑶心里猛地腾起一股火,这个老谢,还真是江山易改本性难移。她甚至想拍案而起,指着谢征的鼻子质问:你一个连招牌都没有的光杆儿司令能负什么责任?你为什么要替他们"背锅"?

但是她没有开口。她忽然明白了老谢为什么装作不认识她。如果何副局长知道他们的关系,那就会更心安理得地把麻烦甩给老谢了。

因为谢征揽下责任,会议很快就结束了。祁亮从小倪手里拿走监控拷贝,小倪十分严谨,让他填了三个表格,还拍了照片。

走出派出所,祁亮才问戴瑶,刚才她为什么一上来就坐在小倪旁边,她和小倪是不是认识。

"谁认识他?我就是瞧他和那两个项目部的哼哼唧唧不爽。"戴瑶冷笑道,"看咱们进来了还不说话了。跟我玩阴阳脸,我才不惯着这个毛病。"

这两句话一下说到了祁亮心里,他也很讨厌这种鬼鬼祟祟的人。但这种人往往阴险记仇,所以绝大多数人都不愿意冒着以后被针对和报复的风险去得罪这些小人。

这些年祁亮就得罪过几个小人,他并不后悔,但他也承认这些破事让他的工作热情大打折扣。

两人走到车子旁边,戴瑶掏出手机拨出去。屏幕上显示联系人敦敦,祁亮猜戴瑶打这个电话是为了决定接下来去哪儿。

"戴姐。"牛敦接通电话,轻声说道,"吕国杰家小区的监控已经看完了,他从昨天中午离开后一直没有回去。还有就是吕国杰出狱后没有办过银行卡和手机号,之前的手机号也停用了。"

没有听到戴瑶回话,牛敦又试探着问:"戴姐,要不要发协查通告?"

"协查通告有什么用?"戴瑶说道,"你还不如去查韦丽莎办过几张手机卡,如果有两张卡,而且最近相互通过话,那就肯定有一张是吕国杰用的。再看看他这两天都联系过谁,挨个去找。"

"明白了,戴姐!"牛敦高兴地回答道。

祁亮也竖起了大拇指。

戴瑶挂断电话,笑着对祁亮说道:"敦敦还挺可爱的,给他安排了这么琐碎的活儿,他还挺高兴。"

祁亮微微一笑。这正是牛敦的生存之道。他没有急智,不管遇到任何事都只会按部就班。但他也很勤奋,只要有明确的指令,哪怕工作量再大,他也会踏踏实实做完。

"接下来去哪儿?"祁亮问道。

听到这个问题,戴瑶却皱起眉头。

"我得去见一个人。"戴瑶看着祁亮说道。

"好。那我先回队里。"祁亮做了个离开的手势。

"你能不能和我一起去?"

"哥儿几个都随多少啊?现在这情况,怎么不得两千起步啊。"

"瞧你这口气大的,你一个月挣几个两千啊?咱们听老谢的,现在老谢是领导,领导随多少咱们随多少。"

"对了,老谢,今天会开得怎么样啊?我都听你嫂子说了,分局正在给你们报这个筹备奖呢。那案子对你们没影响吧?"

谢征刚要回条语音,却发现对方把这条给撤了。他放下手机,发了会儿呆,然后慢慢拿起一个扁瓶二锅头。

他慢慢拧开瓶盖,刚放到嘴边,忽然肩膀被人拍了一下。他吓得一哆嗦,转头一看,竟然是戴瑶。

"您吓死我了,姑奶奶!"谢征抚着胸口说道。

"你怎么不回家吃?"戴瑶冷着脸质问道。

"随便垫巴一口得了。"谢征闪烁其词地回答道。

"这是祁亮,我搭档。"戴瑶一边说一边坐在他对面,"你跑得倒挺快,这么多年没见了,也不说请我吃个饭。"

"吃！吃！"谢征满脸堆笑,"我这不是寻思你们都忙吗？走,咱们换个好馆子吃。服务员,我那份盖饭打包。"

"行了,就这儿吧。"戴瑶环顾四周,标准的苍蝇小馆。

"这儿你别看它小,味道特别好,还干净。"谢征笑着拿过菜单,"酱牛肉盖饭和茄子盖饭都是特色。"

"没有炒菜吗？"戴瑶皱着眉问道。

"你要是不够,可以让他们多盖一份。"

"噗——"祁亮一口水喷了出去。

戴瑶瞥了一眼祁亮,然后嫌弃地说道:"我也真服了你了。服务员,给我来四份酱牛肉盖饭,两份打包。"

"不是你……"

"刚才为什么认账？"戴瑶忽然瞪起眼睛。

谢征吓得把后半句缩了回去,立刻低下头,眼睛盯着酒瓶。

"说！"

好像被九年前的状态支配了一样,谢征吞吞吐吐地说道:"总得有人承担责任嘛。"

"你承担责任？那我问你,你们和公园项目部联系过吗？"

"没有啊。我们筹备阶段……"

"那不就完了？"戴瑶拍了下桌子,"那你认什么？还没开张就背上个人为责任指标,五年你都翻不过身来！你手下几十号人还都得跟着一起受连累,他们能说你好话吗？"

"是,是,是。"谢征低着头,一副颓废的样子。

祁亮本来想劝戴瑶消消气,可他转过头,却看到戴瑶眼睛里噙着泪水。他以为自己看错了，定睛一看，竟然真的是泪水。

"你为什么要这样啊？"戴瑶缓和了语气，"你怕他们吗？"

"我怕什么？"谢征苦笑着摇了摇头。

"那你到底在干什么？"戴瑶质问道，一滴眼泪啪嗒一声掉在领子上。

"你别这样。小祁，你劝劝她。"谢征苦着脸说道。

"没事！"戴瑶狠狠地抹了把眼泪，"我就是看见你高兴。"

没过多久，服务员端上来三盘酱牛肉盖饭和两盒打包好的外卖，三个人默默吃了起来。祁亮本是个安静的人，可是现场的气氛连他都觉得尴尬，于是礼貌性地和谢征聊了几句，说看谢征眼熟，是不是之前打过交道。

谢征这才说了这些年自己一直在丰泽分局的永外派出所。他满嘴苦涩，习惯性地摸向酒瓶，抬头一看，戴瑶正瞪着自己，于是又缩回了手。

祁亮于心不忍，起身找服务员要了三瓶北冰洋。

谢征喝了一口，汽水的辣味稍微勾起了食欲，于是抓紧往嘴里塞饭菜。

三人默默吃完饭，谢征刚要叫服务员结账，戴瑶腾的一下站起来，谢征又赶紧低下头。戴瑶去吧台扫码结账，回来给了祁亮一个眼神。祁亮无奈地起身，也不知该说些什么。

戴瑶拎起袋子往外走，走到谢征身边时忽然凑上去，生硬地抱了抱他，然后一言不发地走了。

祁亮跟着戴瑶走出小饭馆，冷风吹来，他忍不住深吸了口气，吐出来的已经是烟雾一般的哈气了。

这时一个小女孩跌跌撞撞跑过来，一下撞翻了戴瑶手里的外卖袋子。戴瑶错愕地望着撒了一地的酱牛肉盖饭，小姑娘"哇"地一声哭了起来。

穿着藏青色棉大衣的妈妈立刻跑过来,她一把将小姑娘拉到身后。戴瑶刚挑起眉毛还没开口,她忽然蹲下来,从包里掏出面巾纸给戴瑶擦鞋和裤子。

戴瑶吓了一跳,立刻跳开,然后扶女人起来。

女人抬头看了一眼饭馆,对戴瑶说道:"真对不起,我进去买两份赔给您。"

戴瑶一把抓住女人的胳膊:"没事,你赶紧带孩子走吧,天冷。"

"实在对不起,孩子……"

"我知道,追彩灯公交车呢。"戴瑶微笑着说。

女人又是一番鞠躬道歉,这才拽着女儿离开了。

戴瑶低头看着裤子和鞋,一股菜汤味儿飘了上来。

祁亮伸出挂了一天黄泥的左腿站到戴瑶右腿旁边。戴瑶低头看了看,两人的鞋好像差不多大,就忽然笑了起来。

"你穿多大号?"戴瑶问道。

"42。"

"我39。"

祁亮把脚抽走,又向外滑了两步,他脸上的肌肉第一次松弛了下来。

他躲在巷子里,看到女人鞠躬道歉的一幕,忽然浑身发抖,使劲用头去撞面前的红砖墙。

砰!砰!砰!

"唐老师,您高抬贵手,放过小杰吧。"韦丽莎一边磕头一边哭号,"您可千万不能报警!您报了警,我家小杰这辈子就完了!"

"你别给她磕头!"他嘶吼着,"我不许你给她磕头!"

韦丽莎往前爬了两步,哀求道:"您大人大量,我儿子不懂事,我一定好好教育他!我这辈子给您做牛做马,求求您千万不要报警啊!"

"你起来!你是我妈!你别给我丢脸!"他浑身发抖,捶打着地板,"你为什么每次都要给我丢脸?你能不能有点尊严?"

"唐老师!您别听他说!他在说胡话!他考试考糊涂了!对,他压力太大,精神坏了!求求您放我们娘儿俩一条生路吧!"韦丽莎砰砰砰地磕头,额头上磕出了一大片血印子。

嘭嘭——

"开门,警察!"

砰!砰!砰!韦丽莎又磕了三个响头,哭号道:"求求您了,千万不要和警察说,我求求您了!"

"开门!开门!"门外传来嘈杂的喊声。

"你们烦不烦!"他歇斯底里地冲到门口,一把拉开门。

一股巨大的力量把他推向后方,他摔倒在地,大脑一片空白。等他醒过神来,已经坐在又黑又冷、充满刺鼻味道的牢房里了。

那段最想抹去的记忆忽然浮现在眼前,如此真实,无可闪躲,他用手指使劲抠着红砖墙,咬牙切齿地望着母女俩离去的背影。

"看我怎么收拾你!"他咬牙切齿地低吼,忽然感觉身后有什么东西在动,转过身看到一只小狗。

因为天冷,小狗瑟瑟地凑到他面前,前爪趴地,做出笨拙的讨好姿势。

他笑了,从兜里掏出一个东西,噼里啪啦一阵电光。这玩意儿本来是用来对付那个女人的,何不先用它来玩一下?

他慢慢蹲下来,将电击器朝着小狗可怜巴巴的双眼插去。

5

　　小狗好奇地看着电光，小黑鼻头还一张一合地凑上来。

　　就在这时，一股急促的风声吹进了他的耳膜。紧接着是一声闷响，好像他爸把他的头按进水里的声音。他眼前一黑，脑袋不由自主地甩过去，撞到红砖墙上，然后像条破布口袋一样软绵绵地滑下来。

　　他被耳鸣惊醒，眼前再次出现光亮。他猜自己是被打了，九年来这个感觉对他来说已经是家常便饭了。他甚至转了转眼珠，因为狱医曾告诉他，眼睛是分辨有没有意识的参照，如果还能动就说明还活着。

　　他抬了下眼皮，看到一个强壮得像山一样的男人，手里拎着一根已经折断的棍子。这人就是拿这东西打我的吧，他看着那根棍子，气若游丝地问道："这是你的狗吗？"

　　男人没有回话，但是棍子猛地离开了他的视野。又是一阵急促的风声，他连闪躲的力气都没有了。这一次他清楚地听到了木棍砸到头上时发出的闷响，还有更让他毛骨悚然的咔嚓一声脆响。

　　但他竟然感觉不到疼痛。他现在终于理解了那个只剩下半张脸的同监狱的老哥说的话,当你快死的时候你是觉不到痛的。他知道,这个抽风的男人正在用这根破木棍一点一点杀死自己。

"你丫是有病吗?"他喃喃道,然后吐了口血水,那腥味就像小时候被同学追打绊倒了个狗吃屎一样。

男人扔下折断的棍子,单膝跪在他面前,看着自己的拳头。

"对,我是。"

戴瑶推开办公室门,看到牛敦正在办公桌前埋头苦干。

"趁热吃。"戴瑶把袋子放到办公桌上,"你这顿晚饭可贵了。"

牛敦起身向戴瑶道了谢,朝后面进来的祁亮挥了挥手。

"这又是什么故事?"牛敦拿起一盒打开闻了闻,"哇,好香。"

"那小子有信儿了吗?"戴瑶坐在沙发上,拿出湿纸巾擦鞋和裤子上的油渍。

"有了!他在东湖公园打工,刷漆工。"牛敦嘟嘟囔囔地说道,"东湖公园就在中湖公园东边。工头说他刚来没几天,今天一天都魂不守舍的。"

"东湖没排查吗?"祁亮皱眉道。

"排查了。他是替别人上班的。"牛敦气哼哼地说道,"我刚打电话的时候工头还想跟我打马虎眼呢。"

"工头知道他的去向吗?"戴瑶问道。

"他说不知道。"牛敦拿起一张纸递给戴瑶,"这是他的手机号,登记在韦丽莎名下的。这几天除了工头和韦丽莎,没有别的人和他联系。最后一个电话是今天下午韦丽莎给他打的。"

戴瑶点点头,沉思了片刻说道:"韦丽莎给他打电话,无非就是让他先在外边避避风头。像他这种蹲了九年刚出来的，应该也没什么社会关系。继续盯他的电话吧。"

"咱们怎么办？"祁亮看了眼墙上的时钟，已经晚上七点了。通常这个时候就要决定谁值第一个夜班，然后其他人回家。毕竟养好精神才能破案，而值夜班除了接收信息外也起不到什么关键作用。

"我来值夜班吧。"牛敦自告奋勇，"戴姐，你回去睡个美容觉，明天还得靠你破案呢。亮哥也回去早点休息，吹了一上午风，我看你脸都吹绿了。"

"行，那咱们定个点儿。过了这个时间没消息，咱们就都回家。"戴瑶痛快地答应了牛敦的建议。

"那就九点吧。"祁亮按着手机屏幕，很快打印机发出一阵嘎吱嘎吱的声音，接着开始往外吐纸。

祁亮走过去，把打印好的纸钉成三份，然后递给戴瑶和牛敦。

"这是林珑的报道。"祁亮说道，"这个时候正好看看。"

"《没有一个母亲会认为自己的儿子是强奸犯》。"牛敦念着，"这是什么？"

"这就是林珑生前做的报道，她遇害前不是给她爸发了个微信嘛，说无论发生了什么也要把报道发出去，说的就是这个。"

祁亮看着纸上的文字，就好像林珑在他耳边轻语。

法槌落下，罪行得到审判，罪犯接受制裁，这是生活在文明社会中的我们的基本认知。但是，真实的情况却正好相反，法槌落下，伤害却从没停止。

这一次，加害者变成了罪犯的母亲，她们不仅毫无忏悔和羞愧，反而倒打一耙，把儿子的罪恶行径怪罪于无辜的受害者，继续踩躏受害者的伤口，践踏受害者的尊严，把受害者拖到痛苦的深渊中。

有的受害者不堪骚扰选择了轻生，有的受害者抑郁而终，大多数受害者忍受着无穷无尽的折磨，被仇恨煎熬着。

那些强奸犯的母亲，她们躲在阴暗的角落里。她们知道世人不会注意肮脏的自己，于是更加肆无忌惮。

这是一个系列报道，作者将以真实案例揭开这些母亲的真面目，让全世界都看清她们在想什么、在做什么。

只要世上还存在这样的恶行，这个报道就不会停止。

"亮哥，这第一个案例就是你那个案子吧？"牛敦说道，"九年前，一个复读三年的男生用网购的迷药迷倒补课老师，然后强暴了她。铁证如山，但是强奸犯的母亲却反诬老师勾引自己的儿子。"

"对，这就是林珑母亲的案子。"祁亮看着手中的白纸黑字，仿佛回到了那个被烈日晒得发白的午后。身穿一身白衣的唐颖趴在石板路上，那一摊深红色的血迹格外刺眼。

"她甚至在儿子入狱后还拿着大喇叭到受害者工作单位造谣、侮辱。"牛敦继续念道，"就算被民警带走，获释后还继续上门侮辱受害者。最终，受害者受不了无休止的侮辱和骚扰，在单位跳楼自杀。"

"因为韦丽莎天天去闹，很多学生家长联名要求辞退唐老师。"祁亮说道。

"学生家长？"牛敦诧异地眯起了小眼睛。

"他们可能觉得这件事会分散孩子的精力，影响孩子考试吧。"

祁亮想起他赶到现场时围观的人群,在那炎热的午后,他们的眼神却让他如同身陷冰窟。

"接着往下看吧。"戴瑶念了起来,"为了采访到这些母亲,记者以同情她们的遭遇、想要为她们的儿子申冤为名接触她们。这么做看似不妥,但考虑到她们的所作所为,为求让公众看到她们最真实的一面,所以只好出此下策。"

"所以吕国杰上门威胁林珑。"祁亮停顿了片刻,继续说道,"可咱们去韦丽莎家时,她没提林珑采访过她。"

"以她的性格,知道自己被耍了,早应该开骂了。"戴瑶接着说道,"是不是做贼心虚?"

两人都陷入思考,办公室里安静下来。就在这时,桌上的座机猛地响起来。

牛敦接起电话,听了几句脸色大变,立刻按下免提键。

"你再说一遍。"

"我是永中派出所,刚才在中湖南路的巷子里发现一个伤员,好像是你们要找的那个人。"

"伤员?"戴瑶问道,"什么伤?"

"看不太出来,反正血葫芦似的。人已经拉到永外医院了。"

"他带身份证了吗?"

"没有,所以我说让你们过来看看。"

"你派人看好,我们马上就到。"

"那你们快点吧。"

"是谁报的警?"戴瑶一边穿外套一边问道。

"一个环卫工人,带回所里了。"

"你和所里说一声,我们的人马上就过去。"说完戴瑶挂断电话,对牛敦说道,"一会儿你去所里把报警人带回来,先简单问问情况。我和祁亮去医院,如果是吕国杰,你就给环卫工人做笔录。如果不是,你就交给今晚值班的。"

"明白,戴姐。"牛敦收到这么清晰的指令,说话都变得底气十足。

永外医院的急诊中心门口停着三辆急救车和三辆警车,警灯交错闪烁,晃得人睁不开眼。

保安认出祁亮,立刻抬起栏杆,指挥他把车停进最后一个车位。

"你们这儿这么热闹啊?"戴瑶问道。

"我们是市级创伤中心。"保安看着急救车,背着手说道,"江湖一夜雨,永外十年灯。什么漫漫江湖路,这里才是大哥们的归宿。"

"今晚又怎么了?"祁亮问道。

"看微博吧。"保安低头跺了跺脚,"社会上的事,一句两句说不清楚。"

两人往门诊中心走,看到医生从急救车上抬下担架车,一个光头男人躺在担架上,白胖的肩头露着狰狞的文身,垂在空中的手腕上戴着手牌。

"江湖一夜雨,永外十年灯。"戴瑶低头苦笑,"唉!我今天才知道,我师父在永外派出所干了九年。"

"他为什么不告诉你?"祁亮推开急诊中心的大门,让戴瑶先进去。

"可能是讨厌我吧。"戴瑶竖起衣领。

"是不是累了?一会儿你就回去吧。"祁亮说道。

"我不累。"戴瑶笑了一下,加快了脚步。

累了的人才会忽然感觉到冷,祁亮看着戴瑶的背影,你说不累就不累吧。

戴瑶轻轻推开急诊病房门，病房里放着八张床，三张床拉着帘子。下午一起开会的那个小倪正对着其中一张病床坐着。见到两人进来，他立刻错开眼神，抬手做了个"这里"的手势。

两人绕到帘子后面，看到病床上躺着一个脸上缠满绷带的男人，尽管盖着被子，但也能看出他身材矮小消瘦，原本狭窄的病床都显得有点空荡。护士弯腰在他身侧忙碌着，旁边立着生命体征监护仪。

祁亮摘下背包，掏出便携式指纹采集器，走到床边，轻轻拿起伤员的手。手指上粘着绿色的油漆，他心里一阵兴奋，向戴瑶点了点头，然后把拇指和食指分别压在采集器上。

很快匹配结果出来了，这个被绑成木乃伊一样的男人就是吕国杰。

祁亮掏出手铐，把昏迷的吕国杰铐在病床上。

"他什么时候能醒？"戴瑶小声问道。

"失血很严重，就算能醒也得早上了。"护士耸了耸肩，"也不知道谁下手这么狠，打一个这么瘦小的人。"

戴瑶挑了一下眉毛，淡淡道："他是强奸犯。"

护士的瞳孔一震，立刻转身出去了。

按照规定，民警不应该随意泄露当事人的身份，但听戴瑶这么说，祁亮却也有些解气。

"咱们兵分两路吧。"戴瑶说道，"我去通知韦丽莎，你去找林松。"

祁亮看着病床上的吕国杰，他猜到这是林松干的。他理解林松的愤怒，但是他也知道林松即将付出惨痛的代价。

可是他不知道这个善良厚道的男人为什么要遭受这些，为什么这些年他遇到这么多好人都遭受了这些……厄运？随机事件？他不知道该怎么定义，因为它有无数种解释，只有一种答案被排除在外，那就是"公道"。

"要不然让敦敦陪你去。"戴瑶说道，"如果你担心林松的状态。"

"不用。"祁亮摇了摇头，"他已经没什么可失去的了。"

韦丽莎在社区小食堂打了一份两荤两素的份儿饭。这六年她每天晚上都会来这里吃饭，除了春节。春节她会提前买好速冻饺子，熬到初八小食堂开门。

有时候她甚至想自己是不是已经死了，魂儿被卡在什么地方，反复循环着死之前的情景。只有去探监时她才感觉自己还活着，她看着玻璃墙对面的儿子，反复描述着等他出来了就卖掉房子，然后他们一起去沿海城市生活的美好愿景。

直到有一天儿子问她，如果当初自己认罪，是不是已经放出来了？那是他服刑的第七年，很多和他相同罪名的犯人已经刑满释放了。

那一瞬间她疯狂了，歇斯底里地骂，用最恶毒、最肮脏的词语骂儿子，直到狱警把她和一脸错愕的儿子同时拖走，她还在骂，骂声甚至盖过了警铃。

"你没有犯罪，为什么要认罪？"她嘶吼着，双脚拼命跺着地砖，被拖出了探视大厅。

"小杰就是清白的，那个贱人勾引他！"她一边唠叨一边往嘴里塞饭菜，"这帮浑蛋警察，我明天就打投诉电话投诉他们。"

蒜苗炒得太老，她一使劲咬就牙疼，只好又吐出来。

"又唠叨什么呢？"一个身材矮胖、穿着一身铁锈灰的女人走过来,"今天警察去你家了?"

韦丽莎抬起头,看着女人老鼠一样的眼睛闪着光,知道她又来套话了。接下来自己说的每句话她都会添油加醋地讲给别人听,这就是这些爱搬弄是非的邻居的生活。

"管得着吗你?"韦丽莎翻了个白眼,"吃饱了撑的!"

女人显然没打算放过她,坐在她斜对面的塑料椅子上,说道:"你儿子没惹事吧?"

"你儿子才惹事了呢!"韦丽莎拍着桌子说道,"对,我忘了,你这样的生不出儿子来。你丫有这闲工夫赶紧回家看你那俩外孙女去吧。人家孩子四岁都会满街跑了,你家孩子四岁还在婴儿车里窝着呢。"

"你这人说话真够损的!"女人站起来咒骂道,"听不懂好赖话啊你!活该儿子蹲大狱,当妈的就不做人。赶紧回牢里待着去吧!"

女人骂骂咧咧走了。韦丽莎生了一肚子气,饭也吃不下了,于是扔掉筷子闭上眼睛休息。

这时手机铃声响起,她看也没看就接了起来。

"你是吕国杰的家人吗?"一个女人的声音响起,"我是公安局的。"

"是啊,你谁啊?"韦丽莎虚弱地反问道。

"你儿子出事了,这是他的手机。"对方语气生硬得像公交车上的播音。

"什么?"韦丽莎看了眼手机,屏幕上果然显示着"小杰"。

"你方便来医院吗?"

"方便!哪个医院啊?小杰怎么了?"韦丽莎立刻血冲头顶,感觉整个人都天旋地转起来。

"永外医院，很严重，所以你得尽快过来。"对方说道，"你不要挂电话，我们已经到你家附近了，你现在在什么地方？"

"我现在在……社区食堂。"

"你现在出来，往轻轨高架桥下面走。你知道那个地方吗？"

"我知道。"

韦丽莎跌跌撞撞冲出食堂。冷风吹来，头晕稍微好点，但脑袋更迷糊了，她知道这是高血压犯了，但她已经无暇顾及。

"你不要挂电话，你能看到有警车吗？"

"没……没看见……"

"不对啊，那你往高架桥下面走，别挂电话。"

"好。"

韦丽莎一边说一边走，街上空空荡荡，好在路灯很亮。这条街的尽头就是高架桥了，她左顾右盼，没看到警车。

她加快脚步，终于走到了路口。高架桥下面一片漆黑，路灯把新铺好的柏油路照得发亮，但是一辆车都没有。

"我没看见你啊！"她大喊着，因为她已经听不到自己说话了，耳朵里只有嗡嗡的响声，好像一根电钻在钻她的后脑勺。

"我看见你了。"对方说道，"你从高架桥下面穿过来，我们的车在对面。"

韦丽莎往对面张望，没看到有车，但她还是按照对方的指示走进了桥下。桥下大约二十米宽，走两步就完全黑下来了。一股湿冷的霉味迎面扑来，她连续打了好几个寒战，就像鬼上身一样。不过她的听觉却意外恢复了正常，脑袋里的电钻也停止了工作。

可是彻底安静下来，她就更害怕了。她大声咳嗽了两声，用手机微弱的灯光照着坑洼不平的混凝土地面，深一脚浅一脚地走在黑暗中。她好像已经看到对面道路的灯光，就在这时，她忽然停下了脚步。

因为她好像听到了易拉罐滚动的声音，而这声音是从她身后传来的。

接着，她意识好像到有什么不对。永外医院是在城区，而对面的路只能连接到出城方向的高速公路。警察为什么要在这里等她？

"喂？你在吗？"她朝着电话里喊道。

"喂？你在吗？"

她竟然在听筒里听到了自己的声音。她猛地停止呼吸，浑身麻木了。

"咣当——"易拉罐又响了一下，这次就在她背后。

6

戴瑶看着屏幕上的韦丽莎一边打电话一边步履蹒跚地从监控画面的右上角跑到左下角。

一个小时前,她离开病房时给韦丽莎打电话,电话关机了。她忽然生出了不好的预感,于是叫祁亮一起过来找。

社区小食堂的员工告诉他们韦丽莎来吃晚饭,吃到一半和人吵了一架,然后接了个电话就跑出去了。

这时实时监控画面中出现了祁亮的身影,他从右上角走到了画面中间。

"你往前走。"戴瑶对着对讲机说道,"前面是什么?"

"高架桥。"祁亮立刻回答道,"那边有监控吗?"

"有监控吗?"戴瑶低声问操作电脑的民警。

民警在数字键盘上敲了几下,按下回车,监控录像的画面切换到高架桥边的监控画面。民警逆时针转动播放按钮,很快画面中出现了韦丽莎的身影。

"高架桥对面的监控。"戴瑶说道。

民警又切换到高架桥对面的监控画面,从韦丽莎走到桥下开始快进,到现在都没有人从桥下走出来。

"从桥下还能到什么地方?"戴瑶问道。

"没了。"民警想了想,说道,"如果非要过来的话,从轻轨站能走过来,但是有栅栏挡着,而且乌漆墨黑的,一般人也不会这么走。"

就在这时,对讲机里传来祁亮的声音:"快!高架桥下面,让技术科赶紧过来!"

技术科架起探照灯,终于照亮了这个从未见过光的角落。

地上散落着建筑垃圾、丢弃的胶鞋、安全帽、啤酒瓶和两床破棉被。韦丽莎就躺在它们中间,头发盖住了一半脸。祁亮刚才那一声大叫,就是手电光扫到韦丽莎脸上的一瞬间,被她瞪眼吐舌的样子吓到的。

"死因是机械性窒息,确切地说是被勒死的。"穿着一身白色连体防护服的技术员用手在脖子上做了个划的手势,"后脑有个伤口,不出意外是被钝器打的。没发现其他打斗痕迹,应该是这一下就给打晕了,然后勒死。"

"这一下还挺准。"祁亮看着韦丽莎说道。

"就算不勒她,前面那一下也够要她命了,就是时间问题。具体死亡时间还得看解剖结果,但肯定超不过一小时五十分钟。"

"你是怎么做到这么精准的?"祁亮敷衍地恭维道。

"因为她的手机。"技术员一边说一边走到工作台旁边,拿起一部手机,"一小时五十分之前她还在和小杰通话。"

"小杰?"

"联系人小杰。"

祁亮揉了揉发烫的额头,这是他一天之中第三次坐这部电梯了。

终究还是毁灭了。他知道造成这一切的是吕国杰，但如果他没有和林松说那番话，也许林松就会先动手，那么至少林珑还活着。

这个该死的念头已经折磨他一整天了。他不能承认它是对的，否则他的职责就成了错的。可是他也不能说它是错的，因为他的良心过不去。

"一会儿进去悠着点。"他说道。

戴瑶一直抓着手机发信息，听到他这么说，抬起头看着他："嗯？"

"尽量别动手。"他又说道。

戴瑶回头看了看四个全副武装的协警，又看了看祁亮。

"算了。"祁亮摇了摇头，算是结束了对话。

"一会儿咱俩进去。"戴瑶忽然说道。

"啊？"

"让他们在外面等。"戴瑶小声说道，"最多就这样了。这毕竟是一死一伤的严重暴力案件，你自己进去，万一出点纰漏胡司令都得吃不了兜着走。"

"谢谢。"

"作为一个丈夫和父亲，他这么做或许有他的理由。但作为一个警察，你这么做绝对没错。"戴瑶继续说道。

"那谁错了？"

"谁？那不明摆着吗？医院躺着的那个。"戴瑶看着祁亮说道。

电梯门打开，祁亮第一个走出去。

他在家吗？他会跑掉吗？也许跑了吧。祁亮正胡思乱想，抬头一看，林松家的门竟然大开着，里面漆黑一片。

协警举起防暴钢叉要往里走，被祁亮拦了下来。他不想看到林松像野狗一样被叉在地上。他是一个刚刚失去女儿的父亲，一个心藏数年悲怨的丈夫，一个想向善但最终堕入深渊的人。

"退后，有事我承担。"祁亮拍了拍协警的肩膀。

协警们退到后面，祁亮摸着黑走进林松家，然后轻轻带上了门。

他完全融入黑暗中，闭上眼睛，过了几秒再睁开，慢慢适应着黑暗的环境。客厅里好像没人，餐厅也没有。他面前有两个房间，他记得林松说过，北向次卧是林松的，南向主卧是林珑的。

他慢慢推开主卧的门，借着窗外微弱的光亮，看到一个模糊的黑影坐在林珑的床上，背对着他。那个男人宽厚的肩膀，此刻正在一耸一耸的。

也许这是他最后一次陪伴女儿了，祁亮关上门，靠在门边，静静陪着他的嫌疑人。

好像过了很久，身后响起轻轻的敲门声。

祁亮还在犹豫，林松却轻轻说道："开灯吧。"

咔嗒。

祁亮闭上眼睛，还好，没那么亮。他睁开眼睛，看到床头的投影灯发出微弱的蓝光，在天花板上映出了璀璨的星河。

"那会儿她总是睡不着觉。"林松说道，"只有看着星星的时候才能睡着。"

九年前想要弄出这幅瑰丽的景象，不知道要花多少心血。

祁亮打开房门，戴瑶侧身进来，也一下子被这景象吸引了。

终于，祁亮穿过星河，走到林松身边，手搭在他宽厚的肩膀上。

林松缓缓举起双手，这时一个小东西从他身上跳了出来。借着星光，祁亮看清了那是一只毛茸茸的小狗，正可怜巴巴地望着自己。

祁亮感受着热水冲击他的头顶，这让他能短暂忘掉这糟糕的一天。他觉得自己就像一块耗尽的电池，却找不到充电的办法。

是时候离开了。他推开门，在一团水蒸气中走出温暖的浴室。

这套45平方米的两居室只有他自己住。房子是他姥爷姥姥的遗产，他的童年也是在这里度过的。待在这套房龄六十年的老房子里，他觉得最有安全感。

房间里的温度只有十几摄氏度，好像一下子从夏天变成冬天。他在衣柜里找出一身珊瑚绒睡衣，趁着洗澡的热气还没消散套在身上，这个神奇的面料立刻让他暖和起来。

他不想睡觉，于是来到书房。

房间的三面墙壁都摆着玻璃书柜，里面放满了各式各样的乐高积木。房间的中央是一张写字台，桌上只有一盏工业风的台灯，后面搁着一把棕色的折叠椅。

他关上房门，从挂在门上的背包里拿出林珑的报道，坐下来开始阅读。他盯着第一行字看了五分钟，然后起身把它放回包里。

他在书柜前蹲下，打开下面的柜门，拿出一个长方形的扁盒子，盒子上印着一辆新款路虎卫士越野车。

这是最后一盒积木了。

五年前他养成了这个习惯，每当遇到堵心的案子，就会用拼积木排遣心理压力。

从七十个组件的情人节小熊到四千个组件的机械组911跑车，他不在乎最后拼出来什么，他只需要用心无旁骛的重复性动作来抑制自己胡思乱想。

直到有一天，他发现三面墙都摆满了积木，才意识到自己该离开了。否则迟早有一天他也会像这间屋子一样。

他拆开包装，把说明书和印着"1"的塑料袋拿到写字台上。

叮——

祁亮伸了个懒腰，打开手机，23∶39，戴瑶给他发了个图片。可怜兮兮的小狗趴在纸盒里，面前有个小碗。接着戴瑶发来一条信息：敦敦决定收养它了。

祁亮望向窗外，树枝在暖黄色的路灯下沙沙作响。虽然他和戴瑶刚认识一天，感觉却已经认识了好久。她很温暖，这份温暖帮他扛过了这漫长的一天。

接着他想起她落泪的样子，他不小心看到了她的另一面，这多少有点尴尬。她为什么让自己陪着去见师父？可能她也需要别人帮她鼓劲打气。

不过，一个想说就说、想做就做、想笑就笑、想哭就哭的人，还真是让人羡慕。

戴瑶拿着眼药水滴在眼睛里，然后靠在转椅上闭目养神。

牛敦拎着两个大塑料袋推门进来，说道："戴姐，夜宵到了。"

戴瑶站起身，打开一个塑料袋，里面摞着四层餐盒。

"就咱俩，点那么多干啥？"

戴瑶看向单向玻璃墙后面的林松，说道："他应该一天没吃饭了吧。"说完拎起塑料袋，"走吧，去审讯室。"

戴瑶走出观察室，走到审讯室门口，深呼吸了一口气，推门进去。

林松低头坐在讯问椅上，眼睛盯着面前小桌板上的纸杯。纸杯已经空了，那是戴瑶给他沏的热可可。戴瑶把塑料袋放到小桌板上，把餐盒一个个掏出来，摆好打开，香味立刻飘出来。

戴瑶把筷子递到他面前，他这才抬起头，木然地看着戴瑶。

"可能你不了解，我们不经常给人买东西吃。"戴瑶转过头看向正在关门的牛敦，"你买过吗？"

"没有。"

"我也是第一次。"戴瑶停顿了几秒,说道,"这是我诚心实意的。"

林松接过筷子,夹了一块照烧鸡块塞进嘴里,嚼了几下吞下去。接着他好像被激活了一样,狼吞虎咽地吃起来。

戴瑶坐到桌子后面,打开一盒炒粉,认真地吃了起来。

不到十分钟,林松面前的四个餐盒被席卷一空。牛敦把空盒收走,又给他倒了一杯水。

戴瑶打开一罐北冰洋,喝了一大口,然后说道:"小牛,给林师傅也拿个带气的。"

牛敦应了一下,给林松换了一罐北冰洋。

戴瑶一手举着易拉罐,一手拎着椅子,走到林松面前,把椅子放到林松的右手边,然后侧对着林松坐下。

这样一来,他们的目光就不会对视上了,至少林松不会有这样的感觉了。

"你要是不想说话,我也不逼你。"

说完这句话,戴瑶就盯着手里的易拉罐,默念印在罐上的生产地址。念完了前两个,她抬起头看向林松。林松也抬起头看了她一眼,然后又低下头。

"那你听我说吧。"戴瑶继续说道,"我们的人正在现场勘查,估计到天亮怎么也有结果了。一般这种激情犯罪吧,证据一抓一大把。所以就算没口供对我们也没影响。但是对你的影响就大了……"

林松抬起头,戴瑶知道他有话要说,于是停下,用期待的目光看着他。

"我……"林松清了清嗓子,"我能找律师吗?"

戴瑶先是一愣，接着从林松的表情判断他应该不是在挑衅自己，思考了片刻后说道："当然，这是你的权利。但是我能问问吗，你为什么要找律师？"

林松低下头，过了一会儿说道："我要给林珑买块墓地。"

戴瑶好像被呛到了，咳嗽了几声，她转头看向正在记录口供的牛敦。牛敦也在看着她。

林松低着头，用手掌擦了擦眼睛，低声说道："但是得卖房。可房本写的是林珑，我不知道怎么弄。"

戴瑶长出了口气，她不是松了口气，而是用深呼吸平复心情。

"放心。"戴瑶温和地说道，"明天我帮你联系律师，专门做这方面业务的。"

"谢谢。"

"好，那咱们继续说你的事。"戴瑶说道，"你有什么想主动说的吗？"

"说什么？"

"昨天晚上你都做了什么。"

"你们不是都知道了吗？"

"我们知不知道和你说不说是两回事。"戴瑶耐心地劝解道，"你主动说对你有好处。"

"我有个问题。"林松看着戴瑶，"我可以问吗？"

"当然。"

林松抬起手，轻轻敲了敲小桌板。

"那个王八蛋坐在这儿的时候，是怎么和你们说的？"

戴瑶看过卷宗，当然知道吕国杰是怎么说的。可她不能回答林松，那个王八蛋坐在这里说老师勾引他。她也不能顾左右而言他，拿空话搪塞林松，因为她不想这么做。

她只能闭口不答。

"所以，如果我坐在这儿，和你们说了什么，"林松探过身子，眼中含着泪水和火焰，"我觉得是对老婆和女儿的背叛。"

"可是这对你的量刑很不利。"牛敦在后面提醒道。

林松的目光绕过戴瑶，看向牛敦，缓缓说道："你觉得我还在乎吗？"

7

10月27日,星期三。

祁亮被微信提示音叫醒,看到树枝在晨曦中摇曳。

他滑开手机,时间是早上7:55,离闹钟响还有五分钟。从他家到支队跑步大概需要十分钟,所以他每天八点起床都来得及。

戴瑶给他发了两条信息:

——林松看来不打算开口了,我打算让他冷静两天。

——吕国杰醒了,咱们直接医院见吧。

他起床穿衣,打开阳台门,往窗外看去,街道上已经排满了车。街对面就是一所小学,所以每天都是这样的情景。

忽然哐当一声巨响,他吓出一层冷汗,彻底精神了。

声响是从楼上传来的,接着就是一阵尖锐的叫骂声和凄厉的哭声。

又开始了。他叹了口气。

楼上的住户每天都像打仗一样,孩子上蹿下跳跑来跑去,大人要么不管,要么就是打骂,然后制造出更大的动静。

如果不是警察这个职业,他真想上去和他们理论。可是邻里纠纷最后都会扯到派出所，这时候就尴尬了。如果民警不向着楼上的说话，他们就会说你们官官相护欺负老百姓；如果民警向着他们说话，那么不仅没有解决问题，他们反而得到了支持，往后就更永无宁日了。

孩子一边蹦一边哭，震得楼板直颤，好像还骂了几句脏话。接着女人一声尖叫，然后又是哐当、哗啦一连串巨响，估计孩子把花瓶之类的瓷器摔了。

他趁着楼上打得天翻地覆之前逃了出来。气温比昨天又降低了几摄氏度，但他不想再回家换衣服了，于是认真热了热身，开始慢跑。

他先跑到洗衣店，把昨天沾满泥的裤子和鞋放下，然后跑到中湖公园。

附近居民扒开的豁口被警戒线封锁了，旁边支了个印着"应急救援"字样的军绿色帐篷。

祁亮刚走到警戒线跟前，身后响起了一声吆喝。

"不让进！"

他转过身，看到保安的头从帐篷里探出来。他掏出证件，保安不情愿地从帐篷里钻出来，站到警戒线旁边。

祁亮看他一脸怨气，于是问道："你们这里还没封上吗？不会有人往里闯吗？"

"不知道。"保安想也没想就说道。

一阵冷风吹来，祁亮裹紧了外套，看来这位大叔今天一早没少受气。

"你进不进去？"保安不耐烦地催促道，"要进就快点。一会儿来人看见你进去了他也要进，我怎么拦？这不是给我招骂吗？"

"你要是有困难，我给领导打个电话，赶紧把这里封上。"祁亮说道。

"封上？"保安愣了一下，他没想到对方会这么说，反倒显得自己有点不礼貌了。但他现在也只能硬架着姿态，朝警戒线后面的柏油路扬了下头："他们说今天来装摄像头，就从这儿进。你给封上他们怎么进去啊？"

昨天出了案子，今天装监控，看来不是没钱，是没出事就不愿意花钱。祁亮无奈地笑了笑，说道："装上监控你们就轻松了。"

"哼！"保安不屑地说道，"小伙子，你是站着说话不腰疼。那个什么责任书是没让你签。那哪是责任书，那纯属是替罪书！"

保安怒气冲冲地抱怨着，但肯开口就好。看来保安以为他是派出所的，难怪态度这么恶劣。想到这里，祁亮笑着问道："什么责任书？是永中派出所弄的吗？"

"你们不是一事吗？"保安反问道。

"我是刑警队的。"祁亮解释道，"刑警，专门查案子的。"

"噢！我说呢，看你眼生。"保安点了点头，态度也好了点，"你不是派出所的你肯定不知道，那帮大爷别的不行，整责任书可厉害了。只要你签了，所有责任就都背你身上了，甭管出什么问题唯你是问。我一个月就拿你们三千八百块钱，每天该巡的圈一圈不少，你问得着我吗？"

"这么说前天晚上是你当班？"

保安脸上立刻腾起一股晦气，不情愿地点了点头。

"你们一般多久巡逻一次？巡逻一次要多久？"

"嗯……"保安掰着手指说道，"我们是晚上八点接班，两人轮流巡逻，开电瓶车，巡一圈是二十五分钟。从八点到十点是一个小时一次，十点到六点是两个小时一次。"

"六点以后呢？"

"六点就天亮了，天亮还巡啥？"

"前天晚上你们发现了什么可疑的情况吗?"

保安立刻退了半步,大声喊道:"我真是什么都没看见。我要看见了不管我是孙子!"

祁亮看着他气得颤抖的嘴唇,忽然发现这个男人其实心里一直在为那个他从未谋面的女孩的死自责。

"如果你们巡逻时遇到人怎么办?"祁亮换了个问题。

"你说穿行的?"保安无奈地叹了口气,"怎么和你说呢?按规定肯定要把人家给……怎么说……劝离。但是那么多人,怎么管啊?没法管。"

"前天晚上十点以后,你们巡逻时有没有遇到过人?"

"十点钟那会儿还有几个,之后就没了。"保安又叹了口气,"我这耳朵、眼睛都算好使的,你别说人,跑过一只刺猬我都能发现。"

祁亮点点头,弯腰钻进警戒线。

"放心吧,这个事找不到你头上。"他对保安说着,眼睛却看着远处在晨光中闪耀的珍珠。

"真的吗?"保安凑上来,满脸急切地问道。

祁亮看到他手腕上戴着一块崭新的智能手表,应该是家人送给他检测血压和心脏功能的。他或许已经不再是家庭的支柱了,但还在为了家庭劳作。

"是的。"祁亮说道,"因为我相信你看见一定不会不管。"

保安用力点了点头,说道:"有你这话我这心里就舒服多了。"

"对了,这个人最近你见过吗?"祁亮翻出吕国杰的照片。

保安看了又看,最终还是抱歉地摇了摇头。

祁亮看了看照片,又看了看病床上的吕国杰。

吕国杰头上的纱布摘掉了一大半，整张脸都布满了伤口和肿块，不仔细看都认不出他就是照片上的人。

"说说吧，让谁打成这样的？"祁亮首先发问。

吕国杰想摇摇头，但这一下牵动了伤口，疼得他咧开了嘴，露出没有门牙的黑洞。

"一个男的。"他虚弱地说道，"不知道是谁。"

"不知道就把你打成这样？"祁亮问道，"你当时在干什么？"

"我……"吕国杰眼睛转了转，"我没干吗。"

祁亮看着他，九年前他虽然也犯下了重罪，但眼里还没有狡猾。他的孤僻和偏执让他在九年的牢狱生涯之后，成了一个又凶残又狡猾的人。

"那你为什么要躲在巷子里？"祁亮继续问道，"你为什么带着电击棒？你在等什么人？"

"我头疼……"吕国杰闭上眼睛。

"前天白天你在东湖公园刷漆，晚上去哪儿了？"祁亮不经意间抛出了最重要的问题。

吕国杰明显抖了一下，被子下面发出哗啦啦的声响，那是手铐和病床的金属护栏碰撞的声音。

"我回家了。"

"你没回家。"祁亮立刻戳穿了他。

"不信你问我妈。"吕国杰喊了起来。

越是心虚的人越爱喊，以为这样就能震慑住别人。可他不知道，他越喊别人就越能看穿他的心虚。

"你妈死了。"戴瑶忽然开口。

吕国杰愣住了，一时没搞清楚这个女人是在骂自己还是在说什么屁话。

"你听见了吗？"戴瑶俯视着吕国杰的脸，"你妈死了。"

"你妈才死了！你们全家都死了！"吕国杰瞪着眼睛吼道，但失去门牙的嘴让他的吼叫更像是皮球在泄气。

"你妈叫韦丽莎，昨天晚上被发现死在了桥洞里。"祁亮轻松盖过了他的声音，"现在法医正在给她做尸检，但确认是被杀了。"

吕国杰被这个消息打蒙了，他张着空洞的嘴巴，就像一条被串在签子上的黄花鱼。

"如果你想尽快破案就配合我们。"祁亮继续说道，"我们认为你妈被杀和你被打是有关联的。但是你……"祁亮从椅子上拿起一张纸晃了晃："你说你不认识打你的人，所以我们要帮你回忆一下你最近都干了什么，可能惹到谁。"

吕国杰的嘴巴开始颤抖，越来越快，终于吼了出来："我什么也没干！"

祁亮快步走到床边，拿出林珑的照片，放在吕国杰的眼前，问道："你有没有见过这个女人？"

"我……"吕国杰愣了一下，忽然喊了起来，"我想起来了，打我的那个男的就是她爸爸！你们快去抓他！"

"前天晚上，你有没有见过这个女人？"祁亮又问了一遍。

"你们快去抓他！快去抓他！"吕国杰看向戴瑶，歇斯底里地喊着。

"前天晚上你在哪里？干什么了？"祁亮问道。

"快去抓他！抓他！抓他！"吕国杰号啕大哭起来，"抓他啊……"

"我们为什么要抓他？"

"你……丫是蠢吗？"吕国杰号得喘不上气来，"他杀了我妈！"

"你怎么知道是他干的？"祁亮追问道。

"就是他干的！"

"他为什么要杀你妈？"祁亮的声音盖过了吕国杰的声音。

"他……"吕国杰被眼泪和口水呛到，咳嗽了几下，眼睛忽然发直，像是在背诵地说道，"是他老婆勾引我的！我只是个孩子，我怎么能看上那么大岁数的女人！"

祁亮从没如此厌恶过一个人，他想用枕头捂住这张丑陋的脸，让它再也发不出这么恶心的声音。

桌面上放着一串钥匙、一张一卡通、一个破旧的钱包，钱包里有二百多块钱纸币，这就是吕国杰的全部财物了。

"没找到手机。"牛敦说道，"他的手机号也没绑定移动支付。"

祁亮拿起一卡通，对牛敦说道："查一下他的刷卡记录。电击棒呢？检测有结果了吗？"

"有了。"牛敦拿起一张报告单，"上面找到了皮屑的微量残留，但DNA检测不是林珑的。而且林珑身上也没有电击的痕迹。"

祁亮看向戴瑶，她眉头紧锁，脸色铁青。

"你有什么想法？"祁亮问道。

戴瑶冷冷地说道："你说得对，先去查一卡通吧。"

牛敦拿着一卡通走了出去，祁亮把全糖奶茶递到戴瑶面前。

戴瑶拿起奶茶喝了一大口，问道："你呢？有什么想法？"

祁亮沉吟了片刻，说道："他说没见过林珑，我觉得倒不像是装出来的。"

"为什么？"

"因为他想起揍他的人是林松的时候，那种恍然大悟的反应是真的。"祁亮拿起自己的无糖咖啡喝了一口，"如果林珑是他杀的，他昨天晚上挨揍的时候就应该想起来了。"

戴瑶点了点头，又喝了一大口奶茶。

"而且他把林松对他们的报复归因于九年前的强奸案，说明他不知道林珑已经死了。我不觉得他能演得这么好。尤其是最后那段话，是他九年前翻供时说的，一字不差。"祁亮补充道。

"所以你的结论是……"

就在这时，牛敦推门进来。

"乘车记录查到了。"牛敦晃着手里的一卡通说道，"案发当晚八点二十分，他从云坛东门坐地铁到九宫站，次日早上八点又从九宫站坐回云坛东门下车。"

上午十点，气温终于上来了一些。祁亮在车里晒着太阳，身体也在慢慢回暖。

牛敦穿着T恤从车站里走出来。他刚刚先去了云坛东门站拷监控视频，然后坐地铁到九宫站拷。

祁亮和戴瑶一大早开车把牛敦放到云坛东门站后，就直接往九宫站开，结果他们刚开到，牛敦就出来了。

"都拷好了。"牛敦晃了晃手里的移动硬盘。

"怎么样？"祁亮问道。

牛敦伸手抹掉额头上的汗，轻轻摇了摇头。

三人回到车里，牛敦把移动硬盘接到笔记本电脑上。

"这是前天晚上出九宫站的。"牛敦一边操作一边说道，"从下车开始看吧。"

站台、站厅和出入口不同监控拍下的视频记录了吕国杰从下车到离开车站的全过程。他穿着一身蓝色工装，戴着口罩，幸亏出站乘客少，一卡通又能记录刷了哪台闸机，才锁定了他。

"时间线也都对得上。"牛敦说道，"下面是昨天早上进九宫站的。"

第二天早上，吕国杰还是穿着昨晚的衣服，跟着人流走进地铁站。他看起来并不着急，在站台等了三趟列车才上去。

看到这里，三个人都沉默了。尽管理论上还存在其他的可能，比如吕国杰从九宫下车后又通过别的方式前往中湖公园，作案后又返回九宫，等第二天早上坐地铁回去。

只要有足够的想象力，就能提出无数种假设。

但是作为身经百战的刑警，他们已经知道结果了。而且他们必须面对接下来的问题：吕国杰不是凶手，那么是谁杀了林珑？

二十四小时过去了，他们又回到了起点。祁亮看着仪表台上的电子钟，他还有不到一天时间，明天下午就要坐高铁去上海了。

"看看云坛东门的吧。"戴瑶说道，语气里没有任何情绪。

牛敦打开云坛东门的文件夹，播放吕国杰从电扶梯进站的画面。然后刷卡进站，候车上车，列车发车，视频结束。整个过程看起来很正常。

牛敦转头看向戴瑶，却发现她皱起眉头。

"你再看下他出站的。"戴瑶拍着牛敦肩膀，"看出站口的监控。"

牛敦打开视频，戴瑶凑到屏幕前，眉头越皱越紧。

"再看一遍云坛东门站台的。"戴瑶催促道。

牛敦又播放云坛东门站台的视频，播到一半，戴瑶忽然喊了一声"停"。

"这里。"戴瑶指着画面边缘的一个女人，"吕国杰在看她。"

"所以呢？"牛敦问道。

"这个女人也在九宫站下车。"戴瑶说道,"吕国杰在跟踪她。"

"你的意思是……"

"他那电击器,总不会电自己吧。"戴瑶转头看向祁亮。

8

生活总会在你最困难的时候再给你出一道难题。

摆在祁亮面前的难题是,他还有不到二十四小时破林珑案,但现在节外生枝发生了吕国杰尾随独行女子的案子。

吕国杰看起来确实在尾随,但他们去了哪里?附近这么多住宅区,挨个排查要查到什么时候?即便最后找到了,如果他没有对这个女人做过什么,那么电击器的受害者究竟是谁呢?

吕国杰肯定不会乖乖招供的。

这么巨大的工作量,绝不是这个三人小组能短期完成的。而且,祁亮现在最急迫的是抓到杀害林珑的凶手,可他已经快没时间了。

"找!"祁亮说道。

"啊?"

"最坏的假设。"祁亮说道,"如果吕国杰真的尾随入室,那个女人现在可能还活着,但肯定是被捆住或锁住了。如果找不到,她不得活活饿死吗?"

说完他抬起头,迎上戴瑶的目光。戴瑶对他点了点头。

"那林珑的案子呢?"牛敦问道。

"咱们分开行动。"祁亮想了想,说道,"既然现在又兜回来了,咱们就老老实实排查林珑的社会关系,这个你去做。"

"好!"牛敦点头道,"怎么做?"

"先复原她的生活数据。"戴瑶接着说道,"聊天、通话、支付记录、移动轨迹所有信息,看看哪里有疑点。"

"好!还有呢?"

"你能在我们回来之前把这些搞定就不错了。"戴瑶微笑着说道,"咱们比比谁快。你赢了我请你吃聚宝源。"

"真的?"牛敦推开车门下车,"不许反悔啊!"

"快去吧!"戴瑶朝他挥了挥手。

戴瑶看着牛敦大步流星地走进地铁站,才问道:"你是不是想办林珑的案子?"

"对,但是活着的人更重要。"祁亮启动发动机,"你有什么办法?"

戴瑶双手枕在头后,目视前方思索了片刻,说道:"办法倒是有,但是光咱俩肯定不行。"

说完她掏出手机,给谢征拨打过去。

"喂,找我啊?"谢征接了起来。

"我这儿有点急事,你帮我安排个人。"戴瑶开门见山地说道。

"怎么了?"谢征的语气一下也变得急切。

"是这样,我们怀疑有个变态尾随独行女子入室,在九宫附近。我们只有他们从九宫站出来的监控。"说到这里,戴瑶停了下来。

"嗯。"谢征表示听明白了。

"好在他们是步行离开的,所以我打算沿路查监控。"

"嗯。"

"我想找个派出所的民警配合我,我跟他直接视频连线。他看着我在路上找摄像头,我看着他调监控,这样不是快吗?"

谢征想了想,说道:"这个事得找分局了吧。"

"是啊。"戴瑶忍不住笑了一下,眼睛眯成了月牙。

"噢!"谢征恍然大悟,"那你找老胡啊,胡永平。"

"就找你!"戴瑶又板起脸,"我这不是刚来不熟吗?"她抬起头,看了一眼祁亮:"再说走程序太麻烦了,我得立刻马上现在!"

"行,行。"谢征忍气吞声地说道,"你等我电话。"

"五分钟。"说完,戴瑶挂断了电话。

"你和我说也行的。"祁亮说道,"我找胡队,也不麻烦。"

"不!"戴瑶皱起眉头,"我就找他!谁让他九年不和我联系?"

"我看你师父对你挺好的,你为什么总凶他?"

"我对他不好吗?"戴瑶挑了一下眉毛。

祁亮看到她挑起的弯眉,心里莫名其妙地咯噔一下,所幸这时戴瑶的手机又响了起来。

"戴姐好,我是兴城分局的左玲。"一个温柔的女声响起,"领导让我配合您查看治安监控。"

"哟,这么快吗?"

戴瑶给祁亮使了一个眼色,祁亮立刻挂上前进挡,开车驶上道路。

"今天我们局有交流活动,谢所正好在。"左玲语气轻快地说道,"您有什么需求直接和我说吧,刚才谢所也没太说清楚。"

"需求……"一阵狂风裹着沙土涌进来,戴瑶急忙关上车窗,

"那个，咱俩先加个微信。"

风一个劲儿地撞向玻璃墙，发出砰砰的声音。天色肉眼可见地黑下来，乌云笼罩了天空。

"宋总，要不要把林珑从工作群里移出去？"

宋一星正看着窗外走神，被助理的话叫了回来。他看向会议桌，编辑们正在望着他。

"怎么？你们……"宋一星看着这些年轻的面孔，他们表情凝重，却看不到一点难过，所谓的默哀不过是种礼仪。

似曾相识的感觉，他想起了岑雪的遗体告别仪式。那天，只有他的脸上满是难过，也只有他被挡在了门外。

"害怕是吗？"他轻声问道。

年轻的面孔们纷纷点头。

"那就删掉吧。"他勉强笑了下，"总是睹物思人也不好。"

"总编，这周的议题还有什么问题吗？"一直在转笔的女孩问道。

她对宋一星的态度向来都有些傲慢，她知道宋一星不喜欢别人在开会时做转笔这种小动作，但她还是照转不误。

"我再想想。"宋一星说道，"我给你发邮件。"

"哦。"她垂下眼皮，好像因为宋一星没有立即确认而不快。

这时门被推开了，一个穿着polo衫和休闲夹克的男人站在门口，他戴着白色太阳帽，背着高尔夫球杆包。

"龙总！"大家纷纷起立问好。

"开会呢？"胡龙龙进来，把杆包立在地上，"我找宋总说点事。"

编辑们起身离开，转笔的女孩接了杯水放在茶几上，关门出去。

"又不是没会议室，以后别总在你办公室开会了。"胡龙龙皱眉道。

原本挺宽敞的办公室，因为摆了会议桌和椅子显得有些局促。

"好的，龙总。"宋一星搬了把椅子坐到胡龙龙对面。

"怎么样？"胡龙龙仰起头问道。

"昨天警察已经来过了。"宋一星斟酌着说道，"了解了一些情况就走了。"

"情况？有什么情况？"胡龙龙追问道。

"她在做一个强奸犯母亲的报道，讲的是这些母亲不承认儿子犯罪，对受害者和家人造成的二次伤害。"

"你让她做的？"

"她自己要做的。"

"她为什么要做？"

"她母亲当年就是个受害者。据我了解，因为凶手母亲的诽谤和侮辱，最后跳楼自杀了。"

胡龙龙点了点头，示意他继续说。

"因为这个选题比较敏感，而且她在做的过程中也受到了多次威胁，我担心她的安全就暂时叫停了。"宋一星顿了顿，说道，"这两天我也在看这个稿子，我想给它发出来。"

"这个你把握。"胡龙龙端起水杯喝了一口，"在哪儿遇害的知道了吗？"

宋一星摇了摇头："但是警察提起了一个地方。"

"哪儿？"

"中湖公园。"

胡龙龙沉默了片刻，望着茶几上的纸杯，喃喃道："中湖公园啊……"

"是啊。"宋一星看向窗外，明明是中午，天色却暗得像傍晚，看来一场暴雨又在所难免了。

"今年是二十周年了吧。"胡龙龙叹了口气，"时间过得真快！"

"也没那么快。"宋一星苦笑了一下。

"好在都过去了，你……"胡龙龙停顿了一下，后半句咽了回去。

"是啊，好在都过去了。"宋一星接话道，"当年没有你给我做证，我真是跳进黄河也洗不清了。"

"我他妈当然得给你做证了！"胡龙龙看着宋一星说道，"你是我见过最忠厚善良的人，你怎么可能干出那种事？谁要是污蔑你，那才是脏心烂肺！"

"可是她到底遭遇了什么事？"宋一星叹了口气，"一想到这个，我心里就堵得慌。"

"这些年咱们也没聊过这些。"胡龙龙看向别处，"后来我听老师说，警察好像也没发现她身上有什么伤，就是溺水了。所以你也别心太重了，可能真的只是意外吧。反正说到底，这事跟你一毛钱关系都没有。"

"谢了！"宋一星低下头。

胡龙龙皱起眉头："你看你……"

"不是。"宋一星打断了胡龙龙，"二十年前我就该谢谢你，谢谢你相信我的人格，谢谢你和同学们说了那番话。没有你那番话，我可能都撑不到现在。然后你现在又给了我一个事业上的平台……"

"这我不同意啊！"胡龙龙也有点激动，"哥们儿一起干点事，不存在谁给谁的问题。你有本事出本事，我有钱拿钱，相互成全，仅此而已。唉，说回林珑，你联系到她家里了吗？"

"没有。"宋一星摇了摇头，"我打给她的紧急联系人，电话是关机的。但是警察说她父亲已经知道了。"

"哦。"胡龙龙点点头，"警察是不是还要到咱们公司来问话？"

宋一星想了想，说道："这个好像没说。"

"是前天晚上吧？咱俩是去酒吧了吧？"

"对，咱们常去那家。"宋一星点点头，"没过一会儿你就喝多了，唱歌唱到了后半夜。"

"去酒吧之前，我和娜娜吃饭去了。"胡龙龙说完忽然笑了起来。

宋一星先是一愣，也跟着笑起来，娜娜就是刚才在他面前转笔的女孩。

"你真是……你俩什么时候……"宋一星无奈地竖起大拇指，"那你怎么和你老婆说的？不会又说和我一起去吃饭了吧？"

"是啊。"胡龙龙站起身，踱步到宋一星旁边，小声说道，"万一啊，我说万一。警察来找咱们问话，我就得说咱俩一起吃饭了。要不然让她知道了，咱这公司都得让她给整黄了。"

"娜娜呢？"

"她那边我已经交代好了。"胡龙龙小声说道，"就这一次，拜托了兄弟。"

"行。"宋一星看着胡龙龙，"那你跟她说，以后开会别转笔了。"

祁亮把雨刷器开到最大，才能勉强看到小区红色围墙上"幸福家苑"四个烫金大字。

吕国杰和那个女人最后出现的地方就在他们现在的位置——这个由十五栋高层住宅楼组成的居民区。

"戴姐，我这边确认了，周边几个治安监控都没有发现目标。他们应该进了这个小区。"左玲耐心地说道。

"你们能看到小区监控吗？"戴瑶问道。

"我这边看不了。应该是没联网呢，要到物业去看。"

"好，谢了，妹妹！"戴瑶挂断电话，推开车门，走进暴雨中。

祁亮见状也赶忙下车，跟着戴瑶冒雨走向大门口的值班室。

保安在窗口看到这两个人伞也不打就冲过来，进门就亮警察证，感觉他们都是不好惹的，于是二话不说把他们请进监控室。

保安坐在屏幕前，还在眯着眼睛翻摄像头列表，戴瑶已经在墙上的24分屏监控界面上找到了小区门口摄像头的监控画面，然后在云台键盘上敲下摄像头编号，主屏幕立刻切换到了小区门口的画面。

保安吓得往后一仰，转头望着戴瑶。

戴瑶又是噼里啪啦一通敲打，画面变成夜晚，画面中央有一团路灯照出的光亮，一个女人从画面左侧进入，走到光亮中。

戴瑶按下暂停键，女人的面部有些模糊，但能看出就是吕国杰尾随的女人。

她调整到1.5倍速，按下播放键。

女人很快走出了画面，没过一会儿，吕国杰出现在画面中。

戴瑶又按了几下，画面变成了白天，不时有居民急匆匆地走出去。忽然间一个蓝色的身影出现在画面中，她立刻按下暂停。

电梯门打开，祁亮出来右转，正对着他的是一扇紧闭的户门。

电梯里的监控显示,女人和吕国杰都是坐到这一层出去的,出去时都往右走。这栋楼是一梯两户的布局,吕国杰一定是在楼下看到女人家亮灯猜到她家的房号。

戴瑶、开锁师傅和物业经理跟着走出电梯。开锁师傅很快撬开门锁。

两人对视一眼,祁亮推开户门,两人一前一后走进去。

客厅没人;厨房门敞开着,没人;卫生间门敞开着,没人。两人走到北侧卧室门外,祁亮打开房门,里面也没人。

两人一起看向紧闭的主卧房门,戴瑶快步走过去,一把推开房门,然后站在原地。

祁亮过去一看,房间里一片狼藉,女人趴在床上,被五花大绑着,摆成不堪入目的姿势。

戴瑶立刻冲过去把她翻过来,解开封嘴布条,把她嘴里的布料掏出来,女人终于轻轻呕了一下。

祁亮跟着长出了口气,转身来到客厅。

十分钟后,急救医生抬走了女人,技术科接管了现场。祁亮和戴瑶默默来到楼下,雨竟然停了,风却更大了。

"你知道吗?"戴瑶忽然说道,"他在模仿以前我抓过的一个变态。其实也不是我抓的,是受害者的丈夫抓的,半张脸都打没了。"

祁亮看着戴瑶。

"他们应该是在一起服刑的。"戴瑶继续说道,"性犯罪就是病毒,你把它们关在一起,它们就会相互传染,也许还会变异出一个新病毒。而且,它们是永远杀不死的。"

"为什么?"

"因为强奸和性欲无关。"戴瑶看着祁亮,"它满足的是权力欲。我抓的那个变态比吕国杰还弱小，越是这样的人，他们越会攻击比自己更弱小的人，或者小动物。"

祁亮看着被风撩动的树枝，忽然说道："那个女人一生都有心理阴影了。就算吕国杰被枪毙，谁又能治好她的心灵创伤？"

戴瑶拍了拍他的肩膀："对了，我和胡队说了，他另派人查吕国杰。咱们集中精力查林珑的案子。以这个速度，估计很快就能破案。"

一想起中湖公园偏偏没有摄像头，祁亮不由得叹了口气。

"不知道牛敦那边有没有进展。"

"是啊。"戴瑶被提醒，掏出手机给牛敦拨了过去。

牛敦很快接通电话，他的声音比平时大了点。

"戴姐，我在看林珑的微信记录。"牛敦说道，"从上周开始，有个女人一直骚扰她，而且林珑被害前一晚，这个女人威胁要灭她的口。"

"女人？"

"如果我没猜错，她应该是系列报道中第二个案例的强奸犯的母亲。"牛敦说道，"上周四她还去了林珑的公司闹事，从聊天记录看是这样的。"

"聊天记录？"

"她和林珑还是微信联系人呢，她每天都要发好多侮辱和威胁林珑的话，但是林珑没有删掉她。"

"还有吗？"戴瑶问道，"通话记录查到什么了？"

"林珑每天要打几十个电话，我还在查。"

"最后一个是谁？"戴瑶追问道。

"稍等……叫龙总。"

9

祁亮看着办公桌上摊开的笔记本,上面写了两行话。

谁杀了林珑?

为什么要杀她?

宋一星端着两个纸咖啡杯从外面进来,放到茶几上。一瞬间,办公室里飘散着醇香的咖啡味道。

"有个女人叫陈雪梅,上周四来你们公司闹过。"祁亮一边说一边从办公桌外侧走到茶几旁边的单人沙发前坐下来,"你还有印象吗?"

"当然。"宋一星点点头,坐在祁亮对面的单人沙发上,看向坐在长沙发上的戴瑶,"她也是报道里的一位母亲。实际上她找的是我,因为我是负责人。"

"说说当时的具体情况。"祁亮说道。

"无非就是威胁嘛,说她认识这个认识那个。"宋一星说道,"威胁我如果报道发布了她就去找上面,把我们公司封杀掉。"

"她有没有威胁别的，比如人身安全？"戴瑶问道。

宋一星无奈地笑了笑，说道："当然说了，什么要找人砸了我们公司，找黑社会撞死林珑，让她人间蒸发，说了很多。她摆出一副高高在上的样子，自诩上等人，张口闭口却都是最肮脏的言语，很可笑是吧？"

"你昨天应该告诉我们的。"戴瑶说道。

"告诉你们？不是那个男的吗？"宋一星愣了一下，"不是他吗？"

"所以我们又来了。"戴瑶指了指手机屏幕上的陈雪梅的照片，"说说当时的情况，尽量详细一点。"

"当时。"宋一星抬起头，看向天花板，"她一上来就和我说，她儿子多么多么出色，本来有大好前途，是在夜总会被人做局和一个女的发生关系。然后那个女的拿了钱告他强奸。就好像她和她儿子是受害者一样。"

"其实不是这样吗？"

"当然不是。"宋一星看着戴瑶，"我们报道里的所有内容都是真实的，不管最终有没有发布，但内容绝对是真实的。我看过案情资料，受害者确实是夜总会的员工，她是服务员。再说这和工作场所有关系吗？就因为她在夜总会工作，强奸就变成嫖娼了？"

"陈雪梅的丈夫抛弃了她和儿子，和小三结婚了。所以陈雪梅就认为所有在这种场合工作的女人都不是人，是勾引男人的狐狸精。"祁亮说道，"陈雪梅对她儿子也是这么教育的，所以她儿子根本没把受害者当人，完全当泄欲工具。或者在潜意识里，儿子把受害者当成了小三的替代品，这是一种报复。"

"对！"宋一星用力拍了拍沙发扶手，"这是报道里的原话。谢谢你。"

"我看报道里有个描述,陈雪梅给受害者婚礼现场送去了一个花圈。"戴瑶继续问道,"上面写着'婊子从良'。这些内容你也证实了吗?"

宋一星表情凝重地点点头,说道:"林珑参加了那场婚礼。我看到了她拍的视频。现场比你们能想象到的最惨的情景还要更惨一万倍。新娘母亲当场就晕了过去,没几天就去世了。新娘突发性失聪,现在还在治疗,很可能会终身失聪。"他摇了摇头,"真的是太惨了。"

"林珑去参加了婚礼?"戴瑶问道。

"对,她们是一个组织的,亲人互助会。"宋一星回答道,"她和我说过这三个案子都是他们互助会成员的真实案例。她还有很多案例。所以她是想做成系列报道的。现在我们正在审议这个选题,我决定把它继续做下去。"

"可你还是决定要压下报道。"祁亮忽然说道。

"我?"

"案发前林珑和你发生过争吵,在微信里。"祁亮看着宋一星。

"我从来没有说过要压下报道。"宋一星张开双手,"我甚至觉得她这三个案例选得非常好,报道写得也非常好。只有一点,报道的名字有问题——《没有一个母亲会认为自己的儿子是强奸犯》。"

"'会'?"戴瑶说道。

"'会'。对。《没有一个母亲会认为自己的儿子是强奸犯》。"宋一星特意在"会"字上加重了语气,"这是个很偏激的名字,这又是一个很特别的选题,很容易引起争论。为什么是母亲不是父亲?为什么是强奸不是别的犯罪?为什么是所有母亲?每个字都是靶子。当然争论会带来热度,但也会让读者忽略报道本身。"

他顿了顿,说道:"我只是觉得没必要玩'标题党'博人眼球,因为这篇报道本身就足够有价值了。"

"所以你只是不同意这个名字？"戴瑶说道。

"对。但是她觉得这个名字对她很重要。"宋一星摇了摇头，"如果她同意换几个字，这篇报道也许早就发了。"

"最终你们达成一致了吗？"戴瑶问道。

"是的，她同意换一个名字。"宋一星抿了下嘴唇，"但现在我不想换了。"

"我们还有个例行调查，请你配合一下。"祁亮问道，"10月25日，也就是前天晚上，你在什么地方，干了什么，有没有人和你在一起，尽量详细说说。"

"我在公司工作，晚上约了龙总喝酒。"宋一星想了想，又补充道，"龙总是我们公司老板。我们去了桔梗花酒吧。"

"你几点离开公司的，几点到的酒吧，几点离开酒吧的？"祁亮继续问道。

"我在公司待到八点多，然后和龙总一起吃了晚饭。"宋一星说道，"十点左右到的酒吧，具体时间记不住了，凌晨三点离开的。"

"这个时间记得很清楚。"

"对，酒吧三点打烊。"

"龙总是你们公司的……"

"董事长。"

"管业务吗？"祁亮一边记录一边问。

"不，业务方面基本由我来把控。"

"所以他和林珑会因为什么事情联系？"戴瑶接过话头，"据你了解。"

宋一星愣了一下，谈话就此中断了。

胡龙龙从谈话开始就显得有些紧张，听到戴瑶问自己前天晚上和林珑通话的内容时，露出为难的表情。

"是因为宋一星。"胡龙龙看了一眼门口，好像不想让别人听到他的话。

"宋一星？"

"对。她投诉宋一星。"胡龙龙小声说道，"好像是因为她的一个什么报道被宋一星拿掉了。她来找我，大概是想通过我给宋一星施加一些压力吧。"

"她没和你说清楚吗？"祁亮对胡龙龙含糊其词的回答产生了怀疑。

"她……"胡龙龙紧张得有些结巴，"她没说得太清楚。当时我在应酬，也没认真听。等我再打回去的时候她就不接了。"

"所以平时你也在管理？"戴瑶问道。

"当然，毕竟是我的公司嘛。"胡龙龙笑了笑。

"你同意她的要求了吗？"戴瑶继续问道。

"我答应问一下情况。"胡龙龙说道，"但我还没想好怎么说。宋一星这个人心眼比较小，我担心说多了他会有想法。这些你们别和他说。"

"经常会有人投诉宋一星吗？"祁亮问道。

"也还好。"胡龙龙含糊地说道。

"她以前投诉过吗？林珑。"

"这是第一次。"

"可是一个员工直接向董事长投诉自己的直属领导，这比较反常吧？"戴瑶看着胡龙龙说道。

"对。可能这个报道对她很重要吧。"胡龙龙解释道，"毕竟缘起也是她母亲的案子，所以就执着了。"

"九点半左右你给她打了两个电话,但她都没接。"

"她给我打电话我没接到,然后我给她回过去,她也没接。"

"好的。今天就谈到这儿,感谢你配合。"戴瑶关上了执法记录仪,"不耽误你时间了。"

"好!"胡龙龙立刻起身,和两人招了招手就出去了。

祁亮站起来,从百叶窗的缝隙中看着胡龙龙一路应付和他打招呼的员工,快步走出公司。

"这是他的公司。"祁亮说道,"他怎么像落荒而逃似的?"

戴瑶站到祁亮身边,轻声说道:"他好像有点怕警察。"

这时有人敲门,祁亮喊了声"请进"。门开了,一个穿着格子衬衫和牛仔裤、扎着马尾辫的女孩走了进来。

"两位好,我是和林珑合租的室友。"女孩低着头,眼睛红红的。

除了宋一星,她是这家公司第二个为林珑的死感到悲伤的人,而其他人大多看起来无动于衷。所以这个女孩可能会很重要,祁亮想着,起身给她倒了一杯热水。

女孩把纸杯捧在手里,蜷缩着坐在两人对面。

"这两天不好过吧?"戴瑶先开口道。

女孩点了点头。

"你们合租多久了?"戴瑶继续问道。

"有半年了。"女孩终于开口了,"从她入职开始就合租了。"

"你觉得她是个怎样的人?"

"她挺好的。"女孩简短地回答道。

戴瑶没有接话。

果然,沉默了片刻后,女孩继续说道:"也有些人不喜欢她。"

"能具体说说吗?"

"嗯……"女孩想了想,"就是感觉她太有野心了吧。可能有些人觉得这就是个工作而已,也没多少钱,犯不上这么拼。而且,宋总非常喜欢她。别人来一年还在打下手,她来半年就已经独立做报道了。"

"她和同事关系怎么样?"戴瑶继续问道。

"她几乎不怎么和别人交往。她是那种独来独往的人,也不在乎别人对她的看法。"说到这里,女孩的语气里带出了一丝羡慕。

"看来她和你的关系比较近。"戴瑶问道,"你觉得她是个怎样的人?同事的评价客观吗?"

"还好吧。"女孩迟疑了一下,最后还是鼓起勇气说道,"她毕竟遭遇了那些可怕的事,换作任何人都不一定比她做得好吧。而且她这么拼,还不是因为她一直想做那个报道,我觉得任何人都没有资格批评她。"

戴瑶和祁亮同时点了点头。

"说说前天晚上吧,就是周一,10月25日,你是几点回家的?"戴瑶问道。

"差五分十点。"女孩挪动了一下身体。

"你记得很清楚。"

"因为十点有个直播。"

"很好。"戴瑶点头道,"当时她在家吗?"

"在。"女孩低着头说道。

"你和她说话了吗?"

"她在房间里写东西,我就没有打扰她。"女孩说道,"而且我男朋友也和我一起回去的。"

"她什么时候离开的你知道吗?"

"没过多久吧。我们听到她关门的声音……"女孩忽然哭了,她捂住嘴,肩膀剧烈地颤抖。

祁亮和戴瑶对视了一眼,戴瑶拿起纸巾盒走到女孩身边,抽出几张纸巾递了过去,拿走女孩手里的纸杯。

女孩用纸巾捂住脸,哇的一声哭了出来。

戴瑶看着女孩,柔声说道:"你是不是觉得,因为你带着男朋友回去,她才躲出去了?"

女孩一边哭一边点头。

"你觉得她因为晚上一个人出去才遇到了坏人,所以是你害了她?"

女孩趴在桌上,号啕大哭起来。

过了几分钟,女孩的情绪终于缓和了。她泪眼婆娑地抬起头,说道:"对不起,我实在是……"

"没事。"戴瑶安慰道,"她的死和你一点关系也没有。但是我觉得哭出来挺好的,情绪不要憋在心里。"

女孩点了点头。

"和我们说说,她都遇到过什么威胁或者骚扰。"

"上周四,"女孩说道,"我们租的房子锁眼被堵了。"

"你们有没有找物业,或者报案?"戴瑶问道。

"我们住的老小区,没有物业。"女孩委屈地说道,"我找了中介管家,他说我们没有监控摄像,就算报案也没用。"

"除了堵锁眼,还有没有别的事情,威胁、骚扰之类的?"

"她说过有辆面包车跟踪她,想把她劫走。这些她都不让我告诉宋总。"女孩下意识地看了一眼窗外。

"为什么?"

"因为有人来给我们公司送过死猫,就是冲她来的。你们知道了吧?"女孩见戴瑶摇了摇头,继续说道,"还有个流氓来闹事,被警察带走了。反正宋总就不想让她写了。他们关系那么铁，还因为这个事吵过架呢。"

"吵架？什么时候？"

"就……上周日，10月24日。"

"林珑怎么说的？"

"就说什么你不让我写我就不写了？谁也拦不住我，我就是死也要把他们全曝光之类的。还说不用宋总管，说他多管闲事。"女孩摇了摇头，"其实宋总特别喜欢她，把她当女儿那种。她自己也知道，吵完架之后她也很难受。"

"面包车是怎么回事？"戴瑶继续问道。

"她说有天晚上回来，有辆面包车在后面跟着她。她感觉不对劲，就忽然朝着反方向跑。"

"然后呢？"

"她说面包车停下来了，因为她听到了开车门的声音，但她没敢看。"女孩好像不敢描述那个可怕的情景，隔了一会儿才说道，"她跑进了便利店，那辆面包车就开走了。"

戴瑶点了点头，说道："遇到这种情况朝反方向跑，面包车没法掉头追她。这个方法挺机智。"

"是吗？"女孩睁大了眼睛问道。

戴瑶看着女孩，莫名地想起了中午救起的那个女人。于是她对女孩说道："小妹妹，你记住，如果你晚上一个人走，看到有车缓慢跟着你，你要掉头往回跑，往人多明亮的地方跑。还有你现在就下单买个带摄像头的电子门铃，让中介帮你装上。以后再有人到你家门口，摄像头就会把他拍下来。有人敲你家门，你就能从手机上看到门外是谁。"

女孩懵懂地看了看戴瑶，又看了看祁亮。

"这不是危言耸听。"祁亮第一次开口,接着他的手机响了起来。

祁亮接通电话,然后立刻看向戴瑶。

"好的,红小姐,谢谢你,我同事马上过去。"祁亮说道。

10

女人走进咖啡厅,四下环顾了一圈,然后朝这边走过来。

她年轻时肯定非常美丽,现在也能看出轮廓和五官的美感。她穿着一件驼色的长款风衣,颈上扎着丝巾,风衣下面是肉色丝袜和黑色高跟鞋,把小腿衬托得纤细修长。她戴着手套,右手挎着老花桶包,左手搭在右手上,举手投足间都在维持着庄重的仪态。

瘦高帅气的服务生跟着过来,帮她拉开椅子,又接过她的风衣和包,挂在身后的衣架上。她坐下来,点了一壶红茶。

"你怎么知道我的?"女人开口道。

"我有朋友是刑法方面的律师,他给我提供了一些信息。介意我录像吗?"

"录吧。"女人看向窗外。

画面一阵晃动,再次清晰后,画面从正对着女人的角度变成了侧面对着女人和林珑的角度。

"就像电话里咱们沟通的那样,我是个记者,现在正在做一个叫'隐情'的系列报道。我收集了一些案例,从法律层面看,这些案子的判决都挑不出毛病,却都是另有隐情的。换句话说,这里面是有冤屈的。"

林珑开门见山地说了这番话，然后停顿了片刻，等女人把视线从窗外移到自己身上，才继续说道："就比如你儿子陈冕的案子。"

女人丝毫不为所动，只是淡淡地问道："你写这个，能发出去吗？"

"能。"林珑果断地点头。

"能？"女人不可置信地上下打量林珑，"我上下奔走了这么多年，都还没有动静。你一个小丫头就能搅起浪来？"

林珑笑了一下，说道："独木不成林。一个案子再大也不过是个案子，十个案子再小，汇在一起也会变成社情了。"

听到林珑这么说，女人有些惊讶，上下打量了她一番。

"你觉得我年纪小不靠谱，那你怎么不想想我为什么会有干刑律的朋友呢？"林珑笑着说道，"你也是见过世面的，应该知道普通人眼里的一座山在有些人眼里不过是一粒沙。所以第二点，你办不了的事，别人就可能办得很轻松。"

女人的脸色立刻变得铁青，但她并没有发作。因为她还没摸清楚这个穿着打扮都很普通的小女孩是不是真有那么大的能量。

"唉……"林珑无奈地笑了笑，"这就是装神弄鬼的见多了，见着真神也不信了。行，那就别耽误彼此的时间了。"

说完林珑开始收拾包。女人终于开口了："你把话说清楚，你是从哪儿知道我手机号的？我问过我的律师，他说没和任何人说过。"

"你的律师……"林珑笑着摇了摇头，"你知道吗，你和你儿子现在成了整个司法界的笑柄了。都是你的律师……"

说到这里，林珑做了个大嘴巴的手势。

"你什么意思？"女人质问道。

"本来就三五年，结果判了七年，这对任何律师都是奇耻大辱。所以他见着人就像祥林嫂一样叨叨，说都是你不让孩子认罪，和他一点关系都没有。每年过来给我爸拜年都得念叨一遍。"林珑把笔记本电脑塞进包里，抓起华夫饼啃了一口，然后朝服务员招手。

"大姐，我看你可怜，跟你说句真话，像你这种拿个破签到本四处找人背书声援的做法早就落伍了。另外你找的那些人没一个是管用的，他们就是看在陈冕他爹的面上糊弄一下，要么就是另有所图。长点儿心啊，大姐。"林珑掏出手机，起身准备结账。

"等一下。"女人拦住服务生，"你先下去，一会儿我找你。"

等服务生走开，女人低声问道："你知道陈冕父亲的事？"

"唉！"林珑摇了摇头，"你这些年跟窦娥似的四处嚷嚷，谁不知道？再说你没想想他为什么不管自己的儿子，还登报断绝父子关系？你说亲爹都不管，其他人谁敢伸手？不都瞧你们母子俩的笑话吗？"

"这也是你爸说的？你爸是谁？"女人盯着林珑问道。

"话都跟你说成这样了，你觉得我还会告诉你吗？"林珑不屑地一笑。

女人深呼吸了一口气，问道："你到底想要什么？"

"我想要什么是我的事。但我正在做的就是让所有人都知道，法律不应该带着偏见，更不应该成为阴谋诡计的帮凶。"林珑说道，"你也深有体会吧？"

女人不说话了。这时服务员端来红茶，女人亲自给林珑倒了一杯。

祁亮按下暂停键，画面定格在陈雪梅躬身把茶杯端到林珑面前。

一个小时前，红杨送来了林珑存在她那边的U盘，里面有她所有的采访资料和报道稿件。这个林珑采访陈雪梅的视频就是牛敦在采访资料里找到的。

"这姑娘有点东西啊。"戴瑶感叹道。

祁亮看向牛敦:"后来陈雪梅知道自己被骗了什么反应?"

"和林珑连线狂骂了一个小时,最后把自己骂崩溃了。"牛敦说道,"因为她越骂,林珑就越高兴,林珑越高兴她就越生气,骂得就越狠。而且林珑把所有视频和语音通话都原封不动地录下来了。虽然这么说不太好,但发到网上会火。"

"林珑就是打算让他们母子'社会性死亡'。"戴瑶说道,"恰恰陈雪梅最在意的就是这个。她离婚后自己带儿子,前夫又立刻组建了新家庭,还生了新小孩。所以她咽不下这口气,一定要让自己的儿子比那个孩子强。"

"她儿子名牌大学毕业。"牛敦从文件夹里抽出一张纸,递到戴瑶面前,"工作也很厉害,普通人根本进不去的超级独角兽公司,但是入职七年没升职。同事的证词是当晚去夜总会庆祝另一个同事升职,他情绪低落,一直在喝闷酒。"

"自己受了气,就把气撒到更弱小的人身上。"祁亮说道,"迁怒于一个无辜的服务员。"

"但是陈雪梅可不是这样想的,她觉得自己的宝贝儿子被人做局陷害了。可就算是被陷害的,她也应该去找做局的人报仇,可她到最后还是拿受害者撒气。这还真是一家人。"戴瑶起身走到白板面前,把陈雪梅的照片贴到白板上。

"陈雪梅不想让报道发表,和她这些年四处为儿子翻案是一样的心理,那就是不想承认儿子有罪,否则就等于承认她自己不行,以及她前夫离开她组建新家庭是英明的决定。"戴瑶敲着照片,"而且她也绝对不想让别人知道自己被一个二十岁的小姑娘这么狠地要了一把。"

"没错。"牛敦说道,"她和林珑的聊天记录里,有好几十条威胁林珑把这段视频删掉的信息。"

戴瑶看了看墙上的电子钟,已经快到五点了。

"陈雪梅必须得阻止报道发表,这就是她的嫌疑。"戴瑶拿起外套,"她的住址找到了吧?"

"她有好几个住址。"牛敦拿起另外一张纸,"咱们去哪个?"

"她儿子在监狱登记的那个。"

强光一闪,接着响起了闪光灯回电时尖锐的鸣叫。

祁亮打开手机,现在是17:55,他已经忘了中午是在哪儿吃的了。对,是豆花庄。戴瑶说豆花庄的宫保鸡丁是四川省外最好吃的,他倒没觉得,但是凉面真好吃。戴瑶还说晚上请他们吃聚宝源,看来没戏了。

祁亮习惯在犯罪现场想一些和案子无关的东西。一来能避免带入情感,这是他自己的缺陷,他的同情心和同理心很强。换言之,他比别人感性,而感性的人并不适合这份工作。

二来能缓解面对尸体时的恐惧,这是人类普遍的反应,并不是男人或者警察就胆大一点,也不是看多了尸体和犯罪现场就能胆大一点。只不过他们学会了掩饰。

鸣叫声刚消失,"咔嚓"一声,又闪起了强光。祁亮终于明白为什么今天的闪光灯格外刺眼,原来是因为那面镜子。

镜子里的女人坐在椅子上,双手缚在背后,双脚捆住,头发搭在脸前,所以看不到她眼睛突出和舌头吐出来的可怕样子。

她是被勒死的,准确地说是面对镜子,看着自己被勒死的。

"确认是陈雪梅。"戴瑶对着手机说道,"就在她公司附近的巷子里。我们这就去落实,好的,领导。"

祁亮看向四周,这里是一条五十米长的巷子。说是巷子,其实就是一条四米宽的消防通道,东侧是写字楼的外墙,西侧是酒吧街的后墙。

巷子里没有路灯,在傍晚的光线下能从里面看清外面的街道,但是从外面看进来只是一堆乱糟糟的垃圾桶。

除了垃圾桶,这里还有一些破烂沙发和两张台球案子,一个钉在墙上的球筐和一个用于烤白薯的大铁桶。到了夜里,这里应该还挺热闹。

祁亮找到了和陈雪梅坐着的椅子一样的另一把椅子,看来凶手是就地取材,所以提取到有用证物的概率是非常渺茫了。

这是个理想的作案地点,问题是陈雪梅为什么会走进来。

"陈总下午四点左右接到一个电话……"助理慌得上气不接下气,"我听她称呼对方警官,听起来像是她儿子……陈冕在监狱里出了什么事。然后她就很慌张地离开了。"

助理说完就一个劲儿地点头,好像在核实自己说的每一个信息是否都是正确的。

"非常好。"戴瑶鼓励道,"那你记得她是怎么走的吗?开车还是打车?"

"都不是!"助理立刻回答道,"我还特意问了她要不要叫司机,她说坐警察的车去,警察就在楼下等她。"

祁亮和戴瑶对视一眼,两人从彼此的脸上读到了困惑:一个命案嫌疑人被杀了。

"你在想什么?"戴瑶先开口。

"我在想韦丽莎。"祁亮回答道。

牛敦坐在办公室的沙发上。小狗卧在他腿上，盯着面前茶几上的卡式炉，炉子上架着一锅噗噗冒泡的萝卜炖牛腩。

祁亮和戴瑶站在白板前，白板上贴着林珑和韦丽莎的照片，祁亮把陈雪梅的照片挪到韦丽莎的旁边。

"第一，"祁亮一边在白板上写一边说道，"凶手知道陈雪梅的一切，甚至知道用怎样的办法能引陈雪梅出来。我忽然想到一个事情。"

"韦丽莎也是打着电话跑出小区的。"戴瑶说道。

"没错。"祁亮点头道，"从犯罪手法上看，凶手都是用电话操纵受害者进入一个监控盲区，然后伏击。我觉得这两起案子有可能是同一个凶手。"

"那林松呢？"牛敦摸着小狗问道。

"这就是第二个问题。"戴瑶说道，"之前我们怀疑林松杀了韦丽莎，是鉴于他有犯罪动机，而且吕国杰被打成重伤后，最有可能拿走他的手机并且给韦丽莎打电话的就是林松。"

"所以我们之前想当然了。"祁亮说道，"给韦丽莎打电话的不是林松。"

"为什么？"牛敦问道。

"林松没有耐心用电话把韦丽莎引到高架桥下。"祁亮叹了口气，"这不是一个决心同归于尽的父亲的状态。"

"所以我们要尽快排查林松的不在场证明。"戴瑶看向牛敦，"林松家小区的监控都看了吧？"

"问题就在这儿。"牛敦回答道，"他走进小区大门是晚上八点半，是在韦丽莎被害后四十多分钟，所以没法排除。"

戴瑶转了转眼珠，目光最终落在热气腾腾的砂锅上，对牛敦说道："把这个带去审讯室，咱们和林松边吃边聊。"

萝卜炖牛腩的香气飘满了整个审讯室，浓稠鲜亮的汤汁还冒着泡泡。戴瑶从电饭煲里盛出一碗米饭，放到了林松面前。

"本来我答应请他们吃聚宝源。"戴瑶唠家常一样说道，"结果快到饭点了又出事了。幸亏牛敦昨天刚买了肉，上好的牛腰窝，都是新鲜的。要不我们又得点外卖了。你尝尝。"

"哪儿买的？"林松终于开口了，"市场吗？"

"丰大。"牛敦鼓着油亮的嘴说道。

"丰大的不便宜。"林松喃喃道，"市场有几家肉也不错，但你得会挑。"

"其实我也不会挑肉。"牛敦笑着说，"我就是长得像厨子。"

"你会挑肉吗？"戴瑶笑着问道。

林松点了点头。

"回头让林叔带你去，教你挑。"戴瑶对牛敦说道，"给林叔拿个汽水。"

牛敦放下勺子，拿了两罐北冰洋放到林松面前。

"咱先吃吧。"戴瑶端起自己的饭盒，自顾自吃起来。

林松看着面前的食物，过了片刻才问道："祁警官呢？"

"他不吃。"戴瑶咽下嘴里的食物才继续说道，"他明天就要去外地参加领导进修班了，按理说他这两天都应该休假。"说到这里，她叹了口气："因为林珑的案子他把休假取消了，想走之前能把林珑的案子破了。可是哪有那么容易？今天上午我们查了吕国杰，不是他干的。"

"不是他干的？"林松颤抖着问道。

戴瑶摇了摇头，小声说道："但他也没干好事，入室强奸加非法囚禁，我们已经另案处理了。可能我不该这么说，我觉得你打得特别好。"

林松抬起手,搓着又黑又干的脸,挤出几个字:"那是谁啊?"

"我们怀疑是陈雪梅。你知道陈雪梅吗?"戴瑶问道。

"什么?"林松拿开了手,不可置信地问道。

"因为报道的事,陈雪梅骚扰了几次林珑。"戴瑶放下饭盒,"可是今天下午我们去找她的时候,她也被杀了。"

林松愣住了。

"林珑写了个报道,里面有韦丽莎和陈雪梅,现在她俩都死了。"戴瑶看着林松说道,"这就等于是我们要同步调查她们三个人的命案。你也看到了,就我们这几个人,得查到什么时候?破案黄金期就三天,现在已经过了两天,不仅没有成果,反而多了两个被害人。"

戴瑶停顿了片刻,继续说道:"今天整整耽误了一天,祁亮特别着急,现在正在加班把落下的功课补上。但是第一条就得证明你是无辜的。"

"我是无辜的?"

"对啊,你把吕国杰打了,接着他妈被人杀了。我们当然得怀疑你。"戴瑶解释道,"你又啥也不说,他就只能自己去查,查你在韦丽莎被杀的期间有没有不在场证明。你说这不是耽误时间吗?而且,耽误的每一秒原本都应该是用在林珑身上的。"

听到这句话,林松身体一震。

戴瑶忽然凑上去,小声说道:"其实他也知道韦丽莎不是你杀的。所以你配合我们一下,就当帮林珑了。"

"我……"

"先吃。"戴瑶坐回到椅子上,"吃饱了,我再叫祁警官过来,咱们一起聊。"

11

"昨天，10月26日下午，我去了中湖公园。但他们不让我进去，我只能在外面转。路过旁边东湖公园的时候我看到一个工头在揍工人。然后我认出来挨揍的就是那个王八蛋。

"我女儿是在中湖公园死的，他在东湖公园干活儿。没那么巧吧，所以我就认定他就是凶手。但既然你们说他不是，那他就是活该了。然后我躲起来，等他下班去收拾他。

"我发现他鬼鬼祟祟的，先是钻进了一个巷子，还用头撞墙，最后拿出一个电棒电小狗。我实在忍不住了，就上去揍了他。如果他的行为像个好人，也许我会犹豫是不是他。我是通过他的行为、我的亲眼所见，认定他就是杀害我女儿的凶手。

"我知道我会面对什么，那我也要废掉他，否则他会害更多的人。你们也说了他入室强奸什么的。刚放出来就干这种事，证明他就是个混账，而且是那种永远没法改造的混账。你们能干什么呢？把他抓进去。如果他判不了死刑，那就关几年再放出来？就像他妈那样？

"我没想过打死他，我要让他生不如死。打完以后我就回家了,我知道你们一定会找我的,所以我就在家等你们。我没有坐电梯,我怕遇到邻居,我的样子会吓到别人。"

"如果你妻子被人强奸了,结果那个人只判了九年,你会怎么想?你会说审判太解气了吗?不,你会每时每刻都在想,那个人应该千刀万剐,他们全家应该死绝。

"如果你母亲被人造谣自杀了,结果那个人只判了三年,你又会怎么想?祁警官,你说过你理解我的感受,那你知道我用了多大的力气,才阻止自己去杀了那个女人吗?

"我从头到尾都相信你们。你们说我不交代会影响破我女儿的案子,好,我现在都说了。我也希望你们能做到你们该做的,我在这里看着你们。"

夜里,戴瑶开车把祁亮送到家。

戴瑶把车停好,但是祁亮没有立刻下车。

"是不是轻松多了?林松没有杀人。"戴瑶问道。

祁亮看向戴瑶,缓缓说道:"我忽然想到一个问题。"

"你说。"

"报道里有三个女人,现在已经死了两个了。"祁亮说道,"第三个女人会不会也有危险?"

戴瑶挑了挑眉毛,没有说话。

"如果凶手是同一个人。"祁亮继续说道,"韦丽莎和陈雪梅除了同时出现在报道里,两人没有任何关联。凶手不可能同时和她们都有仇吧?所以如果凶手是因为报道而杀人,他会不会把第三个女人也杀了?"

戴瑶点了点头,掏出手机给牛敦拨了过去。

"林珑报道里的第三个女人,你找到她的信息了吗?"戴瑶问道。

"找到了,她也在林珑的微信好友里。"牛敦说道。

"你看看她有没有给林珑留下手机号之类的,找到她的地址。要快。"

牛敦挂断电话。戴瑶转身从后座找出林珑的报道。

"第三个母亲叫……"

"曹姝月。"祁亮说道,"她大儿子是个洗车工,因为得罪顾客被开除了。他记恨顾客,于是找上门把顾客奸杀了。"

戴瑶把报道扔到腿上,翻了个白眼:"这都什么事!"

"但她不承认儿子是强奸,说他和受害者在谈恋爱,只是不小心……"祁亮顿了顿,说道,"玩死了。"

"玩死了?"戴瑶像吃了什么恶心的东西,"然后呢?"

"她为了救大儿子,就抱着小儿子到处去闹,还在网上散布不实信息,大概就是富豪女儿和穷小子交往时猝死,富豪要让穷小子抵命陪葬之类。"祁亮摇了摇头,"因为很多不明真相的网友都不相信一个人会因为一个投诉就找上门把客户奸杀了,又涉及贫富、阶层、特权这些东西,所以都偏信了她的话。"

就在这时,戴瑶的手机响了,是牛敦打来的。

"戴姐,这个人叫曹姝月,已经联系上了。"

两人同时松了一口气。

"我让她在家里等着,地址已经发到你手机上了。"

戴瑶点开地址,跳转到地图软件,立刻生成了路线,还好开车过去只要十几分钟。

曹姝月躺在沙发上,左手举着手机,右手拿着啤酒罐,屏幕上一个女孩正在推介"双11"商品。

她坐直身体，喝了一口啤酒，把啤酒罐放到茶几上。茶几上堆着吃剩下的快餐盒。

哐——哐——哐——

噪声从卧室传来，她侧过头，看到五岁的儿子正在床上乱蹦。

"别蹦了！"她吼道。

孩子蹦得更用力了。

她咳嗽了两下，拿起啤酒喝了一口，然后又瘫回到沙发上。

手机响了起来，她看着屏幕犹豫了一会儿，接通了电话。

"小月啊。"一个沙哑的男人声音响起。

曹姝月下意识地摸了摸脖子，怯怯地说道："刘哥。"

"干吗呢？"

"在家呢。"

"噢。在家呢。"男人笑了一下，"东西准备好了吗？"

"早准备好了！"曹姝月立刻坐直了身体，"您……您要的……"

"什么叫我要的？"男人不太高兴地反问道。

"对不起，刘哥。我说错了。"

曹姝月忍受不住孩子的吵闹，起身走到门口，撞上房门。

"那你重说。"男人说道。

"您帮我运作在牢里照顾大宝，我为了向您表达感谢，准备了一点心意。"

"小月啊，我可不是贪图你那仨瓜俩枣。你要是心不甘情不愿，那我还乐得少管这堆破事呢。反正里面待着的又不是我儿子。是不是？"

"哥，我真错了。您大人不记小人过，别和我一般见识。"曹姝月蹲在地上懊恼地说道。

"哥不是挑你理，哥是在教你做人做事呢，对不对？"男人笑了起来。

"哥说的是。"

"行吧，那你既然都准备好了。我今晚正好有空，你给我送来呗。"

曹姝月想起刚才的电话，一个自称警察的男人给她打电话，让她在家待着哪儿也别去，可又没告诉她为什么，只说马上有人过来找她。

她没法和刘哥明说警察找她，他听到"警察"这两个字也许就不帮她了，于是她小心翼翼地问道："刘哥，你看我给您发个闪送行吗？"

"靠！"男人笑了，接着电话挂断了。

曹姝月立刻给对方拨过去，拨了几次都被拒接了。

她没办法，只好打开微信，给男人拨出了视频通话邀请。

这次终于接通了。

一个光头男人出现在屏幕上，冷冷地看着她。

"有事吗？"男人冷冷道。

她起了一身鸡皮疙瘩，但想着在监狱里的儿子，她还是咬着牙说道："我现在给您送过去。"

"送什么啊？我怎么不知道啊？你找错人了吧。"男人点了支烟。

"我到了您那儿再跟您说行吗？"她站起身，打开衣柜，从里面拎出一个茅台酒的礼品袋，"您看，妹妹是诚心实意的。"

"那你跟我聊什么闪送啊？你是当我脾气好，对吗？"男人瞪起眼睛。

"我真不是。我这就过去，哥您别吓唬我了。"

男人觉得差不多了，说道："我家楼下有个小店，你顺道买点东西上来。"

"好。那您等我。"她挂断电话，拿起茶几上的啤酒一饮而尽。

戴瑶和祁亮穿过黑咕隆咚的楼洞，忽然一阵冷风吹来，一大片挂在树叶上的积水哗的一声砸下来，浇了两人一身。

祁亮却松了口气，指着前面一层亮着灯的窗户说道："这就是她家，5号楼1单元101。"

两人走进单元门，戴瑶按下门铃。

门里似乎传来一阵响动，但是没人开门。

祁亮走到楼外窗根下，扒住窗户往里看去，可是窗帘挡得很严实，什么都看不清。

戴瑶也走出来，拨打曹姝月的电话。打了几次，电话都没人接。于是她给曹姝月发了个短信：我是警察，速回电话。

"要不要找开锁的？"祁亮问道。

戴瑶还没说话，曹姝月便拨回来了。

她立刻接通电话，一上来就问道："喂！曹姝月吗？我是警察，你现在在什么地方？"

"我……我在家啊……"

"我们就在你家门口。"戴瑶挑了一下眉毛。

"噢。"一阵短暂的沉默后，曹姝月说道，"我在朋友这儿。"

"你在哪儿？具体位置？"

"你为什么要问啊？有什么事吗？"曹姝月的声音大了起来，"你们大晚上的给我打电话不让我出去，问你也不说清楚，我怎么知道你们是不是警察？你现在还问我在哪儿？到底有什么事，我没有知情权吗？我也没有隐私权吗？"

戴瑶看着手机屏幕，已经晚上十点了。

"你有生命危险，行了吗？"

"你说什么？"曹姝月立刻尖叫起来。

"你以为我们都很闲吗？晚上十点给你打电话玩呢？"戴瑶说道，"你是不是和认识的人在一起？"

"对……"

"那你最好让人送你回来，或者找个安全的地方留宿。记住，无论你住在什么地方，都要锁好门窗，无论谁打电话都不要出去，听懂了吗？"

"我知道了。"

"你家里怎么还有动静？还有谁在家？"

"我小儿子。"

"你把他一个人放在家里？"戴瑶提高了声音。

"我也不想。"曹姝月说道，"可我一个人带孩子，你让我怎么办？"

"你就不怕他出什么事吗？"

"能出什么事？煤气和水我都关好了。他那屋反锁了，插座也断电了。屋子里也没有能让他窒息的东西，如果他还能出事，那我给他抵命行了吧？"曹姝月歇斯底里地喊起来，然后挂断了电话。

戴瑶还想给她拨过去，被祁亮拦了下来。

"你该说的都已经说了，她不至于出事了。"祁亮安慰道。

"我就是想骂她！她把一个小孩放家里她还有理了？"戴瑶生气地说，"还有她不在家她倒是说啊，大半夜的遛我们玩呢？"

两人回到车里，这次祁亮坐在了驾驶座。

祁亮车开得很稳，没过一会儿戴瑶就睡着了。祁亮开了暖风，思考着这两天发生的事情。

他们做的每一件事看起来都是合理有效的，但只有经验丰富的老刑警才明白，他们是在被动地针对每一个突发情况做出反应。

他们在防守，或者说，他们在挨打。挨打怎么能获胜呢？你不能指望对手揍你揍得正尽兴，忽然一脚滑倒。

祁亮看向躺在副驾上的戴瑶，轻轻拍了拍她的胳膊。

"你到家了。"

"啊？"戴瑶迷迷糊糊地睁开眼，立刻坐了起来，"你怎么知道我家地址？"

"敦敦发来的。"祁亮笑着说道，这是他第一次叫牛敦的昵称。

"对了，虽然排除林松杀害了韦丽莎，但不能排除他认识凶手。"祁亮继续说道，"也许就是他把手机给了凶手。"

戴瑶点了点头。

"还有一种可能，凶手跟着林松，等他走了之后拿走手机。如果是这样，也许吕国杰看到了凶手的样子。"祁亮说道。

戴瑶掏出记事本，在上面写了几笔。

"这个明天得问问，还有第二个案例的受害者……"

"乔迪。"

"对。"戴瑶一边写一边说，"有时间还得见见她，虽然她聋了，而且和韦丽莎没有矛盾，但她毕竟和陈雪梅有血海深仇。"

"对。"祁亮解开安全带，"我明天上午还去队里，再说吧。"

"你明天还去？"

"对啊，明天下午的高铁。"

"行，中午我请你吃饭。"戴瑶笑着说道。

祁亮也笑了，朝她挥了挥手，关上车门。

戴瑶在车里坐了一会儿，总感觉身体里像是坠着个铁块，很累。

她看向街边亮着灯的烧烤店,拔下车钥匙,冒着寒风冲进去。

一杯啤酒下肚,她感觉自己好点了。

于是她打开微信朋友圈,一边吃毛豆一边翻看着朋友圈。现在发朋友圈的人越来越少了,很多人都和她一样半年不发了。

她刷到了弟弟戴信发的视频,他戴着理查德米勒腕表的左手拿着一瓶茅台酒正在往分酒器里倒,然后环视餐桌上的波士顿龙虾和帝王蟹,最后还自己配了一句话:"创造财富的人生,才值得享受。"

看到这里,她又给自己倒了一杯酒,然后一口气喝下去。

十二年前,在全家人的反对声中,戴瑶贷款买了套一室一厅的小房子,开始独立生活。

三年前,父亲去世,母亲把名下的两套房卖掉一套,给戴信在戴瑶住的小区买了套婚房,另一套出租,连同自己的退休金都给他还房贷。

但是母亲不愿和弟妹同住,于是搬进了戴瑶家里,美其名曰照顾她。她从小就习惯了母亲对戴信的偏爱,但毕竟是一家人,因此也不愿计较。

去年戴信创业当了老板,今年弟妹怀了二胎,她母亲一跃成为全小区最风光的大妈。

老板送来热气腾腾的烤串,她刚拿起一串准备往嘴里送,一个穿着花毛衣的光头胖子举着啤酒瓶摇摇晃晃地走过来。

她不等胖子开口,先把警察证拍在桌上,头也不抬,咬下一口肉。

胖子愣了一下,假装无事发生,举着酒瓶继续往前走,走到门口的鱼缸前,装模作样地看了起来。

老板过来问他要不要来点海鲜,他嫌弃了一番举着啤酒瓶溜达回去了。

戴瑶看向窗外,不断有车开到小区门口,放下晚归的年轻人。

就在这时,她看到了戴信的车。可是车并没有直接开进地库,而是在小区门口停下,一个年轻漂亮的女士从副驾位置下来,弯腰朝车里挥了挥手,但那个动作看起来更像是飞吻。

戴瑶喝了口啤酒,看着车开走了。她不会看错,她那已婚已育、妻子怀二胎的弟弟把一个女人送到自家小区门口,然后开车走了。

她打开通讯录,找到戴信的名片,打了过去,电话很快就接通了。

"你在家吗?"戴瑶一上来就问道。

"我在加班。有事吗?"

"你几点回来?咱妈炖的排骨,让我给你们送过去呢。"

"我今晚不回去了。慧雯和孩子也睡了,要不明天吧。"

听筒里传来呼呼的风声,戴瑶透过窗户,看到戴信又出现在了视野里,他正一边打电话一边朝小区走。

"你在哪儿呢?这么大风?"

"我在楼下抽根烟不行吗?你以为谁都跟你似的铁杆庄稼吃皇粮?我这不得自己奔命……"

戴瑶挂断电话,拿起一根串,一边吃一边看着弟弟刷卡进了小区门。

12

10月28日,星期四。

祁亮看着摊开的旅行箱,只装了三分之一,就再没有值得带的东西了。他从衣柜里拿出双肩背包,把旅行箱里的东西塞进去,正好装满。

楼上的女人站在他头顶咆哮,孩子在一旁嗷嗷大哭。他看了下时间,已经八点了,这家人好像从来都不用送孩子上幼儿园或上学。

他把旅行箱放回衣柜,把双肩背包扔到椅子上。这时戴瑶发来信息,说堵车了,让他在家等。

乓——乓——

楼上开始砸东西了。从今年开始,这种情况愈演愈烈。他不想在这讨厌的噪声里再待下去,于是逃了出来。

楼下花坛里有一小块阳光,祁亮坐在花坛边的长椅上等戴瑶。

这时一个瘦小的男人拎着两袋垃圾下来,扔进垃圾桶,然后蹲在垃圾桶旁边点了根烟,一脸兴奋地玩起手机。

这个男人就是楼上女人的丈夫,他应该正在吵架才对,怎么跑出来了?

"你们都充了吗？"男人对着手机说道，"这次活动不赖呢，而且充1500给的限定武器特牛。"

很快一个男人回复道："疯了！我可不充！我有这钱还房贷不香吗？"

接着另一个人说道："是啊，你那点工资充个屁啊充！"

"我怎么了？"男人对着屏幕摇头晃脑，"我老婆孩子都有了，人生大事都圆满完成了，我玩游戏花俩钱怎么了？"

"你有这钱给你老婆买条新裤子吧，都开线了还穿呢。"

"哈哈哈！你怎么知道他老婆裤子开线了？"

"你不知道吗？昨天晚上领导给他打电话，他媳妇正骂得在兴头上呢，全让领导听见了，把我们都笑喷了。"

"你们充不充啊？两发648的事，像个男人点儿。"男人吸了口烟，把烟头掐在垃圾桶上。

"我这个月没钱了。"

"我也是。"

"钱还不好办吗？"男人又点上一根烟，"多上俩夜班不就全出来了吗？领导说这个月人少，能多排几个夜班。"

"你天天上夜班，你老婆不无聊吗？"

"她可无聊不了。"男人笑着说道，"有我们家那小神兽在，她现在能睡个囫囵觉都烧高香了。"

祁亮忽然有点同情楼上的女人了。

就在这时，戴瑶给他发了条信息：我到了，车里等你。

祁亮坐上车，把一摞文件扔到后排座上。

"去林珑公司。"他一边系安全带一边说道。

"怎么了？"戴瑶发动汽车，在中控大屏上选取导航地址。

"昨天红杨给咱们的资料你看了吗？"祁亮问道。

"还没,有什么发现?"

"前期的版本里有三个案例,但之后又加了一个。"

戴瑶停下手里的动作,抬起头看着祁亮。

"但是宋一星给我们的版本里只有三个。"

宋一星看着窗外的晨曦,不知不觉,这座城市已经蒙上了冬色。

他转过身,看到了站在门口的胡龙龙。

"你怎么来了?"宋一星下意识地看了看表,这块皮带的积家大师腕表还是胡龙龙送给他的。

"有点事。"胡龙龙坐到沙发上,"趁着公司没人和你聊聊。"

宋一星坐到胡龙龙对面,上身前倾,做出聆听的姿态。

"长话短说吧,这家公司我准备交给你打理了。"胡龙龙说道。

"啊?"宋一星愣住了。

"我的意思是完全交给你了。"胡龙龙抬起双手做了个"托"的动作。

"为什么?"宋一星问道,"现在这样不好吗?公司也不用你管什么。业务和财务运作也很顺畅,效益也不错。"

"正因为我什么都不管,所以才不好再坐这个位置了。"胡龙龙拍了拍自己坐的沙发的皮面。

"是不是林珑的事让你觉得有麻烦了?我保证会解决好。如果你不放心,可以在我上面安排个总经理,我继续做我的总编就可以。"

"不是。"胡龙龙摆了摆手,"我是真觉得这家公司是你一手做起来的,我不过是掏了点钱而已。没有我这家公司可以继续转,没有你它就完了。所以呢,我也想了很久,有些东西应该是你的,我不能再……"

说完,他做了个拒绝的手势。

"咱们公司有章程,有协议,谁有哪些权益这都是规定好的。"宋一星着急地说道,"而且咱们是按行业通行的规矩来做的,没有说格外倾斜哪一方。"

"是,所以我不是来和你商量嘛。"胡龙龙笑了,"合同归合同,但你不能限制我把我的权益转让给别人吧。我已经决定了,我的股份转让给你35%,这样你就有51%了,董事长就由你来做,我以后就做个只拿分红不管事的甩手掌柜。"

虽然这些股份无法变现,但从去年分红来看,至少能多百八十万。宋一星不知该如何回答,一时语塞了。

"而且我也有很多别的公司,既然这里已经走上正轨,我也不想牵扯太多精力了。"胡龙龙说道。

宋一星迟疑地点了点头。

"咱们年纪不小了,你也抽空看看房子,安顿下来。"胡龙龙拍了拍宋一星的肩膀,"把你父母接过来,享几年福。"

宋一星低下头。

"行了,我走了。回头我和集团董事会商量一下,先把你的这个董事长待遇落实了。"胡龙龙起身离开了。

宋一星坐在沙发上,望着窗外发呆。不知过了多久,电话响起来。他木讷地起身走到办公桌旁,接起电话。

"宋总,昨天那两位警官又来了。"

宋一星看着对面的戴瑶和祁亮,他们的办事风格可是和二十年前的警察大不一样了。

他点了点头,说道:"对,原来是有四个案例,但最后一个被否了。"

"为什么?"戴瑶问道。

"因为那个案子还没审结。"宋一星简短地回答道。

"她从哪里找来这个案例的?"戴瑶继续问道。

"这个我就不清楚了。"宋一星说道,"但是她的所有案例都来源于受害者互助会,这一点她倒是和我说过。"

"除了案子没审结,还有别的原因吗?"祁亮问道。

"有。"宋一星顿了顿,说道,"因为最后一个案例不符合这篇报道的主题。你们应该已经看过这个案例了,对吧?"

"对。企业家秦荣的独子秦煜在别墅杀害女友。"祁亮说道,"这个案子好像根本没有公开报道过。"

"秦荣夫妇没有否认儿子犯罪,他们的儿子也不是强奸。"宋一星说道,"这个案例和报道的主题不相符,也和其他三个案例不一样。"

"既然如此,为什么林珑要把它放进去?"戴瑶问道。

宋一星的脸立刻沉了下来,一字一顿地说道:"因为她想蹭热度。"

"蹭热度?"祁亮追问道。

"就像你说的,这个案子根本没有公开报道过。"宋一星说道,"如果她把这个案子报道出来,这是多么轰动的新闻。"

"你对她的做法很生气?"戴瑶问道。

"当然。我们是做新闻、做内容的,不是那种靠流量吃饭的。"宋一星正色道,"有一部分人做媒体,只顾吸引眼球,不顾事实与否,只要能把流量引来他就能赚钱了。他们管这个叫流量密码,但我认为这就是网络无赖。"

"林珑是想通过这个案例给报道引来流量?"祁亮问道。

"她想让这个报道火爆出圈,我能理解。"宋一星深呼吸了一口气,"但她这么做就出格了。而且,秦家的律师已经找到我们了,让我们不要再报道,否则就要告我们。你们二位也是法律工作者,应该知道如果林珑把这个案例发表了,我们公司打官司很可能会输,然后就完蛋了。"

"所以你是生气林珑只顾着自己的报道,完全没考虑到公司和你会因为这个报道受到哪些牵连?"戴瑶问道。

"我是生气她想走捷径。这个世界哪有捷径?捷径就是陷阱。"宋一星停顿了片刻,说道,"好在最后她应该是想明白了,就主动把第四个案例撤了。"

"可是,"戴瑶盯着宋一星的脸说道,"林珑和你打电话的时候,说无论如何都要把他们全曝光。你记得吗?你们还吵了一架,就在上周日。"

宋一星愣了一下,恍然大悟道:"不是这个事。"

他转身打开书柜的玻璃门,取出一个文件夹,放到两人面前,但是手按在了上面。

"你们可以保密吗?"

"只要不涉及案情。"戴瑶回答道。

宋一星把手收回来,说道:"因为这个东西绝不能发出去。"

戴瑶打开文件夹,一眼就看见了报道名是《以新媒体之名骗你:曝光那些为"恰饭"欺骗公众的新媒体和它们背后的"金主爸爸"》。

"这个名字起得挺直接。"戴瑶把文件夹递给祁亮,对宋一星说道,"所以你是不让她报道这个,对吗?"

"它们确实该曝光,但它们也是这个行业的一部分。"宋一星说道,"这个报道攻击的是整个新媒体行业。因为读者不会去分辨这个公司是好的、那个公司是坏的，他们只会说，看吧，新媒体就是个不靠谱的玩意儿。而那些勤勤恳恳做事的公司也会因为这个报道被误伤，这是我不能接受的。"

"你可以把它们拆分开，一个一个报道。"戴瑶说道。

"我就是这么说的。"宋一星无奈地笑了笑，"我说你可以做一个系列，每期放一个案例，还能把来龙去脉说清说透，不像这个，说了一大堆，但是哪个都没说清楚。她当时很愤怒，她觉得我在袒护我的同行，尤其是同行的所作所为在抹黑我们的时候，我还在袒护他们。"

说到这里，宋一星抿着嘴苦笑了一下："我能理解她的心情。"

祁亮看向戴瑶，戴瑶挑了一下眉毛，却什么都没说。

"说回这第四个案例。"祁亮开口道，"当时林珑为什么要把它加入报道，除了你说的这个蹭热度的因素，还有别的原因吗？"

"因为秦家对受害者家属非常冷漠。"宋一星说道，"受害者父母认为他们本来是准亲家的关系，秦家至少应该露个面道个歉。但是他们一直回避，只派律师出来见他们。而且为了减轻儿子的罪责，还在收集受害者存在过失的证据。"

"报道里提到过，秦家在收集受害者和别人交往的证据。"祁亮说道。

"就是这个。"宋一星摊开手，"你也可以理解为受害者有罪论。但区别在于秦家并没有强加给受害者莫须有的罪名。"

两人回到车里，祁亮忽然说道："我觉得第四个案例有问题。"

戴瑶侧过头看着祁亮，祁亮也看着她。

"你还记得中湖公园是哪个公司承包的吗？"

"是叫秦基……噢！"戴瑶的眼睛亮了一下，"是这个秦家的吗?"

祁亮点了点头。

"你觉得这是巧合吗?"戴瑶一边说一边看了下手机,已经十点半了。

两人对视了一眼,祁亮接着说道:"还得去秦家看看。"

"你下午几点的车?"

"一小时一趟。"祁亮回答,"暂定三点。"

"那还行,中午我请你吃饭。"戴瑶提议,"再叫上敦敦,就咱仨。下午直接送你去高铁站。"

这时祁亮的手机响了起来。祁亮一看来电人是谢广军,脸上露出厌烦的表情。

"这不是副支队长吗?"戴瑶问道。

祁亮摇了摇头,说道:"这个人不好。以后你也当心点。"

他接通电话,刚问了声好,就听到谢广军催命般的声音。

"你在哪儿呢?怎么找不到你人呢?"

"我在外面办案。"

"什么时候了还在外面办案?我真是得批评老胡。"谢广军喊道,"赶紧的吧,就等你了。"

"什么等我?"

"今天中午咱们蔺队要设宴给你送行,人都到齐了,就差你了。"谢广军埋怨道,"你赶紧过来吧。"

祁亮无声地冷笑了一下,说道:"没人通知我啊。"

"怎么……嘿!怎么回事?他说他不知道!这怎么回事……"

祁亮看了看戴瑶,戴瑶也挑起了眉毛。

"行啦,你甭管那么多了!赶紧过来!行了,不说了,挂了啊。"

祁亮深吸了口气，说道："那你……"

手机屏幕已经退回到主界面，谢广军挂了电话。

"他是不是成心？"戴瑶挑了一下眉毛，"也不说在哪儿。"

祁亮点点头："知道他什么风格了吧？"

"这么看咱胡司令真算不错了。"戴瑶感叹道。

"走吧，先回队里。"祁亮启动发动机，"如果他非要我去，那我就只能和他们一起吃了。我不想连累你。"

"我为什么不能一起去？"

"你是没见过谢广军和女同志吃饭时的德行。"祁亮说道，"我都怀疑他看《西游记》的时候把猪八戒当男主角了。"

"哈哈哈！"戴瑶笑了起来，"我问问敦敦知道不知道。"

戴瑶给牛敦打过去，电话很快接通，但没等戴瑶说话，敦敦先开口了。

"戴姐，你们啥时候回来？有客人。"

13

祁亮走进会客室,看到了在林松家见到的女人,他想起她叫红杨,这时戴瑶已经喊出了她的名字。

红杨身边站着一个中年男人,身材笔挺,眼睛炯炯有神。

"这位是赵瞳。"红杨说道,然后就转头看向窗外。

"两位同志好。"赵瞳说道,"今天冒昧拜访,是为了林珑的事。"

"好,咱们坐下说吧。"戴瑶让了一下。

四人坐在会议桌的两端,红杨依旧看着窗外,似乎在用这种姿态表示抗议。

"简单自我介绍一下。"赵瞳不疾不徐地说道,"我们和林松、林珑父女都是受害者及亲人互助会的成员。这是个民间组织,以各种暴力伤害案件的受害者和亲人作为成员,已经有十几年的历史了。目前我是主要的组织者和负责人。"

两人同时点了点头。

"林珑是我们的伙伴。"赵瞳看了一眼红杨,"我听红杨说过,祁警官就是侦办唐老师案子的负责人。所以想必你们对我们的遭遇和处境也有一些了解。其实我们很多人都在面临这种伤害。这些年林珑一直在无私地帮助大家,因此我们要为她举办一场追思会。我们今天来的目的就是请求警方同意林珑的父亲林松参加这个活动。"

赵瞳说完话,会议室里陷入了沉默。

过了很久,戴瑶终于开口道:"我们没有这样的先例。"

赵瞳默默点了点头。

"所以我得请示一下领导。"戴瑶继续说道,"但以我个人的看法,这是人之常情。"

赵瞳露出惊喜的表情,红杨也把视线从窗外转回来,投到戴瑶身上。

"你们准备什么时候举办?"戴瑶问道。

"明天早上。"赵瞳叹了口气,"明天已经是第四天了。"

"稍等。"戴瑶拍了下祁亮的肩膀,起身走出会议室。

祁亮起身到门后拿了三瓶矿泉水,放到赵瞳和红杨面前,然后自己打开一瓶默默喝了起来。

一阵沉默后,祁亮终于开口道:"我看过林珑的报道了。"

赵瞳和红杨都低下了头。

"你们认识第二个案例的受害者吗?"祁亮问道,"乔迪。"

红杨把身体转过去,然后捂住了嘴。

赵瞳说道:"如果你明天去的话,可以见到她。"

"好的。"祁亮停顿了片刻,又问道,"第三个案例呢?我看报道上写着受害者已经去世了,她的家人呢?你们有联系吗?"

赵瞳仰起头,看着祁亮说道:"我就是。"

祁亮觉得舌头被电了一下,立刻说道:"对不起。"

"该说对不起的不是你。"赵瞳平淡地说道,"我认为是法院。"

"为什么这么说?"祁亮心里一动,语气却很随意。

"因为那个女人到处造谣,制造了很坏的影响。加害者最终被判了死缓。"他平静的语气像是在诉说和自己无关的事情。

祁亮想起前天在太平间里,林松也是这样的。

他点了点头,表示同意。报道详细描述了曹姝月的所作所为,她为了救自己的儿子无所不用其极,但这并不能说明最终判决受到了影响。

现在对判死刑越来越慎重了,对于量刑,法官和民众、原告和被告、当事人和旁观者的认知都不一样,至少眼前这位父亲是无法接受的。

祁亮感情上理解赵瞳,换作他,他也无法接受。所以他能说什么呢?所有的言语都是无力的,他只能无言以对了。好在红杨转过身轻轻拍着赵瞳的肩膀,替他安慰了这个可怜的父亲。

这时牛敦进来救了他,他立刻逃离了这个令人窒息的地方。

"原则上林松还是我们的嫌疑人,这样做会不会有风险?"胡永平坐在办公桌后面,他背后的展示柜里摆满了金光闪闪的奖杯和奖牌,让他看起来好像是被加持过一样。

"我们还有个事没搞清楚。"祁亮说道,"就是林松到底认不认识杀害韦丽莎的凶手。我们认为凶手是在吕国杰挨打后拿走他的手机。没那么巧,林松前脚打完吕国杰,凶手后脚就拿走手机去诱杀韦丽莎。"

说到这里,祁亮看了一眼戴瑶。

"牛敦已经问过了,吕国杰说什么都没看见。"戴瑶说道,"时间线也已经固定了,环卫工人发现吕国杰和韦丽莎接听吕国杰手机拨来的电话在同一时间段，可以支持我们的假设。"

"如果林松认识凶手，很有可能就是互助会成员。所以明天的活动是一个观察的好机会，也许能发现什么线索。"

祁亮说得很冷静，但他眼前一直闪现着林松轰然倒下的那个画面。就算吕国杰被证实不是凶手，他卸下了负罪感，也一样难过。

墙上的电子钟从11：59：59跳到12：00：00，他听到自己说："就算没有这个因素，我也认为他应该去。我们麻烦是我们的事。"

他看到戴瑶露出了笑容。

胡永平点头道："小戴也是这个意思。那你们做好准备吧。这件事就咱们小范围掌握吧，千万不要……"

"明白，不要让谢广军知道。"祁亮说道。

胡永平又点了点头，对戴瑶说道："小戴，不是咱们这儿环境不好，大家都不错，唯独这个谢副支队长你留点神。"

"他和我说了。"戴瑶笑着说道。

"对了，刚才谢广军给我打电话，说蔺队要给我送行？"祁亮说道，"可我都不知道在哪儿。"

胡永平愣了一下，随即反应过来，不屑道："这家伙又在搞借花献佛，借着给你送行的由头组织他那几个人在老蔺面前露脸。打个赌，他心里压根儿就不想让你去。"

"你还真说对了！"戴瑶拍手道，"刚才打电话都不说在哪儿。"

"你看吧。"胡永平摸起烟盒，看到戴瑶在，又放下了。

"那你去不去？"祁亮问道。

"招呼我了，可我不去。就在食堂小包间，你去不去？"

"那我也不去了。"祁亮说道，"回头你和老蔺说一声，我们办案去了。"

"你不是下午的火车吗？"胡永平看了看手表，"别误了车。"

"没事，去上海的车多。"祁亮一边说一边给戴瑶递了一个眼神，"走啦。"

"等一下。"

胡永平走到祁亮面前，庄重地伸出手。祁亮本想和他握手，正好看到微笑的戴瑶，于是上前给了胡永平一个措手不及的拥抱。

赵瞳和红杨得知警方同意让林松参加追思会，都非常激动。接着戴瑶表示自己要跟着一起去，在活动中要限制林松的行动，如果发现任何危险，她有随时终止活动并带走林松的权力。

"我当然不希望这样。所以你们回去和大家说一下，明天和林松握手也好交谈也好，都没问题，但要一个一个来，不要一拥而上。"戴瑶诚恳地说道。

"当然。"赵瞳感激地点着头，"谢谢你。"

"还有就是，明天我想见一见乔迪。"戴瑶说道。

"好，不过你要和她……算了。"赵瞳说道，"我只是说，她现在耳朵可能不太好，不过你们可以……用微信或者什么聊天。"

戴瑶看着赵瞳，他脸上的肌肉从松弛渐变成了一块铁板。他心里蕴藏着多少悲伤，也就积蓄着多少怒火。

"既然你们来了，我还有点事想问一下。"戴瑶说道，"你们都看过林珑的报道吧？"

"是的。她把报道共享到了我们的群里。"赵瞳回答道。

"你们看的报道里有几个案例？"

赵瞳愣了一下，回答道："四个。"

"所以包括秦煜的案子，对吗？"

"你是说刘曦案?"赵瞳紧绷的脸松弛下来一些,"我们都是按被害者的名字说。"

"对,刘曦。"

"是的,但是……"赵瞳欲言又止地摇了摇头。

"但是什么?"

"这不是件好事。"赵瞳又摇了摇头,然后说道,"简单说,刘曦的父母就是想通过这个报道讹对方家里一笔钱。他们得逞了,然后又逼着林珑把刘曦的案例从报道里删去,还在微信群里大吵大闹。最后我把他们踢出群了。"

"他们是无赖。"红杨接着说道,"他们利用林珑,然后又出卖了她。他们还威胁她。"

"怎么威胁的?"戴瑶看向红杨,挑了挑眉毛。

"他们说过如果不删除刘曦的报道就去告她。"红杨鄙夷地说道,"我都不知道他们到底是谁的父母了。"

秦基集团的总部搬到了城区东南方向的嘉汇新城,很多著名企业的总部都被从核心区疏解到了外面。作为补偿,它们得到了以街区为计量单位的封闭园区。但所有人都知道,补偿之所以称为补偿,是因为无法弥补失去的东西,否则就应当被称作交易了。

祁亮按照地图软件的指引把车开进一条断头路。他走下车,看到破烂不堪的告示板上写着前方道路施工绕行的告示。他脚下踩着崭新的柏油路,在他前面两米是一排只能通过行人的水泥墩,再往前是同样崭新的柏油路。

再往远处看,崭新的秦基集团总部就坐落在道路右侧二百米左右的地方。

这地方的一切都是崭新的,可就是一个人也没有,只有一只鸟鸦站在"建筑垃圾填埋实验路段"的牌子上嘲笑他。

所以当门卫看到祁亮和戴瑶的时候也愣住了。他说打电话汇报一下,两人在传达室等了半个小时,安保经理才姗姗来迟。他又问了一遍两人的来意,祁亮耐着性子又告诉他要见秦荣,他以请示领导为由离开了。

这一等又是半个小时。这时门外开进一辆闪着警灯的警车,警车停到门卫室门口,从车里出来一高一矮两个民警。

刚才一直消失的安保经理也忽然现身,陪着两个民警进了传达室。

他们见到祁亮和戴瑶,潦草地敬了个礼,个儿矮的那个还顺手地摸了摸别在左肩的执法记录仪。

祁亮和戴瑶对视了一眼,两人也不说话,掏出警察证递了过去。

矮个儿民警大模大样地接过来,打开一看,瞬间皱起眉头,他抬起头看了看祁亮和戴瑶,又看了看警察证,转脸厉声质问安保经理:"你们领导呢?"

"啊?"安保经理慌了。

高个儿民警也愣了。矮个儿民警气愤地把证件甩给同事,走到安保经理面前,大声说道:"给你十分钟,让你们领导到场接受问话,否则以妨碍公务、虚假报警对你们公司进行严肃处理!"

"不是……"

"快去!"矮个儿民警黑着脸说道。

安保经理这才反应过来这两个是真警察。他像吃了一大口芥末一样,整张脸都要裂开了,一边道歉一边跑了出去。

矮个儿民警把证件还给两人,说道:"两位,误会。我先自报家门,嘉汇新城派出所民警,我姓田,这是我同事,姓王。我们刚刚接到他们公司报警,说有两个人冒充警务人员上门滋事。所以我们就出警了,没想到……"

"没事,您也是被误导了。"戴瑶笑着问道,"他们公司经常有人冒充警察上门滋事吗?"

"这还是头一次。"田警官说道。

戴瑶眼睛一转,又问道:"那他们经常被别人滋扰吗?我看他们报警的业务挺娴熟。"

田警官尴尬地咳嗽了两下,说道:"从我们掌握的情况来看,他们这边的确有上门滋事的现象,但是冒充警察这是第一次。不是,我的意思是他们以这个理由报警还是第一次。"

这时安保经理从外面跑进来,一脸讪笑地说道:"对不起,两位。我们老板今天不在。"

祁亮看了眼墙上的挂钟,已经14:45了。

"我们可是一个小时前来的。"祁亮说道,"你现在说不在?"

"对不起,真不在。"安保经理硬着头皮说道。

"其他领导呢?"

"今天领导都不在。"

"噢,那你把秦荣的电话给我们,我们自己联系他。"

"对不起,没有。"

"他秘书呢?"

"休假了。"

"有人能联系上他秘书吗?"

"不知道。"安保经理咽了口唾沫,"没有。"

祁亮看着安保经理,安保经理垂着眼皮,一副听天由命的样子。

"你是不明白这种行为的严重性呢,还是不怕?"祁亮问道。

"我确实联系不上,您别难为我了,我就是一中层干部。"安保经理苦着脸说道,眼睛依旧看着地面。

"行,那我也不难为你了。"祁亮说道,"那我问点你知道的。最近经常有人到你们这里滋扰?"

"嗯……"安保经理抬眼看了看两个民警,他们的脸已经很黑了。

"这是你负责的吧,如果你再说不知道就说不过去了。"祁亮说道。

"知道。"安保经理终于开口了。

祁亮找出林珑的照片,安保经理看了一眼,脸色忽然变了。等他意识到自己的失态,抬起头看向对面的两个刑警时,才发现已经晚了。

"我能不能……"安保经理指着门口。

祁亮点了点头。他没有难为这个可怜的中年人,尽管他一直拒不合作,但这正是他的可怜之处。

十分钟后,"外出开会"的副总陪同祁亮和戴瑶来到会客室,"正在休假"的秘书给他们倒了两杯茶水。祁亮收到了高铁公司发来的短信,提醒他乘坐的列车即将发车。

他刚在网上输入"没赶上高铁,票能不能退"时,对面的门就打开了,一个干练的中年男人和一个优雅的中年女人走了进来。

他们从容地坐在祁亮和戴瑶对面的沙发上,仿佛对刚才的事情一无所知,或者毫不在意。男人面带微笑,好像即将接受一次采访。女人虽然优雅,但是戴瑶发现她富含胶原蛋白的脸上,面部肌肉是绷着的。

14

戴瑶把手机调转过来放到茶几上,屏幕上是林珑的照片。

"秦先生,秦太。"戴瑶微笑着问道,"你们见过这个女孩吗?"

秦荣拿起手机,放到中间和妻子一起看,还放大了林珑的脸。然后他把手机轻轻放回茶几上,温和地说道:"我没有印象,我该见过她吗?"

戴瑶没有回答他的问题,而是看向秦太:"您呢?"

"没见过。"秦太摇了摇头。

"你们听过林珑这个名字吗?"戴瑶又问道。

秦荣看向妻子,妻子对他摇了摇头,他对两人说道:"没听过。"

"所以,也没有人向你们汇报过,一个叫林珑的记者正在追踪你们儿子杀害女友的案件,并且打算把这个案子写进她的报道里?"戴瑶一口气说道。

秦荣的表情立刻阴沉下来,说道:"我儿子犯了罪,当然会招来各种恶心的、闹哄哄的苍蝇。这是犯罪的代价,我不抱怨,但这也不意味着我有必要记住其中的哪一只。"

秦太坐直身体，把丈夫的左手轻轻握在手中。

"所以你们不知情？"戴瑶继续问道，"那刘曦的父母呢？他们是不是在向你们索赔？"

这一次秦太抢先回答道："我们正在商量赔偿的事情，我们从一开始就承诺积极赔偿，以表达我们的歉意。"

"刘曦父母说过你们在四处搜集刘曦有其他恋情的证据，争取证明秦煜是激情杀人，有这回事吗？"戴瑶看着秦荣问道。

"我不认为这么做有什么问题，这是法律赋予我们的权利。"秦荣语气生硬地回答道，"而且我也不觉得这和你们登门拜访有什么关系。你们看，你们拿着警官证说要见我们，于是我们放下所有事情配合你们的调查。"

他抬手指着天花板说道："就在这个房间的楼上，市里两位领导还在等我们开会。我可以让律师或者其他人来见你们，但我们还是亲自来了，这是对法律的尊重。可是我们已经在这里说了将近十分钟，我还没搞清楚你们的来意。"

"抱歉。"祁亮坐直了身体，对秦荣说道，"我们担心一上来就说这个事情会让你们恐慌。不过既然说到这儿了，事情是这样的，这个记者的报道里有四个案例，其中前两个案例的当事人已经被谋杀了。"

秦太"啊"的一声捂住了嘴，秦荣也愣住了。

"你们是第四个。"戴瑶补充道。

秦荣搂住了秦太的肩膀，眉头紧皱，一时不知该说什么。

"你们最近遇到过什么异常状况吗？"戴瑶放低了声音说道，"比如接到不说话的陌生电话，或者有什么奇怪的车或者人跟着你们。"

秦荣摇了摇头。

"最近你们公司经常有上门滋事的，是什么情况？"祁亮问道。

"主要是一些经济纠纷。"秦荣回答道。

"你们门口的监控录像，我们要带走一份。"祁亮说道。

"没问题。"秦荣点头道，他的满身怨气已经无影无踪，仿佛刚才根本没有发过脾气。

"还有，我们可以派警员保护你们。"戴瑶接着说道。

"不必了。"秦荣立刻说道，"我们有自己的安保系统。"

安保经理毕恭毕敬地送祁亮和戴瑶出了大门。

祁亮指着远处的水泥墩问道："那边什么时候开始修路的？"

"那边……"安保经理说道，"修了有段时间了。"

"修什么呢？我看路面也挺好的。"

"嗯……说是地基有问题，谁知道啊？挺好的路不让走。每次我们都得兜个大圈子。"安保经理抱怨道。

派出所的田警官和王警官也从里面走出来，和他们一起的还有一个穿着保安制服的小伙子。

"这是你们要的监控，我们大概看了看，没有遗漏。"田警官把一个U盘交给祁亮，"这个你放心，他们门口这台监控也在治安监控的范围，所以和我们所里的服务器都是连着的。就算有什么问题我们那儿也有备份，咱们随时调。"

两人回到车里，祁亮看着电子钟，忽然说道："我现在本来应该已经在高铁上了。"

"你现在走还来得及。"戴瑶说道，"一天内可以改签。"

"行李还在家呢。"

"没事,一会儿我去你家,给你发个快递。"

"行。"祁亮顿了顿,说道,"另外那个房间,你别进去啊。"

"怎么了?"

"没事,一点隐私。"祁亮罕见地挠了挠头发。

"放心吧,你这么相信我,我绝对不进去。"戴瑶一边说一边打开天窗,"我觉得秦荣夫妇不对劲,你觉得呢?"

"从安保经理看到林珑的照片忽然变脸我就觉得不对劲了。"祁亮说道,"我在想之前宋一星说秦家律师找过他,还要求他删除报道。所以律师也没和他们老板商量过这事,自己就给定了?"

"按照秦荣的意思,可能是盯着这案子的人太多了,他们就全权授权给律师处理了?"戴瑶猜测道。

"不!没那么简单。"祁亮拍了一下扶手箱,"你记得赵瞳说了什么?"

戴瑶眼睛一亮,兴奋地说道:"噢!他说刘曦父母一开始求着林珑把女儿的案例加进去,最后又逼着林珑把案例删掉。"

"这说明什么?"祁亮兴奋地伸出手。

"说明他们从秦家拿到好处了。"戴瑶说道,"也就说明秦荣夫妇一定是看过这个报道,否则不会掏钱的。"

祁亮张开手掌,戴瑶和他击了个掌,接着说道:"秦荣夫妇这么做,本来是没问题的,大大方方承认听说过林珑的名字或者看过她的报道也没什么。他们为什么要否认呢?"

就在这时,一辆毫不起眼的黑色轿车从秦基集团门口悄无声息地驶出来。

秦太一边开车,一边张望着后视镜,确认后方无车,拿出手机,从通话记录里挑了一个号码打过去,然后把手机调成了免提模式。

很快电话接通了，一个男人的声音响起："秦太。"

"小宋啊，"秦太说道，"你在什么地方？"

"我在公司。"

"方便出来吗？"

"方便电话里说吗？"

"我必须见你。"秦太昂了昂下巴，"有好消息告诉你。"

秦太挂断电话，踩下油门，汽车在进城的高速公路上飞驰起来。

二十分钟后，她以比导航快十分钟的速度到达了目的地，方各庄环岛南边的立体停车楼。她直接把车开到了最上层，这里稀稀拉拉停着几辆车。她停好车，乘坐电梯来到一层，电梯门打开，外面就是街道。

还没到下班晚高峰，街上的行人很少，公交车站的不锈钢雨棚下面站着几个候车的乘客，所有人都低着头看手机。

她看到宋一星从便利店里走出来。宋一星穿着风衣和西服，看起来有些憔悴，手里捧着两罐咖啡和一份杂志。

她喝了一口咖啡，感觉就像小时候喝过的某种药，也许是补钙的东西。她皱了下眉头，把咖啡罐扔到垃圾桶里。

"那个报道绝对不能上。"她看向别处，以命令的口吻说道。

"这不算好消息。"

秦太从包里拿出一张银行卡，塞进宋一星的外衣口袋。

宋一星又立刻从口袋里掏出那张卡，看也不看就扔到了地上。

"垃圾桶在那边。"他冷冷地说道。

秦太赶忙蹲下把卡捡起来，低声吼道："你疯了！这里有五百万！"

"那您得找个大点的垃圾桶。"他冷冷地看着秦太。

"嫌少吗？"秦太冷笑道，"你十年也赚不了这么多吧。"

"你平时给大人物们送钱也是这个态度吗？"宋一星反唇相讥道，"再说这和多少钱有什么关系？你什么话也不说，上来就把一张卡塞我兜里。谁知道你是不是想抓我把柄，没准儿你还找了人偷拍呢！"

"哈！"秦太气笑了，"好吧，你说这事怎么办吧。"

"就算我之前答应过你压下这个报道。"宋一星顿了顿，说道，"我这么做不是冲着你那点封口费，我是为了保护我的人。但是，现在已经不可能了。"

"什么不可能了？"秦太皱眉道。

"压下报道不可能了。"宋一星盯着秦太，一字一顿地说道，"她死了，我必须把她的遗作发表出来。"

秦太急了，凑上去说道："就因为她死了，报道才有可能压下来！否则她会听你的吗？现在就你知我知，这不是很好吗？"

宋一星睁大眼睛瞪着秦太，秦太被他看得发毛，质问道："我这么说有什么问题吗？好，我明白了。你的良心值钱。"她点了点头，把银行卡轻轻塞进宋一星的口袋，手按在上面，"这是定金，半年后还有五百万。"

"我不是……"

秦太猛地抓住宋一星的风衣，说道："你让我儿子的案子顺利审结，我欠你一个天大的人情。我会好好报答你的，比你能想到的还多得多。我知道你这些年过得不好，但你后面还有几十年。你不会想因为这点小事情，让你的人生再变回从前吧？"

宋一星的眼睛里闪过一丝犹豫，秦太立刻露出了友善的笑容，抓住他的手说道："只要我们母子平安，其他的都是身外之物。我知道宋总不是那种贪得无厌的人，所以咱们往后会相处得很好的。况且，你想成为行业翘楚，总得有更多更有能量的朋友帮衬才好，是不是？拜托了，兄弟。"

宋一星坐在咖啡厅的角落里，把玩着秦太塞到他兜里的银行卡。一千万是什么概念？他工作了二十年，总共赚到的钱不到它的四分之一。就算未来十年是他的事业黄金期，赶上最好的运气，最多也就能赚这么多。

这些钱能够在这座城市买一套体面的房子，把父母接过来。然后再挑一辆好点的汽车，当然不是像胡龙龙那样开两百万的奔驰大G，他喜欢宝马X3。这个级别的车足够收获他人的尊重了，也不会再有保安认为开着老款雅阁出席活动的他是网约车司机了。

也许他还能娶个妻子。想到这里，他的心忽然疼了一下。岑雪死后，他没有谈过一次恋爱，二十年来，他甚至没找过一个女人。岑雪给他的打击当然维持不了二十年，大概七年后他就慢慢放下了。可这时他才发现，已经没有女人愿意和他在一起了。

他的父母甚至盘算着让他回村相个亲。因为这件事，他人生第一次和父母爆发了争吵。但是当他猛然从狂怒中惊醒，看到父母依偎在一起，惊慌失措地望着他的时候，他的心在那时崩成了碎片。

他趴在母亲的腿上号啕大哭。他的父母也号啕大哭，他们一遍遍地向儿子道歉，说他们那是老糊涂了瞎说的，说他们是儿子的包袱，因为他们，儿子才找不到老婆。

他对父母说的也都是他的气话，他一边哭一边摇头，一边扇自己耳光。他在惩罚自己，不仅因为说错了话，更因为他的无能。他愧对父母。

有那么几年，时间好像飞一般过去了。这时他已经接受了这个事实，成家立业对于他来说，就像这座城市的房子一样高不可攀。

只有在他虚妄的精神世界里，他才是那个孑然傲骨的才子；在街上，他却是一个连小丑都不如的无声的游魂。

手机响起，他擦干眼泪，接起了电话。

"请问是宋总编吗？"一个男人的声音响起。

"我是。"他咳嗽了两声，尽量赶走鼻音。

"我叫赵瞳，是林松和林珑一家的朋友。"

"您好！"宋一星立刻坐直了身体。

"宋总，您好。是这样，明天我们为林珑举行追思会。我们以前经常听她说起您非常照顾她，她对您也非常尊敬。所以我们冒昧地联系了您的公司，要到了您的电话，就是想问一下明天您愿不愿意来参加追思会。"

"当然。当然。"

"好的，那我就不打扰您了。我随后会把时间地点和安排给您发到手机上。"

"谢谢，辛苦您了。"宋一星按着眼窝说道。

"不客气，这是我们应该做的。对了，还有个小事。"赵瞳说道，"明天的活动是我们亲人互助会举办的，所以您就不必准备礼金了。"

赵瞳挂断电话，朝着身边的大妈挤出个笑脸。

这些家长围着栅栏站了一排，看着幼儿园里的孩子们排练舞蹈。很快排练结束了，老师把打扮成各种动物的孩子们带回室内，家长们也嘻嘻哈哈散去了。

接着另一个班的孩子被放出来，他们迅速占领了五颜六色的游乐园。这些孩子的个头明显比之前的大些，他们分成四拨，一拨娴熟地爬上组合滑梯，玩起了攻城游戏；另一拨跑进沙坑，继续建造未完工的城堡。

还有几个孩子坐在太阳底下合作拼积木，从搭建好的部分看，似乎是星球大战里的歼星舰。一个老师专门看着这几个孩子，时不时地教他们如何正确理解说明书的图画。

最后一拨孩子看似在玩逮人的游戏。但你如果仔细看的话，会发现这其实是个躲人的游戏。他们在拼命躲避一个小男孩，如果小男孩碰到了谁，那个孩子就会害怕地尖叫，其他孩子也会冲上来掩护他跑开。

抓人的小男孩四处追击，其他人唯恐避之不及。如果这是个游戏的话，这些孩子未免太投入了，而且他们从来没有轮换过——一直是那个小男孩在抓人。

小男孩追着速度最慢的小胖子来到拼积木的小朋友旁边，忽然一把抓起拼好的积木，撒腿就跑。

孩子们尖叫了一声，老师也吓得站了起来。

他抱着积木飞跑，忽然用力一扔，半截歼星舰画了个抛物线，在大人孩子的尖叫声中砸到地上，摔成了碎片。他冲过去，一边兴奋地尖叫，一边把那些没摔开的部分踩碎。

赵瞳盯着那个男孩，他长得很好看，但表情邪恶，像一个魔鬼。他终将会长成一个魔鬼，就像他哥哥一样。

15

曹姝月萎靡着,拎着塑料袋从远处走来。

幼儿园门口,那几个拼积木的孩子还在放声大哭,家长和老师守在门口严阵以待。

老师先上前拦住曹姝月,投诉她儿子把小朋友的新积木打碎了。

她看了看老师,又看了看被关在门里的儿子,问道:"所以呢?"

"所以呢?"老师气笑了,"所以你应该重视一下你儿子的行为,他的行为非常不正常。"

"怎么不正常?"曹姝月反问道,"孩子不就应该淘气吗?再说不就是个破积木吗?推倒了重新搭起来就行了啊,你们至于吗?一帮人在这儿堵我?"

一个母亲冷笑道:"她是不是不知道什么叫乐高啊?以为积木就是木头涂上油漆的玩意儿?"

"那个乐高好几千块钱呢!让你儿子摔坏了,赔钱!"另一个奶奶说道。

"什么就好几千块,你讹谁呢!再说了,你凭什么就说是我儿子弄坏的?"曹姝月嚷嚷起来。

"什么叫讹?幼儿园里有监控,一清二楚。"奶奶不甘示弱地说道,"这个玩具多少钱也有市价。你要不服,咱们现在就报警!"

"对!报警!"母亲喊道,"孩子不懂事,大人也不懂事!难怪养出这么个没家教的孩子!"

"你他妈说谁呢?"曹姝月瞪着眼吼道。

"噢,你懂事啊?那你讲道理,先道歉再赔钱。"母亲也不甘示弱,"赶紧的,别耽误我们回家。"

"要赔你找她。"曹姝月指着老师,"她拿这份工资,她应该管好孩子。孩子在这道门里出的所有事你找她,你找得着我吗?"

说完她从家长中间穿过去,把儿子从门里拽出来,就要往外走。

"你要跑啊?耍无赖是吧?垃圾大人养出垃圾孩子!"母亲喊道。

曹姝月不理她,继续拽着儿子往外走,她儿子转身踢了一脚那个母亲,但是没有踢到,接着又朝着旁边的大人们吐口水。

大家往外躲闪,趁着这个空当,曹姝月带着他突出重围。

曹姝月在超市的熟食档口买了半套烤鸭和一份拌凉菜,又买了十个烧饼,这样她和儿子明天的早餐也解决了。

她回头去找儿子,看到他拆了一包零食,正抓起一片往嘴里塞。她看了看四周无人,于是从儿子手里夺过零食袋,塞回到货架最里边。

"妈妈,为什么别人都是买菜回家做饭,我们却天天吃外卖呢?"儿子口齿不清地问道。

"因为他们穷啊,只能买菜回去自己做,咱家有钱才能吃外卖。"曹姝月晃了晃手里的烤鸭,"这个可贵了,他们都吃不起。"

"今天老师说外卖不健康,吃多了拉不出屎屎。"

"她瞎说!这么多人吃外卖,你看谁拉不出屎屎了?"曹姝月一边说一边拽着儿子往外走。

儿子停下来,挣脱了她的手,说道:"我。"

"哎呀!小孩子怕什么?明天就拉出来了。"

曹姝月过来抓儿子,但是又被他躲开了。

"我想吃妈妈做的饭。"

曹姝月瞪起眼睛,威胁道:"别闹!赶紧跟我回家,别让我在这儿揍你!"

她再次伸出手,儿子往后一躲,她抓了个空。她立刻火气上来,扑过去一把抓住儿子的脖领,用力拽到自己身边,然后拖着他快步冲到收银台前,抢在正在结账的男人的身前,把东西扔到收银台上。

"别动!"她吼着,用力摇了一下儿子的脖领,另一只手掏出手机。

收银员愣住了,看了看她,又看了看正在结账的男人。

男人看着被拎的小男孩,无奈地退后了半步。

收银员先给曹姝月结了账,她一手拎着食物,一手拎着儿子冲出超市,然后才把他松开。

"以后少跟我废话,听见没有?"曹姝月训斥道。

儿子看着别处,不回应她。

她看到路边有个水果摊,于是过去买了点儿子最爱吃的砂糖橘,剥开一个塞到儿子嘴里。

"你乖乖的,这周六妈妈给你做饭。"

"老师骗人。"儿子忽然说道,"穷人才在家做饭,有钱人都吃外卖。"

"乖。"曹姝月笑着又剥了个橘子，塞到儿子嘴里。

"我不想去幼儿园了。"儿子嚼着橘子说道。

"行。你乖乖回家，明天就不去幼儿园了。"

曹姝月随口说道，她现在又累又饿，实在没精力和儿子周旋了，只能先把他哄回家，至于明早怎么送他去幼儿园，那就到时候再说了。

她好不容易挨到了家门口，却看到两个穿着警服的男人和一男一女站在她家窗户下面。

"你是曹姝月吧，等你半天了。"女人亮出证件，"我叫戴瑶，是东华支队的民警。"

曹姝月还没说话，一个小黑影忽然蹿了出来，一下撞到戴瑶身上，接着就是一通拳打脚踢。

"坏蛋警察，滚开！"稚嫩的嗓音叫喊着，"不要欺负我妈妈！"

曹姝月冲上去把儿子拽开，儿子像发疯似的往戴瑶身上吐口水。

戴瑶低下头，看到米色的裤腿上被踹出了几个鞋印。

"你干什么？"曹姝月没有任何要道歉的意思，上来就质问道。

"坏蛋警察，抓走我哥哥！坏蛋警察！"儿子在曹姝月怀里挣蹦，用脚使劲够戴瑶，继续往戴瑶身上吐口水。

戴瑶挑了挑眉毛，缓缓说道："你把孩子送回去，我们有话和你说。"

"有什么可说的？我犯了什么事吗？有话你就在这儿说！"曹姝月不耐烦地说道，"我没空和你闲扯。"

戴瑶耐着性子说道："我昨晚给你打了电话。"

"噢。"曹姝月挑衅似的看着戴瑶，"那又怎么样？"

"不怎么样,我们认为你的人身安全可能面临危险。"戴瑶说道,"所以我们有义务提醒你注意。还有,我们找你自然有正事,我更没工夫和你闲扯。你要是不会说话或者不想好好说话,我现在就可以把你带回去,用能让你好好说话的方式和你沟通。"

曹姝月一下子怂了,她的儿子也被戴瑶的语气吓住了,躲在妈妈身后,睁着两只大眼睛望着戴瑶。

"你见过她没有?"戴瑶举着手机屏幕问道,屏幕上是林珑的照片。

曹姝月冷哼了一声,然后不情愿地点了点头。

"你接受过她的采访?"

"对。她还拿个摄像头拍我呢。"曹姝月晃着肩膀说道,"我懒得理她,她爱写什么写什么,反正我儿子也活下来了。"

戴瑶看着她一副死猪不怕开水烫的样子,淡淡地说道:"算上你,她一共采访了四个人,前两个已经被杀了,你是第三个。"

"啊!"曹姝月捂住了嘴。

"你要不然先把你孩子放家里,我们接着谈。"戴瑶说道,"你要是不方便,我们明天再来。"

曹姝月还是让他们进了家门。戴瑶、祁亮和两个民警刚走进来就被惊到了,各种啤酒瓶和可乐瓶随处散落着,内衣内裤随意扔在沙发上。卧室更是一团糟,床上的衣服多到已经看不清下面被子的图案了;衣柜敞着门,里面也是一片狼藉。

他们通常只在"毒虫"的家里见到过这样的情景,尤其是那些被烧坏脑子的"老毒虫",他们虽然还有一副半人不鬼的躯壳,但早已蜕变成一堆只会对毒品产生条件反射的生物垃圾。

所以两个民警从一进门就下意识地抽鼻子闻起来,然而并没有发现毒品的气味。

戴瑶忍不住看向曹姝月，这个女人毕竟养大过一个十八岁的儿子，这些年她都是怎么过来的？

曹姝月胡乱收起沙发上的内衣裤，裹成团扔进洗衣机里，然后把茶几上的啤酒罐、烟灰倒进垃圾桶，茶几终于露出了本来的样子，上面还有一圈一圈的油渍。

"坐吧。"曹姝月搬了个马扎坐到沙发对面，把儿子拽到身边。她把餐盒放到茶几上，打开，然后伸手去抓荷叶饼。

戴瑶终于忍不住了，喊道："你不去洗下手吗？"

曹姝月的手停在空中，过了一会儿，她终于站起来，慌乱中踢开马扎，去卫生间洗手了。

祁亮检查了所有窗户，外面都装着防盗窗，没有隐患。他来到门口，检查了大门、门锁和猫眼，所有功能都正常。

曹姝月从卫生间回来，坐下卷烤鸭，卷完一卷就塞到儿子嘴里。孩子吃完第三卷后摇了摇头，意思是吃饱了。曹姝月给他打开一瓶可乐，把他打发到卧室里，关上卧室门，来到家门口。

"你们打算怎么保护我？"曹姝月抱住双肩，颤抖着问道。

"在你家门上装个监控。"戴瑶指着墙角说道，"会有人监视。"

"监控有什么用？人家要来杀我……"

"只要你在家好好待着，关好大门，锁上安全锁，就不会有人能伤害你。"祁亮开口道，"你家防盗窗也是完好的，不会有人从窗户进来。"

"那我要出去怎么办？"曹姝月急着问道。

"联系我们的人，他们会跟着你。"祁亮拿出一个直板手机，"我们联系你只打这个电话。除此之外，任何人联系你，尤其是让你出去,你都要提高警惕,用这个手机和我们联系。"

他放低声音说道:"前两个受害者都是被凶手打电话叫出去的。我们不知道凶手掌握了她们什么秘密,我们也不知道你有什么秘密。但是你要记住,如果有人叫你出去,无论什么事情,你都要给我们打电话,我们会保护你。千万不要一个人出去。"

"你不要吓唬我。"

"我倒希望能吓住你。"祁亮看了眼手机,已经晚上六点了,距离最后一班高铁还有一个小时。

从曹姝月家的小区往西直线距离一公里就是高铁站,但是要穿过一片正在腾退的棚户区。高铁站修建之前,这里曾是全市刑事案件最多的区域。

时过境迁,棚户区的居民正在迫不及待地逃离这个地方。一种"终于轮到我了"的念头控制着所有人,他们为即将拥有一大笔财富而狂喜,与此同时,他们也不再掩盖对自己家园的愤恨。他们只想赶紧离开,什么都不想带走,最好和这破地方彻底断绝关系。

于是这里成了拾荒者的乐园。桌、椅、床、柜,甚至床垫、衣服全堆在原本是菜窖和煤棚的空地上——那些私搭乱建的建筑早在腾退伊始就被推倒了,但没人在意。这些拾荒者已经忘了当年为了争夺这块空地的使用权发生过多少流血冲突。

戴瑶带着祁亮在这片迷宫里穿行,给他讲这个地方的过去。

"我在这里出生。"她说道,"我弟五岁的时候,我们搬家了。"

"因为上学吗?"

"不,因为他差点被拐走。"她叹了口气,"因为这事,我妈打我打了将近一年。"

"为什么？"祁亮皱起眉头。

"因为当时她让我看着我弟。"

"不。我是问为什么她打你一年？你弟不是没丢吗？"

"这件事也困扰了我很久。"戴瑶笑了，"几年前我才反应过来，她那时候应该是被吓出心理疾病了。"

"心理疾病？"

"但是二十几年前谁知道心理疾病是什么。所以她很痛苦，我也很痛苦。"戴瑶顿了顿，说道，"她更痛苦。"

祁亮默默点了点头，他能想象到那种压抑和绝望。

"最痛苦的是我爸。他觉得因为他没本事赚不到钱，我们才住在那个危险的地方。"戴瑶说道，"于是他就辞职去开出租，两年后我们买了房子，虽然很远，还背了很多贷款。"

"你爸真好。"

戴瑶加快了脚步，走到祁亮前面。两人一前一后转过墙角，看到了气势恢宏的高铁站。

"那边有个饺子馆不错。"戴瑶笑着说，"上车饺子下车面。"

"来不及了吧。"

"没事，打包一份在车上吃。"戴瑶一边说一边快步穿过空旷的马路。

祁亮本想跟上去，手机却响了起来。这时行人信号灯从绿灯变成红灯，于是他停下来，拿出手机，是个陌生号码。

他接起电话，对方自报家门，是宋一星。

"祁警官，有个事情我得告诉你。"他决绝地说道。

祁亮和戴瑶走进咖啡厅，立刻看到了坐在角落里的宋一星。他虽然一动不动，但是看着像一只热锅上的蚂蚁。

两人走过去，宋一星立刻紧张地站起来，伸手请他们坐下。

"你怎么了？"戴瑶轻声问道。

"我要向你们坦白一件事。"宋一星看着两人停顿了片刻，说道，"我之前没跟你们说实话。找我的不是秦家律师，而是秦煜的母亲。"

他看到两人点头，然后一口气说道："她让我压下秦煜的报道，否则就告我们，还说要整垮我们公司。她真的能做到。所以我害怕了。这就是我让林珑撤下这个案例的真正原因，什么和主题不符、蹭流量都是我在自欺欺人，真正的原因就是我害怕了，我担心这个报道会毁掉我的事业。"

戴瑶和祁亮同时点了点头。

宋一星把银行卡放到桌上，继续说道："这是她给我的封口费。她是今天下午四点多给我的，就在对面那条街上。我之所以拿了是因为……"

说到这里，宋一星停了下来。他停顿了片刻，终于再次开口："因为不想让她起疑。她给我的时候，我告诉她林珑已经死了，所以这个钱我不可能收下。但是……"

他下意识地看了看四周，声音忽然发颤："但是我发现，她听到林珑的死讯并没有惊讶，她好像知道林珑会死。因为她马上和我说，林珑死了正好，以后这件事就你知我知了。"

16

空调室外机忽然发出嗡嗡的噪声,连带玻璃墙跟着共振。这个时节的晚间温度已经很低了,但又没到供暖季,所以人们只能用空调制热来提高室温,驱散初冬季节特有的室内的寒冷。

祁亮咳嗽了一声打破沉默,他探过身子问道:"秦太有没有发现你已经怀疑她了?"

"我觉得没有。可能她以为这些钱已经能把我搞定了。"宋一星的语气已经恢复了平静。

"你现在可能会有危险。"祁亮说道,"所以这钱你还不能马上退回去。"

"她还敢杀我吗?"宋一星决然道,"那你们可以拿我当诱饵,让她重演一遍。"

"这个主意好,可惜我们不让钓鱼执法。"戴瑶接着说道,"我有个事情还没搞清楚,就是林珑到底掌握了秦太什么秘密。单看这个报道,我觉得到不了杀人灭口的程度,甚至到不了用五百万封口的程度。"

"我也很奇怪。"宋一星看着桌上的银行卡,"但是如果你知道秦太用双倍价格从刘曦父母手里把那套别墅买回来,也许就不惊讶了。"

"是秦煜杀害刘曦的那套别墅?"祁亮问道。

"是的。而且那套别墅是秦煜送给刘曦的,现在市值五千万。"宋一星回答道,"而这笔交易是林珑开始调查以后才做的。"

"如果他们早这么痛快,刘曦的父母就不会找林珑爆料了。"祁亮说道。

"那也未必。人心不足蛇吞象。"宋一星不屑道,"刘曦父母已经拿着这一个亿和她弟弟一家移民出国了。对,你们没听错,女儿的官司还没打完他们就出国了,而且至少二十年不回来了。这也是秦家操作的。相比之下,五百万确实不算多。"

"这些是林珑告诉你的?"祁亮问道。

宋一星忽然笑了一下,然后叹了口气,说道:"林珑给我看了刘曦父亲的朋友圈,他发了无数条过户、出国、晒余额,还有对秦家感恩戴德的信息。你们能想象到他们欢天喜地的样子吧?"

戴瑶点了点头,问道:"可是秦太为什么一定要压下这个报道?就算发出来对她儿子的官司也没什么实质性影响。"

"如果你想知道答案,我明天就把报道发出来,看看他们什么反应。"

"再等等。"戴瑶立刻阻止道,"我们搞清楚之前不要让事情更复杂了。"

"噢!抱歉!"宋一星恍然道,"我想简单了。"

"没关系。我们还要感谢你为我们提供这么关键的信息。"戴瑶微笑道。

"真的吗?那太好了!"宋一星激动地说道,"我就是希望……"

他停了下来，过了很久才继续说道："我就是希望你们能尽快破案。因为很多案子，今天破不了，明天破不了，慢慢地就永远破不了了。"

祁亮和戴瑶回到队里的时候，牛敦正在用卡式炉做麻辣香锅。他把红烧牛肉面的酱包调入底料，办公室里立刻香气四溢。

祁亮推出一张新白板，贴上林珑和秦太的照片。

牛敦把焯完水的食材放进锅里翻炒，说道："10月15日下午两点和10月19日下午一点，林珑到秦基集团两次，但都没能进去。我找到了林珑和刘曦父亲的聊天记录，刘父是10月13日找到林珑要求上报道的。"

祁亮把这些信息写在白板上，说道："刘父13日找到她，她用两天时间做准备工作，15日上门采访，这个时间点是合理的。"

"10月18日，秦太以个人名义购买了刘曦名下位于蓝湖的别墅，在朝明产权交易大厅办理了过户。"牛敦说道，"方便面都要吗？"

祁亮和戴瑶都点了点头。

"互助会群里的聊天记录显示，刘曦的父母从16日开始就在群里要求林珑撤了她女儿的报道，因为这个事情还和群主赵瞳发生争吵。"牛敦继续说道，"赵瞳很快就把他们踢出群聊。然后他们一直在微信里骚扰林珑，让她撤回报道。"

"所以林珑15日去了秦基集团，虽然没有见到秦太，但让秦太立刻改变了策略，开始拉拢、安抚刘曦的父母。"戴瑶说道，"所以16日刘曦的父母要求她撤回报道。"

"她19日为什么还要再去秦基集团？"祁亮在白板上记下牛敦的话，然后画了一个问号。

"我看了她和赵瞳、刘曦的父亲、林松和红杨这些人的聊天记录,都没有提19日的事情。还包括宋一星。"牛敦关掉卡式炉,把食物分到三个白色玻璃盘里。

戴瑶端起一盘,夹了个鸡翅放到嘴里,双眼立刻放出光来。

"赶紧过来吃!"戴瑶回头叫道。

三人风卷残云似的吃完了一大锅麻辣香锅,牛敦泡了一壶红茶,还特地给戴瑶做了一杯奶茶。

"回到刚才的问题,她19日为什么还要再去秦基集团?"戴瑶看着白板问道。

"看看回放吧。"祁亮建议道。

牛敦坐在电脑前,祁亮和戴瑶站在他身后,看着屏幕上的画面:林珑走到传达室门口,保安打开窗户和她说了两句后就转身离开了。林珑离开窗口在传达室附近转悠,五分钟后保安回来和她又说了两句话,林珑离开,保安关上窗户。

"有声音吗?"祁亮问道。

"没有。"牛敦摇了摇头。

"再放一遍,0.5倍速。"戴瑶拍了拍牛敦的肩膀。

牛敦用0.5倍速重放了一遍,到保安回来和林珑说话的时候,戴瑶忽然叫停。

"放大,对准保安的脸。"戴瑶说道,"退回两秒,0.25倍速。"

牛敦把画面调到最大,退回两秒,以0.25倍速播放。慢动作下,保安在和林珑说话的时候脸往左侧转了一点,然后有两个轻微点头的动作。

"他在看什么?"戴瑶指着保安的眼睛问道,"他没看林珑的脸。而且他这个时候没有说话,那就应该是林珑在说话。"

"林珑在给他指什么东西？"祁亮猜测道。

"放大到全景，退回到林珑回到窗口的时候。"戴瑶说道。

牛敦从保安回到窗口开始播放，林珑也往窗口走，这时她右手是插在裤子口袋里的。等她走到窗口和保安说话时，右手从口袋里拿出来放在窗台上。

这是个非常小的动作，不仔细看根本注意不到。

"你的意思是她从口袋里掏出了什么东西放在窗口，让保安转交给谁？"祁亮看向戴瑶。

"对。"戴瑶点头道。

"戴姐，你真神了。"牛敦赞叹道，"我怎么就看不出来？"

"你要是连看三年监控，你也能和我一样。"戴瑶淡然地回答道。

"你怎么看那么长时间？"牛敦张大眼睛问道，祁亮也好奇地看着戴瑶。

戴瑶笑着回答道："因为那会儿还有点重男轻女，女人不能出外勤，只能关在家里看监控。"她叹了口气，"一说这个又暴露年龄了。"

"戴姐。我觉得像你这么优秀的人不应该在乎年龄。"牛敦真诚地说道。

"你说得对。"戴瑶点了点头，看向祁亮，"你觉得呢？"

"我也觉得你非常优秀。"祁亮说道。

"我问你这个。"戴瑶朝着屏幕翻了个俏皮的白眼。

"她在传递信息。"祁亮分析道，"她15日第一次去秦基集团，虽然秦太没有接待她，但立刻做出了反应，买下别墅，封了刘家人的口。刘家人也按照秦太的指示要求林珑撤回报道。但显然林珑并没有放弃，不仅如此，她还取得了某种成果，所以才会重返秦基集团。"

"关键是她找到了什么。"祁亮看向戴瑶,"还有就是秦太为什么要否认自己认识林珑?"

"这就是我们今天最大的收获。"戴瑶拍了拍手,"行吧!今天到这儿,咱们都早点回家。明天一早还得去林珑的追思会呢。"

戴瑶坐在小区外烧烤店靠窗的座位上,面前放着一罐凉茶。她刚给弟妹慧雯打了电话,慧雯说今晚戴信又加班住在公司了。戴瑶问她戴信最近在忙什么,慧雯说戴信的公司接了个别墅销售的项目,正在全力推盘。

这时一辆白色宝马520从远处驶来,这是戴信去年买的二手车。虽然是辆二手车,但并不耽误戴信以肉眼可见的速度膨胀起来。

戴信又把车子停在小区门口,还是昨天看到的那位漂亮女士下车徒步走进小区,然后戴信把车开走。他明明有地下车位,这是要把车开到哪儿去呢?

戴瑶跟踪戴信的车来到旁边的公共停车场,看到他把车停到了墙后面。这样,即便从外面路过,他的车也不会被看到。

看来他是不想让慧雯发现自己偷偷回来,戴瑶心里拱起火来,继续跟着戴信回到小区。

戴信穿过冒着寒风跳广场舞的队伍,轻车熟路地走到小区北侧的8号楼,然后用门禁卡打开门禁,钻了进去。

戴瑶刷自己的门禁卡,系统提示门禁卡错误。她在门口发了会儿愣,这时有个大妈出来倒垃圾,从里面打开门。但戴瑶没有进去,而是转身回家。

见到母亲之前,戴瑶想的都是各种伦理剧中母亲袒护儿子的情节。她知道母亲一定会这么做,一想到这里,她就更生气了。

她尽量心平气和地把自己看到的说出来。母亲一直背对着她剁馅儿，等她说完了，母亲还在剁馅儿，好像什么都没听到，只是剁馅儿的力道更大了。

"你是不是知道了？"她问道。

母亲说："事情不是你想象的那样。"

一瞬间，戴瑶想起了韦丽莎、陈雪梅、曹姝月。她忽然觉得恶心。

"如果我被人辜负了，你也会这么说吗？"她甩下这句话，转身往外走。

"你去干吗？"母亲冲上来拽住她。

"我去告诉慧雯。"

"你疯了？"母亲吼道。

"我不想和你吵。"戴瑶看着母亲。虽然她从十二岁起就长得比母亲高了，但这是她第一次居高临下看着母亲。

"你听我把话说完！"母亲拽住戴瑶的手，"妈求你了。"

戴瑶最终没有去找慧雯，因为母亲至少有一句话说对了：慧雯现在怀着五个月的身孕，万一她因为受刺激而威胁到孩子甚至她自己的性命，那这个后果谁来承担？

解决问题和划分责任从来都是两回事，就像一个劫持人质的匪徒，也许他真的该死，但没有人敢在他用刀抵着人质脖子的时候随便开枪。

母亲躲到卧室里打了个电话，十分钟后戴信来了。

他什么也没说，就低着头坐在那里。母亲坐在他身边，像他的律师一样滔滔不绝地辩解，说他一时糊涂，说他被人勾引，说他本质不坏，说他肯定会改。

他终于开口了，说自己错了，他愿意和那个女人分手，回归家庭，以后再也不这样了。

母亲一脸殷切地看着戴瑶，好像在说，你看，他已经说了，现在你可以放心了吧。

戴瑶看着眼前滑稽的一幕，她做梦也没想到，人生第一次听到的出轨男人的忏悔，竟然来自自己的弟弟。她忽然想起当年母亲对自己买房也是横拦竖挡。其实她知道母亲的心思，因为她买了房就要还房贷，就不能拿钱给家里用了，或者干脆说不能给戴信用了。

很多家庭都是这样，父母拿到孩子们的赡养费，自己却还是拼命省吃俭用，然后把钱悄悄送给偏爱的那个。

也幸亏她要还房贷。否则这些年她在戴信身上花的钱越多，沉没成本就越高，会不会也变得和母亲一样，为了不让自己的付出打水漂，明知戴信错了也要袒护他？

如果她有了自己的孩子，付出全部的精力和情感，有一天孩子犯了错，她会不会也像自己的母亲一样，甚至像报道里的那些女人一样？

电视剧里总有这样的情节，电视剧最终也会走向大团圆。但现实不会，现实只会把你扔到一个二十二岁女孩的追思会上，而你可能永远找不到凶手。

10月29日，星期五。

追思会这天一早，祁亮从衣柜里找出西服，在咣咣咣的剁馅儿声中穿上衬衫，打好领带。楼上的女人在不吵架的时候通常会做两件事：剁馅儿和擦地。相比擦地时冷不丁发出的碰撞声和拖动桌椅时难听的噪声，他更愿意忍受她剁馅儿的声音，至少它是有节奏的。

她几乎每天都要剁馅儿，也许她要给孩子提供易消化的蛋白质。这个祁亮可以理解，但是她为什么不买个破壁机呢？

剁馅儿的频率越来越快,声音越来越大,终于戛然而止。祁亮也跟着长出了口气,他能想象到女人扶着案板,享受着情绪宣泄出来后那片刻的松弛,也许这就是她不买破壁机的理由吧。

他在镜子面前穿好西服,如果上午一切顺利的话,他得在中午赶回来换下这身西服,他不想穿成这样去上海。

可什么叫顺利呢?没有任何发现吗?他不想这样。但是有了新发现,他还能去上海吗?他必须得动身了,因为今天是报到截止日。

他在路边看到了吃糖油饼的戴瑶,她穿着一身肃穆的套装。

"你穿西服还挺好看的。"戴瑶把车钥匙扔给祁亮,"你平时这么穿吗?"

"不太穿,现在没人这么穿了。"

"那是因为他们穿不出绅士风度。"戴瑶说道,"但你很合适。"

"可是穿西服行动不方便。"

"哪有那么多行动?"戴瑶翻了个白眼,"走吧,敦敦已经在路上了。"

林珑的追思会设在CBD某栋摩天大厦顶层的空中花园。祁亮和戴瑶走出电梯,在他们正前方的墙壁上挂着黑丝绒幕布,正中间悬挂着林珑的遗像,每一个从电梯里走出来的人都能第一眼就看到。

幕布的右前方立着一个演讲台,演讲台上摆着白色的菊花;幕布左前方摆放着三把椅子,一把在前,两把在后。

遗像、演讲台和三把椅子组成了会场的中心部分,在它们对面摆放着五排座椅,每排十把,中间隔着一米宽的空当。座席区的两侧是茶歇区,同样盖着黑丝绒的长条桌上已经摆满了饮料和小吃,白色的菊花点缀在其中。

会场庄严肃穆，井井有条。几个胸口别着小白花的人分散在各处，正在安静地做着最后的准备。

赵瞳走到一个女孩身边，轻轻拍了拍她，给她看自己的手机，然后指了指祁亮和戴瑶。女孩点了点头，跟着赵瞳走过来。

她拿出手机，输入几个字。

手机中传出一个机械冰冷的女性声音："我叫乔迪。我听不见了，你们可以打字给我看。"

17

静谧的气氛被这段诡异的机械音独白打破了。其他人纷纷停下手中的工作,向他们看过来。

戴瑶接过手机,输入:我听说了你的事,为你母亲哀悼。我们可以直接用文字沟通。

乔迪输入:谢谢。

戴瑶输入:你回忆一下前天下午,10月27日星期三下午你在做什么?

乔迪看完后不假思索地输入:我在家。

戴瑶若有所思地看着这个楚楚可怜的女孩,输入:有人能为你做证,或者你能证明那时你在家吗?

乔迪摇了摇头。

就在这时,电梯口出现了一阵骚动。四部电梯的门打开了三个,走出了一群人,衣着庄重,看样子都是来参加追思会的。他们刚才应该是在楼下看到了谁,此刻都安静地聚拢在没开门的电梯周围,很快这部电梯的门也开了。

牛敦和两个身穿制服的实习警员带着林松走出电梯,牛敦看到这么多人包围了他们,下意识地站到林松身前。

人们看着林松,同时自觉让出一条道路。这时赵瞳也走过去,引领他们前往专门留给林松的座席。

林松抬起头,看到林珑的遗像,腿一软向旁边栽倒,被时刻关注他的牛敦一把搀住。

人群中先是发出了轻声的惊叫,紧接着是一阵叹息,转而出现了隐隐的啜泣声。悲伤的情绪弥漫开来,红杨和乔迪已经忍不住哭出声了。

尤其是乔迪,她听不到自己的声音,又想努力压抑声音,于是哭声一会儿大一会儿小,就像一下轻一下重地揪着心脏。

祁亮和戴瑶看着这些悲哀的面孔,他们安静地走到自己的座位,站好,随着钟声默哀,然后安静地坐下。他们有男有女,有老有少,虽相貌各不相同,却像一个人。

首先发言的是红杨,她直接走上演讲台。

"我和林珑认识九年了,在市二院认识的。"红杨哽咽着说道,"我在走廊里等庭审。这时候林叔慌张地跑过来,说有事想请我帮忙。那天是林珑第一次来生理期,但是没有妈妈帮她……"

说到这里,红杨捂住嘴,停了下来。台下的人都是第一次听说这段往事,涌起一阵叹息。

过了一会儿,她才继续说道:"从此以后我们就成了好朋友,我想应该算最亲密的人了。我也是个受害者,她就经常问我恨不恨。我说我恨。她问我要怎么才能报仇。我就告诉她,我们没有报仇的权利。因为报仇是犯法的,如果我们去报仇,我们就会被抓进去。当时她才十几岁,她就说,她一定要找到一个不犯法的报仇办法。"

她停顿了一下,大声说道:"大家都知道,她找到了。"

台下响起悲壮的掌声。

"当我们还在抱怨为什么强奸且不认罪只判七年、杀人也不用偿命的时候，"她又提高了声音，压过了经久不息的掌声，"是这个女孩在为我们所有人战斗。你们都看过报道，你们想想，她需要多大的勇气和毅力，才能克服心理障碍，若无其事地坐在杀母仇人的对面？"

她停了下来，环顾寂静的会场，每个人的眼睛里都燃烧着怒火。

"她被人杀了。"红杨看向林松，"她是为我们而死的。"

林松闭上了眼睛。

"我和林叔一样爱她，我把她当成妹妹，当成女儿，但她也是我的战友。她为我们牺牲了，我们有什么理由袖手旁观？"她悲壮地说道，"所以我请大家一起，有钱出钱，有力出力，一起把林珑的报道发出去，让全世界都看到！"

红杨捂着嘴，在热烈的掌声中走下来。赵瞳迎上来，她微微摇了摇头，从赵瞳身边走过，径直走进了一旁的玻璃花房。

这时人群中站起一个男人，他快步走到演讲台前，和赵瞳低语了两句。赵瞳朝他点点头，他便走上演讲台。

祁亮和戴瑶对视了一眼，那个男人正是宋一星。

"听了红杨小姐的发言，我非常激动。"宋一星说道，"本来我不打算发言的。但是我现在一定要说，大家不必出钱出力，我今天在此承诺，这个报道由我来发！我会调动我全部的能量和关系，把它推送到尽可能多的地方。这是我的责任，也是我的义务！"

说完他转身朝着林松深鞠一躬，快步走下台。

"这位是林珑公司的领导，总编宋一星先生。"赵瞳介绍道。

这时大家才明白过来，集体起身，面向宋一星鼓掌致敬。

接下来发言的是乔迪，但她的发言很特殊，是用朗读软件播放的。

"我是乔迪,这是我的新声音。"冰冷的播音女声响起,站在演讲台上的乔迪向大家欠身致意。

"我的耳朵听不见了,所以我的声音也变得很难听。"乔迪转身看向林珑的遗照,"林珑帮我找到了这个软件,她就是这样温暖的人。我妈妈去世后,我也想过去死,是林珑把我从自杀的边缘拉回来。她说,你的仇还没有报,你怎么能死呢?是啊,如果我死了,就永远没人替我们母女报仇了。"

祁亮看向戴瑶,发现她挑了一下眉毛。

"在我妈妈的葬礼上,林珑说过,她从十六岁参加互助会活动,参加最多的就是葬礼。"乔迪紧紧抓着演讲台的隔板,手指因为缺血而发白,"好像我们就是在排着队等死一样。她说,我们聚在一起不是为了一起等死的。她给了我勇气,不仅是活下去的勇气,更是报仇的勇气。"

台下的人们情绪激动,但没有人出声,没有人动,大家低着头,像被一只看不见的手按在椅子上。终于有个年轻人泣不成声,旁边的赵瞳伸出手臂搭在他的肩膀上。赵瞳看向戴瑶,发现戴瑶也在看着他。

"我们是家人,我们会永远怀念你。"

乔迪向林松深鞠一躬,转身走下演讲台。

赵瞳走上演讲台,他看着大家,缓缓说道:"本来我准备了一份稿子,但我不必读了。因为我看到了林珑在大家心中的分量,就像乔迪说的,我们会永远怀念她。"

钟声响起,众人起立默哀。

"还有个事大家已经都知道了,那就是林松大哥目前面临伤害罪和谋杀罪的指控。"赵瞳说道,"我在此倡议,我们筹集人力物力为林松大哥找律师。"

"支持！"那个泣不成声的年轻人带头鼓掌表态。

接着所有人都鼓起掌来。

赵瞳第一个走到林松面前握手致哀。其他人排好队伍，按顺序向林松致哀。林松和他们一一握手、拥抱。不知不觉中，所有人都流下了眼泪。

最后，乔迪扶着红杨从花房里走出去。大家让开一条通道，红杨走到林松面前。

"叔叔……"

林松抬起头，看着哭得不成样子的红杨。

"对不起。"红杨哭着说道。

"为什么要让她去写那个报道啊？"林松终于开口了，"如果她没写，就不会死了。"

红杨哭着点头。

"你不该让她去啊！你不是说要保护她吗？她那么听你的话……"林松猛地闭上嘴，好像再多说一个字他就忍不住痛哭了。

牛敦过来扶住林松，赵瞳也扶走了红杨。戴瑶的目光一直追随着赵瞳，看他把红杨带进花房。赵瞳扶着红杨坐下，然后蹲下来和红杨说话。他很快发现戴瑶在看自己，于是起身端了一杯水给红杨，然后走出来。

祁亮攥着方向盘，看着前面一动不动的车流。

"那个成语叫什么来着？"戴瑶忽然说道，"就是大家都用眼神交流……"

"道路以目。"

"对，你有没有感觉，他们就是这个状态？"戴瑶问道。

"这肯定是提前安排好的。"祁亮继续说道,"牛敦不是在监控林珑的手机吗?昨天他们群里有没有说什么?"

"我问问。"戴瑶掏出手机给牛敦拨过去。

牛敦很快接通电话,他告诉两人,自从赵瞳在群里公布了林珑的死讯,这个群就再没有人说过话。

"他们应该建了个新群。"祁亮看着戴瑶,"像不像反侦查?"

戴瑶的眼睛瞬间闪了一下。反侦查是主观对抗性行为,在刑警的眼中,单凭这三个字就几乎能判定这个人有问题。道理很简单,心里没鬼你反什么侦查?

"还有个线索,你们可能会有兴趣。"牛敦说道,"林珑不是13日接到委托,然后15日第一次去了秦基集团吗?我就想她14日干吗去了,就随手一查,发现她14日打车去了城开大厦。"

"城开大厦?"戴瑶问道。

"对,然后我发现秦基集团以前在这栋大厦办公,今年刚迁到新址。"牛敦继续说道,"网上搜索秦基集团的地址也是在城开大厦,所以现在那里还有一个他们的接待处。林珑应该是在接待处问到了新地址,然后15日找去的。"

牛敦顿了顿,说道:"但是我在做她的行程表时比对她的通话记录,发现她在离开城开大厦前的五分钟给一个电话号码打过电话,通了但是没人接。然后16日和23日这两天,她给这个号码又打了电话,分别通了三分钟和一分钟的话。我和秦基集团接待处核实过,这不是他们员工的号码。"

"这个号码你联系了吗?"戴瑶问道。

"我用队里电话打过去了,通了但是没人接。"牛敦回答道,"我查了这个号码的归属,是一个名叫王兼强的男人,能查到他10月11日来京的机票。"

"他住在什么地方？"戴瑶问道。

"11日到16日在一个快捷酒店。我不知道是不是巧合，但这个酒店就在城开大厦的旁边。"牛敦有条不紊地说道，"16日之后就没有入住登记了，也没有任何离京的车票和机票。"

"干得好！敦敦！"戴瑶对着手机说道，"你给这个号码发个短信，就说我是东华刑侦支队民警，报上我的姓名、警号。现在有一起刑事案件需要您配合，请您看到短信后立即与那个座机号联系。"

"就是我给他打电话的那个座机，我把号码写上？"牛敦确认道。

"对，你再加一句，如果您对我的身份存疑，请立即拨打110核实，然后尽快与我联系。"戴瑶补充道。

"明白。"牛敦立刻挂断了电话。

车流终于开始动了，祁亮松开刹车，车子自动点火，然后缓缓前移。

"你就穿这身去吧。"戴瑶看着祁亮说道。

"去哪儿？"

"去上海啊。"戴瑶说道，"赶紧走吧，要不又走不了了。"

"你们打算怎么办？"祁亮问道。

戴瑶叹了口气，看着窗外阴云密布的天空。

"一点点来呗。"戴瑶说道，"今天看来又要下雨，直接送你去高铁站吧。"

祁亮叹了口气。前面的车向两边分开，刚松动一点的道路又被卡死了。

"我有个预感。这个案子会很复杂。"戴瑶继续说道，"你赶紧走吧，其他的交给我们。"

"你是真想让我走吗？"祁亮看了一眼戴瑶。

"是啊？怎么了？"

"没事，我以为你用激将法呢。"

戴瑶愣了一下，然后笑了起来："你还挺敏感。不是，我没那么想。我是说真的呢。虽然我不怵，但说实话这案子确实是挺复杂的。"

这时戴瑶的手机响了一下，她打开一看，脸上露出了古怪的表情。

"怎么了？"

"林小姐，刚刚有人自称警察与我们联系。我们听你的指示没有应答。你这些天进展如何？是否顺利？久没有你的消息，我们都很担心。另，宾馆告知房费后日到期，我们该怎么办，盼告。"戴瑶看着手机念道。

"这人是谁？"祁亮皱眉问道。

"敦敦给那个号码发短信之后，那个号码就给林珑的号发了这条短信。"戴瑶一边说一边拨出牛敦的电话。

"你查一下林珑的身份证有没有入住登记的记录。"戴瑶快速说道。

"查到了，有。"牛敦加快了语速，"发你了。"

祁亮跟着前面的车并到左侧车道，上坡下坡，原来前方发生了一起三车追尾事故。过了事故车，前方道路豁然开朗。

"就在林珑住的小区旁边。"戴瑶打开天窗，"走吧，先送你去火车站吧。"

祁亮笑了一下。

"你看，我这次使的是激将法。"戴瑶深吸了一口湿冷的空气，"你能听出来。"

这对衣着朴素的中年夫妇拘谨地坐在床边，他们把客房里仅有的两把椅子让给了祁亮和戴瑶。

丈夫就是王兼强，他戴着一块名贵的劳力士全金日志腕表，但或许是因为不舍得截表链，手表一直晃荡到手背上。

他告诉祁亮和戴瑶，他们的女儿叫王甜，在秦基集团工作，交了个男朋友，计划今年结婚。女儿平时工作忙，经常出国，几个月也不联系一次。他们想趁着国庆假期来看女儿，便和女儿联系，却总也联系不上。

于是他们就来到北京寻找女儿，先去女儿的房子，发现她很久没回来了。然后他们去找秦基集团，想问问女儿是不是出国了。可是前台查了一圈告诉他们公司没有王甜这个人。

他们瞬间就蒙了，报了警，民警也去核实了员工信息，确实查无此人。

他们人生地不熟，只好每天守在城开大厦楼下发传单。因为女儿曾以城开大厦为背景自拍了一张照片，这是他们唯一的线索。

10月15日，他们在发传单的时候遇到了林珑。林珑是个很善良的女孩，听说了他们的遭遇，给他们买了水和盒饭，还说自己是记者，可以帮他们寻人。于是他们就把女儿的详细情况告诉她，并给她看了女儿的朋友圈。

林珑忽然很激动，立刻让他们退房，带着他们去了现在的宾馆，还用她的身份证开了房。她告诉他们，无论谁以什么名义找他们都不要应答，只能接她的电话。

她让他们在宾馆等消息，不要和任何人联系。之后她又来了两次，主要是付房费和给他们采买日用品。他们说想要自己付钱，林珑告诉他们，等她把事情全都调查清楚了再说。

他们被林珑搞得很紧张，但林珑又不告诉他们发生了什么，只说等她调查清楚了自然会告诉他们,不想让他们提心吊胆,也许什么事都没有。他们觉得林珑是个好人,于是就听她的安排隐居在这里,直到祁亮和戴瑶找过来。

王兼强把手机交给了祁亮。祁亮看着王甜的朋友圈,最后更新时间是6月2日,这一天正是秦煜杀害刘曦的日子。

这就是林珑忽然激动的原因。

18

"这块表是你女儿送你的？"祁亮看着王兼强手上的金表问道。

"啊，是。"王兼强本能地把右手搭在左手上。

"她有没有和你们提起过她男朋友是谁？"

王兼强夫妇同时摇了摇头。

"你们最后一次联系她是什么时候？"祁亮继续问道。

"五一。"妻子抢着说道，"我们本想五一来看她，她说她正准备出国，很多事情要忙，我们就没过来。"

"她说过大概出国多久吗？"

"说可能要明年才能回来。"王兼强回答道，"女儿的事我们也不细问，她有自己的主见。"

"她是不是每月给你们钱？"戴瑶忽然问道。

王兼强夫妇愣了一下，两人对视了一眼，然后迟疑地点了点头。

"每个月给多少？"戴瑶继续问道。

"两万。"妻子回答道。

戴瑶挑了一下眉毛，问道："这笔钱最后一次给到什么时候？"

"给到九月。"王兼强辩解道，"但我们不是因为她忽然不给钱了，才过来找她的。"

戴瑶继续问道："她给你们这么多钱，你们怎么还穿成这样？是家里有什么需要花钱的地方吗？"

"也没有。"妻子抢答道。

戴瑶看王兼强欲言又止，说道："我的问题你们最好如实回答，如果你们想尽快找到女儿。"

妻子立刻急了，质问道："这和找我女儿有什么关系？"

戴瑶挑了一下眉毛，继续问道："那我问你，她每个月给你打钱都是同一天同一时间吗？"

"是又怎么样？"妻子反问道。

戴瑶对着王兼强问道："她给你们打了几年钱？一直是两万，还是逐步涨起来的？"

"打了有两年了，一直是两万。"王兼强按住焦躁的妻子。

"所以。"戴瑶说道，"这就说明她开通了定期转款业务，银行每个月都会从她的账户给你们汇钱。除非发生两种可能：一是她提出终止这个业务；二是账户余额不足了。她提出过不给你们钱了吗？没有吧？"

王兼强夫妇一起摇了摇头。

"那就只有第二种情况。正常情况下，她账户里没钱了应该会主动和你们说一声，对吧？可是她为什么不和你们说呢？"戴瑶问道，"你们觉得正常吗？我告诉你们，这不正常。况且她人还失踪了。你们再想想，王甜每月给你们两万，她每个月能赚多少？她的账户为什么会忽然没钱了？是不是被人拿走了？"

"被人拿走了？"妻子叫了起来。

"小同志……"

"一般情况下，只有亲近的人才知道她有钱。"戴瑶打断了王兼强的话,"所以我问你们把钱花在哪儿了,就是想了解还有谁知道你们的女儿有钱。"

"这个钱我们还房贷了。"王兼强终于说了实话。

"给你们的儿子?"

"对。"王兼强点了点头。

"把他的身份证号写给我。"戴瑶把本子递给王兼强。

"他们是亲兄妹,怎么可能是你想的那样?"妻子质问道。

"我怎么想了?"戴瑶看着她。

"我就告诉你,绝对不是我儿子!走,不给她写了。"妻子把王兼强手里的笔打落到地板上,"我们回去了!"

"如果你们的儿子真做了什么,他也逃不掉的。"戴瑶提高了声音,"银行转账汇款都有记录,买车票机票、住酒店也都有记录,我们想查很简单。再说我也没说他就一定做了什么,是你自己对号入座。如果你真相信他们兄妹情深,为什么怕我们查呢?"

这时牛敦出现在门口,敲了敲敞开的房门。

"你们考虑一下。"戴瑶站起身说道,"为了保护儿子,女儿都不找了?就算你们不找,我们也得找。"

牛敦把两份明细单放在茶几上,说道:"这是王甜这两年的收支明细,她最后一笔消费是在6月2日,之后就既没有收入也没有支出,只有每月给父母固定汇款的记录。"

"所以最后是因为账户没钱了才中断。"祁亮看着明细单说道。

"没错。"牛敦指着第二份明细单说道,"这是近两年给王甜汇款的明细,每个月固定十万,最后一笔是今年5月25日。钱是从不同账户打的,我还没有查它们的关联,但是时间都是每月25日,金额是十万。"

"所以不是薪水。"祁亮说道。

"对。"牛敦说着点了点头,"我查过了,她也没上社保。"

"一个月十万,两年就是两百多万,她把钱都花到哪儿了?"祁亮问道。

"消费了。"牛敦拿着笔在一组数字下面画了条线,"这是她5月25日收到最后一笔钱之前的余额,不到五万。"

接着他又在下面一组数字下面画了条线,说道:"这是5月26日,她一笔就消费六万多。"

祁亮看着王甜的支出记录,少则几十,多则几万、十几万,每天至少有十几笔消费记录,可是这一切都在6月2日戛然而止了。

"你看看这个。"戴瑶把王兼强的手机递给祁亮。

屏幕上是两只戴着钻戒的手握在一起,下面配了一行字:余生请多指教。他又翻了翻王甜的其他朋友圈状态,都是些自拍、美食、下午茶、健身的内容。

其中有一张她穿着礼服手持香槟杯的照片,看着五彩斑斓的背景应该是一个婚礼现场。这张图下面还配了一行字:我要世间最美的婚礼。

祁亮把手机交给戴瑶。戴瑶放大照片,仔细看了每一个细节,然后仰起头说道:"秦煜杀害刘曦的同日王甜失踪了。这两者有什么关系吗?算了,先不管这个了,敦敦,去查查王甜有没有出境记录。"

"好。我现在就去出入境管理处。"牛敦起身,拿起外套往外走去。

"牛敦。"祁亮忽然叫道。

牛敦转过身,认真地看着祁亮。

"戴姐为什么让你去查她有没有出境记录?"

"要判断她出没出国。"牛敦回答道。

"为什么要判断她出没出国?"祁亮继续问道。

"嗯……"牛敦看了看戴瑶,戴瑶正对着他微笑。

"如果她出国了,又没有消费记录,说明什么问题?"祁亮提示道。

牛敦想了想,说道:"她在境外银行也有账户。"

"或者她不想让消费记录暴露了她的行迹。"戴瑶说道,"很多潜逃出境的人都会用这种方式反追踪。"

"对。"牛敦认真地点点头。

"如果她没出国呢?"祁亮又问道。

"嗯……她潜藏了?"

"这是一种可能。"祁亮问道,"还有一种可能,什么人永远不花钱?"

"死人。"牛敦恍然大悟。

"以后多和戴姐学,她让你做的事肯定是有原因的。多想想为什么,想不明白就马上问。"祁亮说道。

"是!"牛敦点头道,"谢谢亮哥。"

"去忙吧。"祁亮朝牛敦点了点头,牛敦转身离开了房间。

祁亮看了眼手机,已经下午一点了。

"敦敦是不是还没意识到你要走了?"戴瑶笑着问道。

"他很努力,能靠得住。"祁亮说道,"再说一个团队里,也不用每个人都聪明。"

"我知道,有我一个就够了。"戴瑶点头道。

"我自己打车走吧。"祁亮把家门钥匙放在桌上,"拜托帮我把行李寄过去。就放在椅子上了,一个双肩包。"

"就一个双肩包你干吗不背上?"戴瑶问道。

祁亮摇了摇头，站起身，伸出手："以后就交给你了。"

戴瑶也站起身，笑着拨开祁亮的手："好啦，送你去。你可算是学会激将法了。"

大雨忽然倾盆而下，打在站台的天棚上，发出放鞭炮一样的声音。时不时刮来一阵风，然后就是哗的一声，一大片雨水溅进了天棚遮盖的地方。

祁亮和戴瑶并排坐在站台的长椅上，一人捧着个饭盒，里面盛着从高铁站旁的那家饺子馆买来的饺子。

饺子有些腻，祁亮吃了几个就吃不动了，但戴瑶还是一口一个不停地吃。很快她那盒就吃完了，她把饭盒放进塑料袋里，看着祁亮。

祁亮把自己的饭盒递给戴瑶，戴瑶夹起一个塞进嘴里，几口就咽了下去。

"不好吃吗？"

"还行，"祁亮顿了顿，说道，"不好吃。"

戴瑶点点头，说道："不好吃就说不好吃。"

"那你还吃这么香？"

戴瑶放下饭盒，看向远处的瓢泼大雨，说道："可能因为从小就吃吧。"

车站开始广播开往上海的高铁停止检票。祁亮站起来，对戴瑶说道："我家有两个房间，其中一个房间都是乐高积木。"

戴瑶转了下眼睛，问道："就是你不让我进的那个房间？"

祁亮点了点头，说道："很多人还是那种玩物丧志的传统观念，我不想让你觉得我也是。"

"在你眼中我就那么老土吗？"戴瑶笑了。

"也不是。"祁亮说道，"因为我知道你肯定会进去看的，所以我得把话说在前面，里面有很多限量版的，你玩可以，但别玩坏了。"

"真烦。"戴瑶翻了个白眼，"我把钥匙给敦敦，让他给你寄。"

"不。"祁亮说道，"我想让你看到。"

戴瑶缓缓点了点头，问道："所以你是在显摆吗？"

"我办案的时候经常会痛苦，比如上午参加追思会我就很痛苦。"祁亮一口气说道，"我看过心理医生，心理医生说实在不行换个工作算了，就像有恐高症的不适合做高空作业一样，其实也没什么丢人的。"

"怎么痛苦？"

"心理医生说我的共情能力比较强。"祁亮看着雨幕说道，"她说人类的悲喜并不相通，我们觉得的共情其实不是共情，而是同情，或者同病相怜。"

"那真正的共情是什么样呢？"

"比如今天上午，我觉得我就是乔迪。"祁亮说道，"顺便说一下，我觉得乔迪不是凶手。"

"为什么？"

"她没有胆量报仇。"祁亮皱起眉头说道，"她想自杀也是因为她觉得自己根本不可能报仇。她每天都活在绝望中，林珑是她唯一的希望。"

"好，等案子破了，验证一下你的超能力。"戴瑶接着问道，"那你是怎么熬过来的？"

"我发现拼积木能缓解痛苦。"祁亮吐了口气，"越贵的效果越好。"

"理解。和买包是一种疗法。"

"我已经摆满了整个房间,没地方再摆新的了。"

"所以你现在打算接受心理医生的建议,换个工作?"

"对。"祁亮顿了顿,说道,"虽然咱们只认识了几天,而我现在又要去外地几个月,再回来可能也没机会搭档了,但我想和你成为朋友。"

戴瑶看着祁亮,没有说话。

"没别的意思,就是觉得你这人不错。"

戴瑶挑了一下眉毛,说道:"所以我别不识抬举,对吗?"

祁亮伸出手,说道:"相见恨晚。如果早点和你搭档,也许我就不去考法制处了。"

"那你还是去吧。"戴瑶握住祁亮的手,"我也想有个当领导的朋友。"

祁亮笑了,转身走进车厢。

就在这时,戴瑶的手机响了起来。

戴瑶接起电话,说了几声"知道了",然后挂断了电话。

祁亮转过身,看着戴瑶双手抱在胸前,正在看着自己。一阵突如其来的风吹起了她的头发和衣摆,她眯起眼睛,轻轻拂开嘴边的头发,笑着和他告别。

"没事,一路顺利。"

雨点砸在地面上,腾起了散不开的水雾。

已经到了下午玩耍的时间,但孩子们还被困在宿舍里。他们巴望着窗外被雨水冲刷得格外鲜艳的花蘑菇城堡,想着昨天的这个时候他们正在那上边玩耍。

老师把孩子们叫起来到隔壁音乐教室排练合唱,孩子们不情不愿地排好队伍，尤其是一部分小男孩，他们唱歌跑调，会遭到老师的批评和同伴的嘲笑。

谁都不想干费力不讨好的事情，小孩子也不例外。

"我哥是个臭流氓，流氓本领强。"忽然有个孩子唱了一句，所有人都哄堂大笑起来。

年轻的音乐老师不知所措地看着他们，生活老师板着脸冲过来，声音是从男声部发出来的，但也无法分辨这帮豁着牙傻乐的小孩子当中谁起的这个头儿。

"老师，"一个穿着漂亮毛衣的小女孩说道，"我妈妈说，不让我们和臭流氓的弟弟一起玩。"

"老师，我妈也这么说了！"

瞬间女声部也吵闹起来。

"啊！"一个男孩尖叫一声，从阶梯上蹦下来，"老师，小流氓把鼻涕抹我衣服上了。"

"我没有！"另一个男孩叫道。

其他几个孩子也像见到瘟神一样四散逃开，好不容易排好的合唱阵形立刻被打破了。

"隋毅，你下来。"老师指着那个被孤立的小男孩说道。

小男孩一脸怨气地跳下阶梯，走到老师身边。老师让其他孩子站回去，然后牵着他来到户外的回廊里。

"你就在这儿玩吧。"老师松开手，"不要去雨里玩，会得病的。"

"我想唱歌。"隋毅望着老师。

"你在这儿唱吧，老师听着。"

隋毅看着教室里唱歌的小孩子，说道："我想进去唱。"

"你怎么那么想唱啊？别人都巴不得出来玩呢。"老师坐在长椅上,"他们都羡慕你呢。"

隋毅看着老师,忽然跑出回廊,一头扎进雨里。老师本来想追他,刚起身又坐了下来,看着他的背影无声地叹了口气。

隋毅一路飞跑到教学楼的后面,这里是自行车棚和食堂后门,也是老师明令禁止入内的区域。正因如此,他经常跑到这里来,这是他的秘密领地。

他登上一辆粉色的电动车,两手抓着车把,嘴里发出呜呜的声音,好像驰骋在赛道上。左转,右转,车子猛地倒了,还顺势砸倒了另外两辆车。

万幸的是他及时从车上跳了下来,否则这一下很可能把他的腿压断。他也被自己的破坏力惊呆了,但很快就咯咯咯地笑起来。他踩着这辆车蹦到那辆车上,好像要压垮它们似的。

他抬起头,看到一个男人站在栅栏外面,撑着伞。

男人慢慢蹲下,从怀里掏出一包巧克力,伸进了栅栏。

他缓缓走过去,看着男人。男人抬了抬手,他一把夺过来,急着撕开,啪的一声袋子开了,巧克力撒了一地。

他捡起一个,剥开彩纸,把巧克力塞进嘴里,眼睛里露出了光彩,接着蹲下把掉在地上的巧克力都捡了起来,放进兜里。

"你快走。"他口齿不清地说道,"被老师看到就坏了。"

他的表情忽然从焦急变成震惊,原来男人拿出一辆漂亮的金色兰博基尼跑车模型,从栅栏下面的缝隙里塞了进来。

"你怎么一个人出来玩?"男人问道。

19

  雨刷器徒劳地刷着车窗上的积水，仪表盘上显示车外温度是3摄氏度。戴瑶把暖风开到最大，但双脚仍然冻得麻木。
  她的手放到车钥匙上，却迟迟没有熄火。因为只要熄火了，脚下的暖风就消失了，她的脚就更冰了。
  她忽然想起谢征说过脚冷是因为鞋厚。谢征还特意解释了这句古怪的话，因为鞋厚脚容易出汗，汗反过来带走皮肤的温度，所以才会感觉冷。
  谢征说这句话里还蕴含着更深刻的道理，但戴瑶没给他机会说下去。
  现在想起谢征和自己赌气时那焦躁的目光，他不是失望，也没有愤怒，是担心她听不进去，重蹈自己的覆辙。
  她确实做了很多傻事，也吃了不少亏，但这没有什么可遗憾的。遗憾的是这个世界忽然大发善心，送来了一个真心对你好的人，而你却错过了九年。
  戴瑶猛地拔下车钥匙，开门冲下车，顶着大雨走进富丽堂皇的酒店大堂。王甜生前就住在这个酒店高层的豪华公寓。

两个小时前，牛敦在出入境管理处打来电话，报告没找到王甜的出境记录。一个没有消费记录、没有通话记录、没有出境记录的失踪女人，尽管理论上还有无数种可能性，比如被囚禁、偷渡离境甚至是出家了，但这都是不愿接受现实的人在祈求奇迹降临。

现实就是她已经死了。

戴瑶对这个结果并不感到意外，她甚至早就猜到王甜已经遭遇不测，所以才会对王甜父母的表现不满。王甜的死也许和他们没关系，但是过了快五个月才发现女儿失联，这样的父母难道不失职吗？

可或许他们不觉得自己失职，只要他们不说，也没人知道他们失职。别人谈起他们只会说，唉，白发人送黑发人的可怜父母。甚至以后再没有人在他们面前提起"王甜"这两个字，生怕他们伤心。

他们当然会伤心，可能现在也会自责。但他们会不断告诉自己，这并不是他们的错。是女儿工作太忙，他们不想打扰她，不想给她添麻烦，所以才没能及早发现她失联。为了获得内心的平静，他们最终会说服自己接受这个理由。

除了死亡，一切都会被慢慢接受。

就像她妈妈知道儿子在儿媳怀孕时出轨也气得发疯，但结果呢？还是会慢慢接受，最后还是站在宝贝儿子身边，替他辩护，替他求情。

她看着落地窗里那个像是母亲的人影，忽然意识到那是自己。

"戴姐。"牛敦走过来。尽管这个比她家还大的客厅里只有他们两人，但牛敦的声音依然轻柔。

"技术科找到了这个。"牛敦递过来一个包装盒。

"叶酸？"戴瑶皱起眉头，虽然没有亲身经历过，但这个东西的作用她一清二楚。

牛敦指了指身后，说道："技术科想和你聊聊。"

戴瑶跟着牛敦来到卧室，床垫被掀起来靠在墙边，两个身穿白色防护服的技术员正跪在床头搜索。

一个身穿防护服的男人从卫生间转出来,他的脑门上画了一个"王"。

"这是李组长。"牛敦介绍道。

戴瑶看着李组长头上的"王",挑了一下眉毛。

"先说结论。"李组长叉着腰,"这地方有人来收拾过了。"

"怎么说?"

"该擦的地方都擦得很干净。"李组长说道,"毛巾和床品也都换成新的了。"

"会不会是保洁?"

"但是保洁不会把没洗过的新床单铺到床上。"李组长拿起存放枕套的证物袋,"床单、被套这类贴身用的,新买回来时一定要洗一次才能用,怕不干净,也怕有染料的化学物质残留。显然这个人忽略了这个常识。"

李组长打开证物袋的封口,递给戴瑶。戴瑶放在鼻子下轻轻闻了闻,果然有一股新布料的味道。

李组长继续说道:"我们检查了所有柜子,没找到男人的衣服和用品,也没找到换洗的床品和毛巾。再加上床上这些新买的床品,我判断这个人的目的是清除某个男人在这里生活过的痕迹。"

"所以呢?什么都找不到了?"戴瑶把证物袋还给李组长。

"当然不会。"李组长拿起床板上的一个小瓶子,晃了晃说道,"这人只顾着重新铺床单、被罩,没有清理床头和床板的夹缝。这里藏着很多头发。"

"自然脱落的毛发也可以辨识身份吗?"戴瑶问道,"我记得带着毛囊的毛发才可以。"

"现在已经可以了。"李组长说道,"不过这只能算个验证码,找人还得靠你们。"

戴瑶接过瓶子,看着里面几根五六厘米长的黑色头发,说道:"也就是说,有人知道王甜死了,然后专程过来清理了房间里的指纹,还拿走了毛巾和床品。"

"是的。"李组长说道,"但这人犯了两个错误:一是犯懒,把没洗过的床品铺到床上;二是没常识,如果带走了那个叶酸包装盒,我们可能也不会注意到王甜正在备孕或者已经怀孕,然后发现这里可能少了一个男人生活过的痕迹。"

"你是怎么做到的?"戴瑶忽然问道。

"什么?"

"你戴着口罩和手套,闻不见摸不着,怎么发现床单有问题的?"

"我干了二十年,检查过的双人床没有一万也有五千了,这点猫腻我还看不出来?"李组长看着白橡木的床架,"有很多犯罪都是从床上开始,最后在床上结束的。"

戴瑶躺在驾驶座上,耳边还萦绕着李组长的那句话:有很多犯罪都是从床上开始……她见过太多上错床引发的悲剧,就算最后发展不到犯罪的程度,也足够摧毁一个家庭了。

她知道戴信根本离不开这个家,他也承受不起妻离子散的后果。但他根本不知道自己要面对什么,他只是个被惯坏了的巨婴,以为自己在玩一个刺激的游戏而已。

所以,当结果摆在他面前的时候,他只会躲到母亲的背后,吵闹着让其他人替他解决问题。他从小就是这副德行,打坏了电视机躲到母亲背后,偷别人的奔驰标被抓也躲到母亲背后,现在找外遇的事情曝光了还要躲到母亲背后。

可是,他打坏电视,戴瑶跟着被没收三个月的零花钱;他偷奔驰标，最后也是戴瑶用第一个月的实习工资赔钱；这次不知道还有什么麻烦要甩到自己身上。

她越想越生气，腾的一下坐起来，推门下车，趁着一位8号楼的大妈开了单元门出来抢救被雨淋的衣服和音响的空当进了8号楼。

她要去找那个女人聊聊。她还没想好到底要不要和慧雯说，但她至少要告诉那个女人真相。

想到这里，戴瑶按下了门铃。

门很快打开了，戴瑶和开门的人同时愣住了。

开门的竟然是戴信，他穿着浴袍和拖鞋，一脸错愕地看着戴瑶。

戴瑶转身就走，戴信立刻追了出来，情急之下去抓戴瑶的肩膀。戴瑶一把抓住他的手腕，接着一个过肩摔把他摔到地上。戴信的后背摔到瓷砖上，发出一声清脆的响声，接着他哀号起来。

女人听到动静跑到门口，看到戴信被一个女人按倒在地，立刻尖叫起来。

"别叫了！"戴瑶喊道。

女人吓得立刻捂住了嘴，然后慌忙掏出手机拨打110。

戴信看她打电话，情急之下喊道："别报警，她不是我老婆！"

女人吃惊地望着戴瑶，放下手机。戴瑶也愣了一下，看着女人问道："你知道他结婚了？"

女人好像猛然惊醒，捂着嘴跑回房间。

戴瑶缓缓站起来。戴信躺在地上喘着粗气，要死不活地咳嗽起来。但戴瑶分明看到他用眼角瞟了一下自己。

"下次再跟我比画，就没这么客气了。"戴瑶说完转身离开。

五分钟后，戴瑶敲开了戴信的家门。看到穿着居家服、素面朝天的慧雯，一瞬间，她决定把所有事都说出来。

说是都说出来，其实就是一句话："戴信搞外遇了。"

慧雯愣住了，过了好一会儿，她才默默让开门口，让戴瑶进来。

戴瑶双手直哆嗦，把手机放到鞋柜上，屏幕上显示是戴信拨过来了电话。

"我昨天知道的。"戴瑶继续说道，"我不知道该不该告诉你。因为我妈说我要告诉你了就等于毁了一个家，而且你还怀着孕。"

说到这里，戴瑶深呼吸了两口气，才稍稍平复了情绪。

"刚才我去那个女人家，想和她聊聊，让她赶紧离开戴信。结果戴信又去她家了。"戴瑶咬着牙说道，"我觉得这样的男人、这样的家，骗你留在这里才是作孽。我要说的就是这些，怎么做你自己决定。如果他敢威胁你，你直接给我打电话，我绝对不会让他好受。"

"我不知道我做得对不对。"戴瑶低着头说道，"但是……"

"你告诉我总比我自己看到强。"慧雯打断了戴瑶的话，她尽力维持着平静的语气，"而且由他的家人告诉我，我还好受点。"

戴瑶点了点头，忽然问道："你和孩子要不要回娘家待几天？我送你们。"

慧雯又愣了一会儿，然后点头道："你等我换身衣服。"

戴瑶看着慧雯走进卧室，让正在玩小火车的儿子换衣服，儿子听说去姥姥家非常兴奋。慧雯走到书房，把摊在工作台上的东西都塞进大背包，衣服和生活用品却一件都没带。

"这些都不带了，回头妈妈给你买新的。"慧雯拉起正在把玩具塞进包里的儿子，"走啦，问姑姑好。"

戴瑶抱起侄子，看着慧雯背上背包，关灯，关门。她忽然害怕了，她不知道自己做得到底对不对，她只知道从现在开始，慧雯、戴信和两个孩子的命运都彻底改变了。

这是好是坏，可能要几十年后才能看清楚。也就是说，她要背着这个包袱过下半辈子了。

可如果什么都不做呢？她能继续看着慧雯被骗下去吗？她不能。不管什么理由都不能。于是她给母亲发了一条长信息：

今天戴信又去找他的情人了。我没法再装聋作哑，我已经和慧雯说了。她和孩子回了娘家，你不用担心，也不要去找，否则只会激化矛盾。我知道你肯定会怪我，随便。我也不知道这么瞒下去到最后会有什么恶果。我就告诉你，这都是戴信造成的。他一点悔意都没有，昨天被抓今天又去，死性不改，曝光是早晚的事，现在说比到时候说损失小。你不要给我打电话，我要去忙工作了。

她推门走进办公室，看到西装笔挺的祁亮正端着碗吃面。

"戴姐，我好像听到你手机在振。"牛敦提醒道。

戴瑶坐直了身体，端起茶几上的炸酱面，用筷子一挑，戳起来一个半球状的面饼。她咬了一口面饼，嘴边沾了一圈酱。

牛敦实在看不下去，把戴瑶的碗端走，倒了点面汤，仔细把面拌开。戴瑶瘫回到沙发上，拿起手机关掉振动，然后扔到一边。

"还有什么活儿要干？"戴瑶问道。

"有我和亮哥就行了。"牛敦一边拌面一边说道，"戴姐，你早点回家休息吧。"

戴瑶转头看着祁亮："你怎么又回来了？"

"是我告诉亮哥……"

"这案子没你就办不了吗？"

办公室里一下子就安静下来，牛敦像被定身了一样，保持着拌面的动作愣在原地。

祁亮愣愣地看了戴瑶一会儿，忽然扑哧一声乐了。他俯身从茶几下面捡出一个外卖餐具袋,拆开取出纸巾,指着戴瑶的嘴角说道:"干了就擦不掉了。"

戴瑶一把夺过纸巾,用力地擦着嘴角。

"你记得林珑去秦基集团的时候,给了保安什么东西吧。"祁亮继续刚才的话题,还做了个右手从裤兜里掏出来放在茶几上的动作。

戴瑶点了点头,然后看了看擦完嘴角的纸巾。

"这边还有点。"祁亮指着自己的脸,"我觉得林珑一定找到了什么让秦太害怕的东西。"

"什么东西?"戴瑶问道。

"不知道。不过既然她都能找到,咱们也一定能找到。对不对?"祁亮一边说一边看了看牛敦。

牛敦立刻点头同意。

"那你们找到什么了?"

"是这样。"祁亮脸上闪过一丝尴尬的笑容,"今天在火车上,邻座两个小妹妹在拍照片。"

"然后呢?"

"其中一个把照片发到小红书。"祁亮说道,"另一个问她为什么不发朋友圈。她说朋友圈里熟人太多,不好意思。"

"不敢发朋友圈系列。"牛敦抓住机会活跃气氛。

"我就忽然想,可能王甜也有一些东西不敢发朋友圈。"祁亮接着说道,"回到之前的问题,那两天林珑正好在调查王甜失踪的事。所以她给秦太的东西是不是和王甜有关?带着这个疑问,我们登录了林珑的小红书账号,发现她最近关注了一个人。"

"王甜吗?"

牛敦把拌好的面放到戴瑶面前,轻声说道:"你先把面吃了,然后我给你看我们找到了什么。"

20

6月2日,王甜坐在椅子上的自拍,特写是肚子和产检表。产检表上的名字和其他信息都打了马赛克,但能看到国内最著名的私立医院的抬头。下面配了一段话:

第三次产检了,医生说你很健康。暂时还没有胎动,医生说要再等半个月,下次来再听你的声音吧,宝贝,妈妈爱你。
PS:护士小姐姐说VIP产房可以预约了,果断安排上了。

"6月2日上午十一点多,消费八万。"牛敦指着单子说道。

5月20日,王甜坐在阶梯教室里的自拍,特写是课桌上的MBA[1]教材。下面配了一段话:

---

[1] 工商管理硕士,英文全称为Master of Business Administration。——编者注

对于真正相爱的两个人，这就是个平凡的日子，不必证明什么。我们各自努力，打造属于我们的精彩未来。

4月1日，王甜在办公室的自拍，下面配了一段话：

今天是愚人节，但我却得到了此生最好的消息——我要当妈妈了。秦先生，余生请多指教。

"看这个。"牛敦换了另一张照片。

这是秦基集团董事长秦荣在接受《经济周刊》采访时配的照片，办公室的布置和王甜照片里的一模一样，连办公桌上那个锥柱体顶着圆球造型奖杯的位置都没有变。

"所以这个秦先生是秦荣还是秦煜？"戴瑶问道。

"秦荣。"牛敦拿出一张纸，"我分析了她近两年的通话记录，汇总了超过三次通话的号码，秦荣排名第一。"

祁亮接着说道："然后我们又在通话记录里搜索秦太的号码，其实就算不搜索也能找到。"

"最后一次通话？"戴瑶问道。

祁亮和牛敦同时点了点头。

"6月2日晚上九点半。"牛敦说道，"通话只有半分钟，还是王甜主动打给秦太的。"

"这个时间有点奇怪。"祁亮说道，"谈事的话这点时间肯定是不够的，尤其是她们之间的事。所以我猜她们当晚见面了，碰面前王甜打电话给秦太，说自己到了。"

戴瑶点点头："看起来像。"

"就算约了当晚见面，她们之前肯定也有交流。"牛敦说道，

"也许她们之前加了微信，等我明天拿到王甜的SIM卡，去她的微信里找找线索。"

祁亮起身走到白板面前，拿起笔一边写一边说道："看看咱们现在手上有什么了。林珑去调查刘曦的案子恰巧遇到王甜的父母，决定调查王甜失踪的原因。她发现了一些东西，然后送给了秦太。秦太干了两件事：一是找宋一星撤报道，二是花大钱封了刘曦父母的口。"

"可是林珑19日去给秦太送东西，秦太18日就买回了刘曦的别墅。"牛敦翻着记事本说道，"这不符合逻辑啊。"

"这才符合逻辑。"戴瑶说道，"她收到警告之前就封刘曦父母的口，这不正说明她已经预感到会出事了？"

"只要做贼就会心虚。"祁亮说道，"当然这只是我们的猜测，明天我们还得去一趟秦基集团。"

"你明天不去上海吗？"戴瑶问道。

"可以坐晚上的车。"祁亮放下白板笔，朝着戴瑶扬了扬下巴，"没事了。要不要去喝一杯？"

戴瑶挑了一下眉毛："你早该喝一杯了。"

"桔梗花？"戴瑶念着灯笼上的汉字，"这不是……"

"宋一星没和我们说实话。"祁亮看着灯笼，"他和林珑吵架，不让林珑披露的根本就不是什么揭露同行业的报道。"

"所以你怀疑他？"戴瑶看向祁亮，"你觉得他会杀了林珑？"

"我不觉得。但是他撒谎。"祁亮说道，"只要有疑点就得查清楚，哪怕就万分之一，要不然它就会变成刺儿扎在你心里，你每次想起来都要硌硬一下。"

戴瑶转了转眼睛，问道："就像你那天把中湖公园南岸的河滩踩了个遍,也是为了排除这万分之一的可能。"

"万一现场就在那里,但是我嫌脏没下去看……"

"我没说你这么做不对。"戴瑶打断了祁亮的话,"我只是感觉,你绷得有点太紧了。你不必这样的。"

"唉——"祁亮长叹了口气,"如果人人都能有毛病立刻改,这个世界该多美好。"

这时牛敦和一个穿着日式服装的中年男人从挂着和风门帘和风铃的原木色双扇门里走出来。男人留着平头,一脸整齐的灰白胡子,胸前围着围裙,干净干练。他一看见祁亮和戴瑶立刻鞠躬致意。

这应该不是和服吧,祁亮想着,听说和服挺贵的。

"两位警官好。"男人郑重地说道,"我是这家店的老板。"

戴瑶笑着说道:"您中文说得真溜。"

"您见笑了,我就是本地人。"老板微笑着说道,"年轻时去日本留学,在烧鸟店打了十年工。现在人到中年拼不动了,开个小店养家糊口。"

"客人您都熟吗?"戴瑶问道。

"常客都有印象。"老板说道,"您想问龙总和宋老师吧?刚才这位先生已经和我说了。我记得周一晚上他们是十点来的,待到夜里两点多,打烊才走。"

"你记得清楚吗?他们中间有没有出去过?"祁亮问道。

"因为我总要招呼客人,可能看得也不全面。"老板谨慎地说道,"但是我已经把监控视频拷给这位先生了。"

祁亮看向牛敦,牛敦点了点头。

"走吧。"戴瑶拍了拍祁亮的肩膀,"我请你们喝两杯。这两天一直说要请你们吃饭,一直没得着空。择日不如撞日,咱们就尝尝这家烧鸟店。"

牛敦愣了一下，拿出手机看了下时间，说道："他们家还没开门。"

"小店晚上九点四十五开始营业。"老板说道，"三位可以先坐下喝杯茶。"

戴瑶看了眼手机，距离营业还有四十分钟。

"那老板给我们留张桌子，我们待会儿过来。"戴瑶笑着说道。

三人目送老板走回店里，牛敦问道："那咱们现在去哪儿？"

"这儿是不是离曹姝月家不远？"戴瑶说道，"咱们去查个岗，回来踏踏实实喝。"

曹姝月躺在沙发上看手机，她身上油腻腻的，从早上就想洗澡，但是拖到现在，手机都充了三次电了澡都没洗成。

手机又电量不足了，她伸了个懒腰，从抱枕和一堆衣服里摸出充电线，给手机充上电，换了个侧卧的姿势继续看。

手机是她和这个世界联结的唯一渠道，她喜欢看什么就能看到什么，这些十几秒到几分钟的视频反复刺激着她大脑中掌管愉快的那部分，切碎了她冗长又苦闷的生活。

屏幕上方忽然弹出一个视频通话的对话框，她吓了一跳，手一松，手机重重砸到鼻梁上。

她看着屏幕发了会儿呆，转成了语音模式接了起来。

"刘哥。"她小声说道。

"怎么不接视频啊？重来！"男人叫唤着挂断了通话。

很快又响起让人烦躁的铃声，她无可奈何地接通了视频通话。

"怎么了，刘哥？"她问道。

屏幕上的秃头在白炽灯下发出油腻的光泽。

"以后给你打视频你就接视频，懂吗？"男人露出了脸，瞪着她说道。

　　她强忍住一阵反胃，强颜欢笑地说道："知道啦。我这不是没化妆吗？"

　　"没化妆也好看。"男人色眯眯地说道，"看不够。"

　　"刘哥，是我儿子的事有信了吗？"她主动问道。

　　"要不说我妹妹聪明呢。"男人说道，"我给你联系上了一高人，你知道是哪儿的吗？司法局听说过吗？司法局就是管监狱的。我找的这人，我跟你说，进出司法局跟溜达玩似的，比进他家门都简单。"

　　"那可好了！谢谢刘哥！"

　　"这样，"男人说道，"你现在过来，来我家。我把他也叫来，咱们仨，一块儿吃点喝点，你有什么话直接跟他说。我再帮你圆乎圆乎，这事不就有眉目了吗？"

　　"行，那我找个好点的馆子，我请客……"

　　"去什么饭馆啊！"男人赖唧唧地说道，"来我家就行。人家看你照片了，觉得你挺不容易的，才答应帮你。告诉你，人家就今晚上有空，你自己掂量吧，反正过这村就没这店了。"

　　一瞬间，曹姝月明白了男人真实的想法。她感觉身上爬满了毒蛇，钻进了她的身体，勒住了她的脖子。她连逃跑的力气都没有，只能任凭它们缠住自己，把自己拖进黏腻的沼泽，慢慢窒息而死。

　　"可是……"她恍惚地说道。

　　可是警察正在盯着她，还有个什么神经病要杀她。但她不能和男人说，她不能让男人觉得她是个麻烦，麻烦会被丢掉。

　　"怎么着？不愿意啊？"男人抽了口烟，又瞪起了死鱼眼。

　　"没有……"

　　"那就快点。"男人露出猥亵的笑容，"别他妈装正经了，你前天晚上什么样你自己都忘了吗？再说你儿子，这要是没人罩着，在里面得被人祸祸成什么样，你心里没点数吗？"

想象着儿子在监狱里要受到的虐待，曹姝月最后的心理防线立刻崩溃了。只要能救儿子，哪怕自己喂狗也认了。再说就你这身烂肉，还装什么正经？

她咬了咬牙，说道："好。"

她扔掉手机，走到卧室，看着小儿子坐在地上玩玩具车。因为这小子在幼儿园弄坏了几辆电动车，她又被叫过去，不光挨了顿训，还让她赔钱。她当然不能答应，一来她没这么多钱，二来她投诉老师虐待她儿子，质疑为什么大雨天让孩子自己跑到后院玩，还没人照看。

最后老师提出要把费用退给她，让孩子退园。她当然不想，于是骂骂咧咧地带孩子走了。回家后她给孩子洗了个澡，点了外卖。孩子吃完晚饭就躲在卧室里玩玩具车，她也不管那个玩具车是哪儿来的，只要别烦她就好了。

她靠在门口看了会儿孩子，这个孩子比老大长得还好看，长大以后指不定会成多大祸害呢。想到这里，她不禁笑了笑。

可是一想起单元门口的摄像头，她又心烦起来。那个女警察和她说过不会干涉她的正常生活，她愿意去哪儿都可以，只是得派人跟着她。可她恰恰就是不想让警察知道她现在要去哪儿。

她忽然想起去年买了顶金色的假发。她从衣柜里把假发刨出来，洗了澡，给自己化了个浓妆，换上包臀裙和黑丝袜。她知道那些男人肯定都喜欢这种造型，既然决定要去就索性让对方尽兴。

她戴上假发，穿上风衣，踩上高跟鞋，最后小心翼翼地戴上黑口罩。这样就看不出来了吧。她在镜子前面摆了几个造型，然后看到了儿子抱着玩具车站在卧室门口。

"妈妈去拿个快递。"她说道,"你去睡觉。"

曹姝月走到小区门口时,看到那个女警察从停在街对面的车里出来。她心里咯噔一下,脚下没踩稳,身体跟着晃了两下。

女警察朝她的方向扫了一眼,但没有认出她。接着两个男的也下车了,她认出穿西服的那个男的上次和女警察一起来过。

她快步穿过马路,用余光看着三个人走到街边一辆依维柯旁边。这时他们停下来,又回过头观察周围,她立刻扭过脸,走进那片漆黑的棚户区。

她家被铁路和高速公路夹在一块三角地里,打车进出要多绕十几块钱,所以她每次都习惯性地穿过棚户区,从高铁站对面的街上打车。

巷子里很黑,但她不怕。她在这里住了二十多年,二十多年前,那些蹲在墙根底下朝她吹口哨的小混混和专盯着女人屁股看的老光棍可能会让她害怕。但现在她已经没什么可怕的了。

她丈夫年轻时长得很帅,又高又瘦,冷颜少语。可这又能怎样呢?结婚后没几年丈夫就开始对她动手,酗酒家暴十几年。原本长得挺精神的人最后变成了一脸横肉的恶相。

直到有一天儿子把他打了,他跑了,留下她和两个儿子。她一个人带着孩子们生活很难,但是后来丈夫家几次来找她要孩子,都被她拒绝了。因为她看到儿子越长越像年轻时的丈夫,忽然意识到也许只有这样,才能让她重新见到年轻时自己深爱的那张脸。

反正男人都是靠不住的,那么就只有自己养一个全心全意爱自己、听自己话的小爷们儿吧。就算有一天她也会失去他们——她已经失去了大儿子,但至少有几年的时光她是快乐的。

否则,她都不知道自己老了以后要靠什么活下去。

心里那道齿轮又拧上劲儿了,她脚下的速度也越来越快。

戴瑶坐在屏幕前检查监控,因为技术的进步,现在已经做到只要有人进入监控范围就能自动录像,所以初筛时就不用再看大量的空白画面,极大地提升了效率。

可戴瑶看完后却眉头紧锁,她让侦查员调出了昨天的监控记录,从昨晚安装好摄像头到午夜零点,很快又看完了。

她把祁亮叫过来,指着屏幕上一头金发穿着风衣的女人说道:"从昨天晚上到现在,没找到这个女人进楼的画面。"

"会不会一直在家?"祁亮问道。

"打开声音,倒退二十秒播放一遍。"戴瑶命令道。

侦查员打开声音,开始播放,立刻响起了咝咝啦啦的微小噪声,画面里空无一人。

就在这时响起咔嗒一声,紧跟着是高跟鞋戳地的咔咔声,然后又是关门锁门的声响,很快金发女人出现在画面中。

"那是开家门的声音,不是电梯门的声音,对吧?"戴瑶看着祁亮说道。

祁亮默默点了点头。

"所以是曹姝月。"戴瑶挑起眉毛,"她果然又跑了。"

21

曹姝月正在赶路,恍惚看到前面有个白蒙蒙的影子飘在半空中。这里是棚户区的中心,一块200平方米的空地,空地上有一棵老槐树,树下有一口老井。

老井早就干了,上面盖了个半圆形的铁盖,远看像个阴森的坟包。那个白蒙蒙的影子就是从树后面晃荡出来的,晃了一下又消失了。

曹姝月下意识地停下来,看了看四周,别说人,连只野猫都没有。

也许是走得太急眼花了吧,她调整了一下呼吸继续往前走。

但是路过那棵槐树的时候,她还是下意识地往树后看了一眼,看到了一个穿着白衣服的人浮在半空中,正盯着她。

她愣在原地,还没来得及尖叫,忽然眼前一黑,她下意识地吸气,鼻子和嘴巴却突然像是贴到了橡胶上,让她无法呼吸。她想抬起手去抓糊住脸的橡胶,这时一股巨大的力量把她往后拽,她只感觉到一瞬间的失重,接着后脑勺被什么东西用力砸了一下,就像按下了她灵魂的开关按钮,咔的一声,关机了。

她的意识在彻底消失前，感知到了一串声音，但她已经没法分辨那些声音是什么了。

戴瑶听到隐隐的铃声，过了几秒钟，曹姝月没接电话，也没挂电话。戴瑶看了眼身边的祁亮和牛敦，三人立刻跑了起来。

铃声越来越响。三人冲过墙角，看到了夜色朦胧下的槐树和老井。老井旁边有什么东西，祁亮用手电照过去，才看清那是一双穿着高跟鞋的脚。

三人跑过去，看到了头上套着橡胶头套的曹姝月。牛敦打着手电，祁亮想把头套取下来，却发现是死扣。戴瑶起身四处观察，忽然看到了墙脚下一闪而过的反光。她走过去，捡起了一片玻璃。

祁亮摘下领带缠在手上，握住玻璃去切割橡胶，终于划开了一道口子。戴瑶用手扒着切口，祁亮小心翼翼地切割，担心失手戳到曹姝月的脸。

橡胶头套被切开了，曹姝月睁着眼睛和嘴巴，已经摸不到脉搏了。

戴瑶把曹姝月的头放平，给她做人工呼吸。祁亮解开她的上衣，双手按在她的胸口，看戴瑶吹了两次气，便开始做胸外按压。他做完一组按压，戴瑶再做第二组人工呼吸，接着他再做第二组按压。

做完第五组的时候，曹姝月的胸腔开始起伏。戴瑶累得坐倒在地，祁亮脱下西服，盖在曹姝月的身上。

"啊——"牛敦一声惨叫，往后滚了个跟头。

戴瑶和祁亮顺着牛敦手指的方向看过去，槐树背面的树枝上挂着一个穿白色衣服的人，在风中诡异地飘来荡去。祁亮上前扯掉随风飘荡的白纱布，里面是个祭祀用的纸人。

他再用手电照向地面，看到挣扎和拖拽的痕迹，以及高跟鞋脚后跟拖地出现的两条黑印。

"这是伏击吧？"戴瑶走过来问道。

祁亮用手电照向对面的小巷，巷口很窄，立着一个破衣柜，也许凶手就躲在那后面。等曹姝月过来，先用假人吓唬她一下，然后从身后袭击。

"这是一个人吗？怎么每次手段还不一样？"牛敦拍着土说道，"第一次是铁锤加钢丝绳，第二次是镜子，这次干脆弄个鬼吓唬人。你看这地方，枯井、老槐树，拍恐怖片都够了。"

嘈杂的脚步声由远及近，侦查员带着急救人员跑了过来。急救人员把曹姝月抬上担架车，给她挂上氧气瓶。急救医生用手电照了照她的瞳孔，又轻轻摸了摸她的后脑勺。

"问题不大。"医生说道，"幸亏你们抢救及时，再晚几分钟，就算救回来了也可能缺氧脑死亡。"

"幸亏救回来了。"祁亮喃喃道。

半小时后，技术科接管了现场。他们架好被称为藿香正气灯的探照灯，阴森恐怖的氛围一扫而光。

祁亮望着这块空地发呆，戴瑶拎着咖啡袋过来，取出一杯递给他。

"工作最大的好处就是能心安理得地喝全糖奶咖。"戴瑶喝了一口，闭着眼品尝了一番，然后说道，"你想什么呢？"

"我在想敦敦说的。"祁亮也喝了一口咖啡，口腔立刻被温热、香甜又丝滑的充实感包裹住了。

"什么？"戴瑶从袋子里掏出一包巧克力曲奇递给祁亮。

"他说凶手每次都用不一样的手段。"祁亮说道，"第一次是击晕后绞杀，干净利落。但正因为太干净利落了，凶手觉得不过瘾,于是第二次加了道具。"

"椅子和镜子。"

"对。也许他是看到现场有这些东西,临时起意。但不管怎样,他在第二次杀人的时候体会到了另外一种乐趣。"祁亮打开曲奇的包装袋,咬了一口,盯着被灯光照得发白的槐树,"应该叫复仇的快感。"

"所以这次他专门布置了场景。"戴瑶说道。

"这也说明他心理素质很强,心思缜密,还很有仪式感。可问题是,他怎么知道曹姝月一定会来这里?"

戴瑶点了点头。这时她的手机响了一下,是牛敦发来的信息:曹已醒。

"我什么都不记得了!"

曹姝月不断重复着这句话。她的假发掉了,头发被发网箍在头皮上,这让她的心虚和不安一览无余。她的脖颈处有一圈明显的瘀青,但脸上的浓妆依然保持完好。她本能地抗拒问话,让她看起来像是在包庇杀她的凶手。

"你晚上为什么要出去,这个总记得吧?"戴瑶问道。

"见朋友。"曹姝月简单地说道。

"你平时都会穿过这片棚户区吗?"戴瑶继续问道。

曹姝月麻木地点了点头。

"你有没有接到奇怪的电话?"

"说了,没有!"曹姝月盯着地砖喊道,"我真的是去见朋友!"

戴瑶看了看一旁的牛敦,牛敦朝她点了点头。

"你什么时候决定去见你朋友的?提前计划好的,还是临时决定的?"

"临时决定的。"

"除了你的朋友,还有谁知道你当时要出去?"戴瑶耐心地问道。

"没了。"曹姝月瞪着戴瑶,"我什么时候能走?"

"你要是觉得身体没问题了就可以走了。"戴瑶说道。

曹姝月立刻站起身,抓起风衣往外走去。

"等一下,我们的人跟你一起回去。"戴瑶一把拽住曹姝月的胳膊。

曹姝月一把甩开戴瑶的手,喊道:"不用!"

戴瑶挑了一下眉毛,问道:"你再遇到危险怎么办?"

"你们是警察,你们问我怎么办?你们去抓他啊!我是受害者好不好?你和我较劲有什么用?"曹姝月甩下这番话,夺门而出。

房间里安静了下来,牛敦轻轻叹了口气,说道:"我去安排人盯着她。"

祁亮点了点头,牛敦看了看出神的戴瑶,轻轻走了出去。

"想什么呢?"祁亮打开一罐北冰洋,递到戴瑶面前。

戴瑶接过来喝了一大口,看着祁亮说道:"我以为她也接到了凶手的电话。"

"所以你想知道凶手怎么知道她这个时间出来,进而提前埋伏好准备袭击她?"

"是啊。"

"也许凶手在监控她,或者凶手正在布置,她误打误撞自己送上门了。"祁亮说道,"但有一点是肯定的,就算她今晚没打算出门,凶手也会把她诓出来。"

戴瑶举起易拉罐,朝祁亮做了个干杯的动作,又喝了一大口。

就在这时,牛敦给戴瑶打来了电话。

"戴姐，曹姝月打了一辆车走了。我们在她后面，不知道她去哪儿，但肯定不是回家的路。"

戴瑶翻了个白眼，无声地骂了句脏话。

祁亮和戴瑶再次回到曹姝月住的小区。晚上十点多，街上已经见不到人和车了，冷风一吹，显得阴气森森。

"这条街以前可热闹了。"戴瑶竖起领子，"两边全是大排档、夜市，一年四季都有，路中间连车都开不过去。"

祁亮左右看了看，除了远处街角的便利店还亮着灯，整条街的门脸房都拉下了卷帘门，临街整栋楼的窗户也只有零零散散几个是亮着的。

"后来呢？集中治理了？"

戴瑶摇了摇头："因为那些人老了。"

祁亮跟着戴瑶走进楼洞，他忽然发现这里的老年代步车确实很多，多到占满了整个院子。

两人一边走一边四处观察，他们返回这里的目的就是调查凶手是否安装了监控设备。如果凶手安装了摄像头或窃听器，也许技术科有办法通过信号传输追踪到凶手的设备。

这个想法是祁亮提出来的。他们都知道这只是一个小概率事件，但戴瑶同意回来转一圈，好让他彻底安心。与此同时，戴瑶也克制住了问祁亮是不是有强迫症的好奇心。

牛敦再次打来电话，戴瑶在一排老年代步车面前停下，接通电话。

"她进了一栋居民楼，位置发给你了。"牛敦在呼呼的风声中说道，"她上去之前买了两瓶白酒和一盒安全套，我们可以撤了吗？"

"撤吧。"戴瑶挂断电话，侧身绕过两辆头尾相连的老年代步车，忽然转身对祁亮说道，"真不是所有人都配当父母。"

"怎么了？"

"把四五岁的孩子扔在家里，自己出去快活。"戴瑶越说越生气，"你不想养你生他干什么？生了又不养，养了又不教，最后再弄出个杀人犯！那孩子让她养得也够可以的，昨天哐哐踹了我好几脚，新买的裤子！这也就算了，你听那孩子说什么了吧？"

祁亮点点头，说道："孩子说的都是她教的。她现在就给孩子灌输仇视社会的意识，看来是不想让孩子学好了。"

"问题是孩子就毁了，"戴瑶拽开单元门，"还不如送福利院呢，至少能长成一个三观正常的普通人。"

"如果刚才咱们晚到几分钟，就……"

祁亮和戴瑶同时站住，曹姝月家的户门敞开着，房间里的灯光透到了漆黑的楼道里。

"停！"戴瑶喊道。

画面定格在曹姝月的小儿子背对着摄像头独自走出单元门的瞬间。

"您拨打的电话正在通话中……"

戴瑶挑了一下眉毛，重新拨了一遍。

"您拨打的电话已关机……"

戴瑶气得把手机摔在椅子上，祁亮过去捡起来，拨通了牛敦的号码。

"戴姐！"牛敦立刻接通了电话。

"你看到曹姝月进了哪栋楼吧？"祁亮问道。

"亮哥啊，我看到了。"

"你看到她上几层了吗？"祁亮看向戴瑶。

"1805。"

"你跟着上去了？"

"没有，我在她微信里看到的。"牛敦说道，"她前天晚上就去那儿了。其实我也不是故意要看的，那男的叫刘哥，我检查通话记录的时候，他给曹姝月发了好几段小黄片。"

"敦敦，你们现在立刻回去。"戴瑶说道，"上去敲门，告诉曹姝月她儿子跑了。"

"啊？"牛敦愣了一下，"是……真跑了吗？"

"是真跑了。"祁亮说道。

"好，我们这就回去。"牛敦问道，"要不你们先打电话通知她一下？"

"打了十几个，不接。"戴瑶气冲冲地说道，"最后还关机了！"

牛敦"哦哦"了两声，立刻挂断了电话。

这时侦查员拉开车门上来，把手里的U盘插到电脑上，说道："小区监控拷好了，有两个摄像头拍到孩子出来。"

"是自己吗？"祁亮凑过来问道。

"对。"侦查员打开播放软件，"这是他出单元门的画面。"

屏幕上，小男孩抱着个黄色玩具车从单元门里跑出来，很快冲出画面。

"看来他的意图很明确啊。"戴瑶在后面说道。

"没错。"侦查员说道，又打开下一个视频。这是小区入口楼洞下面的摄像头拍摄的画面，小男孩穿过老年代步车，走向楼洞。

"去找街上的监控。"戴瑶命令道，"看他最后到底去了哪里。"

"是。"侦查员又下了车。

五分钟后侦查员给戴瑶的手机发了一段视频。视频是街上治安摄像头拍摄的画面，画面方向朝南，左侧是小区入口楼洞，右侧是街道。就在小男孩走进楼洞一分钟后，一辆老年代步车从楼洞里开出来，朝南而去。

戴瑶拿起对讲机，思考着下一步。这时祁亮掏出手机按了起来，戴瑶凑过去一看，他在看地图软件。

"你在看什么？"

"我在看代步车能跑多远。"祁亮说道，"这人是晚上九点三十八分从小区出来的，现在是晚上十点三十五分。代步车时速三十公里，他至少能跑出二十五公里。如果中途换车，那就更没法判断了。"

"他为什么要跑远？"

"如果他想杀掉孩子，我们应该已经找到尸体了。所以这是他计划中的一部分，杀了曹姝月后把孩子送走。"

"他为什么这么做？"戴瑶挑了一下眉毛。

"就像你说的，至少孩子能长成一个三观正常的人。"

戴瑶没有接话，两人就这样沉默下去了。

如果那孩子真的被送走了——这当然是不对的，可这到底算是坏事还是好事呢？对孩子来说也许是好事，至少他不会长成一个仇视社会的人，所以对社会肯定也是好事，就算对曹姝月来说也未必是坏事——这样她就可以无牵无挂地去享受人生了。

可这是不现实的。戴瑶办了无数妇女儿童的案子，她知道只有父母双亡的孩子才能被送到福利院。任何人都不能剥夺父母抚养孩子的权利，即便某些父母并不称职。

车窗被闪烁的警灯映成了蓝色，十几辆警车从街道两边朝小区汇集。戴瑶拉开车门，跳进冰冷的夜风中。她是个警察，所以无论她怎么想，她现在唯一要做的就是把孩子找回来。

22

戴瑶见到坐在防诈骗宣传画下面的曹姝月时,已经是凌晨一点了。

"我们会继续找。"

曹姝月愣愣地看着她,过了很久才问道:"你什么意思?"

"没找到。"

曹姝月看向戴瑶身边的祁亮和牛敦,忽然吼道:"那你们快去找啊!你们在这儿干什么啊?你们快去找啊!快去啊!"

她一边喊一边抄起手边的包用力向戴瑶砸过去,戴瑶挥臂挡开,包飞出老远砸到墙上,各种东西掉了一地。

所有人,包括曹姝月自己都愣了一秒钟。牛敦要过去控制曹姝月,被戴瑶叫住。

戴瑶忍着疼痛,捡起掉在地上的避孕套,递到曹姝月面前。

"你有什么脸在这儿撒野?"戴瑶质问道,"你觉得这是意外吗?我们前天去你家,你就把孩子一个人扔在家里,自己跑出去玩,对吧?"

"你知道个屁!"曹姝月吼道,"你什么都不知道,你有什资格在这儿教训……"

戴瑶用更高的声音打断了曹姝月的话："你儿子不到五岁。从两年前开始，派出所就经常接到邻居报警，说你把孩子关在家里，孩子一哭哭一宿。偷你孩子的人正是摸清了你的生活习性才下手的！"

曹姝月傻了，过了很久才喃喃道："偷我孩子……"

"如果你还想见到你的孩子，就好好配合我们。"戴瑶看了眼旁边的祁亮，站到了一边。

祁亮走到曹姝月面前蹲下，从西服里掏出一张照片放到曹姝月面前。那是孩子离开小区时被监控拍下的画面，曹姝月看到孩子立刻又哭了起来。

"你看一下，孩子手里的玩具车是你给他买的吗？"祁亮问道。

曹姝月看了看照片，又茫然地看了看祁亮。

"你有没有给孩子买过超过一千块钱的玩具？"

这下曹姝月立刻摇了摇头。

"你知道这个玩具是谁送给他的吗？"

曹姝月茫然地摇了摇头。

这个答案在大家的意料之中，但希望落空还是让这条安静的走廊里回响起几声叹息。

祁亮支着膝盖起身，他刚起来一半，忽然曹姝月说道："这是他晚上带回来的，我以为是幼儿园发的。"

"你以前从没见过这个玩具车吗？"祁亮又拿出另一张照片，放到曹姝月手中。

曹姝月看着照片中的金色兰博基尼跑车，摇了摇头。

"这辆兰博基尼的乐高积木要两千块钱。"祁亮说道，"孩子昨天早上去幼儿园的时候还没有，放学就抱着回来了。所以有人在这期间和他见了面，把玩具送给他，也许这个人就是我们要找的凶手。"

电脑屏幕上的胡永平穿着蓝格子睡衣，叼着烟斗，整个面部被美颜成了二十岁精神小伙儿。

"你找到关美颜的按钮了吗？"祁亮问道。

"不能关。"胡永平吸了口烟，"我上次忘了调回来，后来我老婆上播直接素颜出镜了。这家伙差点没把我整死。"

"反正就是这么个情况。"祁亮继续说道，"我们天亮去趟幼儿园，也许能找到线索。"

胡永平忽然笑了起来："之前我还说你玩这个模型烧钱，没想到这回撞你手心里了。这要不是你说我都不敢信这玩意儿要两千。"他摇了摇头，"林珑的案子有新进展了吗？"

"我们已经申请恢复王甜的微信。"牛敦把脑袋伸进画面，"估计很快就会有结果。"

"行。"胡永平满意地点了点头，"你们也都早点休息吧，明天还得打一天恶仗呢。"

"那就借您吉言了。"祁亮挂断了通话。

"你们都回去吧，今晚我值班。"戴瑶说道。

"戴姐，还是我来……"

牛敦话还没说完就被祁亮拽出了办公室，房间里一下子安静下来，戴瑶拿出手机，手机也安静了，之前一共有五十多个未接来电。

她打开通话记录，全是戴信打的。她把戴信拉进黑名单，然后从柜子里拿出睡袋，铺在立柜后面的行军床上。

她躺下来，忽然想起之前对祁亮发脾气。其实当时她见到祁亮回来，甚至有点高兴。所以她也不知道为什么会把火撒到祁亮身上。

好在祁亮没往心里去。不,他往心里去了,否则他不会朝她笑,他会说你是不是吃错药了,这才是无所谓的反应。他应该不会记恨的,真要记恨,就把这笔账也算到戴信头上好了。

昨天夜里,应该是前天夜里了,她一宿没睡好,现在却困意十足,也许是她终于和慧雯说了的缘故,剩下的就爱谁谁吧。

就在这时,她的手机响了一下。

祁亮给她发来一条信息:敦敦给你买了洗漱包,就在床底下。

她想了想,给祁亮回了条信息:晚上态度不好,不好意思,不是冲你。

很快祁亮给她回了一条:没事,你刚才把包弹飞那一下太帅了!

戴瑶轻轻一笑,输入:挨砸多了,才想到了这个方法。她想了想又改成了:算了,想想当妈的丢了孩子搁谁也难受。对了,你后天走吧?明晚请你们喝酒,睡了。

10月30日,星期六,清晨。

戴瑶看了眼手机,7:03。她后半夜睡得特别香,特别沉,现在神清气爽,但这也让她的火气比平时更快地腾起来。

一宿了,她妈妈没来过一个电话。什么意思?连个电话都没有?是打算不认这个女儿了吗?那太好了,赶紧搬到你好儿子家住去吧。

她赌着气去洗澡间洗漱,回来后看到牛敦正在卡式炉上热牛奶。

"早啊!"她循着香味走到茶几旁边。

牛敦指着茶几上的快餐盒说道:"咱们队老牌的供应商,尝尝。"

戴瑶打开快餐盒，一盒是包子，一盒是牛肉烧饼，还有一盒糖油饼。

"现在早餐都用这么专业的快餐盒了？"戴瑶看着盒盖上一圈整齐的透气孔说道。

"那必须的。"牛敦把牛奶端到茶几上，"本来想买豆泡汤，特好喝。但是去晚了，被技术科熬通宵那帮人包圆儿了。"

看到戴瑶拿起糖油饼吃起来，牛敦从柜子里拿出一罐羊奶粉，用温水沏开，又拌了一份干湿混合的狗粮。

"姐，你先吃着，我去喂狗。"

"一起去。"戴瑶从沙发上蹦起来，"我也好几天没见到它了。"

小狗好像长大了点，飞快地摇着尾巴。牛敦把饭盆和奶盆放到地上，它却不上去吃，而是蹲坐着看着牛敦。直到牛敦一声令下，它才冲上去狼吞虎咽地吃起来。

"比之前好看多了。"戴瑶看着小狗油亮的背毛说道。

"它还小，等打过针再洗澡，就更好看了。"

小狗似乎听懂了牛敦说的话，抬起头来看了他一眼，然后继续吃。

"你打算养下去了？"

"嗯。"

"那得养十几年吧。"

"缘分嘛。"牛敦忽然向远处招了招手。

戴瑶看过去，穿着一身黑色运动服的祁亮从门口跑过来。

"早！"祁亮刚跑完步，头上冒着汗。

"你也够早的。"戴瑶看了眼时间，才七点半。

"又是你家楼上邻居在折腾？"牛敦问道。

祁亮无奈地点了点头，说道："不到七点就开始剁馅儿。"

"今天不是周六吗？"戴瑶问道。

祁亮摇了摇头："每天都剁。毫不夸张，全年无休。"

"那也太早了吧。"

祁亮苦笑着叹了口气。

今天早上，楼上的女人因为发现丈夫私自停了她的个人社保和丈夫吵架。丈夫的理由是她现在还年轻，每月一千多块缴了也是白缴，还不如吃了喝了。女人质问他为什么不和自己说，三个月的社保钱在哪里，让谁吃了喝了。她丈夫就沉默了，无论她如何歇斯底里，他都一声不吭。

最后女人就去厨房剁馅儿了，动静比往常大得多。

祁亮不想和戴瑶他们说这些，他觉得这会让自己看起来像个偷窥别人生活的变态。

"不瞒你们说，以前我们园还真出现过变态。"穿着白衬衫的保安大爷坐在电脑屏幕前，缓慢地操纵着鼠标。

每次看到年纪大的穿白衬衫的保安，祁亮总忍不住去看他的肩章。

"什么时候的事？"戴瑶问道。

"那可得有十年了。"保安大爷抬起头回忆着，"那会儿有个男的，天天拿着个照相机在栅栏那儿拍孩子，还架个大炮筒子。一开始我们都没在意，以为他是哪儿的记者收集素材呢，而且他站在外面，也摸不着碰不着的。后来来了一队警察把他抓了。"

说到这里，保安大爷压低了声音："敢情他专门给那些喜欢小孩的变态拍照片赚钱。打那时候起我们才有了防范意识，原来社会上还有这样的人。"

他把监控视频调到全屏模式,然后把显示器转到戴瑶和祁亮面前,眯着眼睛找到鼠标光标,挪到播放键上,按了下去。

画面里是幼儿园的大门和伸向远处的栅栏围墙,大门外站满了打着雨伞和穿着雨衣的家长,时间显示是15∶38。

"我们是差一刻四点接孩子。"保安大爷介绍道,"四点基本就完事了。"

"您对这孩子有印象吗?"戴瑶问道。

"那可太——"保安大爷摇了摇头,"幼儿园从来不怕捣蛋的孩子,但这孩子也属实让老师们开眼了。太能捣蛋了!而且什么招儿都不好使,园长亲自上阵都不好使。"

这时两个女人走进传达室。她们自我介绍,年轻一点穿着明黄色羽绒服的女人是老师,年长一些穿着卡其色大衣搭配丝巾的女人是园长。

祁亮把兰博基尼积木的图片放到老师面前,开门见山地问道:"您对这个玩具有印象吗?这个车有六十厘米长,小孩子抱在怀里非常明显。"

老师立刻点了点头,说道:"我有印象,放学的时候,隋毅抱着这个,挺大一个玩具车。"

祁亮点了点头,又问道:"那他上学的时候您看到他拿这个了吗?"

"没有。"老师摇了摇头,忽然反应过来,"对啊,那这是哪儿来的?"

"有没有可能是其他小朋友的?"戴瑶问道。

"肯定不是。"老师立刻说道。

"为什么?"

"因为他没有朋友,所以没有小朋友和他分享玩具。而且我们也一直盯着他，避免他去抢其他小朋友的玩具。"看到祁亮和戴瑶不理解的表情，老师又补充道，"就在这周四，前天，他刚把其他小朋友的乐高玩具摔坏了，这件事给我们造成了很大麻烦。"

说完她看向园长，园长点了点头，说道："因为他妈妈拒绝赔偿，最后为了息事宁人，由园里出钱赔给家长。当然，家长体谅我们，没让我们赔。但是我们也吸取了教训，对于这样的孩子就要进行重点监控。"

"所以，既不是他带来的，也不是其他小朋友的，那就只可能是他在园里接触了什么人。"祁亮顿了顿，说道，"他有没有离开过你们的视线？"

"没有。"老师立刻说道。

"可是孩子的母亲告诉我们，"祁亮盯着老师的脸说道，"放学时，孩子身上湿漉漉的，明显是淋过雨。"

园长看向老师，老师咽了口唾沫，缓缓点了点头。

"昨天下午排练大合唱，他总捣乱。"老师指着窗外的回廊说道，"我就把他带到那里，让他自己玩。可能那时候淋了点雨。"

祁亮点了点头，继续说道："她还说和园方发生了一些纠纷，好像孩子把几辆电动车推倒了。那时候您也和他在一起吗？"

老师看向园长，她的表情像是被堵进了死胡同。

"电动车在什么地方？"祁亮看向园长。

"后院。"园长说道。

祁亮站在栅栏墙外，向园内回廊里的戴瑶做了个手势。戴瑶快步走出回廊，沿着监控录像里孩子奔跑的路线朝祁亮走过来，然后转弯走向后院的自行车棚。

祁亮在墙外跟着戴瑶往后院走去。戴瑶走到自行车棚里站住，祁亮继续往前走，在围墙的转角处右转，最后走到戴瑶的正面。

"过来和叔叔玩。"祁亮忽然说道。

戴瑶猝不及防，笑着翻了个白眼，问道："你觉得他们是在这里接触的？"

祁亮伸手攥住铸铁栏杆，说道："囚牢能让人产生特殊的感觉，小孩子更是容易受到影响。如果你是个孩子，每天被押送到一个所有人都讨厌你的地方挨欺负。这时候忽然出现了一个对你特别好的大朋友，每天都偷偷来看你，给你带了很多好吃的，还送给你所有人都羡慕的玩具。你会怎么样？"

"我当然很高兴。"

"你会信任他吗，如果他晚上约你带着玩具出来玩？"祁亮说道，"你把他想象成一个和蔼的大姐姐。"

戴瑶点了点头，说道："所以孩子是自己出来的，还抱着玩具车。"

祁亮向四周看去，这条只有一条车道宽的小街上有几座低矮建筑，他左侧是超市后门，右侧是四层的红砖居民楼的后墙，正对面是一个二层高的垃圾中转站。他把目光锁定在垃圾中转站的水泥雨棚下面，那里装着一个摄像头。

23

周六上午的CBD少了熙熙攘攘的职业白领，街上冷清了许多。咖啡厅的户外区坐着两桌男客，他们安静地抽着烟斗和雪茄，味道飘出了半条街。

祁亮从小闻着烟斗的味道长大，姥爷曾和他说过烟斗和雪茄是要在专门的房间里抽的，只有卷烟才要到户外抽，因为太臭了。

可现在连烟斗和雪茄也要到外面去抽了。也许姥爷知道了会摇头，但世界真的是在不断变好。

祁亮和戴瑶推开门，看到红杨和乔迪穿着合体的西装站在吧台后面，乔迪向他和戴瑶点头致意，然后继续低头擦拭吧台。红杨走过来，把他们带到了能晒到太阳的座位。

"赵瞳呢？"戴瑶开门见山地问道。

"啊？"红杨愣了一下，"我以为你们约好了。"

"我们要找他，打电话他不接。"戴瑶说道，"你现在给他打个电话试试。"

"好的。"红杨立刻掏出手机，给赵瞳拨了过去，但是无人接听。

"我再试试。"红杨打开微信,找到赵瞳的头像,发了语音邀请,还是无人接听。

"他说过去哪儿了吗?"戴瑶问道。

"不知道。"红杨低头看着手机,"我们一早就来这里了。要不我去问问乔迪知不知道?"

戴瑶点了点头,红杨立刻起身去了吧台,用手机发信息和乔迪沟通。

"这地方有点眼熟。"祁亮小声说道。

"怎么了?"

"你记不记得林珑采访陈雪梅的视频也是在一家咖啡厅里?"

"噢。"戴瑶点了点头,"就在这儿。"

红杨回来,告诉他们乔迪也没有和赵瞳联系过。

"既然这样,我们有几个问题想问你。"戴瑶说道,"主要是想了解一些关于互助会的情况。"

红杨听到要问自己问题,拘谨地点了点头。

"大家对林珑被害是不是很愤怒?"戴瑶问道。

"当然。"红杨点头道。

"有人提起过要替她报仇吗?"戴瑶又问道。

"大家都在说。"

"可是群里没人说话,你们还有别的联络方式吗?"

"我们有个新群。"

"谁建立的?"戴瑶盯着她的脸问道。

"赵哥。"

"他有没有说过为什么建立这个新群?"

红杨摇了摇头,说道:"但我们都很信任赵哥,既然他要建立新群,自然有他的想法吧。我们加进去就好了。"

红杨的答案让戴瑶无法继续问下去，于是她换了个方向："给我看看你们的群聊记录。"

红杨皱了下眉，问道："这不是属于隐私吗？"

戴瑶只好回答道："这是办案需要。"

"办案？"红杨迟疑地拿出手机，放在桌面上，"林珑的死和我们群里的人有关吗？"

戴瑶没有回答这个问题，拿起红杨的手机翻了起来。

这时祁亮说道："我看过你们之前的聊天记录。赵瞳一直是主张以牙还牙、以血还血的做法，对吧？"

红杨有些莫名其妙，但还是点了点头。

"还有谁和赵瞳是同样想法的？"祁亮问道。

"林叔。还有一些人。"红杨回答道。

"另一部分人觉得应该用另一种方式复仇，比如报道。"祁亮说道。

"对。"

"我们知道你是林珑最坚定的支持者。"祁亮问道，"还有谁是赞成这个做法的？"

"还有刘婶。"红杨小声说道，"就是乔迪的母亲。"

"赵瞳建了这个群，却一句话不说。"戴瑶一边刷手机一边说道，"这可不像他的风格啊。"

"因为这些天我们都在一起。"红杨回答道，"从得知林珑被害后，我们每天晚上都过来给林珑守夜。"

"来这里？"

"对。"红杨指着远处的楼梯说道，"这里有两层，所有人都来也坐得下。"

"所有人都来吗？"戴瑶继续问道。

"大概吧。"

"昨天晚上呢？大家都来了吗？"

"来了很多。"

"赵瞳也在？"

"在。"

"一直都在？"

"在。"

戴瑶盯着红杨的眼睛问道："你是怎么确定他一直都在的呢？"

"这个……"红杨似乎被这个问题问住了，于是尴尬地笑了笑，"因为所有人都看见他在啊。"

戴瑶和祁亮对视了一眼，赵瞳能找到超过五十个目击证人，来证明他昨晚一秒钟也没有离开过这里。

好在他们在垃圾转运站的监控屏幕上看到赵瞳站在幼儿园后墙处，把金色兰博基尼积木递给了曹姝月的孩子。

可即便如此，他们也需要真正的证据，证明赵瞳昨天晚上在某个时间离开了咖啡厅，袭击了曹姝月，然后带走了她的孩子。

要么就抓到赵瞳，救回孩子。

"如果赵瞳联系你，或者他过来，你告诉他我们来找过他。"戴瑶对送他们到门外的红杨说道，"请他立刻和我们联系。"

"好的。我回去就继续联系他。"

红杨目送戴瑶和祁亮走到路边开车离开，才转身回到咖啡厅。

她拿出手机给赵瞳拨打过去，但这一次很快就接通了。

"赵哥！"红杨下意识地转身看向外面，"刚才……"

"我看到了。"赵瞳说道。

红杨抬起头，看到墙角的云台摄像头正对着自己。

"他们问了很多你的事。"红杨看着摄像头说道。

"我猜到了。"

"赵哥,你是不是……"红杨停住了,好像嘴边那些可怕的话一旦说出来就变成真的了。

"你不要管了。"赵瞳淡淡地说道,"管好你该做的事就行了。"

"好的。"红杨看着摄像头,她知道赵瞳正看着自己,"我把你家地址给他们了,他们现在去找你了。"

"嗯,我去迎接他们。"

赵瞳挂断电话,看着坐在对面的宋一星,笑着说道:"抱歉,宋总编,您接着说。"

"我就是说,这个钱我不能要。"

"你也得去找资源。"赵瞳说道,"这些都要花钱。"

"那是我的事。"宋一星坚决地说道,然后拿起杯子喝了口咖啡,"但是报道现在还不能发,因为警察不让。"

"警察不让?"赵瞳皱起眉头,"凭什么不让?"

"说影响调查。"

"所以案子一天不破,就一天不能发吗?"

宋一星立刻摇头道:"我肯定不会同意的。我回去后给他们打电话,商量出一个最后期限。我想最晚不能晚于林珑的遗体告别。"

"那就拜托了。"赵瞳站起身,伸出手说道,"我还有些事情要处理,就先告辞了。"

两人郑重地握了下手,赵瞳转身离开。

"赵先生。"

赵瞳已经走出几步,宋一星忽然叫道,赵瞳转过身看着他。

"还有件事我想和你说。"宋一星快步走到赵瞳面前,一直沉稳优雅的他忽然变得有些紧张。

"四年前我从网上看到了令爱的案子。"宋一星低下头自顾自说道,"现在我可以说那是纯粹的恶毒谣言。但当时我没有任何思考,完全是为了发泄对生活和社会的不满,就转发了这条微博,还发表了一些让我现在感觉非常难堪的狗屁文字。"

赵瞳看着宋一星许久,缓缓说道:"是吗?我没看见。"

宋一星点点头,继续说道:"直到林珑做这个报道,我才忽然想起来。我非常惭愧,我要向你道歉,我也会让公众看到真相。"

"我以为有生之年不会听到这样的话了。"赵瞳忽然笑了,"谢谢你,我很欣慰。你只是被一个故事愚弄了。我们都被人愚弄过,关键是得知道自己被愚弄了该怎么办。"

"怎么办?"宋一星下意识地问道。

"当然是报复。"赵瞳的目光飘向窗外,"如果什么都不做,有一天你就会忘掉。更可怕的是,你的记忆会腐坏,认为愚弄你的谎言才是真相。"

等宋一星回过神来,赵瞳已经离开了。

他又坐下来,点了一份早午餐,然后打开手机通讯录,那个女警察叫什么来着?他闭上眼睛想了一会儿,才想起她叫戴瑶。

这几天他被噩梦折磨,所以精神很差。他总是梦到大四上学期,岑雪被杀了,然后警察告诉他是他梦游杀了岑雪;或者梦到他和岑雪去看流星雨,然后把她推下水。

难道我的记忆已经开始腐坏了吗?也许坏了更好。他看着桌上干干净净的盘子和咖啡杯,一边回忆着刚才吃了什么,一边拨通了戴瑶的手机号。

戴瑶看着站在赵瞳家窗边窃窃私语的祁亮和牛敦,告诉宋一星,他们研究一下告诉他结果,在此之前他不能发表。

挂断电话,戴瑶走到两人面前,牛敦告诉她王甜的微信通话记录恢复了，6月2日下午三点秦太约她晚上九点到秦基集团面谈。

戴瑶看着眼里闪着光的祁亮，直截了当地说道："你们去秦基集团吧，我带着他们去找赵瞳。"

祁亮明白戴瑶是不想让赵瞳的事拖住他去调查王甜案，因为王甜案牵扯到林珑案，而林珑案是他留在这里的原因。

"一起吧，先找到赵瞳再说。"祁亮说道。

戴瑶看了看赵瞳的家，这套房子从面积和地段上看都称得上是豪宅，但用家徒四壁来形容毫不为过。除了开发商送的精装修和衣柜，全部家具就只有一张行军床。

"你觉得找到他是容易的事吗？"戴瑶认真地说道，"再说你心里总惦记王甜的案子，难免心浮气躁。我可不想旁边总有个焦虑制造器在工作。"

"戴姐说得对。"牛敦说道，"拉网找人这种事就交给年轻人做，有戴姐坐镇就可以了。"

"行，等我完事回来帮你。"祁亮说道。

"拉倒吧你！"戴瑶笑着回击道，"咱们谁先撞线还不一定呢。"

"行，赌一顿聚宝源。"

祁亮带着牛敦走了，戴瑶收拾了一下思绪，把胡永平今早调配给她的年轻人都叫到客厅里。他们血气方刚，但也更容易躁动和气馁。戴瑶知道自己不能把困难告诉他们，要让他们觉得胜利就在眼前。

"这里留守三个人。"戴瑶说道，"两个任务，一是看监控，把嫌疑人所有的行踪都记录下来；二是蹲守，如果嫌疑人回来，立刻控制住。其余六个人分成两组，一组在队部值守，另一组休息。"戴瑶双手做了个转动的手势："十二小时一轮班。休息的那一组不要离开队部，一旦收到嫌疑人的线索，第一时间行动。"

她看着这些年轻人，继续说道："这次任务很困难，困难在于谁也不知道多长时间才能找到嫌疑人。你们可能得收到无数次发现他的消息，然后扑空。所以，别抱任何希望，只专注于你们要做的每一件事的本身。我再说一次，不要犯错，否则你会认为案子破不了是因为你犯的错。听我的，你们承受不了这个。"

年轻人陆续点了点头。戴瑶心里松了口气，看来"00后"的孩子也不是说的那么难带。

刚走到楼下，戴瑶的手机就响了起来。她一看是她妈，于是让其他人先走，自己躲到一棵海棠树后接了起来。

"干什么？"戴瑶一上来就生硬地问道。

"你是不是非要把这个家拆散了？"听筒里传来母亲的吼声。

戴瑶把手机拿开，用手指感受着母亲的咆哮，直到振动彻底停止，她才又拿起来，说道："您记住，是戴信拆散了这个家，不是我。"

"宁拆十座庙，不毁一桩亲！你这样是要遭报应的！"

"那咱们就看看是我遭报应还是他遭报应。"

"你是不是要气死我？"

戴瑶叹了口气，母亲说的每句话都在她的意料之中。

"您这伦理剧演得还过瘾吗？"她说道，"您能好好说话咱们就继续聊，不能好好说话我就把您拉黑。您先回答我一个问题，您这么生气，是因为戴信出轨把家玩散了，因为您觉得丢人现眼了，还是因为我告诉慧雯了？"

"咱们先不说戴信——"

"为什么不说？"戴瑶打断了母亲的话，"他走到今天这个地步，都是您给惯出来的。就因为您！您听好了，就因为您，他到现在都没学会承担责任,总觉得犯了什么错只要撒个娇就能过去。他不知道有的错犯了就过不去了,不然要我们警察干什么?所以,他变成这样,您有很大责任。"

"你怎么敢数落起我了……"

"这些话很久之前我就想说了。"戴瑶不给母亲说话的机会,"以前我不敢说是我不对,没能早点让您警醒,所以我也有责任。不过这也不是坏事,戴信虽然家破了,好歹人还没亡。而且他这次明白了撒娇不好使,总比当一辈子'妈宝男'要强。您知道什么叫'妈宝男'吗?就是干啥啥不行,啃老啃不够,本事不大虚荣心还特强……"

她看了看手机,母亲已经挂断了。她复盘了一下,该说的点都说了,讽刺得也很到位,终于满意地长出了口气。尽管有些意犹未尽,但从早上就不断蒸腾着的那团无名火也随之消散了。

她从海棠树后转出来,正打算去找自己的车,忽然看到一个男人在不远处看着她。

男人戴着棒球帽和黑色口罩,但她一眼就认出来他是赵瞳。她下意识地摸向后腰,她只带了副手铐,要生擒这个比自己高十五厘米、重三分之一的男人恐怕得拼一下。

赵瞳走到她面前,摘下口罩,平静地看着她:"如果你现在把我带回去,可能会有个孩子要活活饿死。"

24

秦太高昂的脸沐浴在初冬的阳光下,像一块明亮而坚硬的玉。

"那天她确实来找我了。"她平静地说道,"然后她就走了。"

祁亮没想到秦太这么痛快就承认了,于是问道:"你们在哪里见面?"

"在我丈夫的办公室里。"

祁亮的目光扫到了坐在她身边的秦荣脸上,秦荣一脸平静,好像根本没在听妻子说什么。

"你们都说了什么?"祁亮继续问道。

秦太淡淡地笑了笑:"她说她怀了我老公的孩子,是个男孩。我说恭喜你要当母亲了,早点回家休养,不要动了胎气。然后她就走了。"

祁亮看着面前这个有恃无恐的女人,她坐在距离他三米远的地方。即便这么近的距离,她身前还挡着三个男人:秦荣、律师和安保经理。

刚才她说这番话的时候,秦荣的表情丝毫没有变化,好像听到的是秦太某个怀孕的远房亲戚过来拜访一样。

"就这些?"祁亮问道。

秦太没有回答,只是轻轻点了点头。

"所以那天晚上你们的监控……"祁亮看向安保经理。

安保经理立刻道:"当晚有很多社会名流光临我们公司参加活动。为了保护贵宾隐私,我们关闭了所有监控设备,改由安保人员执行安防措施。"

"那天你在哪个位置?"

"我在大门口。"经理说道,"活动的三小时四十五分钟,我一直都在大门口。"

祁亮看着眼前的情景,他们怕是已经演练过无数次了。所以他直接把王甜的照片放在桌面上,问道:"6月2日晚上,你见过这个女人吗?"

安保经理只看了一眼,就回答道:"见过。"

"你确定吗?这是五个月之前的事了。"祁亮盯着安保经理,但这张看起来有点蠢的脸上没有丝毫变化,让祁亮怀疑这个家伙经常用这副倒霉模样装傻。

"这位女士来之前,已经很久没有贵宾入场了,所以我特别留意到了她。"安保经理对答如流,"她说要找夫人,我看她没有请柬,就让她联系一下。她打通夫人的电话交给我,我和夫人确认之后就把她放进去了。"

"她什么时候走的?"

"这个就……"安保经理晃了晃身体,说道,"因为贵宾们离场的时候我们都是见车就放,也不做登记,所以就不清楚了。"

"那她是开车来的,还是坐车来的,这你清楚吧?"祁亮问道。

"开车来的。"

"那你描述一下这辆车。"祁亮看着安保经理。

"这个真不太记得了。"安保经理为难地摇了摇头,"如果你有车的照片可以给我看看,也许我能认出来。"

祁亮看了眼身边的胡永平。有了秦太和王甜约见面的微信通话记录,这次来秦基集团就算正式调查了。所以祁亮不仅拉来胡永平坐镇,还叫来了技术科。此时,胡永平满脸堆笑,但祁亮知道他在假笑。这时会议室的门开了,防护服额头写了个"王"字的李组长把祁亮叫了出去。

"走廊里什么都没找到。"李组长说道,"楼梯间也是。"

祁亮点了点头,他对这个结果一点也不意外。三部在4月份刚装好的电梯轿厢忽然在6月份被同时拆除报废了。他们什么也找不到了。

"监控录像呢?"

"别想了。"李组长摇头道,"我扫了硬盘的编码,7月份生产的。我们再去地下车库看看能不能找到点什么。"说完他就走了。

祁亮掏出手机,给胡永平发了条信息:去秦荣办公室看看。

哗啷啷——

戴瑶听到卷帘门升起的声音,紧跟着发动机发出一阵踩油门的轰鸣。车子上下颠簸了几下,像是过了道门槛,然后慢慢停了下来。

戴瑶推测车子进了一间地上车库。

哗啷啷——

卷帘门又关上了。

很快车门打开,赵瞳轻轻扶着戴瑶坐起来。她闻到了一股潮湿的味道,还有机油的味道,这是个洗车店或者修理厂。

赵瞳扶着她走进一个房间,扶着她坐下,把她的双臂轻轻带到背后,然后铐上了冰冷的手铐。

面罩被揭开的一刹那，戴瑶用力闭上了眼睛。过了好一会儿，她慢慢睁开眼睛，透过对面墙上的一面窗户，她看到外面是一片楼房，中间的空地上停着好几排灰绿色的老年代步车。

这个地方？她猛然想到，窗外正对着的那栋楼一层就是曹姝月家。

她看向赵瞳，赵瞳转身走到卧室门口，打开门，里面是一间布置得无比温馨的儿童房，那个孩子正坐在地毯上拼积木。

孩子看到他，立刻起身跑过来，扒着门边看向外面的戴瑶。

"她是谁？"孩子奶声奶气地问道。

"她去过你家。"赵瞳说道，"你见过她。"

"噢！她是大浑蛋！"孩子奶声奶气地骂道。

赵瞳皱了下眉，问道："你忘了我们的约定吗？"

"可妈妈说警察都是大浑蛋。浑蛋警察抓走了我哥哥，我哥哥是全世界最好的人。"孩子抬起头看着赵瞳。

赵瞳看向戴瑶，对孩子说道："你进去玩吧。"

"妈妈呢？"孩子问道。

"她出去办事了。"赵瞳说道。

"妈妈去拿快递啦！"孩子问道，"拿快递为什么那么久？"

"你真是个聪明的孩子。"赵瞳坐到地毯上，"可是人都是在被骗之后才会变聪明。你经常被骗吗？"

孩子低下头，点了点头。

"谁骗你？"

"妈妈。"孩子小声说道。

"她怎么骗你了？"

"妈妈没有拿快递，妈妈不要我了。"

"妈妈为什么不要你了？"

孩子忽然扑在赵瞳身上，哭闹起来："我要妈妈！我要妈妈！"

"妈妈一会儿就回来了。"赵瞳安慰道，"你乖乖等妈妈。"

"真的吗？"

"好了，你去睡一会儿。"赵瞳说道，"醒来之后就能见到妈妈了。"

赵瞳推着孩子躺到床上，拉上窗帘，关上门，然后回到客厅，搬了另外一把椅子到戴瑶对面，淡定地坐下。

"这房子还是有点背阴。"赵瞳看着戴瑶身后的墙，"见不到太阳的地方会生霉菌。你听说过霉菌可能控制人自杀吗？"

戴瑶仰起下巴，把贴着胶带的嘴对着赵瞳。

"你现在不用说话。"赵瞳伸出手指，在太阳穴旁边画了个圈，"你现在要思考。只有背好手、闭上嘴才能思考，这是一年级老师教的，可惜咱们长大后都忘了。"

戴瑶翻了个白眼，把下巴收回来，瞪着赵瞳。

"你听过冰山理论吧，海面上的冰山只有这么些。"赵瞳伸出两根手指，比量出几厘米的长度，"但是下面有这么大。"

他用两只手比画了一个大圆，然后把双手放在腿上，认真地说道："有个理论说，我们的行为表面上看是受意识驱使，意识就是海面上的冰山。但实际上我们是受潜意识控制的。就像你刚刚翻的这个白眼，还有你经常挑眉的小动作，这些都是你潜意识的反应。可能你平时看起来很好说话，也懂人情世故，但是关键时刻总会因为放不下身段而吃亏。"

他看着戴瑶的脸，缓缓说道："如果你家有两个孩子，你肯定是不招人喜欢的那个。"

戴瑶用鼻子叹了口气，眼睛也垂了下来。

"潜意识的培养都是在童年完成的，所以老话说'三岁看小，七岁看老'。我总说一个孩子如果小时候不教好,你放纵他长到十几岁,这时候再怎么管教也来不及了。"

戴瑶忽然想起戴信,于是点了点头。

"很好。"赵瞳满意地点点头,"现在开始思考第一个问题,你觉得我会杀了这个孩子吗?"说完赵瞳转头看了看孩子的房间。

戴瑶轻轻摇了摇头。

"没错。"赵瞳说道,"因为我刚才承诺了,只要你配合我,我就不会伤害他。所以,你配合我是这个孩子活着的先决条件。那么第二个问题,如果这个孩子不幸被杀了,是你造成的还是我造成的?"

戴瑶轻轻扬了扬下巴,赵瞳探身过去,捏住了戴瑶腮边的胶带,缓缓撕开一半,戴瑶又疼又痒,直吸冷气。

"大哥,你下次再想封人嘴,买透明胶带就行。"戴瑶眼泪直流,"这是防水胶带。"

赵瞳作势又要把胶带封上,戴瑶急忙说道:"我我我,我造成的。"

"抱歉,可能有点疼。"

赵瞳用力撕掉剩余的部分,戴瑶像被抽了一耳光,脸侧过去吸着冷气。

"对不起,戴警官,明天我送你十套护肤品。"赵瞳平和地说道,"咱们本来也无冤无仇,我甚至还盼着你们能为林珑伸张正义。"说到这里,赵瞳忽然惨然一笑:"所以,说到这儿,直到此时此刻,我都没有真正接受这个现实,我们两个坐在这里,这一切真的发生了。"

"这时候也不晚……"

赵瞳伸出手指立在嘴前,戴瑶立刻不说话了。

"你不用劝我。现在我既回不了头,也不想回头。"赵瞳看着戴瑶,眼中像有一座冰山。

赵瞳从口袋里取出钱包,钱包已经破旧了,他缓缓打开,钱包的透明夹层里是一张他坐在办公桌前的照片。他抽出照片,伸到戴瑶面前。

"我女儿送的。" 他另一只手疼惜地摩挲着钱包的皮面,"那会儿还不流行手机支付。现在想想,好像过去一百年了。"

戴瑶看着照片上气宇轩昂的赵瞳,忽然看进去了,她甚至能想象到他女儿把这张照片塞进夹层时的那份骄傲和爱。

"你看他像我吗?"

戴瑶回过神,看到一张杀人犯的脸。她本能地战栗了一下,这个瞬间被赵瞳捕捉到了。

戴瑶知道赵瞳已经看穿她的想法,索性把心一横,说道:"你老得有点快。"

"直接点挺好。"赵瞳点了点头,"那么下一个问题,谁把我害成这样的?"

"你的事情我们都很清楚。"戴瑶说道,"补充一句,我现在这样也是被他害的。"

"如果换成你,你的女儿被一个修理厂的洗车工奸杀了,只因为你女儿发现自己的车被洗车工偷偷开出去,还在车里干了很多肮脏恶心的事,然后她投诉了这个浑蛋。"赵瞳说道,"如果是你,你认为这个浑蛋应该被枪毙吗?"

"当然得枪毙。"戴瑶郑重地回答道,"否则我会亲手弄死他。"

赵瞳沉默了很久,终于开口道:"这是你的答案吗?"

"当然。"

赵瞳站起身，又把胶带贴了回去。

他居高临下地望着戴瑶，说道："那我换个问题。如果有一天你在路上走着，被一只狗咬了，你会要求警察杀掉那只狗吗？"

秦太坐在丈夫的办公椅上，指着祁亮说道："她就站在你站的地方。"

祁亮点点头。他环顾秦荣的办公室，无论装修风格还是布置陈设，几乎和接受采访的照片中一模一样。

"她跟我说完以后，我就坐在这里说——"秦太看着祁亮，"恭喜你要当妈妈了。"

祁亮冷笑了一声以示回应。

秦太继续说道："其实我挺平静的。毕竟这是个多元化的时代，这种事也很见。她无非就是想过上好点的生活，这个我都理解。"

"可是她在破坏你的家庭。"祁亮说道。

秦太不屑地笑了，像是在对祁亮刚才冷笑的反击。她靠在椅背上轻蔑地说道："拜托，请不要用你的阅历和眼界来揣测别人的想法和选择。"

"那就请您展开说说。"祁亮目不转睛地看着秦太。

"她永远不可能破坏我们的家庭。"秦太笑着说，"如果我和我先生因为这种事离婚，哈哈，我们的公司怎么办？一人一半，还是谁净身出户？那我们的竞争对手还不得笑死了？他们还和我们明枪暗箭地瞎拼什么，直接找些帅哥美女过来把我们的婚姻瓦解了不就得了？"

祁亮点了点头，说道："所以，我能不能理解为你和你丈夫约定了不会因为这种事离婚？"

秦太点了点头。

"那么你约她来的目的呢，或者她来找你的诉求是什么？"祁亮问道，"总不能就是单纯祝贺一下吧？"

"她向我要了点钱。"秦太说道，"毕竟想把孩子养好，我老公每个月给她那点零花钱也不够。"

"然后呢？"

"然后我就答应她了，再然后她就高兴地走了。"秦太轻松地说道，"她的目的达到了，当然高兴了。"

"那你高兴吗？"

"没什么感觉。"秦太耸了耸肩，"这种事虽然我是第一次遇上，但周围的人总归有些这方面的经验。以前听人说来说去还有点嫌烦，真碰上了倒也不觉得有什么。"

祁亮抬起头，看向站在落地窗前背对着他们的秦荣。秦荣一直站在那里，看着外面光秃秃、灰蒙蒙的郊野，也不知道有什么好看的。

胡永平和律师坐在旁边的沙发上，祁亮和秦太的对话两人听得一清二楚。胡永平的脸色又开始凝重了，祁亮知道他在担心什么。

"这么说来，你完全没有杀害王甜的动机了？"祁亮一边说一边坐在秦太对面的客座上。

秦太没有说话，只是朝他微笑了一下，眼中却射出针尖一般的寒光。祁亮知道这一定是律师的主意，因为律师不知道警察能找到什么证据，所以他们首先会从否认犯罪动机入手，这也是应对审讯的策略。

这番对答肯定是经过反复演练的，包括一上来就承认当晚见过王甜也是策略的一部分。律师知道否认见面只能加深警方的怀疑，因为警察要是想查清楚王甜6月2日当晚来没来过总有办法。

"我不嫉妒她。""我不恨我丈夫。""我们也不会离婚。"

只要她守住这三句话，剩下的就交给时间了。只要警察找不到证据，案子终究会被"拖凉"的。

祁亮避开秦太的目光，抚摸着办公桌的边缘，忽然问道："秦总的办公桌还是之前那个吧？"

他的视线跟着手指游走在办公桌圆润的边缘上，却感觉到背对着他的秦荣已经转过身来了。

"桌椅都没换，不知道那个设计大奖的奖杯放在哪儿了？"祁亮抬头迎上了秦太的目光，"我记得秦总在接受采访时说，这是他最高的荣誉，要永远放在办公桌上鞭策自己。对吧？"

一瞬间，秦太眼中的寒光变成了惊恐。

"你说什么奖杯？"秦太的声音抖了一下。

祁亮从兜里掏出一张照片，放到办公桌上，推到秦太面前。照片里的王甜笑得很甜美，身后的奖杯熠熠生辉。

"你怎么有……"秦太忽然慌了。

"我怎么有这张照片？"祁亮眼中射出刀锋一般的目光，"你也看过这张照片吧？你看到的照片是谁给你的？"

就在这时，律师从沙发上起身，走到秦太身后站定。

25

祁亮坐在秦基集团总部一层访客区的沙发上发呆，胡永平在不远处绕着圈打电话。

过了五分钟，胡永平快步走了回来，坐到祁亮身边。

"蔺队刚才直接向梁局汇报了情况。"胡永平低声说道，"咱们的困难他也都说了。老梁的原话是——要么你找着人了，要么你找着证据了，你总不能两只手都空着就上门拜年吧？"

祁亮点了点头，看来上面没有批准他们展开进一步行动。秦荣号称搬家时丢失的奖杯和秦太一刹那的失态只让他摸到了真相的边缘，但说到破案还差得太远。

可是秦家早就毁掉了证据，并且严阵以待。

"想什么呢？"胡永平看了看四周，简约大气的大堂里一个人都没有，但他知道，至少有二十双眼睛通过摄像头正盯着他们。

"我在想……"祁亮抬头看着对面墙上悬挂的巨幕，正在播放秦太参加活动的视频，"假设王甜真是她杀的……"

"然后呢？"

"抛尸。"祁亮看向胡永平，"她自己肯定干不了这事。她这么识大体顾大局，连老公出轨都不会离婚，这时候肯定更不会拉老公下水。"

胡永平点了点头，问道："所以呢？她找了谁？"

"您怎么越当领导越不爱动脑子了？"祁亮拿出手机，给牛敦拨了过去。

"牛敦，你查一下秦太的手机在6月2日晚上和王甜通话后，又给什么人打过电话。"祁亮说道，"你别挂，我等着你。"

过了一会儿，牛敦的声音响起来："找到了！她打过五个电话，都是和她儿子秦煜。"

祁亮和胡永平相视无言。

过了好一会儿，胡永平才说道："那天晚上秦煜不是把女朋友给杀了吗？"

祁亮摇了摇头，自言自语道："6月2日夜里，秦某回家后和女友刘某争吵并将女友杀死，他冷静下来后报警自首。"

"你说啥呢？"胡永平问道。

"林珑的报道，第四个案例的案情介绍。"祁亮说道，"难道秦煜回家之前给他妈善后去了？"

"你是说秦太找儿子帮忙抛尸？"胡永平摸着下巴上的胡楂，"这个思路倒是合情合理。可是抛在哪儿了呢？这女的爹妈也是，女儿这么长时间不联系也一点不上心，哪怕你再早两个月报警也行啊，现在监控录像都没了，怎么找？"

祁亮看着巨屏上播放的公司新闻：一处工地上正在举行奠基仪式，戴着安全帽的嘉宾们挥舞着铁锹把黄土盖到奠基石上。画面下方滚动着字幕：5月8日上午，我公司承建的东方芭蕾舞剧院项目举行了隆重的奠基仪式……

祁亮的脑袋里忽然咔的一声轻响，像是什么东西炸开了。

"老胡，你刚才说什么？"祁亮眼睛放出光来。

"我说王甜家里人真是的。"

"最后一句。"

"我说监控录像没了怎么找。"

"领导，你真是天才。"祁亮兴奋地抓住他的胳膊。

"我当然是天才，你赶快说！"

"为什么全世界都有监控，单单中湖公园里一个都没有？"

"为什么？"

"因为必须没有。"祁亮又给牛敦拨了过去。

"你去查中湖公园附近的基站，6月2日到3日凌晨有没有王甜和秦煜的手机发射信号的记录。"

"好嘞，哥。"

"中湖公园、秦基集团、别墅。这些都是人流稀少的地方，应该还能查到。"祁亮搓着手，喃喃自语道。

"这是什么思路？"胡永平凑过来问道。

"林珑是死在中湖公园的。"

"对。"胡永平点头道。

"中湖公园里没有摄像头。"

"对。他们不是……"

"那是他们胡说八道！"祁亮压低了声音说道，"根本没有老百姓破坏，是他们自己拆的。为了掩饰6月2日晚上发生的事。"

"你是说抛尸？"

"他们谨慎得很。"祁亮继续说道，"如果东窗事发警察过来查，发现监控都是好的，唯独缺了那天的数据，反而会引起怀疑。所以他们干脆把监控拆了，就说5月30日被附近居民砸了，反正谁也没看到。就跟他们拆电梯是一个道理。"

"你是说抛在中湖公园了?"

"5月8日奠基,6月份正是挖地基浇水泥的时候,这么大的工地,埋个人进去不是太轻松了?"祁亮说道,"而且这种重点工程谁敢轻易再挖开?"

"喂!亮哥!"手机里的牛敦喊了起来,"王甜的手机向中湖公园附近基站发射过信号,但只找到了手机识别码,说明当时手机已经关机或者取出手机卡了。"

"什么时候?"祁亮兴奋起来。

"6月2日二十三点零五到6月3日三点三十八,之后就没信号了。你等一下。"牛敦隔了几秒钟继续说道,"技术员说物理隔离或者彻底没电才会出现这种情况。"

"浇水泥都是夜间施工吧。"祁亮看着胡永平说道,"水泥一盖,手机就物理隔离了。"

"秦煜也找到了!和王甜是同一时间出现的,是同一个基站,说明他们很可能在一起。但秦煜很快就离开了。"

听到这个消息,胡永平也用力拍了一下沙发扶手。

"你继续去查秦煜的手机,反向查,按照他家别墅、中湖公园和秦基集团这三个地点的顺序去找附近基站。"祁亮起身说道,"串连上了直接去看守所碰面。"

胡永平也跟着起身,问道:"你是要去审秦煜?"

"不审留着过年吗?"

祁亮拼命压着一股股往嗓子眼翻涌的气血,他并没有因为案情有所突破而兴奋,而是愤怒。

不管刘曦因为什么和秦煜在一起,不管王甜因为什么和秦荣在一起,谁也没有资格剥夺别人的生命。而且,秦家很可能为了掩盖罪行还杀了林珑,在秦家眼里杀人就是如此简单。

还有林珑，她应该知道祁亮去过她家吧，出了这么大事为什么不找他呢？

"你又叹什么气？"胡永平问道。

"没事。"祁亮岔开话头，"你去哪儿？"

"我去中湖公园封控现场。"胡永平说道，"万一你搞不定小秦，还不是得靠我出马？"

"靠你？你知道埋在哪儿？"祁亮惊讶地问道。

"罗马不是一天建成的。就算你盖个罗马，6月3日凌晨三点半浇水泥的地方也就那么大点。"胡永平冷笑道，"我倒要看看他们还怎么遮掩。"

宋一星用余光瞟着娜娜。她习惯性地转了两下笔，然后猛地停住，抬起头和宋一星的目光对上。

"今天周末，就到这儿吧。"宋一星说道，"最后说一句，最近几篇稿子我都看到了错别字，这是不应该的。大家要注意。好了，散会。"

大家纷纷起身往外走去，宋一星忽然叫道："娜娜，你留一下。"

娜娜低着头坐下来，这几天她都是一副无精打采的样子。宋一星知道这和胡龙龙要出国有关。

最后一个人关上了会议室的门，这时宋一星才开口："最近怎么了？状态不太好？"

娜娜没有回答，只是面无表情地摇了摇头。

宋一星苦笑了一下，他刚工作那时候，光和领导甩脸子这一条就已经犯大忌了。

"龙总虽然没明说，但我会关照你。"宋一星继续说道，"从下周开始你升职做行政经理。"

娜娜抬起头，不可思议地望着宋一星，问道："你怎么知道？"

"我怎么知道？"宋一星笑着摇了摇头，"当然是他亲口告诉我的。"

娜娜的脸上闪过好几种表情，她自己也不知道现在应该是哭还是笑了。

"你心思不在业务上，就算留在编辑部，往后也不会有什么发展。不如转到职能部门，只要这个公司还在，就有你的位置。"宋一星直白地说道，"升职后的收入能到三万，相对你要付出的劳动，这算很难得了。"

"这算什么意思？玩够了给小费吗？"娜娜冷冷地说道，"还是封口费？"

"你这是什么意思……"

"大叔啊！"娜娜打断了宋一星的话，"你是真傻还是装傻？他为了躲我都躲出国了，公司都给你了，你看不出来他什么意思吗？"

"你们不在一起了？"

"他是我见过最浑蛋的渣男……"说到这里她停了下来，接着后面的话就变成眼泪扑簌簌掉了下来。

"抱歉。"宋一星说道，"如果这样的话，就当是分手费吧。"

娜娜腾地站起来，拿起东西摔摔打打地出去了。

宋一星窝在椅子里，回想着他昨天和胡龙龙去集团总部开会，才知道胡龙龙不仅把新媒体公司给了他，还把其他公司都交给了别人。这么看胡龙龙最近的举止确实有些奇怪，好像真要跑路一样。

但胡龙龙为什么要跑呢？肯定不是为了躲娜娜。因为上次胡龙龙让他帮忙圆谎的时候，还嬉皮笑脸地显摆自己和娜娜的情人关系，完全没有要和她分手的迹象。

这几天，他每每想到胡龙龙找他帮忙圆谎，就联想起二十年前胡龙龙给他做证那件事。这二十年来，他始终认为胡龙龙是在帮他，但这次胡龙龙随随便便就提出做伪证的请求，忽然动摇了他对胡龙龙的信心。

当年胡龙龙的确给他做了证，但同时他也给胡龙龙做了证。而且没有人揭穿他们，也就是说当晚既没人看到他，也没人看到胡龙龙。

但是他知道自己一夜都在食堂走廊的长明灯下学习，那胡龙龙呢？他去了哪里？为什么没有一个人看到他？

直到现在他都愿意相信胡龙龙当年是出于好意，但万一不是呢？他知道这种事不能去想，因为它会害自己走火入魔。他只能一遍遍告诉自己，胡龙龙对岑雪比对亲妹妹都好，他怎么可能害死岑雪呢？

手机响了，他看也没看就接了起来。

"宋先生好，我是婚姻顾问。"一个柔美的女声响起，"给您道喜了，我们上次组织的高端见面会之后，有五位女士都对您表示有兴趣，其中三位还是您的心动人选。更可喜的是，五位女士都满足您的三个优先条件，即年龄、婚史和生育意愿。您看想要见哪一位呢？"

宋一星沉吟片刻，缓缓说道："我有个信息要更改一下。"

"您说。"

"我之前登记说要买一套150平方米的房子，但现在情况有变。"

"变成什么样呢？"

"变成90平方米。"

"噢,那也很不错了。"顾问柔和地说道,"我会立刻更新您的信息,并把这个变更通知几位女士。"

"谢谢。"宋一星紧接着说道,"相应地,我想取消第二个条件。"

"这样成功率就更高了。"顾问非常高兴,"但咱们也不着急,如果这五位女士中有人愿意接受这个不是更好吗?而且,像您这样诚信的男士,真的也会很加分的。"

"谢谢你。"宋一星挂断了电话,闭上眼睛,长出了一口气。

孩子趴在戴瑶腿上,用力撕下她脸上的胶带,戴瑶疼得吸了口冷气。孩子呵呵地笑了起来,伸手抓住胶带要再给她贴上。

戴瑶下意识地躲闪了一下,孩子立刻打了她的脸一下。戴瑶一头短发早被抓成了鸡窝,脸上也布满了横七竖八的血道子。她瞪着孩子,孩子呵呵地笑着把胶带贴上,然后又用力撕了下来。

他玩得非常投入,连门开了都没发现。

"你在干什么?"赵瞳冷冷地问道。

孩子抬起头,看到赵瞳站在门口看着自己。他看到赵瞳脸色不好,于是低下头,把玩着手里的胶带。

赵瞳拎着两个纸袋子进来,说道:"下来!"

孩子不情愿地从戴瑶身上跳下来,戴瑶终于松了口气,仰起脸看着赵瞳。

赵瞳看到戴瑶的样子,皱眉道:"为什么打阿姨?"

"妈妈说警察都是大浑蛋!"孩子斜瞪着眼睛反驳道。

"可老师也说过,警察叔叔和阿姨都是最好的人。"赵瞳看着孩子说道。

"老师骗人!"

"这也是妈妈说的？"

孩子又点了点头，仇恨地看着戴瑶，说道："他们都是坏人。"

"他们都是坏人，谁是好人？"

"妈妈，哥哥。"孩子停顿了一会儿，说道，"蓝帽子叔叔。"

戴瑶看着赵瞳，他戴着一个蓝色的棒球帽，帽檐遮住了大半张脸，僵硬的笑容就像面具。

"老师骗你什么了？"赵瞳问道。

孩子眼中射出仇恨的目光，过了很久才说道："老师说吃外卖不拉屎屎。"

"不是吗？"

"不是！"孩子朝赵瞳喊道，"妈妈说有钱人吃外卖，穷人才做饭吃。你不是也买外卖吗？"

赵瞳点了点头，说道："你没想过妈妈也可能说错话吗？"

"不！"孩子喊了起来，"妈妈是对的！妈妈是最好的！所有人都欺负妈妈！他们都是大浑蛋！我长大后要把他们全杀掉！"

说完这番话，他赌气地跺着脚跑回自己的房间。

很快他又冲了出来，手里抱着玩具枪，向戴瑶噼里啪啦一阵扫射。戴瑶怕被打到眼睛，把脸扭到一边，但身上、耳朵还是被打得生疼，衣服上不断掉下来塑料圆球子弹。

赵瞳没有阻止孩子，孩子打完弹夹里的子弹后，嘴里还嗒嗒嗒地喊着。

戴瑶扭着头一声不吭，孩子见戴瑶没反应，于是端着枪过来，轻轻戳了她一下。

戴瑶还是没反应，孩子转头看向赵瞳，赵瞳也一动不动。孩子似乎感受到了压力，于是抱着枪跑回自己的房间，用力关上房门。

26

赵瞳的眼睛隐藏在阴影中,但戴瑶知道他在看着自己。

戴瑶忽然笑了起来,说道:"我是为救这小崽子才被你抓的,结果我反倒被他弄成这样,你说气不气人?"

"还不如不管他。"

"那倒不至于。"戴瑶仰着脸说道,"你有没有药?帮我擦擦脸,实在是太痒了。小崽子指甲怎么那么长?他妈都不给他剪吗?"

赵瞳叹了口气,转身从柜子里拿出急救箱,取出碘伏和棉签给戴瑶擦伤口,问道:"你觉得他以后会犯罪吗?"

"会。"

戴瑶斩钉截铁的回答让赵瞳感到意外,他点了点头,示意她继续。

"抽烟会伤肺。"戴瑶仰着头说道,"不称职的父母养大的孩子会走歪路,这不是歧视,这是规律。我会破相吗?"

"不会。"赵瞳继续认真地擦伤口,"所以你认为一只狗咬了人,是狗的问题还是主人的问题?"

"当然是主人的问题。"戴瑶反问道,"但养育孩子不只是母亲的事，他们的父亲就没问题吗？"

"父母可以看作一个共同体。"赵瞳轻轻托着戴瑶的下巴，仔细看了看她的脸，确认伤口都擦好了碘伏后站到一边，"我们现在讨论的不是家庭教育的问题，而是现实问题。"

"什么现实问题？"

"这个孩子如果继续被这么养下去，长大后会变成罪犯。"赵瞳说道，"他会伤害另一个无辜的人。世上就会多一个我女儿，和我。"

"所以你要把他提前扼杀了？"

"这是最后的办法。"赵瞳直视着戴瑶。

"还有别的方法吗？"

"当然。"赵瞳说道，"他变成罪犯的前提不是长大，而是跟着他的母亲以现有的人生轨迹长大。所以他的母亲才是关键。就像你说的，这不是歧视，这是规律。事实证明她已经养出一个罪犯了，现在正在养第二个。"

戴瑶点点头。

"作为受害者的父亲，我没有一天不愤怒。"赵瞳平静地说道，"但我并不是你们认为的只想着报仇。我知道就算杀了那个王八蛋也救不回我女儿的性命，所以我要做点真正有意义的事情。"

"比如呢？"

"阻止悲剧再发生，哪怕就阻止了一个，我的人生也有意义了。"赵瞳摘下帽子，坚定地看着戴瑶，"我不想陷在仇恨的火焰里，这是我自救的方式。"

"所以你要杀了他妈妈？"戴瑶问道。

赵瞳沉默了片刻，说道："福利院至少能养出一个正常人，对孩子、对社会都是好事。"

"那还得麻烦你再把他爹杀了。"戴瑶说道,"父母双亡的孩子才能送到福利院。"

赵瞳笑了起来,边笑边说道:"戴警官,我真挺佩服你的。这个时候了还有心思开玩笑。"

"你觉得可笑吗?你杀韦丽莎和陈雪梅的时候没觉得可笑?"戴瑶盯着赵瞳,"你既然说父母是共同体,为什么只杀女人不杀男人?因为杀女人容易?"

赵瞳定定地看着戴瑶,过了很久才说道:"我觉得她们的死可能和她们对受害者的伤害有关。毕竟拿着大喇叭去培训班造谣侮辱的是韦丽莎,给婚礼送花圈的是陈雪梅,而不是她们儿子的父亲。"

"那你有没有想过她们——"

"我凭什么替她们想?"赵瞳打断了戴瑶的话,"你告诉我,她们对我们做出这种事情,我凭什么替她们想?"

戴瑶沉默了片刻,忽然叹了口气,说道:"我不知道。可能每个人的选择不一样吧。就像我,我本来可以把你抓回去,也用不着受这个罪。"她说着抖了一下背后的手铐,"而且我知道就算我把你抓回去,你也绝对不会让那个孩子活活饿死的。"

戴瑶抬起布满抓痕的脸看向赵瞳,赵瞳似乎动摇了一下。

"你可怜这个孩子,你想救他。"戴瑶盯着赵瞳的眼睛,"而且,你为了救这个孩子不惜赔上自己。所以我才选择跟你过来,我不想让你赔上你自己。"

赵瞳居高临下地看着戴瑶,冷冷道:"我从没可怜过他,我只是在阻止未来的悲剧。"

"我也在阻止悲剧,但是是眼前的悲剧。"戴瑶说道,"韦丽莎和陈雪梅死就死了,毕竟她们干了那些事。但是曹姝月……"她停顿了一下,"算了。但如果你是为了孩子,我们可以再想别的办法。"

"想什么办法?你不是说父母都死了孩子才能送福利院吗?"

"我可以找专业人士和她谈。"

赵瞳坐下,看着戴瑶说道:"你知道她在庭审现场说过什么吗?"

"什么?"

"我儿子就是这么牛,现在玩少女,以后玩少妇。"赵瞳指了指自己的太阳穴,"你指望和她谈什么呢?"

戴瑶一时不知道该说什么好,两人就此沉默了片刻。

"那些专业人士也不过是挣份工资,干个工作而已。"赵瞳站起身,重新戴上帽子,"你折腾上几个月,到最后会发现什么结果都没有。当然,专业人士不会这么说,他们会逼着曹姝月交出一份满意的答卷,然后结账走人。"

"你要去干什么?"戴瑶问道。

赵瞳看了看孩子的房间,说道:"你得承认,这个世界会存在一些无解的问题。"

祁亮看着坐在对面的年轻人,他消瘦苍白,低着头一动不敢动,他的精神显然遭受了极大的摧残。

"秦煜,6月2日晚上你去哪儿了?"祁亮问道。

秦煜低下头,一言不发。

"你先是去了你父母的公司,之后去了中湖公园,最后从中湖公园回到别墅。"

祁亮把打印出来的地图摊在桌上,地图上面标着秦煜当晚的移动路线,三个画着红圈的点位都标注了到达和离开的时间范围。

秦煜继续低着头。

"你去中湖公园干什么？"祁亮继续问道，"中湖公园当时处于改扩建施工期，这个项目还是你父母的公司做的，你不会不知道吧？"

秦煜继续保持着沉默。祁亮抬起头，看着他身后墙上的电子钟，一分钟很快过去了。

"我们有个政策，叫'坦白从宽，抗拒从严'。"祁亮看着包着防火软包材料的墙壁说道，"以前就贴在那儿。现在不让贴了，说是要保护嫌疑人的沉默权。但是这个权利也要分什么时候用。如果你真是无辜的，那肯定要保持沉默，谁也不能对你逼供诱供。但是如果某个人，我没说你，我说某个人真的有罪，而且早晚会被查清，就是另一回事了，这叫拒不认罪。你是哪一种？"

秦煜还是低着头。

祁亮叹了口气，坐在他对面，拿起他喝空的纸杯，说道："这就是王甜的手机，你以为把它扔到工地里，水泥一灌就谁也找不到了。你这就叫自作聪明。手机不管开机关机，都会向基站发射信号。她的手机最后一次发射信号是凌晨三点四十，说明手机是在那个时间被水泥封住了。"

祁亮捏扁纸杯，继续说道："所以我们只要查出三点四十那个时间点，你爹手下的工人在什么地方浇了水泥，不就找到了吗？"

秦煜看起来听懂了，他的眼神开始发直。

就在这时，祁亮的口袋里传来"叮"的一声。他拿出手机看了看，然后把屏幕对着秦煜放下。屏幕上是一张照片：在挖开的灰色水泥上摊着一张肮脏褶皱的波斯地毯，上面摆着那座象征着设计师最高荣誉的奖杯。

秦煜还是一动不动，但祁亮注意到他攥紧的拳头，拇指的指甲深深刺进了食指的指弯。

祁亮回到观察室，抿了一口早已凉透的咖啡。胡永平推门进来，浑身都是尘土，黑色皮鞋染成了土灰色。

"该挖的地方都挖了，没找到尸体。我怀疑他们是不是篡改过工程日志了，正派人挨个问呢。"胡永平看着审讯室里的秦煜，"他怎么样？"

"什么都不说。"牛敦回答道。

"现在上面发话了，要么就干脆全挖开，仔细找一遍。"胡永平说道，"但就是有一个风险。"

"找不到尸体。"祁亮说道。

"对。"胡永平点头道，"那可就是大乌龙了。更要命的是，如果在这儿找不到尸体，那咱们再说去别的地方挖，可就没那么容易了。"

"别的地方？"牛敦问道。

"秦基集团总部。"祁亮说道，"现在也没彻底完工呢。"

"对！"胡永平又点了点头，"上面也怕这个，给你整个声东击西，让你以为把人埋在这儿了。结果你一顿操作猛如虎，啥也没挖着。这时候你再说换个地方挖，人家就该有话说了。"

"咱们不是找着奖杯了吗？"牛敦问道。

"找着又怎样？我都替他们编好说辞了。"胡永平说道，"是，我和王甜动手了，拿奖杯把她开瓢了。然后她走了。我不想让这事张扬出去，就让孩子过来把东西收拾好扔工地里了。只要她一口咬定王甜是自己离开的，咱们就只能自己去找证据。"

"他们是认准了监控录像都没有了，也不可能有目击证人，才敢和咱们死磕。"祁亮说道，"就像她说自己和王甜和平相处，也是早准备好的，就是在否认自己的犯罪动机。"

"现在上边让咱们赶紧下决心，到底挖不挖。"胡永平说道，

"毕竟下个月场馆就要营业了，不能无限期地拖下去。"说到这里，胡永平放低了声音："而且到时候会有大领导来参观，这时候你说要延期，因为发生了命案，那不是给老梁上眼药吗？"

"所以呢？让咱们今天就定呗？"

"施工队已经拉到现场了。"胡永平掏出烟点上，"本来刚才我就应该一声令下。可是就那么一晃神的工夫，我觉得不妥，我也说不上来哪儿不妥，反正我就赶紧叫了暂停，回来找你商量。"

"是挖完中湖公园就不能接着挖秦基集团了吗？"牛敦又问道。

"咱们手里的线索指向中湖公园，所以上面才批准。"祁亮接话道，"但是咱们手里的线索没法让咱们挖秦基集团。"

"老梁就是这个意思。"胡永平点头道，"尤其是刑侦总队新来的马队，对这方面要求更严格。最重要的就是万一中湖公园没挖着，秦家就占了理了，这案子一定会捅到上面去。那就真是在聚光灯底下干活儿了，到时候得一万个人排队等着看咱们的笑话。"

"是什么让你觉得挖不到？"祁亮问道。

胡永平沉吟了几秒，回答道："就是感觉。就跟钓鱼一样。其实挖的时候很快就挖到手机、地毯，还有奖杯了，然后我就忽然感觉这地方可能没东西了。越往后挖，我这个感觉越强烈。"

"监控的事情搞清了吗？"祁亮换了个问题。

胡永平立刻点头："搞清了！6月份才报的案。永中派出所那小子还跟我打马虎眼，说记得他们5月份就去报案了。我让他找出报案记录，他磨磨叽叽的，最后找出来说自己记错了。"

"既然如此，这地方就应该是现场，否则他们为什么要自己拆监控？"

"我也是这么想的，所以我纠结呢。"胡永平说道，"现在就是挖，肯定有挖的道理，不挖没道理，只有感觉。"

祁亮没有接话，他认为胡永平感觉不对肯定是有原因的。这个干了三十多年刑警的男人挖过无数次现场，能不能挖到，能挖到什么，这种预感早已成了他的本能。

过了半晌，他终于开口："你的感觉是对的。尸体不在那儿。"

胡永平并没有因为自己猜对了而高兴，他眼睛里的光一下就暗淡了。

"为什么？"

"首先，咱们很快就挖到了手机、奖杯和地毯，说明我们定位的逻辑是没问题的，施工方也没有改过施工日志，否则连这些都找不到。"祁亮说道。

胡永平点了点头。

"其次，秦煜在现场待了多长时间？牛敦，待了多长时间？"

"十五分钟左右。"牛顿看了看地图的标记，"对，十六分钟。"

"你们从公园入口到现场开车几分钟？"

"怎么也得五分钟吧。"胡永平说道。

"施工期路不好走，应该不会比你们更快。"祁亮说道，"这来回就是十分钟，也就是说他一共只有五分钟时间抛尸、扔东西。我看他的体格移动尸体也比较费劲，所以我们就以找到东西的地方为圆心，画出一个他步行三分钟能到达的范围。这些地方是不是已经挖得差不多了？"

胡永平点了点头，说道："差不多了。"

"所以你的感觉是对的，他当晚只扔了东西，没抛尸。"

"难道尸体还在秦基集团不成？"胡永平皱眉道，"那可就完蛋了，他们肯定早就转移走了！"

"对啊，秦基集团每天有那么多建筑垃圾，随便找个坑就能埋了。"祁亮望着墙上的电子钟,好像一天又快过去了。

胡永平拨通了马队的手机,告诉马队,据他们研判,王甜的尸体应该不在中湖公园里,申请停止挖掘任务。

马队问清了情况后也沉默了。过了许久,他才表示先把王甜的DNA录入数据库,从别的方向继续调查。但是大家都知道,只要找不到王甜的尸体,这个案子就永远破不了。

胡永平恶狠狠地看了一眼单向玻璃墙后面的秦煜,拿着手机出去了。

"是不是要放缓节奏了?"牛敦问道。

祁亮默默地点了点头。

"那我和家里说一声,今晚回去吃饭。"牛敦起来伸了个懒腰。

"怎么忽然回家吃饭了?戴姐还说要请咱们喝酒呢。"祁亮掏出手机,"那我给她打电话说一声。"

"不用,我吃完晚饭就能出来。"牛敦连忙说道,"不耽误下半场。"

"你这是回家吃饭吗?"祁亮问道,"你这是有事吧?"

"嘿嘿。"牛敦挠了挠头,"上次参加团委组织的云相亲活动,认识了一个小学老师,人家觉得我也不错。"

"哟!"祁亮惊喜地问道,"我怎么不知道有这好事?"

"要求三十岁以下。"牛敦伸手比画了一道杠,"这不是约了几次,一直没和家里说呢吗?"

祁亮忽然呆住了,直勾勾地看着牛敦。

牛敦被看得发毛,试探着问道:"咋的,哥?要不下次我试试帮你报个名?"

祁亮一下子从椅子上蹦起来,兴奋地摇晃着他的肩膀:"你今晚哪儿也去不了啦!"

27

赵瞳已经离开了半个小时，戴瑶的注意力全在那扇紧闭的房门上。她祈祷那个孩子能老老实实待在房间里玩，要不就睡觉，总之就是不要出来祸害自己了。

她想起自己的侄子，孩子一两岁的时候，她妈和慧雯经常脸上青一块紫一块的，胳膊上更是伤痕累累，都是被孩子连抓带咬弄的。慧雯本来是个爱美的女孩子，那两年夏天都不敢穿短袖。

不过那是自己的孩子，咬也就咬了。戴瑶生气地想着，可是这熊孩子都快上小学了，而且打人咬人也不是本能行为，就是想欺负她。想到这里，她越来越讨厌曹姝月了。

这时门开了，孩子鬼头鬼脑地探出头来。看赵瞳不在，他神气地走出来，轻车熟路地爬到戴瑶身上，一脸坏笑地看着戴瑶。

"蓝帽子叔叔的话你也不听吗？"戴瑶问道。

孩子坏笑着摇了摇头，伸手去抓戴瑶的伤口。戴瑶猛地张嘴一咬，孩子吓得把手缩了回去，然后又咯咯地笑了起来。

戴瑶心里默念着不要生气，说道："蓝帽子叔叔是你唯一的朋友吧？还有别人给你买这么多玩具吗？"

孩子又伸手抓她，被她龇着牙吓了回来。

"你回答我一个问题，我就让你抓一下。"戴瑶说道。

孩子伸出手，说道："蓝帽子叔叔是我唯一的朋友。"

"来吧。"戴瑶把脸凑过来，"抓一下。"

孩子却有点蒙，于是抠了一下戴瑶脸上的没受伤的位置。

"很好。"戴瑶忍着疼痛说道，"现在给你个选择，如果你能忍住在三个问题的时间里不抓阿姨，阿姨就送你一个玩具。"

"真的吗？"孩子兴奋起来。

"真的。"戴瑶说道，"你喜欢跑车还是喜欢宇宙飞船？"

"那不叫宇宙飞船！"孩子喊道，"那叫千年隼！我要有了千年隼，我就能打败他们了！"

"打败谁？"戴瑶追着问道，现在只要不抠她脸，什么都好说。

"歼星舰啊！他们以为自己造出了歼星舰就无敌了！要是我有千年隼，一发激光炮过去他们就死翘翘了！"

"可是千年隼很贵。"戴瑶试探着说道，她才不知道什么千年隼还是歼星舰，她只知道贵的一定厉害，厉害的也卖得贵。

"嗯。"孩子噘着嘴点头道。

"那就不能只在三个问题的时间里了。"戴瑶顺势说道，"你今天一天都不打我，我就给你买个千年隼。"

"你说的是真的吗？"孩子不可思议地看着戴瑶。

"当然！"戴瑶认真地点了点头，"你看，你现在只要把两只手背在后面和阿姨说会儿话，等一会儿蓝帽子叔叔回来，就算你完成挑战，阿姨就送你一个千年隼！怎么样？要不要挑战一下？"

"好！"孩子张开嘴，露出一口长着黑点的小黄牙，那是长期用饮料和糖果安抚的副作用。

戴瑶把目光投向窗外，她不想让孩子看到自己的眼神。每个孩子都有这种超能力,穿透你的言语和表情,从你的眼睛里看出你到底是喜欢他还是讨厌他。

"刚才我们说到蓝帽子叔叔。"戴瑶说道,"蓝帽子叔叔不想你打阿姨,他刚才已经生气了。"

"胡说!"孩子伸出手,想要打戴瑶,忽然停了下来。

"阿姨没有胡说,你看阿姨脸上的伤口,都是被你抓的。"戴瑶把脸凑过来说道,"是叔叔给阿姨上的药水。"

"那叔叔为什么要绑着你?"孩子反问道。

"因为叔叔有危险,阿姨想去帮他,他不让。"戴瑶说道,"所以叔叔就把阿姨锁在这里了。"

"叔叔为什么不让?"

"因为阿姨去帮叔叔的话,阿姨也会有危险。"戴瑶解释道,"叔叔不想让阿姨有危险。"

"那他和你说就好了,为什么要把你绑起来?"

"因为阿姨不听他的话,一定要去救他。"

孩子转了转眼珠,问道:"为什么你能救他?"

"因为阿姨是警察啊。"

"妈妈说警察都是坏蛋!"

"那你觉得呢?妈妈不在这里,你说出自己的想法。"

孩子思考了片刻,说道:"老师说警察是好人。"

"还有呢?"

"小朋友也说警察是好人。"

"阿姨就是好人,所以阿姨才一定要去救叔叔。"戴瑶柔声说道,"只有好人才会去救别人,对不对?阿姨因为要去救叔叔才被绑在这里,这就说明阿姨是个好人啊。"

孩子被这一圈逻辑搞蒙了,他懵懂地点了点头。

幸亏是个没上学的孩子，戴瑶心里松了口气，继续说道："你知道叔叔是为了救妈妈才出去的吗？"

孩子摇了摇头。

"妈妈有危险。"

"叔叔没有说！"孩子急道。

"叔叔为什么不和你说呢？"戴瑶说道，"因为叔叔去救妈妈，是一件非常非常危险的事情。他怕你跟着去，你也有危险，所以他才没和你说。"

"那叔叔会有危险吗？"

"会。"戴瑶缓缓点了点头，"叔叔和妈妈都会有危险。"

"妈妈也有危险？"孩子睁大了眼睛问道。

"所以阿姨才要去帮叔叔救回妈妈。"戴瑶晃了晃身后的手铐，"但是叔叔把阿姨留在这里了。"

"你骗人！"

"你想想老师平时教给你们的。"戴瑶立刻压过了孩子的声音，"有困难要找……"

"找警察叔叔。"

"阿姨就是警察啊。"戴瑶说道，"所以有困难就要找阿姨。"

"你胡说！"孩子忽然喊了起来，"妈妈说你们都是坏人，我只听妈妈的！"

祁亮站在秦煜家别墅的天台上，眺望北边的湖面和岸边茂密的林地，这座近年新开发的郊野公园几乎成了别墅区的专属花园。

他转过身，看着这座独栋别墅曾经的主人，现在穿着刺眼的反光背心，双手和双脚都被铐着。

"假设你是在中湖公园抛尸，或者就扔了奖杯和地毯。"祁亮看着秦煜说道,"按照常理,完事以后你应该去找你妈商量如何善后、对口供。你怎么会连一个电话都不打,跑回自己家把女朋友杀了呢?除非那个女人是你女朋友介绍给你爹的。我们领导亲自帮你查了查,结果怎么样?"

胡永平靠着罗马柱护栏,沾满水泥灰尘的裤腿随风飘动,就像个刚收工的瓦匠。

"她俩根本就不认识。"胡永平捧场地说道。

"所以,还有什么事情比回家和父母对口供还重要的呢?而且,家里已经出了这么大的事了,你为什么还要乱上加乱呢?"祁亮说道,"你这些操作我想了很久都想不明白。除了一种可能,尸体确实是被你带走的,但你没扔到工地里,而是运回来埋在这片绿水青林中了。

"可是不巧被你女朋友发现了,你为了保护你母亲,一不做二不休把她也灭口了。"胡永平继续说道,"你知道自己的行迹根本禁不住查,所以才主动自首,所以从你回来之后就再也没和你妈联系过。这样警方的关注点就都在你和刘曦身上,不会再去查你还干了别的。"

天色越来越暗,风也越来越大。林地里闪烁着星星点点的灯光,那是搜索队在工作。

"换作我,我可能也没有胆子把尸体扔到工地里。"祁亮说道,"我会担心惊动了别人,或者尸体被人发现,或者其他什么意外。就算一切顺利,我之后也会每天提心吊胆,生怕有一天尸体因为什么被翻出来,哪怕外面过辆救护车心脏都要突突两下。所以,我必须把她埋在我看得见的地方。只有这样我才能安心,你是不是也是这么想的?"

秦煜全身颤抖着,不知是因为风大,还是因为祁亮的这番话。

手台里忽然响起了声音："找到了！"

与此同时，密林里的某处闪烁起了红色爆闪灯。秦煜向那边望去，忽然起身想冲向护栏，却被守在身边的牛敦和胡永平一把按住。

戴瑶看见曹姝月侧身穿过两辆灰色代步车的间隙，行尸走肉一般朝着家走去。她的家里还亮着灯，白天不明显，现在却格外醒目。

她这一天又去干什么了？戴瑶想起她砸向自己的背包里掉出的避孕套，后来她又把它捡回了包里，然后坐在走廊的椅子上，一刻不停地发信息。

那天凌晨四点，戴瑶起夜时看到她还坐在走廊里，于是走过去劝她回家。她说自己没有家了，然后自言自语地说了一大堆话。戴瑶本来想回房间，但是不知不觉听她说了半个小时。

她告诉戴瑶，因为丈夫年轻时长得非常帅，她二十岁就嫁给了他。后来她发现丈夫家暴，但是有了孩子，她又爱极了丈夫，所以不想离婚，于是就这么打打闹闹地过下去了。

她以为丈夫家暴只是他们夫妻之间的事，没想到却影响了孩子。有一次丈夫把她打得特别惨，孩子忽然冲上去把丈夫揍了，丈夫打那时就跑了，再也没回来。那一年孩子十三岁。

然后孩子就变了，以前是个受欺负只会哭的窝囊废——她的原话如此，从此之后一下子长开了一样。她以为这是好事，打人总比挨打要好。

孩子十六岁就出去打工了，这一年她才三十七岁。她忍受不了空巢的寂寞，稀里糊涂又和前夫联系上了，然后就稀里糊涂有了老二。她也不知道怎么办，于是就稀里糊涂生下了来。

稀里糊涂,这是多么令人窒息的字眼啊!戴瑶看着她家亮着灯的窗户。这个女人哺乳幼儿的时候,她的大儿子被判了死缓。文书上没有她前夫的签字,想来这一切都是她自己面对的。

可她值得可怜吗?戴瑶想起今天早上侦查员报告,她又没打招呼偷偷溜出去了。侦查员说她去了一家很高级的温泉会所,看服务生对她的态度,应该是去消费的。现在已经快晚上七点了,她才回来,也不管儿子找没找到。

戴瑶一直是母子不可分离的坚定支持者,但这一次她觉得也许赵瞳是对的,孩子离开这样的母亲才能好好活下去。又或者曹姝月并不需要这个孩子。

就在这时,一个人影从单元门里走了出来。借着灯光,戴瑶看清了那是曹姝月。她披着一床被子,木呆呆地走到潮湿冰冷的墙边,靠着墙根慢慢地坐了下来。

戴瑶愣住了。

警车呼啸着在高速公路的紧急行车道上飞驰,牛敦双手抓着方向盘,在咯噔咯噔的颠簸中保持方向。

手持电台里一片嘈杂,先遣队已经到达了服务区,并且封锁了出入口。现在民警正带领服务区保安进行撒网式搜查。

祁亮一刻不停地拨打着戴瑶的手机号,直到忙音断掉。胡永平坐在牛敦身后,他的一部手机已经和谢征保持了十分钟的通话。

几乎每隔几分钟,谢征就要问一遍他们到哪儿了,胡永平也会耐心地告诉他目前的位置,比如35公里标、38公里+500米标。

谢征至少问了三遍戴瑶在东华支队表现得怎么样,每次胡永平都认真地对戴瑶夸赞一番,然后说这都是师父教得好。

后来两人实在没话说,就这么保持着通话。

"今晚上我请你们吃饭吧，叫上亮子，还有那个敦敦。"谢征说道，"我还没见过敦敦，听戴瑶说他这好那好。"

"我请客！"胡永平说道，"戴瑶还和你聊呢？"

"是。好孩子。"谢征缓慢地说道，"喝点白的，我带上。"

"对。得喝点白的。"胡永平也缓缓说道。

祁亮侧头向后看去，胡永平闭着眼睛，靠在椅背上，整张脸都淹没在黑影里了。

咔嗒一声，身后的户门开了。赵瞳带着一股冷风走了进来。他站在戴瑶身后，和她一起看着窗外的曹姝月。

"你的手机被打爆了。"赵瞳淡淡地说道，"你的同事都很担心你。我看外面的依维柯也不见了，应该也是去找你了。"

"什么时候？"戴瑶问道。

"打电话吗？半小时前开始的。"

戴瑶点了点头，说道："说明林珑的案子有结果了。"

"抱歉，我把你手机扔到高速公路服务区了。"赵瞳说道，"你不能第一时间收到好消息了。"

"没关系。"戴瑶说道，目光依然在曹姝月身上，"这个女人不是杀害林珑的凶手。你杀错人了。"

赵瞳沉默了片刻，说道："没关系，她们又不是只有这一个该死的理由。"

"那你觉得，你打得过我吗？"

"什么？"

戴瑶像是伸了个懒腰似的，抬起了两只手臂，右手拎着手铐。

"你！"

戴瑶起身，转过头来看着赵瞳。

"你怎么解开的？"

戴瑶看向紧闭的房门，说道："孩子担心蓝帽子叔叔有危险，把我放出去帮他。"

赵瞳也看向那扇门，问道："孩子呢？"

"在房间里睡觉。"戴瑶说道，"你去看看他吧。"

赵瞳站在原地。

"不着急。"赵瞳又沉默了片刻，然后说道，"我进来的时候，看你还坐在椅子上，我心里挺高兴的。"

"没想到我不识好歹，非要站起来。"

赵瞳活动了一下肩膀，发出咔咔的轻响。

"你刚才应该跑的。"赵瞳说道，"至少要叫支援。"

戴瑶脱掉外套，黑色羊绒衫衬出了剑锋一样笔挺的身板。她把外套搭在椅子上，说道："其实我刚才在犹豫。"

"唉！"赵瞳重重叹了口气，"你怎么知道你的选择会有好结果呢？"他几乎在哀求着："你为什么不能把这个责任交给我呢？"

"因为你已经很可怜了。"

戴瑶一边说一边向赵瞳走过去。赵瞳再一次看了一眼房间，忽然转身向门外跑去，然后用力关上了门。

28

戴瑶冲出房间,外面果然是一个汽修店,地上搭着一套修车的起落架,三面墙的货架上摆满了轮胎、机油和玻璃水。

卷帘门敞开着,一股被路灯照成黄色的烟雾从外面飘进来,夹杂着烧煳的味道。

难道他在放火?戴瑶回头看向孩子睡觉的房间,烟应该到不了那里。现在把孩子拽出来,孩子一哭一闹,反而更麻烦。

她一咬牙,拎起灭火器追了出去,然后愣住了。

天色已经黑透了,空旷的街上焚烧着数不清的火堆,黑灰色的人们默默站在火堆旁边,低着头,好像在和跳动的火焰交谈。

半空中飘浮着呛人的烟雾、燃烧的火星和黑色的灰烬,它们缠绕着幻化成虚空的触角,伸向越来越远的地方。

戴瑶猛然想起来,今天是送寒衣的日子。

不断有人加入烧纸的仪式中,马路上没地方了,他们只能不情愿地在人行道上画出一个圈,把纸钱拆开扔到圈里,然后点燃。

先来的人烧完了纸钱,就用随身携带的木棍打散灰烬,扑灭火星,有些人还在灰烬上浇上水。然后他们慢吞吞地站起来,迈着迟缓的脚步离开。

戴瑶放下灭火器，走进这片"焚场"。她看着一张张被火光照得发红的脸，那些沟壑交错的脸上没有表情，没有精神，只有空洞。

凌晨时的梦境里似乎也是这样一番情景，她回忆着，只不过那是在人潮涌动的高铁站，那里阳光普照，热闹非凡。

他们正一起往外面走，她妈妈和弟弟戴信忽然说要去上厕所。于是她在原地等着，等了一会儿，人越来越多，他们还没回来。

她去卫生间找，门口排着长队。她求保洁员进去找，找了好久也没找到。她去找工作人员广播寻人，还让工作人员查监控，还是没有找到。

最后工作人员说："他们就是走了吧，不回来了。"

然后她就猛地醒了。

前面一个人影闪过，她刚把目光投过去，人影就融入人群里了。

她快步赶过去，烟尘呛得她的胸腔像针扎一样。

"啊——"一声凄厉的尖叫声打破了寂静。所有人都跟着震了一下，像活过来的兵马俑一样朝着漆黑的楼洞望去，叫声还继续从楼洞里传出来。

戴瑶立刻冲进楼洞，看到墙脚下，赵瞳正骑在曹姝月身上，双手掐着她的脖子。

戴瑶无暇警告，从背后跳到赵瞳肩上，双腿锁住了赵瞳的脖颈，抠起他的右手，用肘部锁住他的手臂，然后腰身一扭劲，把他带倒在地。

一群人在护士的带领下快步往前走，前面是三个中年人，后面跟着几个年轻人，年轻人手里捧着鲜花果篮，还有两个拿手机录像的。

护士打开病房的门,三个中年人一齐往里走,结果卡在门口。年纪最大的那个反而最灵活,一个箭步冲了出来,走进病房,看到一个短头发的女人盘腿坐在病床上,一个护士正往她脸上抹药。

"小戴,这是咱蔺队!"后面的男人说道,"亲自来看你了。"

戴瑶仰着脸接受治疗,于是抬起手挥了挥:"蔺队好,胡队好。"

蔺前飞走到病床前,看了一眼戴瑶的脸,立刻皱起眉头。

"怎么能打成这样?"

"不是他打的,孩子挠的,就是破了点皮。"戴瑶说道,"医生说他们这儿有新研发的祛疤膏,我试试看。"

蔺前飞点了点头,上下打量着戴瑶,问道:"别的地方没事吧?"

"没事。"戴瑶笑了起来。

"怎么没事?脸都花了!"谢征冲了过来,"以后怎么找对象?"

"你怎么也来了?"戴瑶惊喜道。

"你照片都挂到警情榜第一了,全市警察都知道你失踪了。"谢征气呼呼地说道,"你能不能消停点?"

"也有好处。"胡永平站在后边劝道,"估计找对象是轻松了。你看我这二十分钟收到多少条打听的信息了。"

"今天你们是好事成双!两个案子都取得了重大进展!"蔺前飞一边说一边带头鼓掌,其他人也鼓起掌来。

"尤其是小戴,为了救孩子,深入虎穴,和犯罪嫌疑人斗智斗勇,最终救出孩子生擒凶手。刚来咱们这儿就立了一大功。"蔺前飞说道,"今天晚上咱们给小戴庆功。"

"你就别去了,你去了他们放不开。"胡永平笑呵呵地说道。

"我又没那么不懂事。"蔺前飞哈哈笑着朝后面招了招手,捧着鲜花的祁亮和抱着果篮的牛敦也挤到本就不宽敞的病床前。

"来,大家合个影!"蔺前飞招呼着,"把老谢放在中间,感谢他调教出的好徒弟!"

大家热热闹闹地围着满脸药膏的戴瑶照了相,然后蔺前飞留下两瓶酒,带着几个年轻人懂事地走了。

病房里慢慢安静下来,胡永平忽然问道:"护士姑娘,她这个情况还能喝白酒吗?"

"就破了点表皮,没事。"护士说道。

"CT什么的都查了吧?"谢征问道。

"我又没挨打,查什么CT?"戴瑶喊道。

谢征点点头,低着头不说话了。

"行了,今天这事算我对不住你。"胡永平拍着谢征的肩膀说道,"以后我一定给你把人看好。"

"我什么时候埋怨你了?"谢征扒拉开胡永平的手,瞪着眼说道,"干这行的哪能没有危险?家里待着不危险,对不对?但是我跟你说,你别在这儿瞎牵线搭桥的,听见没有?我没跟你开玩笑!"

祁亮想起谢征给胡永平打电话时担惊受怕的样子,也忍不住笑了起来。他看向戴瑶,正好和戴瑶的目光相遇,戴瑶也笑了起来。

祁亮看着胡永平和谢征大口大口喝酒,旁若无人地聊着两人曾经共同经历的陈年往事。他们相互提醒各种细枝末节和逸闻趣事,然后哈哈大笑。

这是二十年后的自己吗?祁亮想着,到时候也会有人陪自己聊聊今天的事吗?二十年啊,这是多么漫长的岁月。所以谢征和胡永平才会如此激动,原来自己的人生已经走了这么远,又激动又悲伤。

他们当然会否认，他们对自己的要求是做警察的不能让情感凌驾于理智之上。他们借用大口大口的白酒压抑着情感，但他们失败了，他们的眼睛亮晶晶的。

祁亮看向戴瑶，他以为她今天又要阻止谢征喝酒。但她没有。她就抱着花坐在旁边，笑着看他们说话，偶尔插上两句嘴。

牛敦没喝两杯就已经倒在沙发上呼呼大睡了。那只被他收养的起名为荔枝的小狗蜷缩在他的腿弯里，也在呼呼大睡。

祁亮第一次觉得意犹未尽。他看着自己呼出的白气，这时胡永平和谢征相互搀扶着从门里走出来，他们又变回了之前那两个沉默寡言的中年人。

"以后我注意点，不让你担心了。"戴瑶对谢征说道。

谢征默默点了点头，伸手摸了摸缩在牛敦腿弯里的小荔枝。

谢征和胡永平分别坐上车走了，睡了一觉的牛敦说自己满血复活了，要回队里加班，补齐明天向检察院和法院递交的材料。

"那辛苦你了。"戴瑶摸了摸荔枝，让牛敦先坐上出租车走了。

"我出去走走。"戴瑶笑着说道。

"我陪你吧。"

两个人并排走了一条街，戴瑶忽然说道："我带你去个地方。"

戴瑶带着祁亮走进小区，又跟着快递员走进了一栋楼里。戴瑶等了一部空电梯，按下了顶层35层的按钮。

两人看着屏幕上的数字不断变大，在哗啷啷的声响中，电梯门开了，一股冷风钻了进来。

戴瑶先走了出去，她轻车熟路地穿过电梯厅，走过幽暗寂静的走廊，推开防火门，来到空寂的天台上。

她绕过排风口和管道，走到天台的边缘，扶着围墙远眺，整个城市的夜景尽收眼底。

祁亮站到她身边，也被眼前的风景折服，过了许久才问道："你怎么找到这地方的？"

"办案偶然发现的。"戴瑶说道，"没事就来。"

"有事？"祁亮问道。

戴瑶笑了笑，指着祁亮身后说道："那边有个铁箱，你打开看看有什么？"

祁亮走过去，摸索了一阵，举起一提啤酒。

两人并排站在围墙边，看一会儿风景，风大了就躲到墙下面喝啤酒，喝上几口再站起身看风景，反反复复，就像两个士兵躲在战壕里和夜风打仗。

喝完第一罐，祁亮终于问道："是不是家里有事？"

戴瑶挑了一下眉毛，啪的一声打开第二罐，问道："为什么这么说？"

"昨天晚上看你气哼哼地回来。"祁亮说道，"牛敦说你回家了，那肯定是家里有事呗。"

戴瑶点了点头，说道："昨晚凶你了，对不起。我不是那个意思……"

"没事。"祁亮开了第二罐啤酒，"你生气是因为你不想让我们看到你生气的样子。"

戴瑶感动地看着祁亮，点了点头，然后举起啤酒，两人碰了一下，各自喝了一大口。

戴瑶站起身，把手伸出护栏外，看着修长的手指说道："家里出了点事。"

"离了？"祁亮看戴瑶翻了个白眼，指着她的手说道，"人家离了才往自己手上看呢。"

"哈哈。"戴瑶终于笑了起来,"不是,是我弟有外遇了。"

"然后呢?"

"我和我弟妹说了。"戴瑶叹了口气,"我弟妹还怀着二胎。"

祁亮看着戴瑶,沉默了片刻,终于问道:"然后呢?"

"没了。"

"那为什么你被赶出来了?站在这儿喝酒的应该是你弟啊。"

"哈哈。"戴瑶拍了下祁亮的肩膀,这时一股猛风吹来,她又躲回到墙下面,笑着问道,"你觉得我这么做对吗?"

祁亮跟着坐下,问道:"如果你不说,还有别人会说吗?"

"不会。"

"那抛开你们的关系,你忍心看着一个怀孕的女人被愚弄吗?"

"这就是问题。"戴瑶说道,"我妈也是女人,她就能忍心。她还骂我破坏了我弟的家庭。她还住在我家里,我现在……"

戴瑶无奈地喝了一大口酒。

"你不能总老在队部住吧,你一个女孩子。"

"我有旅行包,如果你担心这个问题。"戴瑶说道,"以前我办案也经常住在队部里,三五天都没问题。"

"那你以前也没有敦敦这样总把队部当家的同事。"

"哈哈!"戴瑶笑着摇了摇头,"我总不能和敦敦说,你回家吧,姐今晚没地方住了,得抢你的床睡。"

"所以你跟妈妈冷战?"祁亮说道,"你觉得自己做得对,不想认输,就只能在外面流浪?"

"对。"戴瑶看了看周围,"如果是夏天,我就支张床在这儿睡了,凉快,还没蚊子。"

"我有个提议。"祁亮说道,"反正我明天就去上海了。我就先回我爸妈家住,你去我家住,然后你踏踏实实住下去,跟她斗争到底。"

戴瑶斜着眼看着祁亮,过了一会儿问道:"你为什么支持我?"

"你弟已经绑架了你们的妈妈,不能再让他绑架了你。"

祁亮拎起戴瑶粉色的圆筒包,他第一次见识到女人用的东西有多沉,这些化妆品压得他肩膀发酸。

两人默默走过街角,戴瑶忽然停下脚步,用力抓住祁亮的胳膊。

前面是一群人在街上烧纸。祁亮看向戴瑶,戴瑶低着头,脸侧过来,眼睛紧闭着。

"怎么了?"祁亮问道,他感觉到戴瑶在颤抖。

"没怎么。"戴瑶转过身,背对着那些烧纸的人。

祁亮犹豫了一下,把手搭到她后背上,扶着她回到了街角另一侧。

"没事了。"祁亮轻声安慰道。

戴瑶睁开眼,眼泪瞬间掉了下来。

"我抓赵瞳的时候街上就有好多烧纸的。"戴瑶用手掌擦掉眼泪,"刚才没感觉,现在猛地看到……"

"赵瞳对你做什么了?"

戴瑶摇了摇头,没有说话。祁亮揽着她,感觉她的颤抖在缓解。

"没事,先回去再说吧。"戴瑶深呼吸了两口气,脸上恢复了精气神,"总不能一辈子都见不得烧纸的。"

她转身大步流星地走了,祁亮跟在她身后。他忽然意识到,其实戴瑶的身高只到他肩膀。而在此之前,他一直认为他们是一样高的。

祁亮带着戴瑶回到了家里,把泡好的红枣茶端给戴瑶,戴瑶身上裹着毯子,坐在又软又宽的单人沙发里。

戴瑶喝了一口茶,轻声说道:"我十岁的时候,我弟弟跑丢了。那天正好也是送寒衣的日子。"

"后来不是找到了吗?"祁亮安慰道。

戴瑶摇了摇头,说道:"我以为我能忘掉那些人的脸,麻木、冷漠、幸灾乐祸。那时候还没有手机,只有小卖部有公用电话。我跑到小卖部,有个街坊正在打电话,我和她说我弟弟跑丢了,我要用电话报警。可我好说歹说,她就是不把电话让给我。"

"后来呢?"

"然后我拿啤酒瓶打了她的头。"戴瑶平静地说道,"否则到天亮我也打不上电话。"

"她没找你麻烦吗?"

"后来我爸赔了她几百块钱医药费。"戴瑶忽然笑了,"她脑袋上缝了好几针,我爸赔了好几百,也不知道都图什么。但我们那边都这样。"

难怪她的性格又直又硬,看来是在那种环境下磨炼出来的。祁亮不知道该怎么接话,只好安慰道:"好在你家搬走了。"

戴瑶却摇了摇头,说道:"现在想想,反而是住在那里的时候,家里比较和睦。"

她把头靠在沙发头枕上,侧过头,正好看到窗外路灯下随风摆动的树枝。路灯温暖的光洒到她的侧脸上,融成温暖的淡黄色。

"我和老谢的关系甚至比和他们还近。"

29

祁亮并没有回父母家,而是找了家连锁酒店住下。他需要一个独处空间来思考案情;另一方面,他想让戴瑶在他家里住得安心,才编了一个善意的谎言。

祁亮枕在软得会落枕的羽绒枕头上,枕套上挥发着一进走廊里就能闻到的潮湿霉味。他望着比空调室外机大不了多少的窗户,每当重型卡车从楼下二环路上疾驰而过,它就会发出一阵嗡嗡的共振声。

明天对秦煜的审讯是重中之重,一定要养精蓄锐。他看了看手机,凌晨两点四十五分,他已经干躺三个小时了。胡永平说人到中年是从失眠开始的,这两年他真的是这样,每年都有几天失眠,辗转反侧,看到第一缕晨光的时候无比懊丧。

今天不会又要失眠了吧?他泄气地想着,真不应该省钱住快捷酒店。下次再有这种情况就住最好的酒店,就算失眠也值了。

他大概猜得到自己失眠的原因,但他不愿意去想。胡永平说刷短视频能有效缓解失眠症状,他也不愿意去尝试。他瞪大眼睛望着天花板,决心就这么耗下去,大不了就不睡了。

这一招很管用,等他被闹钟吵醒的时候,已经八点了。

10月31日,星期日。

"是我干的。那个女人找我母亲'逼宫',说她怀了我父亲的孩子。我母亲被她逼得没办法,只好把我叫过去。我看她欺负我母亲,就冲动地打了她一下,结果就把她打死了。"

祁亮和胡永平站在观察室里看着正在接受审讯的秦煜。他终于开口了,揽下了全部罪责。

"人是我杀的,尸体是我埋的,全都是我干的。"秦煜低头说道,"我恨她拆散我们的家庭,但我没想杀她。因为她侮辱我母亲,我气不过才打了她。"

戴瑶把掩埋王甜的坑的照片放到秦煜面前,问道:"这是你挖的吗?"

秦煜点了点头。

"你挖这个坑用了多长时间?"

"一个多小时。"

"也就是说,你十一点四十回到别墅区,走到林地里,挖了一小时的坑,凌晨零点四十做完了这一切。"戴瑶继续问道。

"一点半。"秦煜说道。

"一点半是什么时间?是挖好了坑,还是埋完开始往回走,还是到家的时间?"

"到家。"

戴瑶抬起头,看了眼头顶的摄像头。

隔壁观察室的胡永平指着屏幕上的戴瑶问道:"怎么了?"

"刘曦的死亡时间是十点到十二点。"祁亮回答道。

"差那么多?"胡永平惊讶地看了一眼祁亮。

"继续问吗?"祁亮问道。

"问。"

祁亮按下按钮。

戴瑶看着摄像头边上亮起了一个绿灯，于是说道："你之前说回到别墅后和刘曦吵了一架，吵架时失手把她杀了。那么，你是先和刘曦吵架杀了她，还是先去埋王甜的？"

"刘曦不是我杀的。"秦煜哆哆嗦嗦地说道，他抬起头，眼中全是恐惧。

戴瑶沉默了片刻，说道："你可想好了。"

"真的……"秦煜的嘴唇哆嗦着，费了好大劲才把后面的字吐出来，"不是我杀的。"

绿灯熄灭了，取而代之的是不断闪烁的黄灯。黄灯代表着暂停。就算胡永平不下令，戴瑶也打算歇一会儿。

半小时后，秦煜的情绪平静了一点。

"我先把车开到家，看一层没亮灯，以为刘曦睡了。我就把箱子和铁锹放到电瓶车上，开车去了树林。"他低着头说道，"我回来后满身是泥，身上都是死人的味道。我在一层洗了澡，可是死人的味道怎么洗也洗不掉，我洗了好久，差点憋晕了。"

"是在客厅后面的浴室吗？"

秦煜点了点头。

"你进家门后看到了什么？"戴瑶问道。

"我看到客厅里很乱，台灯、花瓶都碎了。我以为是刘曦生气乱砸的。因为我出去之前和她吵了一架。"秦煜抬起头，"这段日子我每天都在想是谁杀了刘曦，我每天都在回忆，所以我绝对不会记错。"

戴瑶点了点头："你们为什么吵架？"

"我要出去找我妈，她不让我出去。"秦煜说道，"我又不能告诉她为什么。"

"你继续说。"

"然后我上了二楼,刘曦已经躺下了。你们质疑我没回去和我妈商量,我本来也没想和我妈商量。我不想让我妈知道,什么都不知道就永远不会有危险,对吧?"

"然后呢?"

"我不想刘曦发现我杀了人,就在她身边躺了下来。但是那个味道还在我身上,不仅有那个味道,还又黏又腻的,甚至还有一股刺鼻的味道……"

他抬起头,盯着戴瑶,缓缓说道:"我转过头看着她,她朝我躺着,头发遮住了脸。我伸出手,轻轻地、轻轻地拨开她的头发,然后我忽然看清楚,她瞪着我,张着嘴,啊——"

秦煜忽然抱着头尖叫起来,戴瑶吓得闭了下眼睛。

"她胸口插着一把刀!"秦煜闭着眼尖叫着,"床上都是血!她被人杀了!"

尖叫最终演变成哭声,秦煜放声大哭,好像要把这几个月的痛苦、委屈和恐惧都发泄出来。

十分钟后,他的情绪慢慢平静下来。

"那把刀是我们去法国旅游时买的。"秦煜看着照片上沾满血的短刀说道。

"刀上全是你的指纹。"戴瑶说道。

"是我用酒精纸巾擦了刀把,然后……"秦煜用双手做了虎口朝外的攥的手势。

"为什么?"

"因为过失杀人罪总比杀人抛尸轻一些。"他喃喃道。

祁亮推开会客室的门,让戴瑶先走了进去。秦荣夫妇和律师坐在里面，律师面前摆着一摞文件。

说是会客室，但这个房间的作用和其他审讯室没什么不同，只不过摆了些体面的家具，窗明几净罢了。刑警队里的每个房间都是用来审讯的，可这个秘密他们并不会告诉外人。

此时的秦荣夫妇已经不再是那副气定神闲的姿态，秦荣愁眉紧锁，秦太更是急得身体乱晃。

"秦煜已经交代了。"戴瑶开门见山地说道，"我们会带他到现场指认，到时候还需要你们的配合。"

"他交代什么了？"秦太喊了出来。

"他交代自己杀了王甜。"戴瑶看着秦荣夫妇的表情，"然后将被害人的尸体埋到了别墅后面的树林里。"

秦荣夫妇的眼睛立刻直了，好像对面有一台抽取灵魂的机器，一瞬间就把他们的大脑抽成真空了。

过了很久，秦太忽然缓过神来，腾的一下站起来，挥舞着胳膊喊道："不是这样的！他怎么能乱说，还是你们在胡说？你们是不是在诈我们？"

律师瞟了一眼祁亮和戴瑶，起身扶住秦太。

"这种事我们怎么会随便说呢？"祁亮说道，"不过请你们放心，就算他说自己是凶手，我们也要继续调查，用证据来说话。这是常识，你可以问问律师。"

秦太看向律师，律师点了点头，她忽然像缺氧了一样，闭上眼睛，大口大口喘着气。律师见状只好把秦太扶到沙发上，让她平躺上去。

"就算是……"秦荣也乱了方寸，"小煜和王甜不认识，更没有仇怨，这应该是激情杀人吧。"

"是什么性质我们说了也不算。"戴瑶挑了一下眉毛，"你可以问问律师。他比我们懂。"

律师坐到秦荣身边，说道："警官说得没错。这个时候我们先不要考虑这些事情，先配合警方把案情梳理清楚，相信法院会有一个公正的裁决。"

他一边说秦荣一边点头，然后秦荣说道："我们会尽可能配合警方。"

"好，既然如此。我想请问，你们公司换电梯轿厢、工地拆监控这些事情都是谁安排的？"戴瑶问道。

"电梯轿厢是行政副总安排的，说是有消防隐患。"秦荣回答道。

祁亮扑哧一声笑了出来，两个人都看向他。

"我就是觉得一家建筑公司给自己总部采购电梯还能不符合消防规范，"祁亮看着戴瑶说道，"就像饭馆老板说给自己家做饭用地沟油一样。"

"让你们见笑了。"秦荣丝毫没受到影响，继续说道，"工地监控的问题我也了解了一下，一部分原因是老百姓破坏，还有一部分原因是有施工人员盗卖建材。这是我们施工管理的问题，我们接受批评，认真整改。"

"你别把什么事都推到老百姓身上。"戴瑶说道，"老百姓每天起早贪黑穿公园是外出工作的，没人有这个闲工夫拆你们的监控。还有，老百姓巴不得有监控能保护他们。只有做贼心虚的人才想让监控坏掉。"

祁亮心里升起一股暖意，刚刚一直憋在心里的那口气也发出来了。

"我回去会尽快了解情况，给警方一个交代。"秦荣诚恳地说道，"因为我们的教育不当，给政府、给社会造成了巨大的麻烦，更是给受害人一家造成了不可挽回的伤害。我们深感痛心，深表歉意，我们会尽一切能力补偿。"

秦荣说得言辞恳切，祁亮却想抽他一巴掌。

"你觉得这事和你没关系吗？"戴瑶问道。

"是我们做父母的……"

"王甜怀的是你的孩子吧？"戴瑶打断了秦荣的话，"要不是因为你们两人的关系，你妻子也不会约她见面，你儿子也不会杀了她。你儿子这辈子都是被你给毁了。"

"不是小煜！"躺在沙发上的秦太号啕大哭起来。

"我们先回去了。"秦荣显得有些不安，给律师递了个眼神，两人走过去搀扶起秦太，更像是架着她走了出去。

画面定格在秦荣等人走出画面的一瞬间，胡永平把遥控器扔到沙发上，清了几下嗓子，但始终没说话。

"现在的问题是秦煜替母顶罪。"戴瑶说道，"我们现有的证据不足以推翻他的说法。"

"毕竟人已经死了快五个月了。"胡永平捋了捋所剩无几的头发，"当天晚上发生了什么，你们也是费了力气才查到现在这个程度。先不说证据，你们认为他肯定是替母顶罪吗？"

"如果是他杀的王甜，他没必要为了隐瞒这个事实，而去承认杀了刘曦。"祁亮回答道，"反正都是一条人命。他之所以承认杀了刘曦，是不想让王甜的死曝光。因为他知道警察会查出来王甜不是他杀的。他为了掩盖母亲的罪行，才认下了另一个和自己没关系的案子。"

牛敦把沏好的茶端到胡永平面前，胡永平接过来喝了两口，问道："那你们还有没有别的办法了？难不成真看着这个小秦去顶罪？"

"也未必。"祁亮看了一眼戴瑶。

"小戴还有什么高招?"胡永平高兴地问道。

"秦太现在不承认,是因为她以为刘曦也是她儿子杀的。"戴瑶说道,"但如果她知道儿子没杀人,她还会这么做吗?我想任何一个母亲都会站出来自己认罪。"

胡永平点了点头,问道:"所以这个事情我还要再确认一下,你们确定刘曦不是小秦杀的吗?"

"我们判断不是,但案子是重大案件指挥部办的。"戴瑶说道,"我们已经把案情反馈给他们了,他们说负责这个案子的人住院了。"

"痔疮手术。"牛敦补充道。

"他们有几块料,那真是烂泥扶不上墙!"胡永平恨恨道,"东部队的焦闯你们知道吧,本来说要调到支队来,结果调那边去了,听说那边全指着他一人查案呢,好几个月没让他回过家了。"

"老焦在查什么呢?"祁亮问道。他和焦闯不熟,因为焦闯总是咋咋呼呼的,而且和谢广军关系很好。

"老皇历了。"胡永平叹了口气,"之前刑侦总队有个人,姓金,很厉害的一个人。哎?"他指着戴瑶说道:"要论起来他还是你师伯呢。"

"我?"戴瑶睁大了眼睛,指着自己的鼻子问道。

"你师父是谢征,谢征以前跟他都是老梁的徒弟。那他可不算是你师伯吗?"

"老谢是梁局的徒弟?"戴瑶的眼睛里放出光。

"嗐!"胡永平摆了摆手,"陈年烂谷子的事了。反正就是这个人出了事,当年也闹得挺大。这过去快十年了,不知道上边怎么想的,又给翻出来了。"

"可这个金师伯不是在刑侦总队吗？老谢一直在朝明支队啊？"戴瑶问道。

"老谢去朝明以前就在刑侦总队，当年那也是一员智将。"胡永平指着祁亮，"别说，跟你还有点像，都是那种爱动脑子、不爱张扬的类型。二十年前，他们师兄弟搭档可没少给老梁破案，后来你师父被朝明支队点名要走了。"

"点名要走了？"戴瑶不可置信地问道，"您说的那是我师父吗？"

"要不说呢！"胡永平说道，"老谢那性格在刑侦总队待着可能还行，走技术干部那条路。可是去了支队就是另外一回事了。人要是和环境格格不入，那真的很难受，对吧，祁亮？"

祁亮正琢磨胡永平的话，忽然被点名，也怔了一下。

"我觉得我还好。"

"你还好，那是因为我护着你呢。"胡永平笑道，"所以你能去法制处还真是一条好出路。那边技术干部多，环境相对简单。而且你这种心比较重的人离开一线还是要好一些。"

"我哪有？"祁亮掩饰道。

"听您说这个人和我师父差着十万八千里呢。"戴瑶笑道。

"人是会变的。谁能想到他最后会去派出所呢。"胡永平叹了口气，"所以说，人这一辈子可真是说不好。对了，我今天和你说这些，你可千万别和老谢说，要不他该说我多嘴了。"

"不说。"戴瑶笑得眼睛都眯了起来，"我就说我跟着老谢的时候，有几次觉得他还挺厉害的，不像平时那个样子。我还以为是我的错觉呢，原来他之前这么厉害呢！我的师父原来这么厉害啊！"

祁亮看着戴瑶的脸散发出光芒，心里忽然有种说不出的触动。

"那刘曦案呢？"牛敦在一旁提醒道，"咱们是发给重大案件指挥部，还是和王甜案并案处理？"

"我看你们接手得了，别再让他们弄得节外生枝。"胡永平说道，"再说你们都查到这个份儿上了，我凭什么白送他们一个大功劳？他们也没脸往回找，我回头和刑侦总队报备一下就行了。"

说到这里，胡永平看了看表，问祁亮："你下午几点的车？"

"没定呢。"

"好。"胡永平点了点头，"王甜的案子怎么和林珑案联系起来，这个你们考虑过吗？"

"林珑死之前给林松发了一条信息，说无论发生什么事，也要把报道发出去。"祁亮说道。

三人同时点了点头。

"咱们都以为是那篇报道。"祁亮看向戴瑶。

"《没有一个母亲会认为自己的儿子是强奸犯》。"戴瑶立刻道。

"我们一直盯着这个报道。"祁亮说道，"忽略了她还有另一篇报道，王甜案的报道。"

"有这么个报道吗？我没看到有这方面的东西啊？"胡永平皱起眉头。

"这就是问题。"祁亮顿了顿，说道，"林珑搜集了很多资料，还专门送了一份给秦太。她不可能没有备份，但咱们什么都没找到。"

"你是说有人把它偷走了？"胡永平问道。

"偷走这些资料的人，可能就是杀死林珑的凶手。"祁亮点头道。

30

祁亮站在别墅前院的草坪上，望着西北压过来的乌云，已经快和夜色融为一体了，看来晚上随时可能下雨。不过无所谓，反正他定的是红眼航班，就算推迟也不会很久。

四小时前，牛敦从重大案件指挥部接收了刘曦案的案卷和证物，很快在刘曦的手机上发现了可疑信息。案发当晚22：08，她给一个名叫许文佳的男人发了条微信，说可以了。

根据别墅区出入口的监控录像显示，秦煜驾车离开是在22：13，从他家别墅到门口开车要五分钟。也就是说，秦煜刚出家门，刘曦就给这个人发微信说可以了。

虽然重大案件指挥部案子没办明白，但也有一个优点，就是不管有用没用，凡是能找到的东西都塞到案卷里了。所以他们把案发前三个月别墅区所有监控、所有住户的监控、行车记录仪，只要能录上影像的设备，全都复制了一份。

这帮家伙可能也知道自己草包，所以未雨绸缪，万一哪天被人翻案，至少能保证自己办案态度很好。所以即便这样的"铁案"都毫不放松——反正这些活儿也是配合办案的属地民警干的，这里面百分之九十的东西他们看都没看过。

　　托了重大案件指挥部的福，牛敦很快就确认了秦煜离开到返回这段时间，别墅区没有外来访客。于是他对别墅区的居民和工作人员展开排查，很快就找到了这个叫许文佳的男人。这个人曾是别墅区的保安，案发后不久便离职了。

　　接着他发现，许文佳和刘曦同期在同一所中学就读。

　　祁亮把许文佳的照片拿给秦煜看，秦煜认识他，但只知道他是保安，而且刘曦从没提起过和他是同学。

　　于是牛敦带人前往许文佳家中，将宿醉未醒的他带到了别墅。

　　和照片相比，许文佳本人显得流里流气，一脸横肉。

　　戴瑶走过去，站到许文佳面前，上下打量他一番，问道："听说你来这儿偷过东西？"

　　许文佳翻了个白眼，一脸痞气地摇了摇头。

　　警察把他从床上拎起来的时候，他也蒙了。接着警察问他之前是不是入室行窃，他立刻就想明白了这是怎么回事。

　　刘曦死后警察就把别墅封了，之后就再也没人进来过。他知道别墅里还有很多值钱的东西，比如那块名贵的手表——彩虹迪通拿，他做梦都想要。他和刘曦说过好几次，但她一直不给他。

　　有一天他实在忍不住，就潜入室内偷表，却被巡逻保安抓个正着。那个保安和他积怨已久，早就发现他状态不对，于是天天盯着他。

　　他原本也不想再干下去，于是借这个机会辞职了。而经理也不想传出保安里有贼的坏名声，便没有声张，放他走了。

　　不知道哪个多嘴的又把这事翻出来了，还是这里丢东西了，他们要栽到我身上？他一路都在想这个问题，但什么也想不出来。因为宿醉让他的大脑一片空白。

他们押着许文佳穿过草坪，来到车库门前。牛敦过去拍了拍卷帘门，很快卷帘门升起。车库里有几个穿着防护服的技术员，正在检查一辆路虎SUV。

路虎的车门和发动机盖都敞开着，一个人正站在左后门，对着后排座拍照。许文佳想看他在拍什么，却被身后的牛敦推走。

"你认识这辆车吗？"牛敦问道。

许文佳立刻摇了摇头。

车是登记在刘曦名下的，许文佳以前经常开出去玩，所以他本能地否认。接着他想起来自己是别墅区的保安，应该说认识才对。好在胖子警察并没有起疑，他心里才安定了一些。

那些人在车里翻来找去，把所有东西都拿出来拍照，然后放在桌上。

许文佳心里又开始忐忑，也许这里有属于他的东西，比如烟和打火机。还有没有别的东西了？他一紧张，宿醉的眩晕感又上来了。

他天旋地转地被推进了别墅的起居室。起居室和车库是连通的，这个地方有70平方米，被分成两个功能区，南边是起居室，北边是西式厨房和餐厅。

所有人都站在那里，有个穿防护服的人给他们发鞋套、手套和发套，许文佳也拿到了一份。

牛敦把许文佳带到窗边，让他站在这里穿戴。

窗户是打开的，冷风灌进来，许文佳的头脑稍稍清醒了一点。

他想起那天晚上，秦煜忽然出去了，他才有机会逃出来。之前秦煜忽然回来，他只好躲在刘曦的车里，一憋就是两个多小时。

他出来后满腔怨气地去找刘曦，当时刘曦就在这里等他。他发狠地冲上去，揪住她的头发，把她按在窗边，用力打她的屁股。

打屁股永远不会留下痕迹。

想起这些，他甚至有些兴奋。再没有一个女人像她那么听话了，真是太可惜了。他又失落地叹了口气。

他漫无目的地四处踅摸，忽然发现在夜色的背景下，镀膜玻璃窗变成了一面镜子，镜子里是戴着发套的自己，没有了头发的遮掩，他的黑眼袋已经掉到颧骨上了。

忽然身后有人推了他一把，他才反应过来，有个女警察已经说了几遍让他继续往前走。他回头瞪了一眼推他的胖子，强迫自己镇定下来，跟着女警走进客厅。

女警忽然站定，转过身问道："你以前来过这里吗？"

"没有。"许文佳回答道。

"那你为什么想要进来偷东西？"女警冷冷地看着他。

"我没偷东西。"

"那你想干什么？"女警双臂抱在胸前。

他恍惚了一下，他从没想过这个问题。

"我就是好奇。"他大声说道。

就在这时，一道柔和的白光打进落地窗。他又恍惚了一下，想起那晚也有同样的情景。

当时刘曦告诉他，她不想再给他钱了。他气疯了，上去抽了她一个大耳光。

她摔在地毯上，叫嚷着如果他想告诉秦煜就去吧，她就算和秦煜分手也不想再受他要挟了。

那道光正好打在刘曦脸上，她的样子看起来那么圣洁。真他妈恶心！他大骂着，你就这么想让他知道你十六岁就打过胎吗？你这个贱人！

没想到刘曦反唇相讥，你是恨我装清高，还是恨以后没人一个月给你五万块钱花了？

几个月来，这些话时不时就在他脑子里响起。至少在每个月的月底，刘曦本应该打钱的那几天，他都会从早到晚抓狂，除非把自己灌醉。

清醒的时候他也会后悔，他常常想起小时候听到的下金蛋的鸡。还是孩子的他总是困惑，为什么下金蛋的鸡最后会被杀掉？

他恍惚着想要扑向刘曦，身体往前倾的一刹那，他忽然看清了蹲在地上的不是刘曦，而是那个女警在整理鞋套。

他侧过头，看到落地窗外刺眼的车灯。他认得那是西侧别墅的X7，每次都会把车停在西边的小路上。

没错！他想起来了，当时这辆车从外面经过，淡蓝色的车灯把他的影子投到了壁炉上面。他记得自己转过脸面对着壁炉，直到影子慢慢收回来，他才把脸转回来。

他看着壁炉，这次车没有马上开走，所以他的影子一直高高地挂在墙上。他听到有人叫他，转过身，车灯打在他正面的落地窗上，晃得他眩晕。

"走啦！"有人推了他一把。

那个女警站在二楼卧室阳台的罗马柱护栏旁边。许文佳想起那天刘曦被追得无路可逃的时候也跑到了这里，她还一脚迈出去，吓唬他要跳下去。

其实她根本不敢。他不紧不慢地走过去，薅着她的头发，把她拖了回来。

她甚至连叫都不敢叫。想到这里，他忍不住露出了微笑。

"过来。"女警朝他招了招手。

他回头看了看一直跟在他身后的几个男人，他不想去招惹他们。从十几岁起他就经常和警察打交道，他知道梗着脖子只会吃更多的苦头。

他蹭到女警面前，斜眼瞧着她。

"业主说丢了块彩虹迪。"女警小声说道，"你知道值多少钱吗？"

"丢了？"他叫了起来。那本应该是属于他的，竟被别人偷走了，还把黑锅甩到他身上。他心里腾起怒火，大声喊道："我没拿。"

"那表值两百万，够判你十年了。"女警冷笑着说道。

"我真没拿！"他做出翻兜的动作，"那天他们都搜我身了，什么都没有。"

"不一定是那天。"女警说道，"也许是之前呢。"

"我真没拿！我拿了死全家！"他瞪起眼睛。

"行吧，下去吧。"女警笑一下，"小伙子懂得挺多，彩虹迪这个外号可不是谁都知道的。"

女警说完自顾自走了。他愣在原地，不知道她和他说这些奇怪的话是什么意思，直到胖子过来把他拽走。

女警在前面走，其他人押着他跟在后面。他们离开别墅，穿过草坪，走到了别墅西南角的丁字路口。

路口东西向是双向车道的大路，往北是通往湖边和林地的小路，隔壁别墅的那辆X7就车头朝北停在路西侧。

这条路禁止机动车通行。尽管如此，还是常有业主开车从这条路去湖边。为了保护去湖边的孩子和老人，物业特意在禁行标志旁边立了一面凸面镜。

小路上没有摄像头，往东三十米有个摄像头对着丁字路口。这一点他百分之百确定，所以他每次都从客厅西侧窗户跳出来，穿过灌木丛，跑到小路上离开。事后他经常看监控，发现自己从来没有被拍到过。

"走吧。"女警说道。

"走？"

"往前走。"女警伸手指着前面。

他正要思考一下女警有什么阴谋诡计，胖子在后面猛地推了他一把，他踉跄着往前冲了几步，险些摔倒。

抓不到贼就想赖到我身上吗？他恨恨地想着，不管你想用什么方法栽赃给我都不可能！

想到这里，他迈开脚步往前走。

许文佳独自往前走，经过路边的那辆X7时，他忽然停下了。

他经常看到这辆车，以前也没怎么留意过。这次他多看了两眼，忽然注意到在倒车镜下方有个一闪一闪的警示灯，旁边还有一个黑色装置。

他往前走了两步，转过头，看清了那是个行车记录仪。

好像忽然一桶冰水从头顶浇下来，他整个人都惊醒了。

警察找他根本不是偷东西的事，是刘曦的事。他艰难地转过头，看着远处那几个警察，他们正站在原地看着自己。

车里有他的指纹，起居室的窗户能看到他，X7经过的时候，行车记录仪拍到了他在客厅，还有卧室阳台！他忽然想起来，是那面凸面镜！秦煜向物业投诉过那面凸面镜经常把车灯反射到卧室里。既然光能射到卧室，那么凸面镜也能照到阳台。

他后背冒出冷汗，他知道东边三十米的监控正对着凸面镜。

难怪女警让他去阳台，这不是巧合，原来他们早就知道了。

他忽然撒腿就跑。

身后没有动静，他忍不住回过头，那帮人还悠闲地站在那里。

为什么？他重心一乱，狠狠地摔倒在冰冷坚硬的柏油路上。

"6月2日晚,嫌疑人许文佳来到刘曦居住的别墅勒索刘曦。大约晚上八点,秦煜返回别墅。许文佳只得躲在刘曦的路虎车里。晚上十点零八,秦煜接到母亲的电话离开,许文佳才从车里出来,进入别墅。"戴瑶说道,"很遗憾,因为时间过长,他在车里的指纹已经提取不到了。"

并排坐着的蔺前飞和胡永平一齐点了点头。

"许文佳进入别墅后,在三个点位被摄像头拍到。"戴瑶继续说道,"分别是走廊、客厅和二楼卧室外的阳台。在这些点位,我们可以清晰地看到他对被害人进行拖拽、侮辱和殴打。晚上十一点零五,他出现在别墅西侧路上,向北逃离。"

"尸检结果怎么说?有性侵痕迹吗?"蔺前飞问道。

"没有。"戴瑶回答道,"我们从刘曦和闺密的微信聊天记录里可以看到许文佳长期勒索刘曦,每个月高达五万元。所以我们更倾向于他当晚找刘曦是为了要钱。说到尸检,法医鉴定死亡时间是十点到十二点。而秦煜返回别墅已经将近十二点,他还去后面挖了一个多小时的坑,等他回去已经一点半了。"

"这个很重要,有证据吗?"蔺前飞继续问道。

"有,但不算直接证据。"戴瑶说道,"监控显示,别墅一层的廊灯在许文佳离开时关闭了,然后在深夜一点半重新亮起,我们认为这是秦煜点亮的。这也说明了秦煜为什么回家后没有进去看刘曦,而是直接去埋尸。因为灯关了,他以为刘曦已经睡了。"

祁亮继续说道:"秦煜最着急的是处理王甜的尸体,他没道理回家先把刘曦杀了。如果说刘曦是因为发现他埋尸而被灭口的,那她应该死在树林里,而不是二楼卧室。所以许文佳可能是刘曦死亡时间内唯一接触过的人,再加上他对刘曦的行为,我们认为要将他列为重大嫌疑人。"

"这么多窟窿,合着重大案件指挥部一个都没瞧出来?"蔺前飞无奈地问道。

"好歹人家把资料留存得这么齐全,要不然咱们也不可能这么快破案。"胡永平笑道,"再说你以为谁都有小戴看监控的本领,指甲盖大的窗户里滑过一道影儿都逃不过她的眼睛。"

"谁也比不了!"蔺前飞喝了口茶,"小戴,如果证实秦煜没杀刘曦,秦煜母亲也就不会破罐破摔让儿子去背另一条人命了,你们是这个意思吧?"

"是。"戴瑶点头道,"估计他们很快就会主动找上门来。"

蔺前飞一连说了几个"很好",但奇怪的是,他的脸上却没有任何"很好"的意思。

31

牛敦在卡式炉上炖着酸菜鱼,戴瑶坐在他对面,双手托腮,一动不动地看着冒着香气的锅。

刚才在会议室和蔺前飞汇报时,原本都到了要举杯欢庆的环节,却因为蔺前飞莫名其妙的态度而瞬间冷下来。蔺前飞把两人支走,单独留下了胡永平。

"咱们没给胡司令惹什么麻烦吧?"戴瑶忽然开口,嘴角不慎流下了口水。幸亏牛敦背对着她开电饭煲,没看到她的样子。

"没事。咱们案子办得这么好,能惹什么麻烦?"牛敦端着两碗热气腾腾的米饭过来,"亮哥最喜欢吃酸菜鱼,不过他现在只能去机场吃快餐了。"

"可是你看蔺队那个表情……"

"你不了解他。如果真是案子有问题,他早就开炮了。不是咱的事,你放心吧。"牛敦把鱼腹夹到戴瑶的碗里,"这块没刺。"

"肯定有……"

戴瑶还没说完,胡永平推门进来,手里端着一个搪瓷饭盆。他一边盛饭一边说道:"把鱼头给我留着,我爱吃鱼头。"

胡永平坐下，看了看戴瑶，放下饭盆，笑着说道："估计不和你说，你也吃不好，那就先说。"

戴瑶立刻点了点头。

"刚才老蔺和我说，焦闯刚给他打了个电话。"胡永平说道，"就是从咱们这儿调到重大案件指挥部的那个同事。"

"您和我提过。"

"焦闯这人还挺仗义，听到了一些消息，就立刻告诉老蔺了。"胡永平叹了口气，"简单说，就是咱们办案子办得太漂亮了，狠狠地打了重大案件指挥部那几个老混子的脸。"

本来一句气势如虹的话，却让胡永平说得畏首畏尾。戴瑶恍然大悟，说道："我知道他们。他们就是被我们武队给刷下去的。"

"噢对！你还认识武桐！"胡永平一拍大腿，"你看我这脑子，你是从朝明过来的。那得了，这事不用多铺垫了。我就直接说正事了。两个事，第一个是这个秦荣找到了重大案件指挥部的头儿，市局一位领导，可能是问了能不能把王甜的案子还给重大案件指挥部办。"

"那怎么行？"戴瑶急道。

"是，当然不可能答应他。"胡永平说道，"不过这不是重点。重点是他为什么要这样。做贼心虚啊！狗急跳墙啊！说明咱们的方向对了，你们一定要把这个信心树立起来。"

戴瑶点了点头。

"第二个事。"胡永平停顿了片刻，终于开始说重点，"这人啊，越是没本事，就越爱钻营搞小动作。就这几位大爷，你也知道他们是什么人，明明是自己办砸了，命案差点办成错案。他们不在自己身上找原因，反而呢……"

"他们想找我的碴儿。"戴瑶接过话头，"我要是哪儿出了纰漏,他们就一口咬死了不松嘴,胡搅蛮缠,好像把我扯下去,就能显得他们没那么愚蠢了似的。他们以前就这德行,要不让武队给轰走了呢。"

"按说咱们不怕他。"胡永平立刻澄清道,"但是你也说了,万一哪个环节有点纰漏,被这帮人盯上,太不值当了。"

"您放心吧,没有。"

"这几个案子你都得留神,他们可是无差别攻击。"胡永平叹了口气,然后说道,"今天老蔺把你这几个案子都给报上去了,要给你们评功。焦闯打电话回来就是提醒咱们,这几个案子他们都盯上了。"

"他们怎么这么无聊?"牛敦罕见地发怒,"不是说已经去医院做手术了吗?这都阻挡不了他们使坏吗?"

戴瑶捞起一大块鱼腹盛到胡永平的饭盆里,说道:"不要生气。这就是无赖的生存之道,先把你拉到和他们一样的层次,再用丰富的经验打败你。"

胡永平还是有些为难,说道:"蔺队的意思是你有压力也没关系,要不然刘曦的案子先不往上报了,这样重大案件指挥部那帮人就不会针对你了。"

戴瑶专注地盯着汤勺,捞出一块鱼肉,搭配酸菜和笋丝盛到牛敦碗里,然后说道:"他们就是吃准了这一点。世上本没有无赖,怕麻烦的人多了,也便有了无赖。"

她抬起头,看向胡永平,笑着说:"我就不惯着他们。"

曹姝月一边打孩子的屁股,一边歇斯底里地哭骂。孩子趴在床上,一动不动,也不吭声。孩子越是没反应,她就打得越厉害。打到最后,她看到打得通红的屁股蛋,哭得更伤心了。

她感觉胸口发闷，头昏脑胀，再这么打下去可能自己先晕过去了。于是她扔下孩子回到客厅，一头栽在沙发上，拿起手机看了起来。

幼儿园老师给她发来很多条信息，大概意思是老师的车也不用她赔了，明天也不用把孩子送来了，她什么时候有空来一趟把学费拿走。

可是孩子不上幼儿园能去哪儿呢？她解决不了这个问题，狂躁地把手机扔出去，手机砸到脏衣服堆里，然后猛地响了起来。

她接了起来，听筒里响起一个男人的声音。

"你是隋聪的母亲吗？"

"对。"

"我是监狱管理局狱政处的，我姓乔，咱们以前通过电话。"男人说道。

"啊？对！"她想起来了，"乔警官。"

"你儿子现在要做手术，需要你签个字。"

"我儿子？"她立刻坐起来，"他怎么了？"

"没什么事，急性阑尾炎，需要打麻药。你看你现在能过来吗？"

她松了口气，问道："在什么地方？"

"还在警官医院，你来过吧？"

"来过，我现在就过去。"

她挂断电话，四处寻找衣服，可也奇怪，怎么也找不到合适的。最后她胡乱穿了白天出去时穿的那套衣服，冲到门口，刚想开门，忽然停下了。

她忽然想起那个女警察嘱咐她的，无论谁找也不能出门。可是她认识那个乔警官，上次儿子和其他犯人打架受伤，也是这个乔警官联系的她。

她定了定神，推开门，走了出来。

有了上次遇袭的经历，她不敢再走棚户区，就在小区门口打了辆车。车子开上环路，忽然就排起了长龙，然后就一动不动了。不断有行人往前或者往后跑去，司机告诉她这些都是等不及的乘客。

"如果着急的话就得走高速了，要多花十块钱呢。"司机念叨着。

我也很着急啊！她想和司机说换条路，但又担心高速也堵车。

"不过现在就算想走高速也晚了。"司机说道，"你看看后面。"

她转过头，看到后面已经排满了车，一眼望不到尽头。

这时手机响了起来，她接通电话，那个女警察的声音响了起来："你又跑哪儿去了？你儿子丢了！"

什么！她想喊，却怎么也喊不出来。

她急得哭了出来，喉咙里终于发出了声音。她听到了自己的声音，跟着猛然惊醒，睁开眼睛，四周黑乎乎的。

她躺在床上，小儿子躺在她身边，发出均匀的呼吸声。她摸了摸自己的脸，全是眼泪。她想起刚才和小儿子一起睡觉，原来那是场噩梦。

她悄悄下床，顺着微弱的光亮来到卫生间。洗衣机已经停了，她把甩干的衣服抱到客厅窗户下晾起来。昨天见到小儿子的一瞬间，她忽然醒了，意识到自己的生活是多么糟糕。她想要改变，第一件事就是把家收拾干净。

她已经想不起多长时间没洗过衣服了，一周还是一个月？今天整整一天她都在干家务，晚上给儿子做了一顿饭。可是儿子吃得一点都不香，她也是。

还有很多衣服要洗，已经晾不下了，那就明天再说吧。她倒在沙发上，想着除了玩手机她还能干什么。

很快她就意识到自己什么都干不了，不仅干不了，而且没有手机的每分每秒对她来说都是种折磨。她要用这个东西让自己停止思考，麻痹自己，借以逃避这痛苦的生活。

就在这时，她的手机响了起来。

赵瞳看着戴瑶。戴瑶已经问了他五个问题，可他一个字都没说。

"你不是说今天送我十套化妆品吗？东西呢？"戴瑶问出了第六个问题。

"昨天下午才下单，明天能送到吧。"赵瞳终于开口了。

戴瑶点了点头，说道："感谢你百忙之中还想着这个。"

赵瞳朝她笑了笑，没说话。

戴瑶刚想说话，看到赵瞳身后墙上的黄灯开始闪烁。她起身离开，来到了隔壁的观察室，牛敦在这里等她。

"我发现个问题。"牛敦说话的声音有点发颤，"26日晚上，也就是韦丽莎被杀的时候，他不可能在现场。"

"什么？"戴瑶挑起了眉毛。

"因为他一直在他的咖啡厅里。"牛敦说道，"他离开监控最长的一次是三十五分钟，这个时间不可能往返韦丽莎家。"

"他会不会替换了监控？"

"不会。"牛敦立刻摇头，"监控是存在云端的，他不可能替换。"

"去查27日下午。"

"我这就去。"牛敦转身出去。

戴瑶看着单向玻璃墙对面的那个男人，眼前又浮现出抓捕他的那一幕。

她是听到曹姝月的尖叫才跑过去的，然后看到他骑在曹姝月身上，双手掐着曹姝月的脖子。

她从门口跑过去至少用了三十秒钟，曹姝月一直在断断续续地尖叫。也就是说，一个精壮的男人掐着一个女人的脖子三十秒，结果女人不仅没窒息，反而一直大声叫喊。

他到底是想杀曹姝月，还是想引她过去抓他？如果是后者，他为什么要这么做？也许他就是凶手，用这种和前三次迥异的作案方式迷惑她；也许他就是在替真凶打掩护。

然后他拿走她的手机，引警察上了高速，包括盯着曹姝月家的小组。这时候他已经扫清了所有障碍，但他没有像前三次那样行动。

戴瑶越想越觉得赵瞳可能真的不是凶手，他难道在替凶手拖延时间？好在曹姝月已经成了惊弓之鸟，绝不会再走出家门半步。

现在她要做的就是和赵瞳继续第二回合对决，当然这次是她的主场了。

曹姝月一路小跑，她的小肚子里好像灌了铅，随时要撕裂脱落一样。但她毫不在意，大张着嘴巴，拼命吸入更多的空气。

她踩着一撮撮纸钱的灰烬跑到街中央，以往她最忌讳这个，但现在也完全顾不上了。她必须立刻赶到高铁站，拦下那个叫薇薇的女孩。

薇薇是她大儿子的朋友，她在外面碰上过他们几次，她一眼就看出来他们不是男女朋友的关系。尽管薇薇看她儿子的时候总是含情脉脉，但她知道儿子看不上这个女孩。

有这样一个痴情的女孩时刻陪伴照顾儿子，就算儿子走马灯一样换女朋友也痴心不改，她作为母亲倒也乐见其成。

儿子出事后让她找薇薇，说薇薇能证明他和被害人是男女朋友关系。可是她打薇薇的手机已经关机了，申请加微信好友一直也没有通过。

她知道薇薇是故意失联的，因此每天都诅咒她不得好死，但写上诉材料时还是以薇薇的名义写了儿子和被害人是男女朋友关系的证词。当然，这些证词因为无法联系到证人，除了恶心赵瞳之外，根本没有用处。

转眼几年过去了，曹姝月也早已忘了这个女孩。没想到十分钟前，薇薇竟然主动给她打来了电话。

"有件事我想告诉你，你儿子和那个女人是男女朋友。我之前不愿意理你是因为他就是个王八蛋，他为了和那个有钱女人在一起，竟然要和我们所有人断绝来往。我们对他那么好，可他像扔垃圾一样把我们扔了，所以我才不会管他。我马上要去深圳了，这辈子也不会见到他了。所以我现在告诉你，他就是被冤枉的，但是他活该，我们都很高兴！"

薇薇早已不再是当年那个恭敬殷勤的女孩了，她的语气冷漠中带着怨毒，但在曹姝月听来却如同天籁。

听筒里传来火车站广播的声音，曹姝月也顾不得薇薇对她母子的恨意了，问她现在在哪个车站。

"怎么，你还想拦下我吗？"薇薇戏谑道，"我就在高铁站，还有半小时就发车了。我劝你还是要点脸，别来找我了。"

这是唯一一个救儿子的机会，她怎么可能不去？她抓起羽绒服，一边往身上套一边往外跑，连脚下穿着露脚趾的拖鞋都浑然不觉。

曹姝月冲过了街道，跑到棚户区的巷子口时猛然站住。

前天晚上险些丧命的恐惧感支配着她，可是如果从大路绕到高铁站，至少要走四十分钟，那她将永远失去给儿子洗脱冤屈的机会了。

她想着儿子的冤屈，以及未来几十年要在监狱里受的苦难，把心一横，捡起一块破砖，闯进了阴森黑暗的小巷。

等会儿见到薇薇该怎么说？求她肯定不行，可又不能放跑她，干脆和她撕扯起来，把事情闹大，把警察招来，这样至少能扣住她。然后呢？她一边跑一边想，答应她只要隋聪放出来就让他们结婚。

她不是一直想和隋聪结婚吗？她这些年躲着不露面不就是因为当初隋聪把她甩了吗？

那就成全她，这下她总该帮忙了吧？曹姝月咬牙切齿地想着，她就是打着这个算盘！要不然也不会这时候给我打电话！

她冲到了那片空地，当时的经历又猛地冲到眼前。她一口气泄下来，小肚子疼得要炸开，再没有力气往前跑了。

就在这时，身后传来了一阵冷笑。

"直到现在，你还认为他是冤枉的吗？"

32

曹姝月猛地转身,看到了一个女人。

"薇……"她忽然停住了口,这个女人比薇薇高好多,还瘦好多,不是她记忆里的那个唯唯诺诺的小胖丫头。

"你是谁?"曹姝月厉声喊道。

"你不用去高铁站了。"女人拿出手机按了几下。

曹姝月的手机响起来,她拿出来一看,正是刚才薇薇打给她的号码。

没有薇薇?那些都是假的?巨大的失落感和委屈冲上了曹姝月的头顶,眼泪瞬间就迸出来了,她哭吼道:"你他妈有病啊?"

"不骗你,怎么能把你弄到这儿来?"女人冷笑着往前走了两步。

曹姝月忽然明白了。那个女警的声音终于在她耳边响起来:无论谁以什么名义找你,都不要独自赴约。

她往后退了两步,双腿忽然一软坐在地上,紧接着裸露在零度气温中的小腿开始剧烈抽筋,钻心的疼痛抽干了她最后的力气。

她看着女人将手里的绞索套在自己脖子上,绝望地问道:"你到底是谁?"

女人没有说话。

她感觉到女人的膝盖顶到了自己后背上,绞索开始收紧,她浑身颤抖着,已经分不清恐惧和疼痛,甚至连伸手去抓住绞索的力气都没有了。

"你早该死了。"女人平静地说道,"让你多活几年是为了孩子。可你一点也不珍惜。既然如此,你现在就走吧。"

"别杀我!"曹姝月哭号道,"我什么也没做!我什么也没做!"

"是吗?"女人的声音靠近了一点,"你忘了你当年侮辱诽谤受害者,引起多大的网暴?你忘了你煽动那些为你打抱不平的人砸了受害者的墓碑?你忘了他们在墓碑前直播唱歌跳舞、泼屎泼尿?你忘了你把开庭信息散布到网上引发围观,三番五次阻碍庭审?你忘了你写的那些颠倒黑白的恶心东西,现在一搜还全网都有呢!"

她每说一句话,绞索就紧一分,说到最后,曹姝月已经要窒息了。

"我……有孩子……"曹姝月断断续续地说道。

绞索稍微松了一点,曹姝月大口大口地喘气。

"你知道薇薇为什么会失联吗?就因为你儿子想让她做伪证,她看出了你们母子多么龌龊!"

"我……"曹姝月忽然发疯一般地挣扎起来,"我儿子那么帅,小姑娘都想和他好。姓赵的那个女人就是喜欢我儿子,要不然那么多洗车店她都不去,非要跑到我儿子打工的店洗车?她就是想勾引我儿子,她就是活该!她自己命短,凭什么拉着我儿子陪葬?"

"无可救药!"女人冷冷地说道。

她把曹姝月的胳膊一上一下掰过来，捆在背后，又和双脚捆在一起，然后收紧绞索，曹姝月像一条挂在渔网里的鱼一样剧烈挣扎着。

就在这时，一道强光射过来。

"红小姐！"一个男人的声音响起，"放开她！"

女人被晃得睁不开眼，但她从容地掏出一把刀，抵住曹姝月的颈部，薅着她的头发，把她拽起来挡在身前，喊道："关掉！不然我现在就杀了她！"

强光消失了，一个男人出现在不远处，双手扶着膝盖喘气。

"红杨小姐，还记得我吗？"

"祁警官，我还没得健忘症呢。"红杨冷冷道。

"我是说九年前……"祁亮气喘吁吁地说道，"在市二院。"

红杨愣了一下，冷冷道："我不记得了。"

"那段日子林松状态很差，我真的很担心林珑。可我一个男人又没法管。"祁亮说道，"那天看你拉着她的手走了，你不知道我心里放下多大一块石头。"

他往前走了两步，继续说道："我早该想到，和她感情最深的两个人，一个是她父亲，另一个就是你。如果还有什么人能不顾一切地为她报仇，也就只有你们两个人了。我理解你，但我得告诉你，她的案子有眉目了，不是这个女人。"

"是那个什么秦太太？"红杨反问道。

祁亮点了点头："你要杀她我也拦不住你。但杀人总得有个理由，如果你是给林珑报仇，那你搞错了。"

"搞错了？"红杨提起曹姝月的头，"她们早就该死了！凭什么她们可以随便伤害我们，却还能好好活着？还有你们！她们伤害我们的时候，怎么不见你们出来主持正义？凭什么我们就得被人赶尽杀绝，还不能报仇？好人就活该受欺负吗？"

"好人当然不应该受欺负。"祁亮说道，"所以林珑用她的方式报仇，而且我知道这个方式最开始是你提出来的。"

红杨手一抖，曹姝月的脖子上立刻划出一条血口子。曹姝月惨叫起来，被红杨扯着头发往后一拽，声音卡在喉咙里了。

"别叫！"红杨吼道，"不然我现在就杀了你！"

曹姝月仰着头，身体不住地颤抖，伤口开始缓慢地流血，就像一道红色的油漆。

"咱们这样。"祁亮盘腿坐在地上，"我坐在地上，你呢，也先把刀拿开一点。我把手举高，这样你放心了吧？"

红杨用力一顶曹姝月的后背，曹姝月头朝下栽到地上，摆成了磕头谢罪的姿势。她将刀尖抵住曹姝月的后心，冷冷地问道："你怎么知道是我提的？"

"对于报仇这件事，互助会里分为两种立场，有人认为要以血还血，等凶手们放出来就去杀了他们。有人觉得为那些浑蛋搭上自己的命太不值了。几年前你就提出了用舆论报仇，大家都很赞同。"祁亮顿了顿，说道，"但只有林珑真正朝着这个方向努力，她学了传媒专业，又去了新媒体公司上班，一步步接近这个目标。"

"你说得对，我们都是废物。"红杨说道，"最后还是她来出头。"

祁亮仰头看着红杨，过了很久才说道："但真的做起来，你们才发现这种事情并没有预想中的关注度。所以林珑才想要把刘曦的案子加进来提高热度，没想到这件事反而害死了她。"

红杨剧烈地抖了一下，好像被一颗看不见的子弹穿胸而过。

"所以你要补救。"祁亮缓缓说道，"或者说，你要赎罪。"

红杨伸手抹了抹脸，然后揪住曹姝月的头发，把她提起来。

"我不应该把林珑拖进火坑。"红杨举起握刀的右手,"但是这个女人必须得死,你救不了她。"

祁亮点点头,说道:"你杀不杀这个女人,老实说我一点都不关心。我也没想过坐下和你聊几句就能让你放下刀。我来就是想告诉你,我看了你们的聊天记录,你没有把林珑拖进火坑,相反,你给了她一个活下去的伟大的理由。"

"你不用安慰我——"

"我不是安慰你。"祁亮打断了红杨的话,"林珑十四岁的时候离家出走过一次。林松找我,我把她找了回来。我问她为什么要走,她说她不想活了。当时我很不耐烦,现在想想,因为我不知道该怎么劝她。所以我就反复说那些好好学习、不要让父亲担心的陈词滥调。然后她问我……"

祁亮停了下来,看向瘫在地上瑟瑟发抖的曹姝月。

"问你什么?"红杨终于问道。

"我是不是个累赘?"祁亮好像在看着曹姝月,但他的眼神是空的。

"你怎么回答?"红杨继续问道。

祁亮沉默了很久,终于说道:"我说,如果每个案子的受害者都要让我花一整天的时间去找他,那我就没时间抓坏人了。"

空气瞬间凝固了,就连不断呻吟的曹姝月都安静了下来。

"所以……"祁亮的声音游荡在这片黑暗冰冷的空地上,"就在上周,她明明知道我去找过她爸,我又是个刑警,她却没有和我说她发现一个女人被杀了。"

说完这些,祁亮艰难地站了起来。

"十四岁的林珑是个叛逆少女,每天都有惹不完的麻烦。"祁亮说道,"是你救了她,是你让她成为一个这么好的人。林珑的死不是你的错,你知道。你为什么杀人,你也知道。因为林珑是你唯一的亲人,她的死让你愤怒,你一定要找人发泄出来。所以你选择了她们。"

"我杀她们是因为她们该死!"红杨喊道,"不要把林珑扯进来!"

"以前我也觉得她们该死。"祁亮说道,"直到前天,我忽然想,那些凶手的父亲在干什么?比如这个女人的丈夫,家暴了她十几年。结果她儿子为了救她,把自己的爸爸打跑了,但从此也成了一个暴力狂。"

"可他爸爸没干那些丧尽天良的坏事!"

"这就是我要说的。"祁亮看着曹姝月说道,"如果孩子就是一艘船,父亲把船撞到礁石上,然后拍拍屁股走了,母亲因为舍不得,所以留下来陪着船一起沉没。"

曹姝月发出了悲鸣,那声音像是从额头冲出来的被困住的灵魂的哀号。

"在咱们看来,她儿子就是个毫无争议的人渣败类。"祁亮继续说道,"但在她心里,却是为了保护自己去和浑蛋父亲拼命的好孩子。"

红杨抓着曹姝月头发的手稍稍松了点,曹姝月终于号啕大哭起来。

祁亮把目光转到红杨身后,说道:"你看,林松也不希望你这么做。"

"叔叔?"红杨忍不住回头望去。

就在这一瞬间,祁亮冲了上去,把红杨扑倒在地,给她铐上了手铐。

祁亮喘了几口气,捡起刀子割开了曹姝月脖子上的绞索,然后蹲下来切割捆在她手脚上的绳索。

曹姝月吓得大哭，忽然看到红杨缓缓站了起来，被铐在一起的双手从背后抬起来，绕过头顶，不知怎么扭了两下，就回到了正面。

她睁大了眼睛，吓得说不出话来。而祁亮一直在专心地解绳索，根本没有发现。

红杨猛地扑上来，锁住祁亮的喉咙。祁亮想要反击，红杨却像章鱼一样锁住了他。祁亮猛然感觉不妙，那感觉就像搏击课上被教官制住时一样。

他在被带倒的一瞬间，用唯一还自由的左腿用力踢了一脚目瞪口呆的曹姝月，使出最后的力气喊道："跑！"

曹姝月打了个激灵，连滚带爬地跑了。

祁亮感觉越来越窒息，后脑出现了咚咚的声音，眼前也越来越昏暗。他知道自己快要晕过去了，这个女人怎么这么厉害？他慢慢泄了劲。

眼前完全变黑的一瞬间，他看到一个影子冲了过来。

"曹姝月回来救的你？"戴瑶坐在办公室的沙发上，削好一个苹果，放在茶几上，接着又开始削第二个。

"对。"祁亮看着红杨的照片，慢慢把它从白板上取下来。

"真险。"戴瑶挑了一下眉毛，"你为什么不等我们到了再行动？"

祁亮叹了口气，摩挲着照片上红杨的脸，说道："我当时也没话说了。如果再硬拖下去，可能会被她发现。那样更危险。"

"你差点被她杀了！"

"我也没想到她是搏击教练。"祁亮朝戴瑶笑了笑，继续看着红杨的照片。

戴瑶无奈地翻了个白眼，接着问道："你怎么想到是她的？"

"嗯……"祁亮想了想说道，"首先是忽然想到可能不是赵瞳。"

戴瑶点了点头，说道："这我也想到了。"

"然后我发现咱们之前漏掉了一个细节。"

"细节？"

"你还记得林松在审讯时是怎么说的吗？"祁亮说道，"他说当天下午他去中湖公园，保安不让他进去，于是他就在周围转悠，然后看到吕国杰在东湖公园干活儿。"

"对。"戴瑶点头道。

"但是以我的经验……"祁亮忽然闭上了嘴，看着红杨的照片，过了一会儿才说道，"受害者对凶手是最关注的，他们甚至会在日历上标出凶手出狱的日子。越是临近，他们就越煎熬，想杀了凶手，却又不敢。等凶手被释放了，他们就默默地跟踪，观察凶手的一举一动。"

戴瑶点了点头："有的受害者甚至全天跟踪凶手，最后把自己的生活毁掉了。"

"所以林松碰上吕国杰也许不是巧合，他知道吕国杰在东湖公园。但是那天他的状态很差，就需要一个人替他找。"

"红杨？"

祁亮拿着照片坐回到沙发上，继续认真地看着，说道："下午五点，红杨给他打了个电话。那是他当天下午接听的唯一一个电话。十五分钟后，他就坐上了前往东湖公园的网约车。"

"你的意思是红杨帮林松找到了吕国杰。林松把吕国杰打了，然后红杨拿走吕国杰的手机，去找他妈妈韦丽莎。"

"我也希望是别人。"祁亮仰起头,闭上了眼睛,"但最终还是她。"

"怎么了?"

祁亮摇了摇头,熟悉的痛苦又开始在心底翻涌。

"红杨二十岁那年,她爸战友的儿子借住在她家,有天趁她父母不在强奸了她。出事后,她爸首先想到的不是女儿受到了多大伤害,竟然是自己以后在战友圈的名声。于是他和战友夫妇一起劝她不要报案,想要大事化小,竟然还提出让她和凶手试着交往。"

已经走到门口的戴瑶转过身,看着祁亮。

"她恨凶手,更恨自己的爸爸。当初她和她妈都不同意让那个男人来家里借住,她爸为了面子非要答应战友。出事后她爸一句道歉都没有,每天只想着如何保住自己的面子。所以她铁了心要把那个男人送进监狱。"

"后来呢?"戴瑶问道。

"那个男人被判了刑。几年后她爸去世了,男人刑满释放后开始了新生活。她反而成了最不幸的那个人。她想报仇,但伤害她最深的却是她爸。所以每当她想起那个强奸犯还在某个地方过着安稳快乐的生活,而她家破人亡孤苦伶仃时,她就会痛苦,而且永远得不到解脱。"

"你这些……"戴瑶踱步回来,"都是从哪儿知道的?我怎么一点印象都没有?"

"她的案子,还有她和林珑这九年来的聊天记录。"祁亮说道,"我自己还原的。"

"所以她杀人是为了解脱?"

祁亮摇了摇头:"她杀人是因为她觉得是自己提出的这个复仇方

式害死了林珑,她要赎罪。"

"那你说的这些呢?"

"这是她的弱点,你可以用这些撬开她的嘴。"

听祁亮这么说,戴瑶愣了一下,两人一起陷入了沉默。

"我和你说过我办案的时候很痛苦,指的就是这个。"

这时门开了,牛敦探着头说道:"谢所来队里了,在会客室。"

33

谢征看到祁亮和戴瑶进门,立刻拘谨地站起身和他们打招呼。

看到谢征的样子,又想起胡永平说的当年的往事,戴瑶忽然心里有点难受。

"师父,你怎么来了?"她把谢征按回沙发,坐到他身边。

"我是来谢谢你们的。"谢征笑着说,"何副局长说了,你们发现中湖公园的监控是秦基集团故意破坏的,帮我们摘了一口大黑锅。"

"这锅本来就不应该你背!"戴瑶皱起眉头,"对了,你帮我记着点,我还没找那小子算账呢!就是永中派出所的联络员,吃里爬外,和秦基集团串通一气来骗我们。要不是我们发现,你这口黑锅指不定背到什么时候呢!"

谢征讪笑了几声,说道:"我来就是为了这个事。"

戴瑶愣了一下,看了看旁边的祁亮。祁亮朝她轻轻点了下头,示意她让谢征先说完。

谢征继续说道:"那个小倪呢,其实也是让对方给骗了,当然这是他工作马虎大意……"

"你等一下！"戴瑶打断了谢征的话，"你什么意思？替他说情？他给你扣这么大一口黑锅，你大半夜跑过来替他说情？"

"毕竟是一个系统的，以后低头不见抬头见。"谢征说道，"所以能不能请你们抬抬手？"

戴瑶瞪着谢征，双手交叉在一起。

"上次开会的时候。"戴瑶开口道，"你说不认识我。既然不认识，你就没必要替他们说情了吧。"

谢征无奈地笑了："是啊，结果第二天你让我联系兴城分局查监控，何副局长也在场呢。"

戴瑶挑了一下眉毛，无话可说了。

"我们也知道给你们添了不少麻烦，何副局长也很过意不去，但好在没耽误事。"谢征看向祁亮，"我们就是想，如果能绕开的话，报告里能不能先不提监控的事。如果领导问起来，到时候再往上加，我们也一样领了这份人情。"

看着谢征低三下四地乞求，祁亮心里也不好受，于是看向戴瑶。谢征也跟着祁亮把目光投到戴瑶身上。

戴瑶闭上眼睛，深呼吸了两次，然后说道："行啊，不过我有个条件。"

谢征立刻精神抖擞，坐直了身体说道："好啊，没问题！"

"你告诉我那小子是什么背景，为什么他替秦基集团隐瞒重大案情，这么严重的问题，你们不仅不处理，反而还替他隐瞒。"戴瑶说道，"你和我说实话我就答应帮你。"

"他嘛，"谢征避重就轻地回答道，"其实已经处理了。"

"已经处理了？"

"问题是如果我们主动发现问题主动自查，是一回事。如果你们发现问题我们被动自查，那就是另一回事了。我这么说你们能明白吧？"

"是吗？"戴瑶审视着谢征。

她不可能去查证谢征说的是真是假，这完全是一本良心账。况且就算他们拍着胸脯说处理那个联络员，可能风头过去也就不了了之了。

"是啊。"谢征诚恳地回答道。

"那处理意见是什么？"戴瑶追问道。

"啊？"谢征愣了一下，然后迟疑地说道，"还没查完，不会这么快就出意见吧。"

戴瑶知道他在说谎，九年了，他说谎话还是能被她一眼看穿。但她没有像九年前那样立刻揭穿他，他已经五十岁了，头发白了，后背也驼了，尤其是坐在祁亮旁边更显得苍老。

她忽然不想难为他了。

"你看呢？"戴瑶看向祁亮。

"什么？"忽然被点名的祁亮吓了一跳，"我看什么？"

"写报告的事。"

"你是领导，听你的。"祁亮笑着说，"我没意见。"

"谢谢你，小亮。"谢征抓住祁亮的手用力摇了摇。

"师父。"

谢征松开祁亮的手，看向低着头的戴瑶。

"胡队说你以前在刑侦总队是个可厉害的人了，是吗？"

谢征愣住了，他看了看低着头的戴瑶，又看了看祁亮，不知该说什么好。

"我听了之后特别为你骄傲。"戴瑶说道，"我特想你能一直那么厉害。"

谢征的脸色立刻就变白了。他微张着嘴，脸上的肌肉不停地微微颤动着,好像是不知道该笑还是该哭。

"他们大半夜打发你来找我们,我很不高兴,就这些。"戴瑶点了点头。

"不是,我今天……"谢征本想解释一下,看到戴瑶的样子,后半句话又咽了回去。

"谢师父,我送你吧。"祁亮在一旁说道。

"好!好!"谢征忙不迭点头。

红杨坐在空荡荡的房间里,空气中都是那种味道,和九年前她在另一间派出所里闻到的味道一模一样。

那时她也是一个人坐在这样一间屋子里,外面也一样乱糟糟的,人们交谈时发出的嗡嗡声、不绝于耳的电话铃声和传真机发出的尖叫声,还有哭声和吵架声、用力关门的声音。

她能听到父母在外面吵架,他们一开始是当着她的面吵起来的。后来一个女警把她带到了这个房间。但他们的争吵声还是不依不饶地钻进她的耳朵。

"家丑不可外扬,以后你怎么让孩子成家?"父亲结结巴巴地喊道。

"这是现在该想的吗?这两个事有什么关系吗?他把我女儿祸害了,我把他送进监狱,你为啥在这儿横拦竖挡?"母亲喊了起来。

"嫂子,你别生气!"一个女人的声音响起。

听到这个声音,她恶心地闭上了眼睛。

"谁是你嫂子!"母亲喊道,"我不认识你!"

"大哥,这个事你可千万不能报警啊,不然你侄子这辈子就完了!"另一个男人哀求道,"大哥,当年你对我是最照顾的,咱们比亲兄弟还亲,孩子犯了多大的错我们都替他偿还,要打要骂都随你，你可千万别报警啊。"

"是，这个得从长计议。"父亲说道。

"从什么长！"母亲喊了起来，"你这个人是不是脑子坏了？那是强奸你女儿的凶手！你跟他们从长计议？"

"嫂子，本来我们和大哥也说了让两个孩子处处的想法，这不是……"

"滚！"

"是啊，我本来也有这个想法。"

"他是什么人？他是个强奸犯！你要让你女儿和强奸犯过一辈子？当初我们不让他来住，你死活不听，非要把这个浑蛋招到家里。我当时就跟你说那小子看杨杨的眼神就不对，你非说我想多了！现在出了这种事，你不说替你女儿做主，你还替他们说话！你就是个浑蛋！"

"我女儿我当然心疼，我也没说他家孩子没错。他这么做确实不应该，但是这个事传出去，以后咱们一家子怎么做人？"

"是啊！嫂子！外面说什么闲话的都有。"女人哭道，"他们说我儿子也就算了，毕竟是我儿子干的错事。可他们要是说咱们杨杨的闲话呢？说咱们大哥的闲话呢？"

"嫂子，这事说一千道一万都是我们的错，我给你跪下磕头了！"男人大喊一声。

"兄弟！"父亲叫了起来，"警察同志，这是我们家的私事，俩孩子闹了点矛盾，我们先自己处理，您看行不行？"

"不行！"母亲歇斯底里地吼道，"你的面子比女儿还重要吗？你天天打肿脸充胖子，几十人的聚会你非要买单！别人有什么事你都应承，什么忙你都帮！保险、理财、保健品，你让他们坑了多少次了？你哪次敢说个不字？你跟你的面子过去吧，我跟你离婚！"

然后门打开了，一个女警走了进来。

"很多案子都是熟人作案。"女警说道，"所以你父亲说了不算。就算是夫妻俩，只要女方不愿意也一样算强奸。所以你不要有心理压力。"

我该怎么办？她不知道，她也说不出话来，因为她哭得停不下来。好像有只看不见的手扒着她的嘴，悲痛从嗓子里冲出来，撞击着她的口腔。哪怕她稍微慢下来一点，身体就疼得像被揉碎了一样。

女警递给她纸巾，她接过来，抬起头，看到了戴瑶和祁亮。

"别紧张。"戴瑶在红杨面前坐下来，"我们就是过来看看你。"

红杨拿起纸巾，擦了擦脸上的泪痕，凄然一笑。

戴瑶继续说道："有什么想说的吗？"

红杨看着戴瑶，没有开口。

戴瑶叹了口气，说道："我只是觉得，你之前一直在群里劝大家不要杀人，但是最后动手的却是你。所以你心里一定压着很多事。"

红杨看了一眼坐在后面的祁亮，说道："他不是已经知道了？"

"我们知不知道不重要，重要的是你应该给自己一个交代。"戴瑶说道，"这些年，你背着这么多的东西，该放下了。"

红杨沉默了片刻，说道："我不知道该说什么。"

"那就从你最恨的那个人开始说吧。"

"我最恨我爸爸。没错，我最恨他。他到死都觉得自己没错，还在说我不应该报案，把他的脸全丢光了。他说，因为我，他成了所有人的笑话。他说我自私，说我毁了这个家，说他本来能活到一百岁，但是五十多岁就不行了，就是活活被我气的。我问他：'你为什么不去恨强奸我的人？'他说……他说人家就是想和你处对象,就是方式不对,人家对你没安坏心眼。

"他说这话的时候躺在病床上,大夫说已经癌症末期了。本来我挺心疼他的,但是他说完这些话,我立刻就想拔了他的管子。我问他,承认自己做错了就这么难吗?他说他没错。他看着天花板,他都不敢看我。

"他是睁着眼死的,我很难过。因为他活着,我至少还能有个恨的人。从那件事以后我爸回了老家,我妈去了深圳,我自己留在这里。我们这个家已经散了。我妈在深圳又有了家,她所有精力都放在了新家上,对我,对我爸的死讯,她都是'哦哦'几下就没话说了。看到我妈那个样子我反而挺安心的。

"我觉得这样无牵无挂也挺好。你们说我在群里劝大家不要杀人,对,因为我知道仇人死了以后会怎样。我亲眼看着我爸咽气,然后呢?我真的一点也不解气,一点也不快乐,因为他到死都不认为自己做错了。

"我想找到一个真正能报仇的方法。我没想到却害死了林珑。你不用安慰我,就是我害死了林珑,如果我做错了不承认,那我不也成了我爸?所以我杀了那两个女人,和林叔、赵瞳都没关系。

"我告诉你们,没有什么放下过去、走向新生,根本不可能。伤害永远都在那儿,永远没法愈合,每分每秒都在折磨你。当我遇到一个优秀的男人时,我就会想起那个浑蛋。我不敢坐地铁,因为我会想起那个浑蛋。我每天晚上要起来十几趟去看门窗关没关好,还是因为那个浑蛋。

"就算我爸睁着眼死了,他也是错的。"

宋一星看着窗边的日式灯笼,灯笼前面摆着一个瓶子,瓶子里插着一枝孤寂的枯枝。从他的角度看来,这就是一幅意境凄美的枯山水画卷。

每当胡龙龙喝得烂醉如泥，或者和其他女客人搭讪聊天的时候，他都会安静地欣赏这幅画。老板发现他喜欢盯着这里看，于是也常常关闭其他的灯光，独留下这盏。

宋一星对此也心存感激。

今天晚上胡龙龙没来，他以为自己终于能安静地喝点酒，但从坐下来那一刻起，他就焦躁不安，直到现在。

他忽然意识到，没有胡龙龙，他成了瓶子里的枯枝。

胡龙龙又和娜娜和好了，当然这是最后的疯狂。胡龙龙已经定好这周五飞往洛杉矶的航班。机票是宋一星订的，没有娜娜的座位。

宋一星看着碟子里的烤牛舌，他第一次吃牛舌是在巴西烤肉自助餐店里。那是千禧年的元旦前夜，胡龙龙请他和岑雪。他看到饭店门口挂着六十八元黑啤酒畅饮的招牌只有一个想法，这顿饭钱已经够他吃一个月了。

时隔十七年，他第二次吃烤牛舌，还是和胡龙龙一起，但已经没有岑雪了。尽管日式烧鸟和巴西烤肉的做法截然不同，但他还是一口就吃到了当年的味道。

那晚他喝了很多酒，聊起当年胡龙龙请他们吃巴西烤肉。已经喝多的胡龙龙用竹签指着他说："你那是沾了岑雪的光。那天我们约好一起庆祝千禧年，她不好意思一个人和我出来，才叫上了你。"

宋一星恍然大悟地点点头，可又充满疑惑。因为在他模糊的记忆里，是岑雪约他庆祝千禧年，但他想去复习功课，最后还是胡龙龙拽着他去的。

那天，岑雪见到胡龙龙一起来，刚开始还有点不高兴，后来胡龙龙说了半天自己费了多大劲才把宋一星拉过来，岑雪的脸色才好一点。

为什么他的记忆和胡龙龙说的有差别？到底哪个是真实的？他没有质疑胡龙龙，因为此时此刻，他们不仅是同学，还是老板和员工。在这种身份的拘束下，他总不能说：你记错了，岑雪怎么会喜欢你这种人？

后来他们成了固定的酒友，难免聊一些陈年往事，宋一星慢慢发现岑雪的名字已经不再那么扎人了，但胡龙龙说的某些事情和他记忆中的不一样。

更让他奇怪的是，他觉得胡龙龙说的版本才是事实。

也许他从心底就巴不得岑雪从来没喜欢过他，这样他背负的所有罪名都会不攻自破，他遭受的所有苦难也都有了憎恨的目标。

他甚至有点感激胡龙龙，胡龙龙在一点点抽走他心里的铅块。也许有一天他会彻底相信岑雪从来没喜欢过他，那个纸条只是个恶作剧。

这样当他再次遇到岑雪的父母时，他可以理直气壮地说：你女儿的死和我没关系。

直到赵瞳和他说了那番话，他才猛然惊醒，我的回忆会不会腐坏了？一个人从生到死，唯一属于你的就是回忆。不管是好的还是坏的，至少要真实的。如果连这一点都做不到，那么人生岂不也沦为可以随意篡改的毫无意义的幻象？

他喝了一口啤酒，感受着泡沫在口腔里炸开的酥麻感。同一件事情在两个当事人的回忆里是两个样子，这很正常。只是，他到底要不要去问胡龙龙那天夜里去了哪里？

心灵的安宁和回忆的真实，到底哪个更重要？

他看着桌面上的手机，屏幕上是胡龙龙的名片。只要轻轻一按，他就能解开心中最深的疑问。

可他没有，手机就这么安安静静地躺在桌面上，已经一晚上了。

他关上屏幕，他还没有足够的勇气。

胡龙龙合上手里的文件夹，抬头看向站在对面的男人。男人梳着油头，昂首挺胸，脸上一副胸有成竹的表情。

二十年了，还是这样一副欠揍的嘴脸。胡龙龙想着，当年没有"精致利己主义者"这个词，这类人却在那时层出不穷。

"赖雄基，这么多年，你这攒黑材料、打小报告的毛病还不改改？"胡龙龙黑着脸说道。

"别说没用的了。你就说这个东西值多少钱吧？"

胡龙龙拍了拍手里的文件夹，说道："我能相信你的职业操守吧？"

"那当然，毕竟我今年才四十二岁，名声还是很重要的。"赖雄基笑着说。

胡龙龙点了点头："把卡号发给我。"

"咱们还没开始谈价格呢。"

"一定会让你满意的。"胡龙龙站起身，双手插在兜里，看着桌上的文件夹说道，"二十周年同学会，你还打算请岑雪父母来闹吗？"

赖雄基转了转眼睛，坦然道："你的面子我们会给，但他是杀人犯，这个事实是永远改变不了的。话说回来，你为什么非要找这个杀人犯呢？他会给你带来无数麻烦的。"

"找谁不一样？"胡龙龙嘀咕了一句，转身向外走去。

"龙总，您的东西。"赖雄基喊道。

"你把它碎了吧。"胡龙龙推开门，头也不回地走进了夜风中。

风越来越大，刮起的沙石砸到脸上像针扎一样疼。

祁亮走到中湖公园墙外，透过铁栅栏，他能看到那片草坪，林珑就是从那里被抬走的。

他捡了块石头，蹭了些树干上的白灰，蹲在地上画了个圆。圆没有画完，在西边留了个口。

然后他从怀里掏出塑料袋，掏出里面的纸钱，用身体挡住夜风，把纸钱摆放到圈里，用打火机点着。

应该说点什么吧？他心里默念着，但是说点什么好呢？

就在这时，好像有人拍了下他的肩膀，他侧头往肩上看去，肩上有一颗巨大的雨滴的水渍。

哗——他抬起头，大雨从天而降。

大雨浇在他身上，浇在地上，浇灭了火焰。

他坐在地上，看着纸钱被雨水冲走。

34

11月1日，星期一。

"是我杀了她。"秦太望着对面的戴瑶和祁亮之间的空隙。

没有等两人开口，秦太继续自顾自地说道："但我不是故意的，我就用那个奖杯打了她一下，她就倒下了。我以为她在装死碰瓷，就先离开了。等我回来后发现她真死了。我打她是因为她侮辱我，她让我离婚，还说秦基集团以后是她孩子的。公司是我和我先生耗费了半生心血才做到现在的程度。这个女人要拆散我的家庭，还要威胁我儿子，我当然气不过。所以我就打了她一下。"

她停顿了片刻，补充道："就那一下。"

戴瑶和祁亮都没有说话，秦太终于把目光收回来，扫着他们的脸。

"这个女人是我杀的，和我儿子没有关系。"

"然后呢？"戴瑶终于开口了。

"什么然后？"

"你回来之后发现她真死了，然后呢？"戴瑶问道。

"我不想因为这个女人的死毁掉我们的人生。所以我把她装进行李箱，让秦煜把她扔到芭蕾馆的地基里。"秦太平静地说道，"我知道当晚要灌水泥，是我让他这么做的。"

"你之前说你对她和你丈夫的事并没有放在心上。"祁亮说道，"还有她的孩子。你还说恭喜她当妈妈了。"

"我没有骗你。"秦太坦然地看着祁亮，"我一开始确实这么和她说的。如果她没有说出那样卑鄙无耻的话，我也不会一时冲动打她那一下。"

"现在你儿子也说王甜是他杀的。"戴瑶说道，"我可以告诉你，我们目前倾向于他的说法。"

"为什么？"秦太叫了起来，"她是我杀的！和小煜没有任何关系！"

戴瑶和祁亮安静地看着秦太，谁也没有说话。

直到秦太彻底平静下来，戴瑶才开口道："你刚才说，王甜对你说秦基集团以后是她孩子的，这让你愤怒。所以你杀她是为了保护你儿子的继承权。既然你这么为孩子着想，为什么还要把他拖进这趟浑水，让他来帮你处理尸体呢？"

"我……"

"所以相比你叫秦煜过来帮忙抛尸这个说法，我们更倾向于秦煜说的，你被王甜逼迫，叫他过来帮忙的说法。"戴瑶说道，"也就是说，秦煜在王甜还活着的时候就到了现场，既然如此，秦煜也可能是凶手。"

"不是的。"秦太深呼吸了两口气，"那天是这样的，我看她死了，心里非常慌张，但我又不知道跟谁说，就下意识地给秦煜打了电话。"

说到这里，秦太低下了头。

过了片刻，她才抬起头，急切地说道："但是我立刻就意识到不应该给小煜打电话,这样会害了他!"

秦太好像在分辨自己不是个坏妈妈,戴瑶轻轻点了点头。

"电话接通后我就说了两句闲话,想赶紧挂断电话。但小煜还是听出来了。"秦太抿住嘴,又过了很久才说道,"我不想让他知道,就赶紧挂了。他又给我打过来,我不接,他就不停地打,我只能接起来。他觉得我有事,说要过来找我。我说你不用来。然后他就继续打……"

"我最后实在瞒不下去,就只能告诉他了。而且,他一直打电话,我也没办法想事情。"

"你们打了多少个电话?"祁亮问道。

"好多。"秦太哽咽着回答道。

"都是电话,还是也有语音、视频通话?"祁亮继续问道。

"什么都有。"秦太摇了摇头,拿出手帕擦了擦脸颊,"电话不接,他就给我打语音,语音不接再打电话,直到我接为止。我真的没想过把他拖下水,我特别后悔给他打了那个电话。他是个好孩子,只是担心他妈妈。所有的事都是我做的,你们抓我吧。"

戴瑶把林珑的照片放到秦太面前,问道:"你见过这个人吗?"

"你这是第二次给我看她的照片了。我没见过。"秦太轻轻摇了摇头,语气也平稳了下来。

"那你知道她是谁吗?"戴瑶追问道。

秦太又摇了摇头:"我都没有见过她,怎么知道她是谁?"

戴瑶点点头,继续问道:"你听说过林珑这个名字吗?"

"没有。"

"10月19日,你有没有收到一个U盘?"

秦太想了想,回答道:"不记得了。"

"你再想想。"戴瑶说道,"你们的保安说这个女孩给了他一个U盘,他立刻交给了你的秘书。你的秘书说她接到U盘后亲自交给了你,是一个红色的椭圆形U盘。"

"不记得了。"

"那你记不记得这个人?"戴瑶把宋一星的照片放到秦太面前。

秦太看了眼照片,眼中闪过一丝慌乱。

"你没想到他会主动找我们吧?"戴瑶说道,"那你记不记得,你为什么要约他见面,还给了他五百万?"

秦太继续保持沉默,但脸上优雅的面具已经裂开了一道缝。

"王甜?我没听过这个名字。"宋一星说道,"秦太找到我是让我撤掉刘曦案的报道,没提过这个人。"

"林珑提过这个人吗?"祁亮问道。

"没有。"宋一星摇了摇头,"她和我说过在调查刘曦案时有重大发现,不过也没具体说。这是秦太找完我以后,我让她撤掉刘曦案的时候,她说的。"

"然后呢?"戴瑶问道。

"我还是要求她撤掉,因为我不想因为这件事得罪一个著名企业家。"宋一星坦白地说道,"这些天我一直在反省,如果我当时支持她,也许她会和我说她发现了什么,然后我们能一起面对,至少我能给她更好的建议。但我当了逃兵。"

说到这里,宋一星看向灰色的墙壁,好像那里有一扇能看到外面的窗户。

"但我也警告过她,如果发现了什么,应该第一时间报警,而不是自己去调查。"宋一星像在自言自语,"因为我们的法律是不承认私人调查的,她这样做不仅会耽误警察办案,也会给她自己带来危险。"

戴瑶点点头，说道："可她没有按照你说的做。"

宋一星摘掉眼镜，说道："因为我让她失望了。"

"所以秦太给宋一星五百万，只是为了让他撤掉刘曦案？完全没提王甜？"胡永平皱着眉头说道，"这未免也有点太大方了吧。"

"我倒觉得她很聪明。"祁亮回答道。

"你要在谢广军手下早被打死了。"胡永平嫌弃地说道，"开始你的表演吧。"

"我觉得她聪明，因为她用一句话就能试出宋一星到底知不知道王甜。"

"为什么？"

"如果宋一星知道王甜的事，并且恰巧他又是那种收钱封口的人，那么他肯定会借机多敲一笔。"

胡永平点了点头，问道："如果宋一星不知道呢？"

"那这笔钱就是用来收买他撤掉刘曦案的。"祁亮说道，"如果宋一星不被收买，就像现在这样，那么秦太至少知道他不知道王甜的事，现在还没必要对付他。当然，还有最坏的一种可能性，就是宋一星知道王甜的存在，但他就是不收钱，不肯被收买。"

"对啊，这种情况怎么办？"

"加价，加到他同意为止。秦太为了让刘曦父母闭嘴花了一个亿。"祁亮顿了顿，说道，"我相信他的人品，不会被五百万收买，但问题是更多的钱他还能抵抗得住吗？"

胡永平点了点头。

"所以我倾向于宋一星的证词。"祁亮继续说道，"林珑没把王甜案告诉他，秦太自然更不会主动告诉他，所以秦太只能让宋一星撤掉刘曦案的报道。但这不足以消除威胁，所以她一定要封住林珑的嘴。"

"如果宋一星也知道王甜,那么现在就有三种结果:一是王甜案已经曝出来了;二是宋一星和林珑都被害了;三是宋一星倒向了秦太,他们一起害死了林珑。"戴瑶补充道。

"哎?"胡永平说道,"现在也符合第三种情况啊。"

"如果是第三种,宋一星就不可能主动找我们揭发秦太。"祁亮说道。

"我总结一下。现在的情况是你们怀疑秦太雇凶杀害了林珑,但她只承认杀害了王甜,不承认认识林珑。"胡永平枕着手臂说道,"卡在这个位置了。"

"对。像她这种身份的人,肯定不会亲自动手,查她的不在场证明也没什么意义。"戴瑶说道,"所以我们直接从她的社会关系入手,全面调查她10月15日以来的所有电话、微信和其他社交软件。"

胡永平皱了皱眉,说道:"这么大工作量,敦敦一个人行不行?要不我给你多安排几个年轻人。"

"毕竟她也算社会名流,还是要注意影响。"戴瑶笑着说道。

"小戴说得对,谨慎点没坏处。"胡永平点头道,"反正人已经拿下了,这些细活儿你们也有时间慢慢抠了。对了,王甜案你们有什么想法?如果那个小秦也一直坚持说自己是凶手呢?"

"我们认为是秦太。"戴瑶回答道。

"秦太的口供呢?你们有什么看法?"

戴瑶看了祁亮一眼,回答道:"秦太说的每个字都是和律师对好的台词。她知道杀人罪是躲不过去了,但是谋杀和误杀还是有差别的。所以她说王甜逼宫,说她就打了王甜一下,说她以为王甜装死才没有施救,都是为了脱罪。"

"问到那个U盘的时候,人的第一反应应该是有还是没有,但她说不记得了,这明显是和律师演练过的。"祁亮补充道。

秦荣坐在刑警队的会议室里,给了律师一个眼神,但律师摇了摇头。

"秦总……"

"给我五分钟。"秦荣看了看坐在会议桌对面的胡永平和祁亮,小声对律师说道,"没事的。"

"他们没有任何理由和你单独交谈。"律师还不放弃。

"我知道。"秦荣点了点头,"五分钟后你进来。"

律师无奈地摇了摇头,看了眼手表,起身走出会议室。

秦荣看到律师关上门,终于开口道:"胡队长,我想和我的妻子谈谈。"

"谈谈?"胡永平皱起眉头,"我们这儿都是有程序的。"

"我知道。"秦荣点了点头,"我知道我妻子现在涉嫌两起谋杀案,一起是王甜的,还有一起是那个女记者的。"

"所以呢?"

"我妻子不承认和女记者的死有关,对吧?"

"哟?"胡永平拔高了语调,"你的消息挺灵通啊。既然你这么说,那我也不能不问了,你这消息是通过什么渠道取得的?"

"我的妻子,我是最了解的。"秦荣清了清嗓子,认真地说道,"所以我来就是想协助警方,劝我妻子认罪。"

胡永平和祁亮迅速对视了一眼,说道:"你有这份正义感,当然很好。"

"所以我想和我妻子谈一次。但是你们不能在场,也不能录音录像。"秦荣开出了条件。

"不可能!"胡永平立刻板起脸来,"她现在是犯罪嫌疑人,怎么能让你们私下会面？还不录音录像，你以为这还是你们秦氏集团呢？秦总，我希望你能认清事实，你们已经进了这个门了，最好摆正自己的位置。"

胡永平站起来，故意用膝盖窝顶了一下椅子，椅子发出吱吱的响声。他一边往外走一边说道："送送秦总。"

"那就你们也在场，但是不能录音录像。"秦荣说道，"我这么做也是在帮你们破案。"

"帮我们破案？"胡永平一边往外走一边笑道，"谢谢您了。"

"那你开个条件吧。"秦荣说道。

胡永平这回终于站住了，转过头对秦荣说道："我们的人既要在场，也要录音录像。而且这不叫条件，这叫规定。"

"那你们如何能保证录音录像不泄露出去？"秦荣问道。

"那就……"胡永平挠了挠头，"那就不谈呗，不谈不就永远不会泄露出去了吗？祁亮，你抓紧时间送送秦总，还一堆活儿呢。"

这时门推开了，律师走了进来。

"我同意。"秦荣说道，"什么时候谈？"

"同意？"胡永平似乎有些措手不及，他看了看祁亮，又看了看表，"我们还得请示一下领导。领导点头了我们才能推进。毕竟这种事可大可小，往小了说就是个务实操作，往大了说什么大帽子没有，对不对？"

他是看着祁亮说的，祁亮配合地点了点头。

"我现在就去谈，十分钟。"秦荣说道，"就是个务实操作。"

胡永平假装迟疑地看着祁亮，祁亮立刻朝他摇了摇头。

"十分钟，我可以说服她。"秦荣平静地说道，"如果我没说服她，我就给你们提供一个很关键的线索。这样可以了吗？"

秦荣夫妇面对面坐在透明玻璃材质的圆桌两边，律师坐在秦荣身边，戴瑶坐在秦太旁边，祁亮坐在侧面，牛敦坐在后面的记录席。

"律师说法院已经把小煜的案子发回来了。"秦荣看了看祁亮和戴瑶，"多亏公安干警抓到了真凶，否则咱们儿子一辈子都要背着杀人犯的恶名。"

秦太低着头，没有回应。

"你闹得已经够大了，不要再连累小煜了。"秦荣继续说道，"如果你还有一点为他着想的心，还想为他留下点什么，就把你的事情交代清楚，争取宽大处理，也许以后你们母子还能再见面。"

秦太抬起头，谨慎地看着丈夫，质问道："你什么意思？"

秦荣侧了下头，律师从地上拿起公文包，从里面取出三份文件，在圆桌上依次排开。

"这是离婚协议。"秦荣平静地说道，"你现在签，小煜以后还能得到百分之十的股份。"

"百分之十？"秦太不可思议地看着律师，"我是集团副董事长，我还有百分之十五的股份呢！"

秦荣把手放在第二份文件上，继续说道："说到这儿，这是你辞去职务并放弃股份的文件。"

秦太愣了一会儿，忽然笑了起来，她越笑声越大，整个房间里都充斥着她尖厉的狂笑，以及笑声中蕴藏的怨恨。

祁亮抬起头，看向墙角的监控器。监控器旁边亮着绿色指示灯，这说明隔壁观察室的胡永平认为现在不需要叫停。

秦荣忽然大声喊道："你要是不签，等公司倒了你儿子一分钱都没有！"

秦太被突如其来的呵斥吓得停止了狂笑，房间里立刻鸦雀无声。

过了很久，秦太终于质问道："倒闭？秦基集团这么大，还能倒了吗?"

"你以为呢!"秦荣斥责道,"副董事长是个杀人犯,这样的公司以后谁还和你做生意!你以为公司大就行了?那都是银行的钱!到期还不上我也得跟着你们一起蹲监狱!到那时候,你们手里那些股份一分钱都不值!"

秦太怨怼地看着自己的丈夫,过了很久,终于说道:"好,我可以签,但是我的股份要转给我儿子。他要有百分之三十的股份,一个子儿都不能少。"

"就百分之十。如果你现在签了,和公司切割开,这些股份至少还能值个十几亿,也够你儿子后半辈子花了。"

"秦荣,他也是你儿子!"

"既然说到这儿。"秦荣拍了拍第三份文件,"我觉得你也应该知道,就一起带来了。"

"这是什么?"

"这是我和他断绝父子关系的声明。"

35

"秦荣！"秦太叫了起来，"你疯了吗？那是你儿子！"

"我疯了还是你疯了？要不是你干的这些事，我何至于坐在这里？"秦荣说道，"秦基集团是我父亲创办的。我不能让它毁在我手里，更不能让一个罪犯继承它。小煜虽然洗脱了杀人罪，但是拜你所赐，帮凶罪、抛尸罪，至少也要在里面蹲个几年。你不要总说他是我儿子，他也是你儿子，而且他现在的处境也是你一手造成的。那么就请你也为他谋划谋划，你觉得他出狱后能拿什么养活自己？人要往远处看，如果你还想弥补你的罪孽，弥补你对他的亏欠，让他下半辈子还有个依靠，就赶紧签字吧。"

秦太浑身颤抖着问道："出狱后？你什么意思？你不管他了吗？"

"我就是要管，所以才给他百分之十的股份。"秦荣回答道，"而且这件事我已经问过父亲了，他也同意了。"

秦太盯着丈夫许久，问道："你把我们的股份都收走，是要给谁吗？"

秦荣似乎听到了一个愚蠢的问题，他不屑地一笑，回答道："当然是留给秦基集团的继承人。"

秦太彻底愣住了。

秦荣无奈地笑了笑，说道："你这个人就是格局太小了。你儿子也是被你给教坏了，以为自己是独生子，就能理所当然地继承这么大的家业，你不觉得这种想法可笑吗？这些都是你灌输给他的。所以他才不求上进，每天做太子爷的大梦！你自己更是！为了这么点事杀人，惹出了这么大的麻烦，毁了你自己，还连累了你儿子。看到了吧，这就是结果。所以你负全责！"

他顿了顿，缓和了一点语气："我今天来，是因为咱们公安干警为了调查你的事，已经联系公司两个甲方了，虽然只是询问，但是你让人家怎么想？往后我还怎么和人家做生意？这还只是甲方，如果查到……反正你尽早交代吧，也省得人家挨个打电话问了。总之，你配合警方就是保护公司，保护公司就是保护你儿子。你好自为之吧。"

"如果我不呢？"秦太瞪着秦荣。

"我给他留了百分之十，已经是看在血脉的情分上了！"秦荣针锋相对地说道，"如果你现在不签字，那就一分钱都没有。而且，我只能把我知道的告诉警察同志了。"

祁亮看着戴瑶，戴瑶盯着秦太攥紧的拳头，他们都担心这个女人下一秒钟就扑上去抓烂丈夫的脸。尤其是戴瑶，正在犹豫是立刻出手阻拦，还是让她抓几下再说。

就在这时，秦太忽然抬起手，抓起笔签下了自己的名字。

"她是15日找到我的。我就知道要瞒不住了。但是瞒不住也要瞒啊，小煜为我受了那么多苦，我绝对不能让那个女孩把王甜的事再翻出来。我一开始没想杀她，就是想和她商量来着。如果她能守住这个秘密，要多少钱我都可以给她。但她就是说不通，我甚至找到了宋一星,宋一星都说不通她。没办法了……

"然后我找了我弟,让他摸摸那个女孩的底,看她手上有什么证据。如果没有,吓唬吓唬她就完了。没想到我弟……我真的没想过杀人,我就是想吓吓她。我真的什么都不知道。那天晚上我弟和我联系了,他只说都办妥了,东西他从那女孩身上抢到了,也都销毁了,但没和我说杀了她。结果第二天早上我看到了工地拍的视频,我一眼就认出是她。然后我再给我弟打电话就关机了。我知道他已经跑路了,就给了他一笔钱。我也不知道我弟现在在哪儿。

"我之前怎么找到这个女孩的?我一开始找了个公关公司,据说这家还挺有能量的,老板叫赖雄基,还是宋一星的同学。他说得天花乱坠,答应帮我把这件事压下来。我当然没和他说是什么事,他也不问。结果他竟然搞砸了。

"我没办法,只能去找宋一星。他不知道王甜的事,我也没办法和他说,就只能让他去压下刘曦的案子。结果宋一星也是个废物,连自己的手下都管不住。否则我也不用找我弟了。

"我和她无冤无仇,她为什么非要置我于死地?兔子急了还咬人呢,何况我儿子都已经被关进监狱了!我说了我可以给她钱,她想要多少都可以。可是她为什么非要把我逼上绝路呢?我和她无冤无仇,她为什么非要咬上我啊?为什么啊?她跟那个贱人也不认识啊!为什么啊?她是不是傻啊?我真的不想杀她啊!"

从一开始断断续续的哽咽,到后来放声大哭,与其说是悲伤,倒不如说是在发泄着委屈。就像她语无伦次地反复说着为什么,直到现在她都不知道林珑为什么要揭发她的罪行,丈夫为什么要抛弃她,这个原本对她毕恭毕敬的世界为什么一下子就露出了獠牙。

祁亮来到队部天台的时候天已经擦黑了。戴瑶正在和荔枝玩,牛敦坐在烧烤架面前准备食材,旁边还立着一盏落地灯。

祁亮从露营小推车里拿出一把折叠椅,在牛敦对面找了个光线充足的地方坐下。

气温已经降到零摄氏度以下了,两周前还是连夹克都穿不住的温度,好像一眨眼就到冬天了。到了冬天,一年就要过去了。

祁亮窝在椅子里,感受着炉子散发的阵阵热量。可是热量刚传到冲锋衣就停下了。

牛敦从啤酒桶里接了一杯黑啤给祁亮,然后深吸了一口气,把一大把肉串铺到烤架上。

"本来看到秦荣老婆落网,我还挺高兴的。"牛敦轻声说道,"但是看她今天这样,心情还有点复杂。"

"觉得她可怜?"

"她当然不值得可怜。"牛敦摇了摇头,"但秦荣做得太过分了。"

戴瑶走了过来,荔枝翘着尾巴一路小跑跟着她。

"哪些是给我们荔枝的?"戴瑶问道。

"牛肉、排骨。"牛敦回答道,"鸡翅不行,鸡骨头容易卡。"

戴瑶支好躺椅,把羽绒服铺在椅子上,然后躺上去,仔仔细细把自己包裹起来。

"还是有自己的地方好。"戴瑶伸了个懒腰,"待着就是踏实。我每次去那个天台都跟做贼似的。"

"朝明支队没有房顶吗?"祁亮给戴瑶递过去一杯啤酒。

戴瑶喝了一口啤酒花,说道:"有啊,但是没人玩啊。"

"朝明支队年轻人也挺多的吧。"牛敦一边烤一边问道。

"但是安静的不多。"戴瑶忽然想起了戴信,于是叹了口气,"都很躁,也不知道有什么可躁的。"

"我们在这里也是少数派。"牛敦笑着说道,"当初没人要我,还是亮哥把我留下的。"

"那你是捡到宝了。"戴瑶举起酒杯,"谢谢你把敦敦留下来。"

"谢谢敦敦。"祁亮也举起酒杯。

"谢谢!"牛敦一口气喝掉了一杯啤酒。

祁亮看着眼前的酒杯,他已经很久没喝过酒了。他闭上眼睛,想用力喝一大口,没想到咕咚咕咚地喝下去,虽然很凉,但是很顺畅,很痛快,于是这一整杯酒就全喝下去了。

然后他觉得这个世界变得好了一点。

牛敦专注地烤着食物,每当一炉食物烤好,他都会露出胜利的微笑。戴瑶除了喝酒吃肉,就是仰望星空。所以尽管天台上有三个人,但大多数时间都非常安静。

祁亮跟着戴瑶回到阔别两天的自己家里,那台路虎卫士的积木还放在写字台上,和他走的时候一样。这两个没有积木的夜晚真是分外煎熬,就连枕头上的尘味都被放大了十倍。

"我把这个拿走了。"祁亮指着桌上的积木说道,"要不太无聊了。"

"多陪爸妈聊天也是好的。"戴瑶靠在门边说道。

他们要是知道你在这里住,二十分钟后就会在外面敲门了。祁亮心里默念,同时小心地把零件装在一个对开上下两层的透明塑料箱里。

"楼上吵吗?"祁亮指了指上面。

"还好。"戴瑶回答道,"有声音是肯定的,但没有你说的那么玄乎。"

"没有剁肉馅儿吗?"

戴瑶摇了摇头。

祁亮来到卧室,房间里有一股温馨的香味。他装了一包衣服,又把其他衣服塞到床底下的抽屉里,腾空了衣柜。

"你父母家没有你的衣服吗?"戴瑶又问道。

"我不想让我妈洗我的衣服。"祁亮说道,"和她说了多少次,但每次都还是给我洗了。"

"你妈妈可能是想你了。"戴瑶出神地说道。

祁亮点点头,笑着说道:"可咱们也不是小孩了。"

"是啊。"戴瑶伸了个懒腰,"明天我也回趟家,把我的衣服拿来。"

祁亮回到酒店客房,用最快的速度收拾好写字台,调整好台灯的亮度,摊开说明书,把积木零件倒出来,塑料零件在木板上跳动,发出了哗啦啦的声音。

他满意地叹了口气,然后打开手机,点开白天审讯的录像,手机里传出了戴瑶的声音。

"红杨,你承认你杀害了韦丽莎吗?"

"承认。"

"你承认你杀害了陈雪梅吗?"

"承认。"

"你承认你两次袭击了曹姝月吗?"

"承认。"

"你做的这些事,还有别人知道吗?"

"没人知道。"

"你是怎么拿到吕国杰的手机的?"

"我跟着林松,他走后我从吕国杰身上拿走的。"

"是你告诉林松吕国杰在东湖公园做工的?"

"对。"

"说一下10月25日下午的事。"

"我先去了东湖公园,找到吕国杰,打电话告诉了林松。林松过来后我就假装离开了,其实是在附近看着他。"

"你为什么要看着他?"

"我怕他有危险,他毕竟岁数很大了。"

"你继续说。"

"林松把他打了以后就离开了。我过去拿走了他的手机。我想用他的手机把韦丽莎引出来。我把韦丽莎引到桥下,然后杀了她。"

"10月27日下午,你是怎么把陈雪梅引出来的?"

"我告诉她,她儿子在监狱里被打了。我是监狱管理局的,带她去医院。"

"10月29日晚上,你在高铁站附近的棚户区里袭击了曹姝月,也是你把她引出来的吗?"

"不是。当时我还在准备,她就出现了。"

"你准备袭击曹姝月的事,有没有和赵瞳说过?"

"我当然不会和他说,谁知道他会不会举报我?"

"既然如此,你是怎么知道这些细节的呢?包括那个叫薇薇的女孩。"

"所有案子的资料都在群里共享,有心的话很容易就能找到。"

"所以这些事都是你一个人做的,没人帮你,也没人给你提供信息?"

"是的。"

11月2日，星期二。

"他们三个到底是不是同伙？"胡永平指着白板上林松、赵瞳和红杨的照片问道。

"我们还没找到证据。"戴瑶回答道。

"红杨呢，招了？"胡永平又问道。

戴瑶看了看祁亮，点了点头。

"林松和赵瞳呢，他们怎么说？"胡永平说道，"尤其是赵瞳，他不知道红杨的计划，怎么配合打得那么好？"

"他们也都不承认。"祁亮说道。

"好。黑锅全让红杨一个人给背了。"胡永平点了点头，一副欲言又止的样子。

"领导，你有话就说。"祁亮问道，"谁又让你不开心了？"

"没事。"胡永平摆了摆手，"你们该怎么办就怎么办。"

戴瑶和祁亮对视一眼，笑着说道："您就直说吧。看您这样子也不像没事。"

胡永平沉默了片刻，终于说道："那个曹姝月，出院没？"

"出了吧，也不是重伤。"戴瑶回答道。

"她出院之后，你们去看过她吗？"

戴瑶看了眼祁亮，祁亮问道："要去看她吗？"

胡永平叹了口气，说道："说实话吧，重大案件指挥部的人去看过她了，问了她一大堆问题，还给录音录像了。"

"啊？"祁亮喊了起来。

"我发你们俩，你们先听听。"胡永平点了点手机。

戴瑶和祁亮的手机同时响了起来，两人又对视了一眼，祁亮打开手机，播放了一段录音。

男人：我们是公安局的，证件刚给你看了。下面有些问题要问你，你要老实回答，明白吗？

曹姝月：明白。

男人：10月29日晚上，你被人袭击了，你的孩子被人拐走了，有这个事情吗？

曹姝月：有。

男人：和你联系的警察是不是这两个人？

曹姝月：对。

男人：念一下名字。

曹姝月：戴瑶、祁亮。

男人：一直是他们和你联系，对吧？

曹姝月：对。

男人：10月31日晚上，你又被人袭击了，是吗？

曹姝月：是。

男人：你第一次被人袭击后，警察有没有告诉你不要出家门？

曹姝月：有，他们告诉我了。

男人：那你为什么31日晚上还要出去？

曹姝月：我……

男人：10月30日晚上，你儿子被找回来了。对吧？

曹姝月：是。

男人：他们是不是和你说凶手已经被抓到了？你以为自己安全了，所以第二天就出去了？

曹姝月：他们确实把那个男的抓到了，那个男的要杀我，是那个女警察把我救了。

男人：她跟你说这个男的是凶手，对吧？

曹姝月：是。

男人：所以你以为凶手被抓了，第二天晚上就出去了，对吧？

曹姝月：对。

"他们在干吗啊？"祁亮无奈地说道。

戴瑶忽然笑了起来，边笑边说："我想起来以前在朝明支队，这几个老哥也是这样的。"

"他们把这个机灵劲儿用在查案上不好吗？"祁亮看向胡永平，"他们是不是要说我们抓错人了，放松了警惕，才导致曹姝月受伤？"

胡永平点点头。

"所以如果他们是同伙，我们就不算抓错人了，只是还没全抓到？"祁亮继续说道。

"是的。"胡永平说道，"但是哪条法律也没规定咱们必须派人二十四小时守在她身边。而且戴瑶和她说过近期还是不要出门。"

"但是我下令把她家门口的人撤了。"戴瑶苦笑了一下，"那天晚上曹姝月也确实遇到了危险，还连累了祁亮差点也出事。"

"你别这么说！"祁亮立刻反驳道，"之前门口有人，她不也照样出去了。你不要什么事都从自己身上找原因，这叫受虐倾向。"

戴瑶愣了一下，然后开心地笑了。

"如果你不撤，凶手可能也不会现身。她总会等到你们撤走的。"胡永平摆了摆手，"话要看怎么说，我还说幸亏你们及时发现了问题，及时出警救了那个女人呢。立场不一样角度不一样，结论自然就不一样。"

祁亮和戴瑶都没有说话。

"不过呢。"胡永平说道,"这个案子梁局可能要看,他看了也得问。所以你们还是得查清楚他们三个到底是不是同伙。况且,万一他们真有个团伙,那保不齐还有第四个人。所以这个事搞清楚之前,对那个女人的保护就先别撤了。"

这时牛敦从外面进来,报告广东警方昨晚从澳门警方手里接收了秦太的弟弟周骏后,正在坐高铁把他押送过来,预计两小时后到达。

36

天气难得放晴,高铁站的候车大厅里洒满了阳光。

戴瑶站在二层的护栏旁边,双臂搭在不锈钢栏杆上,看着散坐各处的旅客在检票广播的指挥下起立、移动,慢慢排成四条长队。

祁亮端着两杯咖啡走到戴瑶身边,戴瑶摇了摇手,从快餐盒里夹起一个饺子塞进嘴里。

"我前几天做了个梦。"戴瑶看着候车大厅说道。

"梦见这里了?"祁亮问道。

戴瑶点了点头:"我和我妈,还有我弟就在这儿走散了,永远找不着了。然后我就吓醒了。"

祁亮转头看着戴瑶。

"你想他们了?"

戴瑶摇了摇头,又吃了一个饺子。

"那你觉得是什么?"

戴瑶沉吟了片刻,终于说道:"这像不像死亡?他们都走了,就留下你一个人在这里,这么多人,你谁也不认识。"

祁亮看了一会儿戴瑶的侧脸,默默地往她身边靠近一点。

"我爸去世后,我们家的关系一直都很拧巴。"戴瑶像是在自言自语,"现在想想,也许是因为直到现在,我们都没做好心理准备。"

"是吗?"

"所以才会互相伤害,用这种方式来证明对方心里有我。"

"你觉得你伤害你弟了?"

"你知道吗?"

"啊?"

"我在吓醒之前,有那么一瞬间吧……"戴瑶露出了笑容,"我还是有点开心的。"

"哈哈。"祁亮笑了起来。

"后来我就在想,我们结婚、生孩子,说到底,是不是就是不想成为最后活着的那个人?"戴瑶看着那四条队列开始缓慢地移动起来,"最后活着的那个人,是不是很难过?"

"有时候我会梦到我老了以后,"祁亮缓缓说道,"躺在单人沙发上,看着窗外又黑又冷的夜。我就去数楼底下高速公路的路灯,一遍一遍地数。因为路上的车太少,如果数车灯的话,过一会儿就忘了。"

"那是什么地方?"

"我也不知道。"

"我是不是把你聊郁闷了?"戴瑶问道。

"你看那是不是他们?"祁亮向下面指去。

两个身穿便衣但一看就是警察的男人押着一个戴着墨镜、口罩和棒球帽的男人从员工通道出来,他们身后跟着四个手持盾牌和防暴钢叉的保安。

周骏一脸满不在乎的表情,歪坐在戒具椅上,好像在用这种嚣张的姿势显示自己经常出入这种地方,根本不怕。

"我干过的事我认,死猫是我放的,锁眼是我堵的,但我可没杀她。没做过的事,打死我也不认。"

看来这个男人有丰富的对抗经验,一上来就摆出了死硬到底的架势。

"你放心,你干的事情,一件也跑不了。"戴瑶冷冷地说道。

周骏挑衅似的盯着戴瑶,眼神好像穿透了她的衣服。

祁亮问道:"你都干了什么,从头说一遍。"

周骏还在盯着戴瑶看,说道:"我就是去了姓林的那女的家里,找了点东西,然后就走了。"

"你什么时间去的?她在干什么?说详细点。"祁亮继续问道。

"晚上九点。我看她背着包出去了,她家里的灯又都是关着的,所以我就上去了。"

"你怎么有她家的钥匙?"

"我不用钥匙。"

"你去找什么?"

周骏终于看向祁亮,似乎听到了一个非常愚蠢的问题,然后用不可思议的语气回答道:"我当然是找王甜威胁我姐的证据啊。她敲诈我姐呢,这个事情你们不知道吗?"

"这里只能我们问你。"戴瑶说道,"你在林珑家找到什么了?"

"也没什么。"周骏继续用放肆的目光盯着戴瑶,"就是那个王甜怀孕的一些东西,还有一些她和我姐夫在一起的照片之类的。"

"你姐让你把证据偷回来?"戴瑶继续问道。

"对啊。"

"你离开林珑家是几点？"

"十点。"

"为什么记得这么清楚？"

"因为跟她合租的那个女孩回来了，吓了我一大跳。"

"然后呢？"

"那个女的还带着个男的。他们一回来就进屋了。我听着他们上床了我才跑出来。"周骏说道，"女的还让男的等一下，她要下个什么单。你们不信可以问他们去。"

"你出来之后呢？去了哪里？"祁亮接着问道。

"就在街上转了转。"

"去哪儿了？"

"忘了。"

"见到她了吗？"祁亮指了指桌上林珑的照片。

"没有。"周骏立刻摇头。

"没见过？那你为什么要和你姐说，你是从她身上抢到的东西呢？"祁亮特意在"抢"这个字上加重了语气。

"我没有！"周骏立刻否认道。

"你姐可是这么说的。"

"那可能是……我得把自己干的活儿说得困难点，这不是好要钱吗？"周骏似乎是被自己说的话逗笑了，露出满嘴黑乎乎的牙齿。

祁亮克制住朝这张无赖的脸上狠揍一顿的冲动，问道："所以你是从她家偷出来的，不是抢过来的，对吗？"

"是啊，你们找错人了。我姐也是……"

"就算你是偷出来的。"祁亮打断了他的话，"这些东西她还能随时再找齐一份。你姐是冤大头吗，为这点事给你五百万？"

"我姐愿意给我钱，也碍着你们的事了？"周骏似乎是早有准备,立刻就用话堵了回来。

"东西呢?"

"烧了。"周骏说道,"我姐让我烧的。"

墙角黄色的指示灯开始闪烁,祁亮和戴瑶对视一眼,结束了这场审讯。

天台上阳光温暖,戴瑶和祁亮并排坐在折叠椅上,两人中间放着一个装着咖啡的纸袋。

"他说林珑是九点离开家的。"祁亮忽然说道,"他看到林珑出来后去了她家,然后十点离开。"

"你是想问他在林珑家待那么长时间在干什么吗?"

戴瑶从纸袋里挑出那杯全糖的拿铁咖啡,一边喝一边看着天上一团被太阳晒得发亮的蓬松的白云。

"如果你偷偷进了别人家,能待这么长时间吗?"祁亮问道。

戴瑶立刻摇了摇头:"我的第一感觉是他在等林珑回来。"

"等她回来?"祁亮看着戴瑶,"等她回来杀她吗?"

"结果林珑的室友带着个男人回来,所以他的计划落空了。"戴瑶喝了一口咖啡,"第二种可能,他在找王甜的东西,但是一直没找到,耽误了时间。"

"我觉得是第一种。"祁亮说道,"他找到的那些东西林珑随时都能再凑齐一套,所以就算他拿走也没用。解决这个问题的唯一办法就是杀了林珑灭口。或者秦太一开始就要灭口。"

"我也觉得是这样。"戴瑶点头道,"但秦太是不会承认的。就像她不会承认自己杀了王甜一样,她永远都只会说我只是轻轻打了她一下。"

祁亮沉默了片刻,说道:"他们永远不在乎给别人造成的伤害,也永远不会真正内疚。法律在他们看来，只有对他们有用的部分才是法律。"

戴瑶拍了拍祁亮的肩膀，把另一杯无糖咖啡递给了他。

胡永平喝了一大口浓茶。这两年精神越来越不济，每天下午都得眯一会儿，不然就得用浓茶顶住这股越来越难以抵御的困倦。

人不服老不行啊。他悲伤地想着，忽然开始羡慕起谢征来。这时候给他个公园派出所所长，他绝对立刻收拾东西走人。

"我们……嗯……找到了个新证据。"脱掉防护服的李组长说话也拘谨了起来。

他直接把旅行箱的照片投到幕布上，旅行箱是打开的。

"我们在旅行箱内部的侧壁和正面都发现了血迹，根据血迹的形态和位置，我们认为这是死者王甜在箱子里挠出来的。"李组长深吸了一口气，"也就是说，她被封在箱子里的时候还没死。"

胡永平放下茶杯，刚才乌云压顶一般的困意瞬间消散了。

"活埋了？"胡永平问道。

"嗯。"李组长点了点头。

"没看错吧？"胡永平又问道。

"嗯。"

"他们娘儿俩不是说死了才装箱的吗？"胡永平皱眉道，"这可不是过失杀人了。"

"也不一定。"李组长说道，"有时候人在昏迷之后的呼吸和脉搏都很微弱，没有专业技能的人误判成死亡也是有可能的。但不管怎么说，王甜是被活埋的，这个绝对错不了。"

"你们什么意见？"胡永平看着戴瑶问道。

"王甜的尸体上没有被捆住手脚，嘴里也没有塞东西。"戴瑶说道,"如果她是在被埋之前就醒过来应该会发出一些动静。在这种情况下,秦煜会不会继续埋她,还是把她放出来,及时终止他母亲犯下的重罪?"

胡永平点了点头,看向祁亮。

祁亮说道:"还有一种可能性。就是他在埋的时候发现了王甜还没死。这时候他想到属于自己的百亿家产都要被这个女人的孩子抢走,他会怎么做?这就是一念之间的事。但是我觉得秦太这些年对他的教育和熏陶,决定了他的选择。而且,因为王甜是秦荣的情人,我认为秦煜对她的恨意比秦太可能还要大。"

"为什么?"胡永平问道。

"因为孩子对家庭破裂的反应要远比大人激烈得多,只不过绝大多数情况下,家庭破裂的时候孩子还小,没有能力做出什么事。"祁亮说道,"还有一点,秦太可能会理智面对丈夫出轨,但秦煜可能不会理智面对母亲被羞辱,还是被一个破坏他家庭、抢走他财产的女人羞辱。"

"他是为母报仇?"

"这只是一种可能。还有另一种可能,就是秦太没有约王甜见面,这一切都没有发生。"祁亮停顿了片刻,说道,"直到有一天,秦煜知道了这件事。他也会杀了王甜。"

戴瑶把印着下水管道广告的停车墩儿挪到一边,指挥祁亮把车停到路边。

烤串店老板从门帘里探出头来,看到是戴瑶,朝她点了点头,又把头缩了回去。

戴瑶看着对面熟悉的大门,深吸了口气,快步走过去。

还没到下班高峰,小区里空荡荡的,只有几个小孩子像麻雀一样,排着队从这头跑到那头,然后尖叫着跑回来。在楼和楼夹缝中的阳光里,看孩子的大妈们围坐在一起择菜。

她一路低头快走,忽然听到了熟悉的声音。

"我那儿媳妇,你们不知道,真是一点规矩都没有。刚来我们家那会儿,老戴还活着呢。她可好,洗完脚就把脚丫子晾在茶几上。哎哟!这话我都不好意思说,我结婚多少年了,我洗脚都背着我老公公。真是……"

"现在小姑娘不都这样吗?"

"是啊,我看慧雯还挺好的,人也会过日子,挺孝顺的。"

"会过?你可拉倒吧!就她每天那快递,盒子都够卖钱了!挣这仨瓜俩枣的还不够她自己买这买那呢!她孝顺?那还用我每个月把房租和退休金都给她还贷款啊?"

"您说这话亏心不亏心?"

所有大妈都朝着声音的来源望去,看到了一脸寒霜的戴瑶。

妈妈立刻扑上来,抓住戴瑶的手腕,要把她拽走。但是戴瑶轻轻一甩,就把手腕从妈妈的手心里抽出来。

"您的房租和退休金可都是给戴信的!人家慧雯花的每一分钱都是人家自己挣的!"戴瑶高声说道。

"那有什么不一样?都是两口子!"妈妈一边说一边又去抓戴瑶的胳膊。

"这时候说两口子了?那您还背后说人家坏话?"

戴瑶往后退了一步,转头往家里的方向快步走去。

她不想让妈妈看到自己的厌恶,她只想赶紧收拾好东西,永远离开这个地方。

所以她不仅把冬季的衣服装好了,还把夏季的衣服拿出来,可是行李箱很快就装满了。

她气恼地把衣服扔到床上，转身冲到客厅里。

"您为什么这么说慧雯？是您儿子出轨好不好？"

"是又怎么了？"妈妈坐在沙发上喊道，"那是我儿子，我还不能替他说话了？你瞪什么眼，哪天你有事，我也一样替你说话！哪个当妈的不这样？王姨的女儿一年结两次婚，第二次结婚都大着肚子了。谁看不出来是婚内出轨？王姨说人家前一个不行，她怎么说我们就怎么听呗。我这说的就不算难听的了，好吗？"

"行！您爱说说去，我管不了。"她翻了个白眼，"我要卖房，过几天就卖。"

"你卖什么房？你卖了房你住哪儿？"

"我租房住啊！"

"你吃饱了撑的！"妈妈叫了起来，"你们是不是都想气死我？"

"我卖不卖我的房，跟您有什么关系？这房您掏一毛钱了吗？"

"先不说掏不掏钱的事。这房子是你的资产，以后等你老了，还能指着它生活。要不然等你老了你住哪儿？你难道还要租一辈子？"

戴瑶原本也没打算卖房，听妈妈这么说，也没再还口。

"再说了，你要是一辈子不结婚，以后这个房子还能……"妈妈还在自顾自地说着，忽然意识到自己说漏嘴了，立刻停了下来。

她抬起头，看向女儿。

戴瑶气得浑身发抖，感觉脸上一阵发冷一阵发烫，问道："还能什么？给您孙子留着，是吗？"

妈妈知道自己说错了话，但还在争辩着："你要是结婚生孩子了，当然就给你孩子留着了。"

戴瑶转身回到卧室，把夏天的衣服扔回衣柜，拖着行李箱出来。

"您有两套房，一套给戴信住，一套租出去贴补他，那是您的事。"戴瑶一口气说道,"您养育了我,法律规定的赡养费我一分不会少您的。但是我的房子您就别想了,他就更别想了。"

甩下这些话,她拖着行李箱走了。

祁亮看到戴瑶怒气冲冲地走过来,立刻下车打开后备箱,把她的行李箱抬进后备箱里。

他盖上后备箱盖,看戴瑶还在瞪着小区大门,于是走过去把她拽进车里。

车开出去好久,戴瑶才终于开口了。

"《民法典》是怎么规定的?"

"啊?"祁亮看了一眼戴瑶。

"遗产继承。"戴瑶看着祁亮说道,"我要是不想把我的遗产给我弟,是不是还得立遗嘱?"

祁亮沉默了。

过了一会儿,戴瑶又问道:"你不是过了法考了吗?你给我讲讲。"

"现在说这个还早吧。"

"万一我明天就出意外死了呢?"

祁亮又看了一眼戴瑶,她紧绷着脸,眼睛里噙着眼泪。

"那你想把遗产给谁?"

"无所谓。"戴瑶咬着牙说道,"给老谢。"

"那你觉得,就算你死在他前面,他会拿着你的遗嘱去要那套房吗?"

戴瑶狠狠地瞪着祁亮,好像这样就能不让眼泪掉下来。

"你看。"祁亮双手扶着方向盘,目视前方,小心地解释道,"如果老谢放弃继承权,你的房还是会由你妈妈继承。我觉得他百分之百会放弃。"

"那怎么办？我就是不想白给我弟。"戴瑶狠狠地抽出两张纸，一边擦眼角一边说道，"今天要不是我妈说漏嘴了，我都没想到我身上还有这么个事！我妈在我家里跟我说，等我死了把房留给她孙子，真是气死我了！"

祁亮忽然又叹了口气。

"怎么了？"

"我想起了林松。"祁亮看了看戴瑶，"他很早就把房子过给林珑了。"

提到林松，戴瑶的火气下去了一点。

"所以我在想，其实咱们焦虑的不是把遗产给谁。"祁亮看向戴瑶，"而是咱们没有在意的人。"

戴瑶愣了好久，终于翻了个白眼，抱怨道："你这么一说我更难受了！"

祁亮笑了笑，说道："对了，刚才上海那边给我打了个电话。"

"催你过去吗？"

"不是，他们说让我别去了。"

戴瑶震惊地从座位上蹦了起来，喊道："那怎么办？"

"别急！他们说等我办完案再过去。"祁亮笑着说道。

戴瑶笑骂了句"大喘气"。

这时戴瑶的手机响了起来，她接起电话，脸上的笑容很快就消失了。

她"嗯啊"了两句挂断电话，深呼吸了两口气。

"怎么了？"祁亮问道。

"曹姝月。"戴瑶无奈地说道，"又跑了。"

37

　　戴瑶用力敲着曹姝月家的防盗门,结果对面的门开了,一个戴着绒线帽子的老太太探出头来。
　　"别敲了,人都出去了。"老太太说道。
　　"您看见了?"戴瑶问道。
　　"今天白天就有人来找她,在门口敲了老半天,她假装不在家。"老太太不屑地说道,"其实她一直都在家,刚走不大会儿。"
　　"今天白天找她的是什么人?"戴瑶继续问道。
　　"是几个女的,看着都挺有文化的。"老太太说道,"也不知道她又怎么惹着人家了。"
　　"那她孩子是不是在家呢?"戴瑶指着门问道。
　　"是吧,没听到孩子的动静。"老太太扬了扬下巴,"你去她家窗户根底下看看开没开灯,开灯就是孩子在家呢。"
　　曹姝月家开着灯,他们一进院子就看到了。
　　"叫派出所来吧。"戴瑶说道,"把开锁的叫来。"
　　楼道里散发着潮湿的霉味,两人走到外面等着。
　　这时曹姝月从远处走来,一手拎着一个塑料袋。

曹姝月家还是乱得像刚被洗劫过一样。她默默地把铺满沙发的鱼干一样的衣服拢成一团塞进衣柜，然后去卫生间洗了手，回来蹲在茶几旁边，卷烤鸭喂孩子吃。

孩子吃了两个，摇了摇头，曹姝月给他拿了一瓶可乐，推着他的后背往卧室走去。孩子经过戴瑶身边的时候，抬起头看着她，但什么也没说，被曹姝月推走了。

曹姝月把孩子关在卧室里，然后回到客厅，蹲在茶几旁边，低着头给自己卷烤鸭吃，也不搭理戴瑶和祁亮。

她脖子上还裹着纱布，吞咽时疼得不时皱起眉头。

戴瑶和祁亮看着她把一盒烤鸭全部吃完。她把餐盒收回塑料袋里，然后起身从两人中间穿过去，把塑料袋扔到门口，发出几声乒乓的声音。

她走进卫生间，很快抱着一大摞衣服出来。她经过两人中间的时候，两人都闻到一股馊了的味道。戴瑶皱了皱眉头，看向祁亮，祁亮也皱起了眉头。

曹姝月抱着衣服来到阳台，丁零咣啷地把衣服晾好。她自己也被熏得咳嗽了起来，于是打开了窗户。

衣服晾好之后，她坐回到沙发上，瞪着戴瑶和祁亮。

戴瑶看着曹姝月，她并没有感觉被冒犯，她知道这个女人摔摔打打不是因为生气，而是恐惧。

戴瑶只是觉得无奈。

祁亮开口道："我们来，第一是想感谢你。"

曹姝月看向祁亮，脸上毫无表情。

"因为你那天返回来救了我。"祁亮说完后点了点头。

曹姝月没有说话，脸上还是毫无表情。

"第二是想和你说一个情况。"祁亮继续说道，"那天袭击你的男人,是你大儿子奸杀的那个女孩的父亲。"

曹姝月这次终于点了点头。

"我们已经把他抓了,他要负什么刑事责任,这个得法院判。但是你要有个心理准备,他早晚会出来的。"

曹姝月猛地抖了一下。

"还有就是,我们不可能永远跟着你。"祁亮说道,"而且就算我们给你提供保护,你也没有按照我们的要求报备,就像刚才那样。"

"我就去趟超市也不行吗?"曹姝月终于开口了。

"这就是问题。"戴瑶接着说道,"这样是不可能长久的。"

"那你们为什么要把他放出来?"曹姝月瞪着戴瑶,"你们明知道他出来会来杀我,为什么还要把他放出来?我要怎么做?你们告诉我,我要怎么做?幼儿园也来找我,逼着我们退园!你们是说好一起来逼我们死吗?"

说到最后,曹姝月歇斯底里地吼了起来。

"你们可以换个城市生活。"戴瑶说道。

"我哪儿也不去!"曹姝月哭号道,"滚!滚!"

哐当一声响,孩子打开卧室门,拿着一把玩具刀跑了出来,他跑到曹姝月身前,发狠地瞪着戴瑶和祁亮。

"你们欺负我妈妈!我杀了你们!"孩子尖着嗓子喊道,双手挥舞着刀朝两人砍去。

曹姝月一把将孩子搂进怀里,母子俩同时哭了起来。

祁亮和戴瑶对视了一眼,在哭闹声中离开了曹姝月的家。

"我周五的飞机,从今晚开始,咱们连喝三天。"胡龙龙醉意蒙眬地端起酒杯,"一醉方休。"

以宋一星对胡龙龙的了解,他说连喝三天,肯定今天就是最后一次了。于是宋一星也端起酒杯,说道:"你又不是不回来了。"

"唉——"胡龙龙一口喝干,"就算再回来,也要等过些年以后了。"

"为什么?有什么事吗?"

胡龙龙摇了摇头,转移了话题:"老宋,你知道吗?这么多年,我就交下了你一个朋友。"

"我也是。"宋一星点了点头,一口干掉了杯中酒。

胡龙龙放下酒杯,说道:"老宋,我说句不好听的话,你别见怪。"

"不会。"

"你是我认识的人里面经济条件最不好的。"胡龙龙把手伸过桌面,拍了拍宋一星的肩膀,"但是你是我见过最不贪钱的、人品最好的。"

"哪有。"

"他们都以为我傻,其实我是装傻,你们所有人我都看得清清楚楚。"胡龙龙指着宋一星,"谁是冲着我的钱来的,谁是冲着我这个人来的,我都心里有数。那个赖雄基,家里也不缺钱,至少比你家要好多了,但你看他那副算计的嘴脸,从大学到现在,二十年了,一点都没变!"

"他找你了?"

胡龙龙摆了摆手:"可怜我这么多年,碰上的人都是冲着我的钱来的。唯独你,宋一星,唯独你啊,你是冲着我这个人来的。你是我唯一的欣慰了。"

"他干什么了,把你刺激成这样?"

胡龙龙给两人的杯里倒满酒,说道:"这种人以后你要小心提防。尤其你们在一个行当里,他一定会憋着坏害你的。你可千万别有把柄让他抓着。"

胡龙龙瞪着通红的眼睛看着宋一星,宋一星点了点头。

"听见没有?"

"听见了。"

"听见了怎么办?"

"我把他微信删了。"

"对。"胡龙龙用力地点点头,"但是还不够。你以后一定要小心谨慎,千万不要把所有人都当好人。我告诉你,你坐这个位置,就足够让别人对你起杀心了,把你弄倒了,他们才能分食你的利益。"

"明白。"

"你明白个屁!"胡龙龙重重地叹了口气,颓丧地躺在沙发上,"你还记得当年有人在论坛上散布你的事,还有人给你申请的大学发邮件,那都是赖雄基搞的鬼。他什么事都能做出来,你不防着他,就一定会被他吃掉。到时候我也救不了你了。"

宋一星端起酒杯,说道:"我一定听龙总的话,以后小心做事,绝对不让赖雄基之流的小人有可乘之机。"

"不光是赖雄基,咱们班很多人你都要小心。"胡龙龙挣扎着坐起来,端起酒杯说道,"二十年同学会你就别去了。"

"好!你说不去就不去。"宋一星和胡龙龙碰了下杯。

"我也知道,出人头地不能衣锦还乡,就像锦衣夜行。"胡龙龙说道,"但是还有句话叫闷声发大财。你跟这帮人没什么好炫耀的,把你父母接来,让他们安度晚年是正事。多认识点高层次的人,争取再往上跨越一个阶层,这才是正经事。"

"我明白。"

"这么多年,我就你一个朋友。"胡龙龙有点动情,"我曾经也以为自己朋友遍天下,现在才发现,能坐在一起喝点酒、说说心里话的人,就你一个。"

"我又何尝不是?"

宋一星忽然想起胡龙龙替他做证的事,这团沉眠在他心底的怪物忽然惊醒,搅起了波澜,混合着酒气涌上头顶。

"龙龙。"

"怎么了?"

"有件事,我一直没问你。"宋一星闭上眼睛,他觉得天旋地转,心底的怪物拼命往外钻,好像随时能从嗓子里钻出来。

可是他浑身发麻,根本没法控制自己。他听到胡龙龙不断催他,问他到底有什么事没问。他紧闭着嘴,全部力气都用在咬合牙齿上。他听到心底有个声音一直在和自己说话。

你真的要问吗?你就这么想知道吗?这件事就这么重要吗?重要到你失去一切都无所谓吗?你没有杀她,就算你做错了什么,你也已经用自己二十年的人生赎罪了。

这件事已经与你无关了。

"我想问你,"他听着自己的声音,"你家老三是试管的吗?"

"你问这个干吗?"胡龙龙笑了起来。

宋一星睁开眼睛,望着窗边的灯笼,缓缓说道:"我也想有个孩子。"

胡龙龙愣了一会儿,端起酒杯,自己干了一杯。

祁亮看了眼墙上的电子钟,已经晚上十点了。

周骏依然没有招供的意思。这就意味着他们没法确认作案时间、作案地点、作案过程、作案工具等一系列要素。

审讯陷入了僵局，除非他们能找到突破性的证据。而周骏肯定也知道中湖公园没有监控，所以才会死硬到底，他就是在赌他们永远找不到证据。

牛敦定位了周骏的手机，结果显示手机一直在林珑家附近，直到晚上十点四十才离开。

周骏的解释是不想手机突然响起暴露自己，所以就放在车上了。当他说自己在街上溜达了四十分钟的时候，恐怕连他自己都不相信。

祁亮和牛敦回到办公室，戴瑶正在看监控。

"他十点十二分走到中湖公园北边的那条胡同，被监控拍到了。"戴瑶一边播放录像一边讲解，"这条胡同只能通往中湖公园。然后他消失了十五分钟，十点二十七又原路返回。"

视频中，周骏朝着胡同深处走去，不时东张西望。

"他这副鬼祟的样子，明显是在找人。"牛敦说道。

戴瑶点了点头，说道："你们再看看这个。"

她打开下一段视频，周骏从胡同深处走出来，还是一副东张西望的样子。

"他还在找人？"牛敦问道。

"对。"戴瑶点了点头，"当然这个姿势也说明不了什么问题，你也可以理解为他刚杀了人，做贼心虚的表现。"

"你有什么想法？"祁亮问道。

戴瑶沉默了片刻，说道："我在想林珑给林松发的那条信息。无论发生什么事也要把报道发出去的那条。"

祁亮和牛敦都点了点头。

"按理说林珑应该是受到什么刺激或者威胁之后，才会想到要给父亲发这个信息。"戴瑶继续说道。

"对。"祁亮又点了点头。

"林珑发这条信息是在十点零七,她那时候应该是没见到周骏的。"戴瑶指着屏幕说道,"那么,又是谁或者什么事刺激到她了?"

办公室里安静了下来。

过了很久,戴瑶问道:"有没有可能是别的事,时间上和这条线重叠了?"

"无论谁这么晚出去都是要去见人的。"祁亮说道。

"这就是我担心的。"戴瑶说道,"如果不只时间重叠呢?如果当天晚上还有另外的人来找林珑呢?"

"可是周骏的怀疑也不能排除吧?"牛敦提醒道。

"周骏还是目前最大的嫌疑人。但是咱们得两条腿走路了。"戴瑶起来伸了个懒腰,"今晚都回去好好休息吧,案子的事明天再说。"

祁亮回去时觉得格外疲惫,一进屋就趴到床上,结果趴了一会儿又精神了。他坐到写字台前,把玩着已经拼成型的车壳。这台路虎卫士的积木已经快拼完了,只剩下行李架上的那两个行李箱了。

他打开说明书,翻到了最后几页,很快就拼完了。他屏住呼吸,把车壳和底盘扣在一起,没有错点,全部对接上了。他松了口气,就像做对了一道复杂的数学题。

最后一步是上轮胎。他把轮胎装在轮毂上,然后把轮胎装在悬挂上。

大功告成。

可是他一口大气还没出完,忽然发现车尾往下沉,好像悬挂断了一样。

他压了压车头，前轮悬挂很有弹性。但是后轮悬挂就非常松软，一点支撑力也没有。

一股巨大的挫败感包围着他。这是个拥有2573个零件的积木，也就是说他要重复2573次看图、思考、查找、拼接、复查的过程。

他每一步都是严格按照这个过程操作的，尤其是复查，他敢肯定一次都没少。

可最后还是失败了。

更重要的是，他甚至不知道自己哪一步拼错了。

他想大喊几声，但这里是酒店，他怕打扰到别人休息，只好去卫生间冲了个澡，出来后心情稍微平复了一点。他躺在床上，打开手机里的乐高论坛。

很多人都在吐槽设计师故意挖坑设陷阱，他的心情又好了点。他点开一个教学帖，找到了车尾塌陷的症结，原来是在最开始的某个把短轴穿进槽孔的步骤里，那里有两个孔，他穿进了错误的那个。

难怪大家都在骂，一种"原来如此"的如释重负夹杂着被捉弄的羞耻感从心底缓缓升起，他笑着摇了摇头。

这时他看到了帖子最后的那句话。

做错了不可怕，可怕的是你没发现自己做错了。更可怕的是当你还在狡辩说"我没错"的时候，真正聪明的人早已纠正了错误。

他小心翼翼地拆下底盘，终于找到了那两个几乎一模一样的槽孔。他忽然想，也许有两个人同时想要置林珑于死地，所以他们看起来是一样的？

如果真是这样，我是不是看错了什么差不多的东西，而且从一开始就看错了？

他闭上眼睛，想起林珑躺在草坡上的样子，想起林松轰然倒下的样子，想起追思会上那些沉默而悲愤的面孔，想起红杨、赵瞳、那个因为失聪而永远不再说话的女孩。

他想起宋一星掏出银行卡时的决绝，想起林珑的室友因为带着男友回来的自责，想起王甜的父母在知道林珑的死讯时靠在一起大哭的情景。

他想起那些强奸犯的母亲，她们有的人死了，有的人被抓了，还有的人余生都将活在恐惧中。

他想起每个人谈论起林珑时的样子，有人深爱她，有人憎恨她，但没有人会对她视而不见，因为她就是一团火焰。

他想起九年前的自己，那个不敢正视人间惨剧一眼的胆小鬼。他把自己裹在盔甲中，戴着一副铁石心肠的面具。

他想起等待庭审时，自己和林珑在便利店吃紫菜饭团，他没有胃口。林珑告诉他，如果一个人吃，就会觉得自己很可怜；如果两个人一起吃，味道就好多了。

他想起把离家出走的林珑找回来送到学校，然后他坐在班里，陪着她上了一节课。这样就没人再欺负她了。但林珑认为他是嫌弃她，想尽快甩掉这个麻烦。

我不是嫌弃你。不！对不起，我错了。

38

11月3日,星期三。

祁亮打了个哈欠,接着站起身伸了个懒腰,外面的天已经蒙蒙亮了。

他不喜欢睁眼到天亮的感觉,因为要么就意味着失眠,要么就意味着加班熬了一宿夜。

也许他应该听戴瑶的,好好睡一觉。

他继续回到电脑前,把一张列表上的电话号码复制到系统里,然后查询号码持有人的身份,再把持有人的信息填到列表上。

林珑是记者,每天要打无数个电话,这其中绝大部分都是只打一两通电话的报料人,他们来自天南海北,很难通过一个名字和一个住址就判断出他们和林珑是什么关系。

这样的工作既劳累又无聊,而且时时充斥着虚无的挫败感。

这时一个叫赖雄基的名字出现在屏幕上,祁亮照常跟着念了一遍,忽然愣了一下,他好像从哪儿听到过这个名字。

秦太!他想起来了。秦太供认她曾找了个公关公司,老板叫赖雄基,还是宋一星的同学。

所以赖雄基会给林珑打电话，但是他没有搞定林珑。秦太不得已又找了宋一星。大概是这么回事吧。祁亮一边想一边把鼠标滑到下一个电话号码上。

他忽然停住了。

戴瑶跟着导航把车开进一个被改造成传媒产业园区的老厂区。根据产业园区的名字，她猜这个厂子倒闭之前是做秋裤的。

她把车停到一个背阴的地方，下车到对面的咖啡厅里买了两杯咖啡和两个甜甜圈，然后叫醒了酣睡一路的祁亮。

戴瑶把咖啡递给祁亮，说道："到了，你这一宿干什么了？"

祁亮直愣愣地喝了几口咖啡，终于恢复了一点神志。

"我重新排查林珑的社会关系，第一个查的是胡龙龙。"祁亮说道。

戴瑶点了点头："他是林珑最后的联系人。"

"然后我发现他竟然和宋一星是大学同学。"

"是吗？"戴瑶喝了口咖啡，"所以呢？"

"秦太找的公关公司，老板叫赖雄基，他也是宋一星和胡龙龙的同学。"祁亮不等戴瑶再次发问，继续说道，"宋一星是给胡龙龙打工的，那么按理说赖雄基应该找胡龙龙打个招呼。而且就算赖雄基找了宋一星，宋一星也应该和胡龙龙打个招呼，对不对？"

"应该是。"戴瑶点了点头，"就算不说报道的事，至少也应该提一下老同学找过来的事。"

"但是我们上次问胡龙龙的时候，他说他不清楚这个报道。"祁亮又喝了一大口咖啡，"你还记得那天他有点慌吗？所以我怀疑他在说谎。那天宋一星也有点慌，就在你问他胡龙龙为什么会和林珑打电话的时候。"

"对。宋一星很惊讶。"戴瑶说道,"这说明胡龙龙和林珑不应该有交集。"

祁亮点了点头,张开嘴,一口塞进去小半个甜甜圈,嚼了几下,用矿泉水送下去。

戴瑶看着他,等他咽下去以后,才开口道:"那你为什么不叫我们,自己跑回来熬通宵?你觉得我们不愿意和你一起查吗?"

祁亮没想到戴瑶问出这样的问题,看着手里的半个甜甜圈,不知怎么回答。

"就像你自己把中湖公园的河滩都踩了一遍。"戴瑶看着祁亮,"你觉得这是你应该做的,但是别人都说,不就是个工作嘛,不就是拿份工资嘛,干吗这么拼命?所以时间长了,你也认为自己挺傻的。所以你再干这些事的时候,也不愿意叫别人,对吧?"

她不等祁亮开口,继续说道:"不管别人愿不愿意,我愿意。"

"下次不会了。"

还有下次吗?这句话戴瑶没说出口,她对祁亮露了个笑脸,拿着自己的咖啡和甜甜圈下车了。

尽管赖雄基坐在一米宽的写字台后面,但他依然睁大眼睛,上半身微微前倾,一副洗耳恭听的样子。

"你接受这个委托之后,有没有去找胡龙龙或者宋一星?"戴瑶问道。

"没有。"赖雄基立刻摇了摇头,"我直接去找了那位女记者。"

戴瑶和祁亮对视一眼,赖雄基的回答立刻推翻了祁亮提出的胡龙龙隐瞒的假设。

"你没有向胡龙龙或者宋一星提起这件事?"祁亮又问了一遍。

"没有。我特意没找他们。"赖雄基回答道,"因为我和宋一星的关系不好,我找他,很可能会适得其反。所以我直接找了那个女记者。"

"那你能不能描述一下你和那个女记者见面时的细节。"戴瑶拿出林珑的照片放在写字台上,"你先看看是不是这个人。"

赖雄基扫了一眼照片,说道:"对。她是宋一星手下的一个小记者。我不知道她和秦太之间有什么事,总之秦太希望她能在某件事上抬抬手。"

说到这里,赖雄基摇了摇头。

"怎么了?"戴瑶问道。

"没怎么。我又想起她那个理想主义者的样子了。"赖雄基感叹道,"老实说现在真正不为钱所动的人不多了,大多数人装清高是因为价码给得不够。所以我还挺欣赏这样的人,毕竟物以稀为贵嘛。"

"秦太开了很高的价码吗?"戴瑶问道。

"高到她现在就可以退休了。"赖雄基说道,"也不知道她二十年后会不会后悔。"

"这个过程你能描述一下吗?"戴瑶继续问道。

"过程很简单。"赖雄基耸了耸肩,"就像我刚才说的,我既没去找胡龙龙,也没去找宋一星,我直接去找了那个女孩。我和她说,你做了一件很棒的事,我不知道是什么,但我知道这不涉及公众利益,否则我也不会来游说你。这只是一件私事,现在事主希望和你谈谈,用一个对大家都好的方式结束它。"

说到这里他停了下来,过了几秒钟才继续说道:"但她立刻拒绝了我。这很正常,于是我给她报了个价。这个价格足够打动任何人了,至少换成宋一星肯定就同意了。"

"但是她没同意。"祁亮接话道。

"这种谈判是需要很高的技巧的。"赖雄基沉吟了片刻才说道,"我给她的这个报价也是经过深思熟虑的。所以我当时就意识到,要么我低估了这件事的严重性,要么我低估了这个女孩。于是我就问她:'这件事和你有没有关系?'她回答说没有。一件和她没关系的别人的私事,哪怕做最坏的设想,真有什么人被害死了,也轮不到她一个路人去主持公道吧。对吧?这是家属的事,还有你们的事。"

"你不理解她的举动。"祁亮说道。

"老实说我真的不理解。我经常遇到道貌岸然的人,基本都是嫌给出的价码太低。可是这次的价码真的很高了,我看那个女孩的衣着,她也不是那种有资格视金钱如粪土的人,所以我还挺意外的。当然,我更意外的是,她居然和宋一星那种人混在一起。"

说到这里,赖雄基冷哼了一声:"我只能说宋一星太会演了。"

"这和宋一星有关系吗?"祁亮问道。

"当然,他最会扮演这种刚正不阿、安贫乐道的知识分子形象了,提起来就恶心。"赖雄基嘲讽道,"其实他才是天底下最虚伪、最坏的人。"

"你对他似乎很有意见。"戴瑶微笑着说道。

"我虽然是个公关,但我也疾恶如仇的。"赖雄基自嘲道。

"你能举几个例子吗?"戴瑶问道,"你们都是大学同学。"

"当然,我唯一愿意义务劳动的就是揭他的老底。"赖雄基说道,"先说个最简单的,他为了拿奖学金,不让别人的分数超过他,把老师给同学们的考试复习资料藏起来了。我们知道他家里穷,穷不是原罪,比他穷的有很多,为什么别人不干这种下三烂的事?"

"所以这件事让你记恨了二十多年？"戴瑶问道。

"我就猜到你们会觉得我小题大做。"赖雄基冷笑道，"那如果我告诉你们他杀过人，是个杀人犯呢？"

"杀人了？"戴瑶和祁亮一齐问道。

"二十年前，在那个什么公园，他杀了我们班的一个女同学。"赖雄基说道，"但是，因为他特别会装无辜，警察又没找到证据，竟然让他逃脱了法律制裁，但我们都知道就是他。"

"你觉得调查结果有问题？"戴瑶问道。

"有问题？"赖雄基冷哼一声，"失足落水，意外死亡。那个女同学是我们学院的游泳冠军，她能淹死吗？"

"你刚才说是什么公园？"祁亮问道。

"什么河？"

"中湖公园？"

"对！"赖雄基忽然愣住了，"你们怎么知道？"

祁亮和戴瑶也震惊了。祁亮愣了一会儿，才继续问道："你怎么知道宋一星是凶手？"

"他那天晚上手机一直关机，也找不到人，这个所有人都能做证。"赖雄基说道，"还有他的不在场证明——你们是这么说吧——他的不在场证明也是假的。"

"谁给他做的证？"

"谁？当然就是他老板，胡龙龙啊。"

"他怎么做证的？"祁亮问道。

"胡龙龙说，当天晚上他和宋一星在食堂走廊里通宵复习功课。"赖雄基一字一顿地说道。

戴瑶接着问道："你怎么知道这个不在场证明是假的？"

"不是我知道，是所有人都知道。"赖雄基冷笑了几声，"胡龙龙是绝对不会干出这种事的!他从来不学习,更不可能在食堂走廊里学习。否则他也不至于连个毕业证都混不到了。"

"这件事你有没有告诉那个女记者?"祁亮问道。

"当然!她被宋一星骗得太深了,我必须得点醒她,让她知道她老板到底是个什么样的人。"赖雄基有些激动,"我一看到她替这个杀人犯说话的样子我就忍不住生气。"

祁亮和戴瑶并排坐在脏兮兮的饭桌旁边。小饭馆里烟气缭绕,不断有客人进进出出。

谢征穿着一件灰色外套进来,和老板娘打了个招呼,过来坐下。戴瑶把一个纸口袋从桌面上递过来,谢征接过来打开一看,是一件超轻羽绒服。

"换上!"

谢征本来不想换,但是架不住戴瑶瞪眼,于是不情愿地换上,还挺合身。

"我这岁数不合适吧。"他拍了拍蓬松的面料,为难地说道。

"不许脱!赶紧把你那衣服收起来,说正事了。"戴瑶说道,"我们要查的那个案子怎么样了?"

谢征立刻严肃起来,说道:"我问了,还真有这么个事。二十年前,一个女大学生在中湖公园淹死了。"

"这个案子当时是怎么处理的?"

"按照意外死亡结的,所以是永中派出所出的手续。"谢征说道,"但是手续里有一张崇庆支队的刑事调查结论。"

这时服务员端来了一大份羊肉锅仔,戴瑶给谢征盛了一碗。

"有笔录吗?"

"笔录?"谢征愣了一下,"当年还做过笔录吗?"

"我们了解的情况是做了笔录,而且做了很多人的呢。"戴瑶说道,"那死者的鉴定报告有没有?"

"这个有,就是溺水。"谢征看向祁亮,"有这么复杂吗?"

"我们刚了解到了一个情况,当年可能有人做伪证了。"祁亮回答道。

"这样啊,那我直接带你们去找当年的办案人,你们直接问他,行不行?"

"你认识办案人?"戴瑶惊喜地问道。

"这个老哥以前也在永外派出所待过。这些老刑警退出一线后,都去派出所养老了。"说到这里谢征忽然叹了口气,好像想到了自己的未来。

房间里冷冰冰的,飘着一股浓郁的中药味。六十多岁的女主人把他们引进客厅,打开了灯,屋子里终于亮堂了一点。

"房子是南向的,就是楼层低,一到这个点儿就晒不着了。"女主人摸了摸干枯的头发,"你们坐着,我把他推出来。"

"怎么还推出来?"谢征愣了一下。

女主人叹了口气,转身去了卧室,很快推着一辆轮椅出来。轮椅上坐着一个老头儿,穿着一身睡衣,剃着光头,一双无神的眼睛向前鼓着。

"哎哟!老哥,你怎么这样了?"谢征几步冲了过去。

"你还来啊?"老头儿瞥了他一眼,口齿不清地说道。

"好好说话。"女主人打了下老头儿的肩膀,"这不就是喝酒喝的吗?没人跟他喝就天天自己灌自己,差点给自己喝死。"

"别废话!一边去!"老头儿不耐烦地说道,但声音太小,毫无威慑力。

"现在也不敢喝了。医生说了，等能走了直接买张机票去三亚，冬天都不能在北方待了。"女主人继续抱怨道。

"那我们来合适吗？"谢征问道。

"没事。要不他一个人待着也烦，你们正好陪陪他。你们别看他骂骂咧咧的，心里可高兴了。"女主人高兴地说道，"我去给你们弄点水果，你们先聊着。"

谢征把位置让给戴瑶，戴瑶坐在老头儿对面，提高了音量，用平缓的语速问道："卢师傅，有个二十年前的案子，是您办的，我们想找您了解点情况。"

老头儿看着戴瑶，既不说话，也没有动作。

见对方没有回应，戴瑶又提高了音量："二十年前，中湖公园，有个女大学生淹死了。当时您在崇庆支队，这个案子是您办的。"

"你不用这么大声，我又不聋。"老头儿不屑地说道。

戴瑶忍不住笑了起来，问道："您还有印象吗？"

"我又不是老年痴呆。"老头儿看着她，"这还有什么记不住的啊？有事赶紧问，磨磨叽叽！"

"得嘞！"戴瑶点点头，"有个叫宋一星的您有印象吗？我们听说是这个案子的最大嫌疑人。"

"你听谁说的啊？"老头儿还是一脸不屑。

"我听……"

"他们知道个屁！"老头儿打断了戴瑶的话，"不就是二〇〇一年冬天，有个女大学生在中湖公园淹死了吗？没去参加期末考试，家长报警，一查，约了他们班一个男的去了中湖，然后在中湖木桥底下把她捞上来了。不就这点事吗？"

"行啊，老哥！"谢征说道。

"我他妈就没事！"老头儿不耐烦地拍了下轮椅，"说，哪儿有毛病？"

"我们听说给他做不在场证明的同学，做的是伪证。"

"谁……"老头儿一脸不屑加无奈，"你们这都打哪儿听来的？什么同学，什么不在场证明啊？咱们说的是一回事吗？哎哟！你可急死我了！"

"别急别急。"戴瑶哈哈笑道。

"能不急吗？"老头儿说道，"我告诉你们，没有同学的事。你们不是问那个小伙子吗？他当天晚上是在食堂什么地方熬通宵学习呢！"

"是啊，可是谁给他做的证呢？"戴瑶接着问道。

"能是谁啊？"老头儿拍着轮椅，"当然是食堂值夜班的啊！"

戴瑶脸上的笑容忽然消失了，她看了一眼祁亮，祁亮也皱起眉头。

谢征见状，立刻笑着接话道："老哥，你记性够好的啊。"

"什么啊！"老头儿摆了摆手，"前两天，我那老伙计，赵平，你知道吧？他给我打电话，说前几天有个小姑娘找他去问这个事了。他跟人白话完，给我来了个电话。我就琢磨这几天是不是得来人了，你们就来了。"

39

胡龙龙给了出租车司机两百块钱现金，然后跟着其他旅客排队进了航站楼的国际出发入口。

他让宋一星给自己订了一张后天周五的机票，他自己订了一张今天的。他不想和宋一星告别，他把这家公司送给了宋一星，他觉得自己做得够了。

排队出关的时候，排在他前面的那个男人遇到了麻烦，被两个穿黑夹克的男人带走了。男人似乎早就预料到了这个结果，丝毫没有反抗，甚至都没有一点质疑，拎着自己的包，低着头跟他们走了。

这个意外引起了大家的关注。他看到有些人的眼神开始飘忽。站在他旁边队伍的女人感慨地摇了摇头，好像已经看到了那个男人悲惨的后半生。

他忽然想起宋一星曾经和他说过，人到最后为何会陷入疯狂。那是因为人无法承受从成功到失败的那种落差——于是站在天堂，望着地狱，变成魔鬼。

是的。我也承受不了这个落差，我永远不要离开天堂。他盯着坐在对面工位上的年轻男人,年轻人皱着眉头,拿着他的护照,看一看他,又看一看护照,再看一看屏幕。

砰!公章盖在护照上。

他松了口气,朝着对方微笑了一下,快步走了过去。

贵宾休息区的香水味道让人稍稍安心了一些。

今天的贵宾区接待员很漂亮,但胡龙龙完全没有搭讪的兴致,直接问她还有没有靠前的航班可以改签。

接待员告诉他,最近一班只有经济舱了,下一班就是他的航班,问他要不要调换。他一想从这里飞到美国至少要十二个小时,坐经济舱实在是受不了,脸上露出了为难的表情。

接待员体贴地告诉他,他的航班还有半小时就能登机了。而且今天的起降调度一直很顺利,应该不会有延误。

应该不会有事的。怕什么?他想着,二十年都没出事,难道这半小时就会出事吗?他只是被刚才出关时那个被抓的男人吓到了。

想到这里,他打消了改航班的念头。

他找了个单人沙发坐下来,拿出手机。娜娜问他晚上见不见面,他回了一条在陪客户,等晚上十点左右看情况联系她。

晚上十点,那时候他应该在北极吧。如果娜娜联系不上他,会不会打电话给宋一星?然后宋一星也联系不上他。这个穷酸书生肯定会惊慌失措的。

胡龙龙笑了,因为他想到了宋一星知道他已经走了之后的恍然大悟,然后竖起大拇指,由衷地称赞他这招瞒天过海使得真绝了。

无论他做什么,宋一星都会真心实意地捧场,这是他最喜欢宋一星的一点。

接待员过来问他需要点什么,他说想要一份晚餐,然后特意说要中餐。因为他忽然想到,可能自己很久都吃不到纯正的中餐了。

他知道美国有最好的中餐厨师，却做不出纯正的中餐。因为食物的味道不是厨师决定的，是由那里的人决定的。

他忽然有点伤感，闭上眼睛，把一口炸酱面送到嘴里，虽然味道比不上街边的小饭馆，但毕竟还是纯正的中餐口味。

他睁开眼睛，看到一个胖子站在门口，正喘着粗气朝他看过来。

木桥早已翻修一新，现在的它只是看起来像座木桥，而结构都是钢筋混凝土材质的。

中湖公园开启了全照明，尤其是蚌中珍珠造型的芭蕾舞剧院，在夜幕中焕发着璀璨的光芒。

王甜差点被埋在那座漂亮的建筑下面，准确地说是活埋。秦太听到王甜是被活埋的消息时，瞬间就崩溃了。她终于成了前夫口中坑死了自己儿子的女人。

秦太发疯一般地咒骂王甜，骂不过瘾，接着说要找大师作法布阵，毁掉她的坟墓，镇住她和她孩子的魂魄，折磨他们，让他们永世不得超生。

谁能想到这恶毒的疯话是出自这座文明之地的建设者之口呢？

祁亮走在崭新的塑胶步道上，这里地势开阔，外侧是绿化带，绿化带外面就是公园围栏；内侧是一大片堤岸草坡，草坡的尽头就是岸边。

他沿着步道走到桥上，往下看去是黑漆漆的湖水。

二十年前，一个女孩死在这里。现在，又一个女孩死在了这里。

也许迎面走来的胡龙龙能给出答案。

一个小时前，牛敦在机场截下了准备登机的胡龙龙，据说再晚十分钟他就上飞机了。

牛敦说到这里有些遗憾，再晚十分钟，他就能在首都机场上演一幕飞车逼停飞机的大戏了。

"龙总！"戴瑶猫着腰从草坡爬上来，问候道，"这地方眼熟吗？"

胡龙龙摇了摇头，说道："如果我没记错的话，我们公司那个女孩就是在这里遇害的吧。"

"龙总记得倒清楚。"戴瑶微笑着说道，"你最近来过这里吗？"

"我这个人比较迷信。"胡龙龙说道，"尤其是我知道这地方死过人。"

戴瑶点了点头，说道："二十年前，你给宋一星做证，说那天夜里你们在一起……"

"二十年前？"胡龙龙打断了戴瑶的话，"你们把我从机场拽回来，就为了问二十年前的事？你们就这么儿戏吗，还是说你们根本不拿我们公民的权利当回事？"

"你要投诉，也得等我把这个问题问完了。"戴瑶挑了一下眉毛，"没有证据，我们也不会把你从机场贵宾室请过来。现在听我说，二十年前，你们班有个叫岑雪的女生在这里淹死了，你还记得吗？"

"有点模糊的印象。"

"那我提醒你一下，这个女生死了之后，警察到你们学校问话，你跟警察说，案发当晚你和宋一星在一起复习功课。"戴瑶根本不给胡龙龙开口的机会，"你不要否认，这是你们班长赖雄基告诉我们的。"

"我忘了，很久之前的事了。"胡龙龙冷冷道。

"那你觉得宋一星会怎么说？"戴瑶冷笑道，"如果他知道二十年前为他证明清白的不是你，而是食堂值夜班的员工呢？相反，是他给你做了不在场证明，才让岑雪的案子沉冤了二十年。你觉得他会不会说实话？那天夜里他根本没和你在一起，而你才是唯一一个没有不在场证明的人。"

胡龙龙冷冷地看着戴瑶，过了很久才说道："我没杀她。"

"杀谁？"

"岑雪。我们一起掉到水里，我不会游泳，她救我，然后……"

"然后什么？"

"等我醒过来，她已经不见了。"胡龙龙顿了顿，说道，"我在岸边看到了她的大衣和包。"

"所以呢？"

"所以她是主动回来救我的。"胡龙龙说道，"她因为救我而死，我不用负法律责任。这一点你们也很清楚，调查结果是意外死亡。"

"好。"戴瑶点了点头，"想起来就好。10月25日晚上，你有没有来过这里？"

胡龙龙又沉默了片刻，说道："我知道你们能查到我来过。我们公司那个女孩约我来的。"

"约在哪里？"

"就在这里。"

"约的几点？"

"九点半。"

"然后呢？"

"然后我来了以后没见到人，我就走了。"

"她找你干什么？"

"她找我聊宋一星的事。"胡龙龙平静地说道。

祁亮接着问道:"既然她要聊宋一星,为什么要约到这里?在公司不能谈吗?"

"我不知道,是她约的我。"

"你为什么之前不告诉我们?"祁亮继续问道。

"我又没见到她。"胡龙龙耸了耸肩,"而且我担心这是个圈套。"

"什么圈套?"祁亮追问道。

"我是个身家几十亿的人,我有很大的产业。这个女孩只是个临时工,或者叫实习生。她晚上约我单独见面,本来就很奇怪,毕竟我是个男人。而且这种事情不是没发生过。"

"那你为什么答应和她见面?"

"当然是因为她用岑雪的事情威胁我,岑雪的死我虽然不用承担法律责任,但毕竟传出去影响不好,所以我才答应和她见面。"

"你是老板,她是员工。"祁亮说道,"她约你见面,然后还放了你鸽子?"

"没错,这正是我起疑的地方,我担心这是针对我下的圈套,所以我上次没说实话。但是经过这些天,我也没发现其他的异常,所以这次就和你们说了。"胡龙龙回答道。

"然后你去和她的直属领导喝酒,也没说这个事?"

胡龙龙点头道:"我认为事情搞清楚之前,最好不要多说。"

"你说的话你自己会相信吗?"祁亮问道。

"我说的都是真的。"胡龙龙忽然笑了起来,"我为什么要杀她?灭口吗?就算她把岑雪的事都说出去,我也不怕!岑雪是救我淹死的!她死了,我也不用负任何法律责任!我最多就是当年没把真相说出来!现在我说出来了,你们能把我怎么样?我是故意杀人还是过失杀人?你们能抓我吗?"

"非常好。"戴瑶拍了拍手,"我就喜欢打开天窗说亮话。那你说说25日晚上的细节吧,从你到这里开始说。"

"我是九点二十到的,就在中湖北街的西口。我在纠结到底来不来。后来想了想,还是来和她说清楚为好,毕竟我也没有做错,如果不来反倒落人口实。我大概九点半从那个豁口走进来。我来了之后就给她打电话,但她一直没接。你们之前问过我给她打电话她没接,就是这个时候。然后我就走了。这就是全部。我也不知道她为什么要放我鸽子。对了,我进来的时候还碰上了保安,被保安给轰出去了。等保安走了我才过来的。"

保安一来就认出了祁亮,他看到这个阵势很大,紧张得话都说不出来,哆嗦着朝祁亮点了点头。

"师傅!"胡龙龙说道,"25日晚上,你是不是开着一辆电瓶车巡逻,在那边豁口,我正好进来,你就把我给轰出去了?"

保安吓了一跳,听着胡龙龙的叙述,模棱两可地点了点头。

"把他带到一边去。"祁亮挥了挥手。

"你之前说每个整点巡逻一圈。"祁亮说道,"一圈二十五分钟,你九点半的时候不应该出现在豁口的位置。"

保安立刻点了点头,说道:"我想起来了,我九点多上了个厕所,那趟出来得晚了会儿,到豁口差不多就是九点半。"

"你巡逻到这里看到人了吗?"祁亮拍了拍木桥的围栏问道。

保安认真想了很久,确认自己没看到人。

祁亮和戴瑶对视了一眼,都从对方的眼中看到了失落。

这时戴瑶的手机响了起来,她拿出来一看,是她妈妈打来的。她拿着手机走到一边,犹豫了一下,又把电话挂断了。

"等一下!"保安忽然说道,"有人!有人!我想起来了,我来的时候听到有手机响。"

"你确定吗？"戴瑶走过来问道。

"这地方有情侣约会。"保安指着草坡下方的灌木丛说道，"基本在那底下躲着。如果不是太过分，我们一般不管这种事。"

祁亮让侦查员把保安带走做笔录，然后把胡龙龙叫过来，问他打的这两个电话，林珑是挂断了还是没接。胡龙龙说这两个电话都是一直没人接，直到电话自动挂断。

祁亮又问他第一个电话是在保安走了多久打的。胡龙龙想了想，说大概过了两分钟。而保安驾驶电瓶车从豁口到木桥正好需要两分钟。

戴瑶望着被带走的胡龙龙，低声说道："如果保安听到的铃声就是胡龙龙打给林珑的，林珑为什么不接电话，还要调成静音呢？"

"有没有这种可能，当时她已经接不了电话了？"祁亮说道。

项目部关闭了公园里的全部照明，整个世界立刻一片漆黑。

过了几秒钟，祁亮才重新适应了昏暗的环境，借着公园外的路灯穿过绿化带高大树冠透进来的微微光亮，看清了那一片灰茫茫的草坡，和远处黑成一团的灌木丛。

祁亮走到草坡的边缘往下看去，虽然光线昏暗，但还是一览无余。

"当时就是这个情况，如果她在这儿，我一定能看见。"胡龙龙摊开手说道，"真的是一个人也没有。我怕她给我下套，躲着不露面，在什么地方把我偷拍下来，就赶紧离开了。"

戴瑶忽然说道："有一个地方能藏。"

她跳下草坡，一路踉跄着冲下去，跑到岸边的怪石边上才刹住，然后顺着岸边往木桥走去，终于消失在黑影中。

"还看得见我吗？"戴瑶的声音从下面传来。

祁亮站在木桥下面，这里有两米高、五米宽，足够藏下两个人了。

他沿着岸边走到草坡下面，看到戴瑶正蹲在怪石面前，用手指轻轻触碰着石头上的棱角。

"林珑后脑勺上有一处钝器伤。"戴瑶说道，"不一定是打的，也可能是撞的。"

祁亮往上望去，这片草坡虽然看似平缓，但角度其实很大。他眼前出现了一幅画面，林珑被一双手推下来，她顺着草坡滚下来，后脑勺撞到石头上。

"如果林珑九点半就死了，那她给林松发的微信呢？那是十点零七发的。"祁亮问道。

"手机在林珑身上。"戴瑶猜测道，"有没有可能凶手在这里待到十点零七，发完之后把手机放到她身上，再把她推到湖里。"

祁亮摇了摇头，说道："如果这条信息是凶手发的，那他的目的首先就是制造一个不在场证明，所以他十点零七一定在一个有人能给他做证的地方；其次就是他知道林珑在做这个报道，知道林珑和报道里的人发生过冲突。"

"有没有可能就是胡龙龙？"

"可是保安……"祁亮忽然拿起手台说道，"敦敦，你跟着保安师傅把车原路开回去，再重新开过来一趟。"

保安开着电瓶车重新过来，在经过豁口的时候，车灯正好晃了过来，站在草坡下面也看得非常清楚。

"胡龙龙可能在说谎。"祁亮说道，"你还记得秦太弟弟说林珑是九点出来的吗？从她家走到这里最多十五分钟，如果她约胡龙龙九点半见面，为什么要提前十五分钟过来呢？"

"为什么？"

"胡龙龙是十点到的酒吧，开车要二十多分钟，所以他最迟也要九点半就从这里离开。如果他说林珑约他是九点半，那么他就没有作案时间。但如果他九点二十就到这里了呢？"

戴瑶的眼睛也亮了起来："所以他已经和林珑在这里待了十分钟了。"

"站在这里能看到保安的车灯。"祁亮指着桥下说道，"所以他才能及时把林珑拖到桥下。否则保安过来就会发现他们。"

"保安听到的铃声呢？"

"也许他故意让保安听到铃声，给他做不在场证明。"祁亮说道，"我们通常会认为打电话的两个人不在同一空间。"

"那他说进来的时候碰到保安也是编的？"

"保安记不住自己驱赶过谁。但是如果有人主动说他工作到位，他会不会下意识就承认了？"

"看不出来胡龙龙还挺聪明。"戴瑶挑了一下眉毛。

"他可是二十年前就骗过整个世界的人。"

40

祁亮和戴瑶站在观察室里,通过单向玻璃墙看着坐在审讯室里的胡龙龙。

"最后一个疑点。"祁亮说道,"胡龙龙十点就到酒吧了,对了,还是他约的宋一星去喝酒。"

戴瑶挑了一下眉毛:"这招儿他算用溜了。"

"可是他在酒吧怎么能给林松发微信呢?"祁亮说道,"还是说他当时没有把尸体扔到湖里,而是藏在桥底下,然后拿着林珑的手机去了酒吧,在酒吧里发了信息,离开酒吧后又返回现场,把手机塞回到林珑身上,然后把尸体扔到湖里?"

"他那天的代驾应该会记得很清楚。"

戴瑶正说着话,牛敦的电话已经打过来了。

祁亮按下免提,把手机放在戴瑶旁边。

"代驾确认是从酒吧直接开到家的。"牛敦说道,"平台也记录了代驾当晚的驾车路线,的确是直接到家的。到达时间是三点三十五。"

"他家的监控看了吗?"祁亮问道。

"看过了,胡龙龙是三点五十出电梯的,再下楼已经是第二天中午了。"

祁亮挂断了电话,两人默默坐在椅子上。

这时戴瑶放在桌面上的手机响了起来,屏幕上显示着妈妈来电。

"接吧。"祁亮劝道。

戴瑶不情愿地接起电话,电话里立刻传来了妈妈的咆哮。

"打你电话你也不接!你死哪儿去了?"

戴瑶瞪了祁亮一眼,说道:"我工作呢!"

"你工作也不看一眼手机吗?我一天给你发了多少条微信!"

"单位电脑登录呢,没提示音!什么事你现在说吧!"

"我就是告诉你,房子绝对不能卖……"

"行了,别说了,我忙着呢!"戴瑶打断了妈妈的话,不客气地挂断了电话。

她抬起头,看着祁亮正古怪地看着自己,于是抱怨道:"我就说不接吧!"

"微信在电脑上登录,是不是也能发微信?"祁亮忽然问出一句莫名其妙的话。

"不能发微信还能发微博吗?"

"如果凶手拿走了林珑的电脑,电脑登录着微信,是不是就能给林松发消息了?"

"对啊!"戴瑶的眼睛亮了起来。

林珑的笔记本电脑塑封在透明塑料袋里,塑料袋上还贴着一张手写的备忘:

受害者电脑,首次现场发现于办公桌面,未见可疑,数据已备份。开机密码LL2000LL。

戴瑶拆开塑料袋,取出笔记本电脑。她输入密码,进入操作界面,找到微信,点击进入微信后立刻进入了聊天界面,接着弹出了一大堆对话框。

戴瑶往下滑,找到了林珑和林松的对话框。祁亮凑过去看,忽然伸手把笔记本电脑接过来,继续往下滑,似乎在找什么东西。

"你觉得胡龙龙知道她的密码吗?"戴瑶问道。

"你觉得胡龙龙知道她爹是谁吗?"祁亮反问道。

"啥?"戴瑶眯起了眼睛。

祁亮一边继续往下滑一边解释道:"她发给林松的上一条微信是两天前。你看她每天和这么多人联系,至少有三十条。两天就是六十条。也就是说,在这条信息发出去之前,他们的对话框是在非常靠下的位置。"

他指着一个媒体群的对话框,说道:"如果微信是胡龙龙发的,他往下滑这么长才能找到林松的微信。而且林珑也没给林松备注'爸爸',胡龙龙都没有林珑的微信,他怎么会知道这是林松的微信号呢?"

"对啊!"戴瑶点了点头,"所以发微信的人知道林松的微信,直接从通讯录里搜出来的!这一定是个对林珑非常熟悉的人!而且这个人还能进出林珑的公司,把电脑神不知鬼不觉地放在林珑的工位上。"戴瑶缓缓点了点头,"我觉得这回差不多靠谱了。"

祁亮深吸了口气,说道:"谢谢你!"

监控画面对着樱桃木打造的吧台和高脚凳,身穿日式服装的老板站在吧台里低头忙碌着,左手第三个高脚凳上坐着一个穿着西装的男人,正在和身材瘦高的服务生点单。

服务生很快便点好了单,鞠了一躬后朝着里面走去。

雅座区只有一桌熟客,就算不点单,服务员也知道他们要点什么。果然,他们点的是常吃的几样食物和酒,当然还少不了烤牛舌。

其实老板刚才看到他们进来,就把牛舌拿出来准备了。

看着服务生离开,胡龙龙拿起桌上的纸巾擦额头,然后把纸巾举在眼前,看着上面的褶皱。

宋一星坐在他对面,一直低着头看手机。很快手机响了起来,宋一星接起电话,指出了文章中的几个问题。

"算了,你把文章发给我,我自己改吧。"宋一星说完挂断了电话。

他站起身,说了句"我去车里改个东西",然后就出去了。路过吧台的时候,老板朝他点头致意,告诉他正在准备食物。

"不着急,你们不是才开门吗?"宋一星笑着说道,然后推门出去了。

服务生很快把小菜和酒送上来,胡龙龙给自己倒了一杯酒,一口喝下,然后看着门口。

"怎么还不来?"他自言自语着站起来。

服务生看他起来,立刻往这边走。

"没事,我去接人。"胡龙龙指着桌子,"你继续上菜。"

外面空气湿冷,好像要下雨。胡龙龙用力吸了口冷空气,这才有深秋的感觉嘛。

他很快找到了宋一星的老雅阁。很久以前他就想给宋一星换辆车,至少换个奔驰E系吧。但他总找不到机会开口,是不是因为送别人东西就没那么用心了?

他一边想着一边走到车旁边,点上一支烟,看着车里的宋一星专注地敲打着笔记本电脑。

宋一星盯着屏幕出神,脑子里都是偶然听到的胡龙龙和林珑的谈话。

"胡总,今晚我要和你谈谈。"

"这是男厕所!你怎么进来了?"

"二十年前,中湖公园的木桥。"林珑小声说道。

"你是谁?"

"我叫林珑,我要和你谈谈宋一星。今晚九点二十,木桥,我等你。"

木桥?你怎么知道木桥?一定是赖雄基那个浑蛋跟你说的。你说到宋一星的时候,语气是那么冷漠,看来你认定我就是杀人犯。

我没有听错。你看到我出现的时候,那语气简直是一模一样的。

"宋一星?你来干什么?"

"林珑,你不要害怕。"我想尽可能安慰你,"我可以告诉你真相,如果你想知道,我都可以告诉你,但你要相信我。"

"你怎么会来?胡龙龙让你来的?"你瞪着眼睛,像一只受惊的小鹿,"你别过来!我什么都知道了!"

"你知道的都是假的。"

"是吗?"你狠狠地瞪着我,"你和秦太见面也是假的?你像条狗一样对她点头哈腰,你真叫人恶心!"

原来是这样。

"你听我说,这件事不是你想的那样。"

"是吗?就像你收了奶业公司的钱,收了地产公司的钱,还是像你收了化妆品公司的钱?怎么样?还想让我再多说几个吗?"

我明白了,这都是赖雄基告诉你的。

"你说得对,我是收了很多钱,但我也做了很多好事。"我不是在辩解,我想告诉你这个世界的真相。

"那你这次也做件好事行吗?"你哭了。这是我第一次见你哭,你居然为了我而哭。

"我是为了你好。"其实我想说的更多，但我很着急，你为什么就不能相信我一点呢？

"你为了我好？你明知道这个报道对我意味着什么！你竟然为了几个臭钱！你就是个浑蛋！我看错你了！"你转身走开。

我看到你背着包，那里面一定有什么东西。是赖雄基给你的吗？让你交给胡龙龙？这个浑蛋最会杀人诛心，一定是他，他这是想让你亲自杀死我啊！

不！我绝不能让他得逞！

"你要干什么？你还要抢我的东西吗？"你打开我的手，指着那片黑漆漆的湖水，大喊起来，"你做这些事，你对得起她吗？"

"不是我！"我急忙冲上去捂住你的嘴。我不能让人知道我是个杀人案的嫌疑人，哪怕这鬼地方一个人也没有。

你往后一退，踩空了，顺着草坡摔了下去。

宋一星抬起头，看到了车窗外的胡龙龙。他的脑袋里立刻"嗡"的一下，好像无数道电流在两只耳朵之间来回穿梭。

他摇下车窗，看着胡龙龙和他说着什么。但他什么也听不到，他看胡龙龙在笑，他也跟着笑。

"要不然你受小姑娘欢迎呢！"胡龙龙叼着烟说道，"果然是专注工作的男人最帅！今晚就给自己放个假吧，喝两杯。"

宋一星扣上笔记本电脑，塞进中央扶手旁边的缝隙里。他的喉咙好像被一只无形的手扼住了，什么声音都发不出来。他笑着摇了摇头。

"你别老是一副不食人间烟火的劲儿，男人嘛……"胡龙龙拉开车门，嘴里还说着什么，但宋一星完全听不到了，此刻他的大脑里只有嗡嗡的耳鸣声。

"你们部门不是有个小姑娘特别喜欢你吗？叫什么林珑……"

那个刺耳的名字,把宋一星一下拽回现实。

"别瞎说!"

宋一星心脏漏跳了一拍,整个身体好像真空了几秒,大脑才反应过来,自己正在被胡龙龙推着往酒吧走去。

酒吧前站着几位美女。

"终于见到宋总了,哇!这么年轻!衣品还这么好!宋总是不是健身啊,我也健身呢。你看我的腿,厉害吧?"

宋一星脑海中突然回响起林珑的声音。

——我姐是搏击教练,这是她给我的卡,全国连锁的。表达一下对你的感谢,而且我觉得你新的一年里该锻炼身体了。

"宋总,你上次曝光那个纺织品的文章我看了,太吓人了。我现在都不敢买了。你看我这件是桑蚕丝的吗?他们说百分之百,我觉得最多八十,你摸摸。"

——这是牛奶的检测报告,我跟着送餐车去了他们公司,从仓库拿的。你这么看着我干吗?我又不是小孩子了。

"宋总,咱们唱个歌吧,我从来没有在这种酒吧唱过歌。宋总你想唱什么?"

——你开车不听音乐吗?那你听听这个。

"这是什么歌?"

"哟!你还会唱这个呢?老宋可以啊!"

"把麦克风给他!"

"可现在的你和当初的我,假如重来过……"

"错了宋总,当初的你和现在的我。"

"哈哈哈!文化人也唱错词。"

"把该说的话好好说,该体谅的不执着……"

你为什么不能早点出现?如果早点遇到你,哪怕让我早点知道自己是不会孤独的,我也会坚持下去。

你为什么偏要等我和这个世界同流合污了才出现?

你知不知道,我可以任由这个世界凌辱,也不愿让你失望。

可我还是搞砸了。我可能就是个天生的失败者。

如果胡龙龙知道我做的那些事,我就又会变回那个失败者。我不能。所以我紧紧抱着你,等胡龙龙离开,你已经没有了气息。

我真的没想过杀你啊。

你躺在那里,我好像看到了岑雪。我分不清到底是你还是岑雪。可我应该早就忘了她了。

我坐在你的尸体旁边,像个小偷一样翻着你的电脑,但我什么都没找到。

手机响了,我吓了一跳。然后我才意识到那是我的手机,胡龙龙约我去喝酒。

我忽然想到了一个办法,也许能让我逃过一劫。我来不及憎恶我自己,就开始了这个计划。

我把你的手机放回你的兜里,把你轻轻放进冰冷的湖里。你就这样沉下去了,没有一点涟漪。

我拿着你的电脑去了酒吧,在路上打电话给娜娜,让她在十点之前把一篇根本不重要的稿子发给我,这样我就能回到车里,用你的电脑发一个信息。

发给你父亲吧,我想让他认为你是为理想而死的。

我被胡龙龙推着往前走,我听到了你经常放给我听的那首歌。我看到你走在我身边,但我已经分不出是你还是岑雪。

对不起,我背叛了你,甚至连认罪的勇气都没有。

监控器的画面定格在胡龙龙推着宋一星经过吧台时的画面。

祁亮拿出一个笔记本电脑放在桌面上，对面的宋一星脸上没有任何表情。

"胡龙龙说你们刚到酒吧的时候，你回车里改文章了。"戴瑶看着宋一星说道，"是吗？"

宋一星点了点头。

"是用这台笔记本电脑吗？"戴瑶问道。

"我用的是我的笔记本电脑，这不是我的吧。"宋一星回答道。

戴瑶露出了无奈的微笑，说道："你知道吗，我们现在的技术能查到你的笔记本电脑在什么时候打开过。如果你的笔记本电脑在10月25日晚十点零七分前后五分钟内没有打开，你该作何解释呢？而且我敢肯定，你用林珑的笔记本电脑给林松发那条信息的时候，根本想不到也要把你的笔记本电脑打开，如果它也在你车上的话。"

"你是空着手离开办公室的。"祁亮说道，"第二天早上你是背着电脑包来的，监控拍得很清楚。你在笔记本电脑上写'谁杀了林珑？'，也根本不是在想谁是凶手，你是在想谁能成为凶手。"

"没想到秦太自己送上门来了，你拼着五百万巨款不要也要举报她，看来也不是出于义气。"戴瑶紧跟着说道。

"你为什么要杀害林珑？"祁亮继续问道，"她对你那么好，去调查你二十年前受冤的案子，甚至为了你去找胡龙龙……"

"她是去找胡龙龙举报我的！"宋一星高声喊道，打断了祁亮的话。

审讯室立刻安静了下来，宋一星缓缓摘掉眼镜。

"我的确欣赏她，因为我觉得她很像我年轻时的样子。"宋一星揉了揉发红的眼睛，"说是欣赏，仔细想想，叫可怜更准确。所以，即便她经常做出过分的事情，我也容忍她。我亲自带她，让她独立做项目，这都是我当年想都不敢想的机会，公司里谁不羡慕她?谁不说我偏袒她?但这也没关系。"

"她要做强奸犯母亲的报道。没问题,我支持,我甚至答应她用我的人脉去帮她。但她就是贪心!她非要把秦家的案子弄进来!你有多大能耐?有什么资格挑战那些人?你以为你挖出来点儿东西,就能掀翻一个上百亿的大企业吗?做梦!"

宋一星剧烈地咳嗽起来,他抬起头看着扣板上的灯,吸了几口气,缓和了一下呼吸。

"如果她不乱来,我们现在高高兴兴地看着那帮强奸犯的母亲上热搜,给他们所有人报仇,这不好吗?"

"所以是秦太指使你干的?"戴瑶问道。

"那是个意外。"宋一星忽然笑了,"我也知道这么说很可笑,但那的确就是个意外。你们觉得我会想杀了她吗?"

宋一星把目光收回来,看着对面两张没有表情的脸,继续说道:"我和她好好说话,她好像听不懂似的,说我拿黑钱压报道,说我是行业蛀虫,还说我自甘堕落,对不起死在这片湖里的岑雪。"

说到这里,宋一星闭上了嘴。

"然后你发怒了?"祁亮说道。

"我推了她一把。"宋一星看着桌面,用若无其事的语气说道,"然后她顺着草坡滚下去,等我下去的时候她已经不动了。"

"这时候她还活着吗?"祁亮问道。

宋一星点了点头:"我看到远处有灯光照过来,我怕来人看到,就抱着她躲到了木桥下面。没想到刚躲好,她的手机就响了。"

"胡龙龙给她打来了电话。"戴瑶接着说道。

"我赶紧按了静音。我知道胡龙龙来了。我不能让他们见面,她会把我的事情都告诉胡龙龙,那我就完蛋了。"

"然后呢?"戴瑶问道。

宋一星沉默了一会儿，缓缓说道："我捂着她的嘴，就这么捂着。"不知不觉中，他哭了出来，"就这么捂着。她很乖，她要是一直这么乖该多好。我真的只是不想让她出声……"

宋一星双手捂住脸，把嘴巴张到最大，这样就没有哭声了。

过了许久，祁亮说道："你知道吗？她找胡龙龙不是给你告状的。因为她找到了二十年前岑雪案的真相，她知道你是清白的。"

宋一星把手拿下来，泪流满面地看着祁亮。

"林珑找到了当年办案的刑警，他说当年给你做证的不是胡龙龙，而是食堂的员工。反而是你，给胡龙龙做了个不在场证明。你想想，你们班唯一一个没人知道在哪儿的人是谁？"

宋一星看着祁亮，他的眼神说明他听懂了这句话的意思，但除此之外他完全没有反应。

"看来你也不是没有感觉。"戴瑶说道，"所以林珑约胡龙龙在岑雪死的地方见面，就是想当面揭穿他，让他补偿你。"

"怎么可能？"宋一星终于说话了。

"如果不是为了给你翻案，她为什么要费这么大劲去找当年办案的警察。"戴瑶看着宋一星，忽然笑了，"当然，你肯定想，她这么做是为了要挟胡龙龙，让胡龙龙同意她发表这个报道。"

"难道不是吗？"

"所以你在自欺欺人。"戴瑶说道，"赖雄基告诉她你是凶手，胡龙龙给你做了伪证。这个说法二十年都没人质疑，但是她立刻就发现了疑点。因为她相信你。人的感情都是相互的。你有多喜欢她，她就有多喜欢你。你有多可怜她，她就有多可怜你。你承认吧，你杀了这个世上对你最好的人。"

宋一星呆住了，如果不是略略起伏的胸口，简直和一个死人没什么两样了。

41

牛敦把烧红的木炭倒进铜锅内胆里，干烧了一会儿，才把水倒进锅里，一连串吱吱啦啦的声音响起，锅里腾起了一阵烟雾。

"真不容易。"牛敦轻声说道，"这些炭还是去年买的呢，我以为都受潮点不着了。"

"去年？"戴瑶看着祁亮，"这点炭这么久都没用完？"

祁亮笑着倒了一杯啤酒，递给戴瑶。

"你来之前，我们每天都是靠吃外卖为生的。"祁亮又倒了一杯啤酒放在牛敦的碗筷旁边，"都是托了你的福。"

戴瑶转了转眼睛，说道："那你走了以后，我们是不是又得吃外卖了？"

"是啊，亮哥，要不你别走了。"牛敦半开玩笑地说道。

"别别别！"戴瑶立刻说道，"还是让他去吧，法制处这么好的地方，别人削尖了脑袋都进不去呢。"

"那以后亮哥至少支队长起步了吧。"牛敦笑着说道。

"支队长？"戴瑶笑着翻了个白眼，"白衬衫起步了。"

"这么厉害！"

"所以咱们得赶紧敬祁亮一杯，以后发达了别忘了我们。"戴瑶笑着举起酒杯，"我知道你不会忘了我们的，祝你步步高升！"

"谢谢你。"祁亮举起酒杯，"合作愉快。"

三人碰杯，各自喝了一大口。

"这次办案还那么痛苦吗？"戴瑶问道。

"好多了。"祁亮点了点头。

戴瑶笑着说："这就像在便利店吃饭团，你一个人吃呢，就觉得自己特别惨，但要是有个人陪你一起吃呢，饭团也立刻变香了。"

祁亮愣住了。

"怎么了？"

"很久以前，也有人和我说过一样的话。"祁亮回答道。

"是吗？很久以前，我也和别人说过这样的话。"戴瑶笑了起来。

牛敦揭开锅盖，水已经沸腾了。他小心翼翼地把锅盖沿着烟筒抬出来，然后把一大盘手切鲜羊肉倒进锅里。

他吐了口哈气，轻声说道："终于吃到聚宝源了。"

次日早晨，祁亮回到自己家，将路虎卫士积木摆进展示柜里，它还是车尾下垂着。祁亮知道该如何把它调整到正常形态，这其实很简单。

但他没有。他觉得这样放着更有纪念意义。

他又看了看展示柜里琳琅满目的积木，终于要离开了。

昨天晚上，戴瑶说他的敏感是作为刑警的一种优势，但并不意味着他就必须待在一线，承受着这个世界最大的恶意。

她一口气喝掉了半杯啤酒，醉眼蒙眬地说道："想想我师父，我宁愿这辈子遇不到他，也不想让他去朝明支队。"

祁亮关上防盗门，正准备下楼，忽然听到头顶有人"喂"了一声。

他抬起头，看到一个男人站在三层半的楼梯上看着他。男人大概六十岁，虽然不矮，但驼背。让他不舒服的是，男人长着一张因凶恶而丑陋的脸。

男人看他停下了，接着问道："你是警察吗？"

祁亮点了点头。

"你上来！"男人朝他招了招手。

祁亮站在原地没动。男人立刻不耐烦了起来："你他妈上来啊！"

祁亮刚皱起眉头，一个女人跑了下来，站到男人面前，一边把男人往后推，一边一脸歉意地说道："小伙子，不好意思。"

"他是警察，我问问怎么了？"男人一把推开女人，差点把女人从楼梯上推下来。

男人往下走了两步，居高临下地问道："我问你，我要报警怎么报？"

祁亮本来想让他打110，但还是决定先问他遇到了什么情况。

"诈骗！"男人叫道，"这事你们管不管？"

"什么诈骗！"女人立刻冲下来，"是失踪！失踪！"

"失踪？"祁亮皱起眉头，他知道楼上那家有个天天折腾的小孩子，但他没见过这对夫妻。

"儿子！下来！"女人急着喊道。

一个又瘦又小的男人抱着手机下来，两只眼睛一直没离开屏幕。祁亮认出来这就是楼上那家的男主人。

"你家谁失踪了？"祁亮问道。

"我儿媳妇，他老婆！"女人急切地说道。

"什么失踪！你丫真能和稀泥！"男人指着女人的脸骂道，"我他妈花了十万块钱，她跑了，这就叫诈骗！我他妈告她去！"

"这都多少年了！孩子都这么大了，你管谁要去？"女人急着说道。

"等一下。你们给了谁十万？"祁亮问道。

"给她家，彩礼钱。"女人按住丈夫，抢着回答道。

"他说诈骗什么意思？你们在买卖人口吗？"祁亮一边说一边掏出手机。

女人吓得拍了几下男人，骂道："你别在这儿胡说了！你还嫌事不够大啊？人家还以为你买卖妇女呢！"

她往下走了两步，对祁亮说道："小伙子，我跟你说，我儿媳妇昨天早上出门买菜，就再也没回来，电话也不接，微信也不回。我们着急死了！这可怎么办啊？我孙子也不能没妈了啊！"

祁亮抬头看了看还在玩游戏的儿子，问道："你问问他，他老婆和他说没说过离婚的事。"

"离婚？"老男人吼了起来，"她凭什么离婚？她想离就离？当初收钱的时候说得跟花儿似的！现在要离婚，我们不同意！你们不管是吧？那我去她家抓她去！"

"你抓她是犯法！"祁亮大声说道，"人家爱去哪儿去哪儿！这是人家的权利，跟你儿子离婚也是合法权利，你们没有任何权利阻止，听明白了吗？"

"去你妈的！你说谁犯法呢？我他妈不管了！"男人一边骂一边回去了。

玩游戏的儿子小声嘟囔了句："没事啊，就是吵个架，过两天就回来了。"

"要是不回来呢？"女人急道。

"不回来就不回来呗,你们过来看孩子。"儿子捧着手机上去了。

祁亮看了一眼傻眼的女人,拎着箱子下楼了。

送祁亮去高铁站的是牛敦,戴瑶今天上午去市局汇报。在路上,他给戴瑶发了一条微信:汇报加油!注意情绪管理。

戴瑶看到祁亮的微信,挑了一下眉毛。

她抬起头,看着投影上的"汇报完毕"四个大字,说道:"我汇报完了,各位领导有问题吗?"

没人说话。她转过头,看着围坐在会议桌前的这些中老年男人。坐在正对面的那个穿着白衬衫的小老头儿就是梁局,也就是她的师爷。也不知道他知不知道自己这个徒孙。

她胡思乱想着,也就没那么紧张了。

"那个,我说两句。"一个烟酒嗓的男声响起。

戴瑶看过去,声音是从一个胖乎乎的中年男人那儿发出来的。她看这个男人眼熟,好像也是朝明支队的,怎么会参加今天的会?

"梁局,马总,各位领导,我是重大案件指挥部的,今天领导派我来参会。"男人咳嗽了两下,"刚才我听了这位女同志的汇报,我有两个问题,提出来大家一起讨论讨论……"

"不用了。"梁安治摆了摆手。

男人一愣,急忙说道:"不是,领导让我……"

"这案子我看没问题。"梁安治端起茶杯,喝了一口。

"可是那个曹姝月受伤了,这个他们还没解释呢。"男人明显是带着任务来的,也不管梁安治会不会生气,硬着头皮把话都说了出来。

"噢。"梁安治看向戴瑶,"那你给解释解释。"

戴瑶本来准备好了说辞，但忽然就不想说了。

她挑了一下眉毛，说道："她挨打是因为她以前干了坏事，被仇家报复。再说我们也没义务照看她一辈子。"

"听见没有？"梁安治说道，"干坏事容易挨打。"

大家都笑了起来，梁安治也朝着戴瑶露出了微笑。

戴瑶急匆匆走过来的时候，慧雯面前已经摆好了火锅和各种菜品。

她先看了看慧雯的肚子，已经微微隆起了。戴瑶露出了笑容，把印着乐高图案的纸袋递给慧雯。

慧雯拿出包装盒来一看，是一套魔法城堡的积木。

"我同事说，孩子玩这个开发智力。"戴瑶在慧雯对面坐下，"让孩子多开发开发。"

"这个太贵了！"慧雯急忙说道，"你真不用这么花钱。"

"我这几年也没给孩子买过什么东西。"戴瑶不好意思地笑了笑，"当然我不是冲你。"

"我知道。"慧雯点了点头，"你今天怎么有空约我了？"

戴瑶盯着热气腾腾的火锅，问道："我是不是冲动了？"

"你？"慧雯想了想，说道，"你为什么这么说？"

"我要是不说……"

"你要是不说，我就还得继续被骗，你想看着我一直被骗下去？"

"可毕竟孩子还小，你肚子里还有一个。"戴瑶叹了口气，"我就是觉得对不起你。"

"你是觉得我带着俩孩子生活困难，是不是？"

戴瑶点了点头。

"没办法,这就是我的生活啊。"慧雯说道,"可能我这辈子出生以前,想挑战个高难度的剧本呗。"

戴瑶惊讶地看着慧雯,发现她笑得很淡然。

"你真是这么想的?"

"当然。"慧雯说道,"谁也不想摊上这种事。但既然摊上了,那也不能不活了,对不对?其实你和我说之前,我多多少少也有点感觉。"

"是吗?"

"我又不傻,再说你弟什么样你还不知道?"慧雯叹了口气,"但那时候我真的不敢去想,害怕。就好像得了癌症一样,为什么会轮到我头上?"

戴瑶点了点头。

"但是你和我说了之后,我忽然发现天没塌啊。日子照常过啊。那句话怎么说?你所过的今天就是你昨天不敢面对的明天。没什么过不去的。而且我忽然就充满了斗志。我这么说你可能不爱听,和你弟在一起的时候其实对未来没什么憧憬了,每天生活都挺没劲的。但是离婚之后我好像甩掉了一个特别大的包袱。所以结束一段错误的婚姻对我来说是好事。"

慧雯长出了口气:"你帮了我一个大忙。"

看着这个精神焕发的女人,戴瑶忽然可怜起自己的母亲了。

照片里陈雪梅的儿子长得白白胖胖的,但是真人瘦了很多。唯一的共同点就是他们的眼睛。无论是三年前还是现在,这双眼睛里都是空洞的。

他原名叫唐冕,十三岁父母离婚后就跟了母亲的姓,改叫陈冕。他更愿意叫自己唐冕还是陈冕呢?戴瑶想着,一个十几岁的男孩忽然改了姓，他心里会是什么滋味？

"你母亲被杀害了。"戴瑶说道。

陈冕像是被什么东西挤了一下，吐了口气，眼睛依然是空洞的。

"凶手已经找到了，破案了。"戴瑶继续说道。

陈冕点了点头。

"她的遗体可以领走了，你知不知道她有什么亲属，比如兄弟姐妹？"

陈冕摇了摇头。

"不知道还是没有？"

"不要去找他们。"陈冕终于开口了。

"为什么？"

"他们会看我妈的笑话。"陈冕低头说道，"我妈最讨厌别人看她笑话。"

戴瑶挑了一下眉毛，问道："既然如此，你为什么还要给你妈惹出这么大的笑话？"

"我有罪，我悔过。"陈冕低声说道。

这时站在一旁的狱警说道："说说，你是怎么悔过的？"

抓住所有机会帮助服刑人员悔过是监区管理的基本任务之一，戴瑶知道这个规定，所以任由狱警临时插入悔过教育的环节。

陈冕低着头，背诵道："我不应该思想堕落，去那种肮脏下流的场所。更不应该酒后乱性，强奸那个小姐……"

"她不是小姐。"戴瑶打断了陈冕的话。

"是，我不应该强奸那个服务员。"陈冕继续背诵道，"我受国家教育和培养这么多年，学到了一身本领，本应该为社会、为家庭做贡献，但我却追求低级享乐，消磨了意志，腐化了思想，最终犯下不可饶恕的罪行。我对不起养育我的母亲，对不起教育我的恩师,对不起器重我的领导,对不起社会,最对不起受害人。我真心悔过,积极改造,脱胎换骨,做个新人。"

"这是你的心里话吗?"狱警问道。

这时候他应该回答"是",然后狱警再教育他几句,这个环节就算完成了。

但是他低着头,一言不发。

"这是你的心里话吗?"狱警又问了一遍。

他还是低着头一言不发。

"陈冕!起立!"狱警喊道。

他从板凳上站起来,往右后方退了一步,低着头站好。

"回答问题!"

陈冕抖了几下,抬起头,已经是泪流满面:"报告警官,那些不是我的心里话。"

"那你说说心里话。"戴瑶说道。

陈冕从兜里掏出手纸擦了下脸,说道:"那些贱女人都是狐狸精。"

"你说什么呢?"狱警往前走了一步。

"我妈每天都要和我说这句话,从小到大说了十几年,如果换成你,你是不是也会仇视她们?"陈冕望着戴瑶问道。

戴瑶想了想,没有说话。

"我妈想让我出人头地,是为了打败那个女人的孩子。我尽力了。但我做得不好,她就骂我,说她几十年的心血押在我身上,对我失望透顶。"陈冕哭着说道,"我不想让她失望。"

"那你可以努力啊!"狱警说道。

"努力?我走路再努力也比不上开车。"陈冕说道,"我就恨那个女人,恨她的儿子。我就去找小姐,发泄到她们身上。我把小姐当成那个女人。"

"你的意思是那天晚上你把她当成小姐了？"狱警质问道。

"我强奸她，我把她们都当成狐狸精，我恨她们。"陈冕咬着牙，浑身颤抖着，"我知道我错了。可我为什么会变成这样？就是因为我妈在我爸那里受的所有委屈，最后都会转嫁到我身上。她说她爱我，却把我变成一个心里只有恨和嫉妒的变态，有这么爱孩子的吗？"

说到最后，他忍不住哭出声来。

"我比大多数人都努力，过得也比大多数人都好。可她就是不满意，她非要让我赢那个女人的孩子。那是我能做到的吗？她自己都输给了那个女人！她凭什么要求我赢？"

"这些话你为什么不和她说？"戴瑶问道。

"妈妈。"陈冕蹲在地上哭了起来。

戴瑶被楼上剁馅儿的声音吵醒，在祁亮家住了这些天，这还是第一次听到。

她忽然想到了自己的妈妈。

她坐在车里，看着早点摊不断腾起的炊烟。太阳越来越懒了，整条街都晒不到阳光。行人蜷缩在羽绒服里，在街上匆匆走着。

她看到妈妈盯着早点摊老板把新出锅的油条和糖油饼装进塑料袋，然后又拿了一屉小笼包，打了三盒豆腐脑。

然后妈妈从兜里掏出现金放到钱匣里，自己拿了找零，还在老板面前晃了晃零钱，可老板都没时间看她。

戴瑶这才发现，她以前都没注意到妈妈不会用移动支付。

妈妈在小区门口站了一会儿，戴信开车从里面出来。妈妈把小笼包和一盒豆腐脑顺着车窗放进去,看着戴信的车转过街角,才迈着缓慢的脚步往回走。

戴瑶打开门,里面传出了高音量的广播。妈妈独自坐在厨房里吃东西,没听到她进来。

"我回来了!"她喊了一声。

妈妈回头,看到她,忽然呛了一下,咳嗽了起来。

她走进厨房,看到桌上还没动过的一盒豆腐脑和糖油饼。

"你们不是不吃糖油饼吗?"

妈妈还在咳嗽,没有搭理她。她也不需要回答,家里只有她喜欢吃糖油饼。可是她搬出去的这段日子,妈妈每天还是把她的那份也买回来。

也许是习惯,也许是想她了。

戴瑶在妈妈的后背上轻轻拍着,她两年前送给妈妈的毛衣,已经有些毛糙了。

"昨天你猜我碰上谁了?"妈妈说道,"碰到你们小学的王老师了。王老师一下就认出我来了,说你是戴信的妈妈吧。我说是。她就说戴信从小就淘气,但还是挺招人喜欢的。然后又问,戴信是不是还有个姐姐啊?我都忘了她叫什么了,但我记得她很乖,又聪明又懂事,可我就是记不起她叫什么了。

"我说叫戴瑶。噢!她想起来了。然后她和我说,你说这好孩子我们都记不住,淘气的反而记得住,为什么呢?因为淘气的费的心多。十个指头有长短,孩子也是一样的,省心听话的反而不如调皮捣蛋的让人惦记。她这么一说,我忽然想明白了,我不是偏心你弟,我是怕有天我不在了,我不担心你,但是我担心他。以后你当了妈妈,你就明白了。"

不知道什么时候,妈妈用一只手捏住了她的手,然后就一直没有松开。

"这是我立的遗嘱。"

妈妈用另一只手从抽屉里拿出一个黑色的皮夹子,打开后,里面是一张塑封好的遗嘱,最显眼的是右下角公证处的红章。

"这两套房子都留给你了。"妈妈用力攥着戴瑶的手,好像怕她跑了。

"您这是干什么?"戴瑶皱起眉头。

"这些日子我也看明白了,你说得没错,你弟这人太浮。"妈妈说道,"他那个房地产公司不知道弄得怎么样了,现在又张罗搞什么民宿公寓,说把哪个影城的别墅收过来,拆成单间租给客人住。"

"然后呢?"戴瑶挑了一下眉毛,"他管您要钱了?"

妈妈叹了口气,没有搭话。

"钱要光了,就开始要房了?"戴瑶又问道。

"所以我说,房子留给他,他一准儿卖了,不是炒股就是开公司,然后赔光拉倒。但你不会,你踏实,你能留得住这房子。"妈妈说道,"万一有天你弟弟落魄了,你给他个地方住,就当妈求你了,行不?"

戴瑶没有说话,她抽出了妈妈攥着的手,轻轻搂住妈妈的肩膀。

42
温度差

我以为我撑不了多久就会自杀。

但事实上，人在憎恨的时候是想不到自杀的。况且我还有一个更重要的问题没想明白，为什么是我？

这个问题是我所有愤怒和憎恨的根源。

我不想和那些警察说话，他们只会一遍遍重复我杀了林珑，妄图使我产生愧疚之心。如果说我之前还充满悔恨，现在也被他们消磨光了。

如果林珑不提岑雪，我会冲动地上前捂她的嘴吗？她为什么要提岑雪？因为她以为岑雪是我的软肋，她想用这两个字让我屈服。

她错了。岑雪不是我的软肋，是我心里的火山。

我这辈子吃过的所有的苦、受过的所有的罪，都化成了岩浆，闷在这座火山里。我曾用了很长时间压抑这座火山喷发，不去想那个被命运玩弄的可怜虫，为什么是我。

因为这是自取其辱。

如果一个人被雷击中了，人们会同情他吗？当然不会。他们会说，看，这个傻瓜遭雷劈了，他以前肯定干过坏事！遭报应了吧！

一个无辜者在小概率的随机事件中受到了伤害,还要被人以各种恶毒的言语为他的不幸炮制出合理性和必然性。

　　身为那个遭雷劈的傻瓜,我只能保持沉默,尽量不让更多的人知道,不让他们臆想我必然干过什么坏事才有此报应。

　　所以,为什么是我?

　　直到现在,我还在接受胡龙龙的帮助。他带着律师去了我老家,见了我的父母,取得了他们的授权,然后返回来帮我辩护。

　　他说服我父母同意请律师。这是最困难的。在我父母朴素的世界观里,欠债还钱,杀人偿命,没什么可辩解的。

　　他还去探望了林珑的父亲,说我不是故意杀害林珑,并把这一切全盘托出,包括他和岑雪的那段往事。最后他成功取得了林珑父亲的谅解。

　　整整二十四年了,这个什么都不如我的人,一直在帮助我,而我却连回报他的机会都没有。

　　帮助如果永远是单方面的,就成了施舍。而施舍必然是一双眼睛高于另一双眼睛。我不想被施舍,更不想被这个什么都不如我的人施舍。

　　但我没有办法,我还要当面向他道谢。和过去的二十四年一样,他为我做的每件事,我都要向他道谢。

　　多么可笑!我的人生悲剧不就是他造成的吗?他把杀人的罪名甩到了我身上,然后再假恩假义地帮助我,弥补他心里的亏欠,好心安理得地享受我对他的感激涕零。

　　就像现在,我就算穿着囚服,坐在冰冷的铁椅子上,还要和他说谢谢。

　　"我昨天带你爸妈去做了个体检,国际医院特需部做的,他们的身体状况都还不错,你放心吧。"

我低着头，又说了一遍谢谢。他坐在那里，摆出一副大慈大悲的样子。我知道他同情我，但如果再回到从前，他还会毫不犹豫地陷害我。

说完了体检，接下来说什么呢？胡龙龙如坐针毡，他知道宋一星心高气傲，落到这步境地一定变得更敏感。他担心哪句话说不好会刺激到宋一星，所以每说一句话都得想很久。

这里怎么这么热？他扯了扯领口，以为宋一星至少会问问父母的情况，再和他说几句话。没想到宋一星除了"谢谢"什么都没说。

"你振作一点。"胡龙龙说道，"这次的结果已经很理想了。只要你在里面好好表现，至少后半辈子你还能出来。"

"谢谢。"宋一星低头说道。

"我不用你谢谢。"胡龙龙急道，"我要你振作起来！"

宋一星抬起头，看着胡龙龙。胡龙龙有些不适应，因为宋一星向来都是低垂着眼皮，很少这样直勾勾地看着自己。

"怎么？说谢谢已经不够了吗？还要我振作起来？"宋一星越说声音越大越嘶哑，就像餐刀划在白玻璃盘上的噪声，"这样才能使您高兴吗？"

宋一星以前从没这么尖锐地说过话，他就算发脾气也是温暾的。

"你在说什么？我是说我做这些……没有要你感激我的意思！"胡龙龙有些语无伦次地说道。

"我怎么能不感激你？"宋一星喊道，"你杀了人，把黑锅甩到我身上，毁了我整个人生。你呢？你就在旁边看着，看着我在泥坑里爬。我爬了二十年，我的整个人生都毁了！这时候你把我拉出来，又给了我一份体面的工作，我怎么能不感激你？"

胡龙龙宽大的额头上冒出了汗。但他没有慌张，从兜里掏出手帕，擦了擦额头和鼻子。闻到手帕的香味，胡龙龙镇定了下来。

"首先，我没有杀岑雪。"胡龙龙的语气恢复了镇定，"是我落水了，岑雪来救我，然后她溺死了。这不是杀人，完全不是一个性质，否则我也不会坐在这里和你说话。我唯一欠考虑的就是为了我自己的名声，我没有及时站出来说明真相，让你被一些人误会了。仅此而已。"

"哈哈。"宋一星大笑了起来，"你说得真轻巧。本来我能出国留学，那是我改变命运的唯一机会！"

"就算你出国留学了又能怎样？"胡龙龙也叫了起来，"出国刷盘子？你以为你出国就能好吗？当然，我不应该这么说，这件事我确实连累了你。可我也补偿你了啊！你看看咱们同学，现在谁混得比你好？赖雄基？他顶替了你的名额出国，怎么样？他也没有你过得好吧。"

"我被叫了二十年杀人犯！"宋一星喊道。

"可你现在就是杀人犯啊！"胡龙龙也喊道。

宋一星忽然呆住了。

"我让你杀林珑了吗？赖雄基让你杀林珑了吗？"胡龙龙喊道，"那你为什么不想想，别人说你是杀人犯你就真成了杀人犯，这是为什么？"

这句蛮不讲理的话却让宋一星沉默了下来，因为胡龙龙说得没错，他现在就是杀人犯，而且这个身份将一辈子跟着他，当别人再说他是杀人犯的时候，他也不能否认了。

过了很久，他终于缓缓说道："如果你没去，我就不会捂死她！"

"这和我有什么关系？"胡龙龙叫了起来，"你别什么事都往我身上推！还有，别总说什么杀人犯不杀人犯的。二十年前你替我做证，我也替你做证了。而且警察到最后也没说你是凶手吧，抓你了吗？"

胡龙龙越说情绪越激动："宋一星，你到现在都没弄明白一件事。你不知道他们为什么叫你杀人犯吗？不是他们认为你杀了人，是因为你混得不好，他们在欺负你！是因为当年你藏了最后一张复习资料，他们记恨你，把你当成了谈资和笑柄！"

宋一星浑身颤抖着，脸色灰白得像一条麻布。

"你不信吗？你知道二十年聚会上，根本没人提起岑雪吗？"

说到这里，胡龙龙摇了摇头："本来我不想去，都准备走了。但出了这个事我必须得去了！"他敲了敲桌子，"我想看看，他们敢不敢当面说我是杀人犯。结果你猜怎么样？没人提起岑雪，所有人都在说你杀了林珑，说你果然是杀人犯。"

过了很久，他继续说道："本来我已经把你拉起来了，可你还是自己跳了下去！你烂泥扶不上墙，还把黑锅往我身上扣？那你今天就给我说清楚，你杀林珑和我有什么关系？"

为什么？我拼命掩饰真相，甚至为此杀了林珑，难道现在仍然要告诉这个趾高气扬的家伙吗？

不！你凭什么这么和我说话？你凭什么用这些丑陋的、恶臭的人性攻击我？你以为你摆弄了这些趋炎附势的小人，就能证明你的谬论？

不过你说出了你们的心里话，我们这些出身贫苦的人就连努力都是可笑的。就算我连续考了三年第一，你们也只会记得我最后一次隐瞒了最后一页复习资料。

你们毫不顾忌地谈论着要把助学补贴发给我，班级活动要么不通知我，要么就找各种理由免掉我的费用。我以为你们是同情我，其实，你们把我当成最弱的人。最弱的人就应该混得不好，这样你们才能安心。

所以当我混得好了,你们就看不下去了,想方设法要害我。你们找到了我最欣赏的员工,在她面前说我的坏话,挑唆我们的关系。

你们成功了,你们又有新的谈资了。

"你怎么不说话呢?"胡龙龙质问道,"我问你这事和我有什么关系,你为什么不说话?"

"和你有什么关系?"宋一星忽然喊了起来,"当然是因为我不想让她告诉你,我收黑钱压报道了啊,龙总!你非要我亲口说出来吗?现在你满意了吧?"

胡龙龙惊讶得睁大了眼睛。

"你是不是觉得我干不出这种事?"宋一星冷笑道,"这还是龙总你教我的呢!还记得那天晚上,你说帮我复印,我不想让你花钱,然后你说,你要复印二百份,每份卖五十块钱,这样就是一万块了。我辛辛苦苦学了半年,还要背着骂名把最后一张复习资料藏起来,能拿到的奖学金也是一万块钱。"

他顿了顿,继续说道:"你知道吗?这件事对我触动特别大。我一直在想,到底是这个世界上的钱太难赚,还是我不会赚!所以后来有人找我,给我二十万让我压报道。我就想,我辛辛苦苦干一年是二十万,我动动手指头也是二十万。而且我不收别人也会收,于是我就收了。"

胡龙龙看着宋一星很久,终于说道:"这怎么了?"

"什么怎么了?"

"收钱压报道怎么了?"胡龙龙问道,"你就因为这个捂死林珑?"

宋一星愣了一下,忽然哈哈大笑。

"有什么可笑的？"

"哈哈哈！"宋一星笑着摇了摇头，"你刚才说话的样子像极了赖雄基。他在同学聚会上当着所有人和我说，宋一星啊，你就为了拿奖学金干出那种偷鸡摸狗的事，至于吗？你想要你就和我们说啊，我最后一道大题不写了，让给你不就完了吗？哈哈哈！你们当然可以这么说！不就拿点钱吗？这算什么事啊？"

"是啊！这算什么事啊？"胡龙龙喊了起来，"我既然让你坐这个位置，就知道你可能会收钱啊。"

"对对对！我犯得上为这点事杀人吗？"宋一星笑了好一阵，然后瞪着胡龙龙说道，"你们都是一样的人。"

胡龙龙气得深呼吸了几口气，这才说道："那好，那你说，如果我知道了你收黑钱，然后呢？我就会开了你，是吗？我图什么啊？你又没拿我的钱！"

"我是个媒体人。"宋一星指着自己的胸口，"我的商誉就是我的名字。但是我收了黑钱，传出去我就臭了。你是个生意人，你会用一个臭了的人做你的总编吗？你当然不会，到时候你就会说宋一星，我看错你了，我以为你是个诚实的人，没想到你也收黑钱，你滚蛋吧。看，我们永远不知道走上另一条岔路后会发生什么，所以你可以随便否认这一切。但是你心里清楚，如果那天林珑告诉了你，你一定会把我开除的。我好不容易从泥坑里爬出来，我不想再掉下去。况且我只是犯了一个所有人都会犯的错误，我没办法接受这样的结果。"

胡龙龙许久没有说话。

"大话谁都愿意说，坏事谁都不想做。"宋一星慢慢又恢复到刚开始一潭死水的样子，"谢谢你照顾我的父母。"

这时胡龙龙忽然说道："赖雄基已经拿着你的黑料找过我了。"

宋一星脸上滑过一瞬间的震惊，然后像是想明白了什么，接着眼神就逐渐发直了。

"我买下来了。"胡龙龙点了点头，"咱们最后一次喝酒，我和你说的那些话，你还记得吗？"

宋一星恍惚着点了点头。

"你以为赖雄基能告诉林珑，就不会来找我吗？"胡龙龙说道，"我当然不希望你收钱，因为这个涉及你个人的职业声誉，我希望你能在这条路上走得更远。"

他停顿了片刻，继续说道："但是即便你做错了我也不会开了你！因为换谁来都是这样，所以还不如让你干呢。而且赖雄基也不会真的把你曝光了，这对他有什么好处？不如两百万落袋为安。这么简单的道理你都不明白吗？你为什么要杀人呢？"

是啊，我为什么要杀人呢？

我没有想过要杀人，我只是本能地遮掩，就像当初关掉手机一样。

如果我没有藏下最后一张复习资料，我就不会心虚地关掉手机。我就能听到岑雪给我打的电话。

我们会一起看流星雨，一起出国，一起生活。

我不知道我们的结局会怎样，但至少她不会死，我也不会像现在这样恨她。

我也不会遇到林珑，她会遇到一个真正帮她的人，帮她发表报道，帮她揭露秦家的命案。她也不会死。

胡龙龙说得对，当年我只想着那三五分，却没想到同样能赚到一万块钱的另一条路。现在我只想着丑闻曝光的危险，却没想到它其实一点也不重要。

也许我就不是一个能走捷径的人，我从一开始就不应该打复习资料的主意。

一夜大雪后的清晨,人们站在护城河的岸边,远远看着覆盖白雪的河床。

雪地上,几个穿着白色防护服的人正围着一个雪堆,用刮卡轻轻把积雪刮下去,逐渐露出了新款的漆皮羽绒服,白色裤子,一双鞋底上沾满泥的雪地靴。

"死者是个女孩,背着包跳下来的。"李组长指了指自己的脸,"头朝下,你先别看了。"

戴瑶抬起头,看着上方二十米的立交桥,想象着这个女孩从那里掉下来的各种可能性。

对讲机里响起一个慵懒的中年男人的声音,说死者家属来了,让戴瑶过来看看。

一对中年男女搂在一起,男人颤抖着递过来一张手写的遗书。

戴瑶接过来,同时把女孩身上的钥匙递过去,就像在完成某个交易。

女人摸了一下钥匙串,立刻瘫倒在地昏死过去。男人转过身,哇的一声呕吐了起来。

戴瑶把遗书交给旁边一个又高又瘦的中年男人,这个男人是今天的临时搭档,一直是抱着手看热闹的状态。

"验一下笔迹。"

"这还用验吗?"男人翻了个白眼,"这不是她父母拿来的?"

"也许是有人把她推下来的呢?"戴瑶看着立交桥说道。

"推下来?"男人愣了一下,勉强地说道,"那行吧,我找人去趟交通队,看看有没有监控。不过我看去了也是白搭。"

"她鞋底有泥。"戴瑶看着远处的桥洞,那里有个很陡的坡,能爬到立交桥上去。

她指着桥洞说道:"那边能爬上来,我想去看看。"

"就算是她从草坡爬上去又怎么样?"男人不耐烦地说道,"不还是自杀吗?"

"万一有人追她呢?"

"那这万一可太万一了。"男人冷笑道,"谁有工夫扯这闲篇儿啊!"

他说得也没错,这是个刑事案件的概率非常小,退一万步说,就连死者的父母都已经接受孩子是自杀了。如果只把它当成一份工作,现在就可以结束了。

戴瑶爬上了积雪的陡坡,每往上走一步雪就簌簌地往下掉,钻进她的靴子里,冰她的脚。她知道下面有不少人在看她的笑话,他们认定这就是个普通的自杀事件,所以没人帮她。

她爬上了立交桥,看到了自己在晨光中的影子。

这就是个普通的自杀事件。她一边和自己说一边穿过立交桥,从另一侧的陡坡半走半滑地下去,走向铁道桥。

她也分不清这样坚持到底是为了破案还是为了让自己心安。

她只记得上高中时,看到一个女孩被一个男人拖进车里。男人声称自己是女孩的父亲,但女孩说不认识他。周围有很多人,可是这一切发生得太快,没一个人反应过来,也包括戴瑶自己。

后来她在附近的电线杆上看到了一则寻人启事,照片里就是那个女孩。她知道女孩再也回不来了。

她找到了护城河沿岸步道的所有监控,这才发现自己早就冻透了。

往常这个时候,牛敦都会发微信问戴瑶中午想吃什么,但今天他不在。

戴瑶坐在便利店里，双手捂着热饭团，身体一点点暖和起来。

窗外飞舞着鹅毛大雪，今天好像又是个要吃饺子的日子。

如果一个人在便利店吃饭团，就觉得自己很可怜，但如果有个人陪着，吃饭团也变得香了。

还是回办公室吃吧。

她顶着风雪跑回到办公楼，用力跺掉靴子上的雪水，好像也是在给自己鼓气。

她推开办公室的门，看到了一个熟悉的背影。

-完-

读客
悬疑文库

认准读客读悬疑，本本都是大师级。

专注出版中、英、美、日、意、法等世界各国各流派的顶尖悬疑作品。

为读者精挑细选，只出版两种作品：
经过时间沉淀，经典中的经典；口碑爆表、有望成为经典的当代名作。

跟着读客悬疑文库，在大师级的悬疑作品中，
经历惊险反转的脑力激荡，一窥人性的善恶吧。

扫一扫，立即查看悬疑文库全书目，
收集下一本精彩悬疑！